Christiane Martini

Die Meisterin aus Mittenwald

Signora Anna E. M. Gastoldi

Roman

MONOGRAMM VERLAGSGESELLSCHAFT

Stephan, Katharina und Victor gewidmet, die mit mir eine unvergessliche Recherchefahrt nach Mittenwald unternommen haben. Ihr seid so wundervoll!

Danksagung

Ich danke meinen Freunden und meiner Familie:
Ihr glaubt an mich, ihr motiviert mich und ihr steht mir mit Rat und Tat bei der Verwirklichung meiner vielen Ideen zur Seite.
Mein besonderer Dank gilt dem Verlags- und Lektorenteam, dessen engagierte, ideenreiche und liebevolle Arbeit aus einem Manuskript ein Buch werden lässt und es zum Leser bringt.

Euch Allen: Vielen Dank!

Prolog

Es war finstere Nacht. In einen dunklen Umhang gehüllt ging der Padre ruhigen Schrittes über die *Ponte della Paglia,* er hatte keinen Schlaf finden können. Plötzlich blieb er stehen, denn in sein Ohr drangen die Klänge unglaublich traurigen Violinspiels. Ergriffen blickte er sich um. Woher kam nur diese anrührende Musik? Da war doch nur das schmutzige Wasser des *Rio di Palazzo,* das verzagt plätscherte, die dunklen Gemäuer des Dogenpalastes und die grauschwarzen, hoffnungslosen Mauern des *Prigione Nuove,* die vor ihm emporragten. Der Priester legte die Hände andächtig ineinander, verharrte still und lauschte. Nach einer Weile gab es für ihn keinen Zweifel mehr, die Klänge drangen aus dem Gefängnis heraus.

»Die Beklemmung der Haft muss schwer auf dem Eingesperrten lasten«, dachte der Padre, »nur allzu verzweifelt klingt sein Spiel. Aber ein Mensch mit so tiefen Empfindungen, gesegnet mit einer solchen Gabe, kann nicht hinter diese schmutzigen Gefängnismauern gehören. Jemand, der in dieser Weise Violine spielt, ist kein übler Mensch, dessen bin ich gewiss. Warum nur, um Gottes Willen, hat man ihn in ein erbärmliches Verlies gesperrt? Ein einfacher Taschendieb oder unbedeutender Missetäter, der dort einsitzen muss, ist er wohl nicht.«

Das Licht der Laterne erhaschte das Haar des Priesters, es war ungewöhnlich rot. Er hielt sich an den feuchten Steinen der Mauer fest und schloss die Augen.

»Warum wohl hat man dem Gefangenen die Geige nicht abgenommen?«, ging es ihm durch den Kopf. »Ob er eine für Venedig bedeutende Person ist? Doch kenne ich jeden, der Violine spielt und sein Instrument beherrscht.«

In Gedanken ging er eine Reihe von Namen durch: »Scarlatti, Lotti, Corelli … Mit Corelli habe ich noch vor ein paar Tagen einen Becher guten Weines geleert. Und die beiden anderen sind rechtschaffene Musiker. *Strano* – sehr seltsam. Womöglich hat man den Gefangenen mit dem Schiff hergebracht, vielleicht ist er ein Galeerensträfling und kommt gar nicht aus Venedig, sondern aus Tirol oder Bayern.« Der Priester wusste, dass Venedig für seine Galeeren häufig Häftlinge einkaufte und solcherlei Geschäfte gerne mit dem Kurfürsten Max Emanuel von Bayern betrieb. »Dann müsste er ein Hochverräter, Schmuggler, Totschläger oder gar ein Mörder sein, aber dann hätte man ihm gewiss nicht das Instrument gelassen. Nur, was hat er sich zuschulden kommen lassen?«

Der Priester senkte den Kopf, um dem Violinspiel noch aufmerksamer zu lauschen. Er bemerkte, dass sich die Trostlosigkeit der harmonischen Wendungen änderte. Es waren nun nicht mehr Schmerz und Unglück, die aus den Mauern des Gefängnisses zu flüchten versuchten, sondern tiefe Sehnsucht.

»Auch wenn ich mir geschworen habe, den Ort des Grauens nicht mehr so schnell zu betreten, muss ich alsbald in die Zelle dieses Menschen gelangen, um seiner ansichtig zu werden. Ich muss wissen, wer da spielt und erfahren, wer die wundervolle Violine gebaut hat.«

Plötzlich verklang das Geigenspiel und zurück blieb eisige, bedrückende Stille. Enttäuscht, jedoch mit großer Entschlossenheit, wendete sich Antonio Vivaldi zum Gehen und verschwand in der Dunkelheit der *Serenissima*.

TEIL 1

Kapitel 1

Seit den frühen Vormittagsstunden brannte die Augustsonne unermüdlich hernieder. Mücken und Bremsen surrten durch die Luft und belagerten den Tross der Inquisition, der auf dem Weg zu einem Kloster in den Alpen war. Auf dem vorderen Fuhrwerk saß ein Mädchen, schön von Gestalt, aber mit nach innen gekehrtem, tieftraurigem Blick. Der Inquisitor hatte bestimmt, sie zur Errettung ihrer Seele in die Obhut eines Nonnenordens zu geben.

Langsam bewegten sich Pferde und Reiter in der sengenden Hitze. Plötzlich kam Wind auf und fuhr durch die Blätter des buschgesäumten Pfades. Doch die kurzzeitige Luftbewegung verflog wieder und zurück blieb die unbarmherzige Wärme.

Anna wischte sich über die feuchte Stirn und zog einen mit kleinen Muscheln verzierten Messingkamm aus ihren langen Haaren. Dieses floss ihr wie glänzendes Gold über die Schultern. Das Mädchen schaute den Kamm an und strich zärtlich mit den Fingerspitzen über ihn. Er war ein Geschenk, mit dem ihre Mutter, Maria Muringer, sie zu ihrem siebzehnten Geburtstag überrascht hatte. Dieser Tag lag gar nicht lange zurück, es war vor drei Monaten gewesen, Frühsommer in Augsburg, man schrieb das Jahr 1703.

Anna und ihre Mutter streiften durch die saftigen Blumen- und Kräuterwiesen hinter den mächtigen Stadtmauern Augsburgs. Es war ein wahres Vergnügen für sie, denn das Gras raschelte sachte im Wind, bunte Falter tänzelten heiter herum und Vögel pfiffen ausgelassen ihre Melodien. Wiesenglockenblumen, Graslilien, Sonnenröschen, Schafgarbe, Margeriten und Sandthymian leuchteten in einem Wildblütenmeer um die Wette.

An diesem Nachmittag hätte man glauben können, ein Maler habe seinen Pinsel in Farbe getaucht, um die Welt damit zu verschönern. Es war aber nicht eine auf Leinwand gemalte Idylle, sondern die Wirklichkeit. Denn über allem lag dieser wunderbare Duft des Sommers, den selbst der vollendetste Maler nicht hätte festhalten können.

Anna lief durch die Wiesen und suchte Kamillenblüten für Tee. Außerdem schaute sie nach Wiesensalbei, denn eine Nachbarin klagte über unangenehme Halsschmerzen und dagegen gab es kein besseres Mittel, als mit einem Salbeiaufguss zu gurgeln.

Am frühen Nachmittag breitete Annas Mutter eine Decke unter einer mächtigen Eiche am schattigen Rand des Haunstetter Waldes aus. Sie legten sich nebeneinander, blickten in die dicht gewachsene Krone und schauten versonnen den vorüberziehenden Wolken nach. Dabei aßen sie frisch gepflückte Johannisbeeren und ein Stück selbst gebackenen Kuchen.

Anna verschränkte die Arme hinter dem Kopf, dabei fiel ihr eine Haarsträhne ins Gesicht. Sie kicherte übermütig und versuchte sie zurückzupusten, aber es wollte ihr nicht gelingen. Schließlich strich ihre Mutter die Strähne nach hinten – das tat sie oft, denn Anna besaß nur ein verschlissenes Band, um ihre Haare zu zähmen. Wenn sie herumlief oder singend durch die Küche tanzte, lösten sich immer wieder einzelne Locken heraus – und dann hatte sie ihrer überraschten Tochter den wunderschönen Kamm ins Haar gesteckt.

»Für dich, mein Kind, damit du deine Locken ordentlich aufstecken kannst.« Sie hatte stolz gelächelt, während sie sprach.

Anna hatte die Haarpracht ihrer Mutter geerbt. Der einzige Unterschied war der rote Farbton, der Marias Haare im Schein der Sonne wie Feuer lodern ließ.

Anna konnte ihr Glück kaum fassen. Einen solch kostbaren Kamm hatte sie bisher noch nicht besessen. Sie war sich bewusst, dass ihre Mutter dafür viele Näharbeiten an den Abenden bei Kerzenschein unter größten Mühen verrichtet haben musste und bestimmt mehr Wäsche als üblich für die Nachbarn in der Umgebung gewaschen hatte. Ein Geschenk dieser Art hätten sich ihre Eltern sonst nicht leisten können – ihr Vater hatte als Schreiner, Möbel- und Kunsttischler gut zu tun, aber es reichte trotzdem immer nur für das Nötigste. Einen kleinen Betrag legte die Mutter stets zurück, er war für außergewöhnliche Anschaffungen oder Reparaturen gedacht. – Anna sprang auf, fasste ihre Mutter an beiden Händen und zog sie zu sich hoch, dann umarmten sie sich glücklich und liefen tanzend und ausgelassen über die Wiese, bis sie lachend wieder auf die Decke sanken.

Anna wurde jäh aus ihrem Tagtraum gerissen, denn sie waren soeben mit dem Fuhrwerk, auf dem sie saß, über einen dicken Stein gerumpelt. Der Mann, der vorne auf dem Gefährt hockte, musste ihn wohl übersehen haben. Das Fuhrwerk holperte arg und geriet in Schieflage. Der Mann fluchte und schimpfte aufs Übelste vor sich hin, er zog und zerrte an seinen Riemen, damit der Gaul nicht durchging, und lehnte sich mit aller Kraft seines Körpergewichtes in die entgegengesetzte Richtung. Es dauerte einen Moment, doch schließlich gelang es ihm, das Fuhrwerk wieder unter Kontrolle zu bringen.

Anna atmete erleichtert aus. Sie lockerte langsam ihre Hände, die eine Holzlatte des Gefährts fest umklammert hielten. Sie hatte befürchtet, sie würde mitsamt dem Fuhrwerk in den Graben kippen und dabei erschlagen werden. Doch das Unglück hatte sich noch einmal davongeschlichen.

Anna, die die Natur so liebte, nahm die Schönheit des Wäldchens, das satte Sommergrün des Gesträuchs, das zugewachsene Dickicht, den plätschernden Bach, an dem sie vorbeifuhren, und die fröhlich vor sich hin zwitschernden Vögel gar nicht wahr. Stattdessen zog sich ihr vor Verzweiflung der Magen zusammen, denn sie hatte unentwegt die grauenvollen Bilder vor Augen, wie die Männer der Inquisition ihre Mutter in einen schäbigen Sack gepackt, ihn zugeschnürt und in den Fluss geworfen hatten.

»Bist du eine Hexe«, hatte der Inquisitor gerufen, »dann hilf dir selbst und befreie dich aus dem Sack.«

Das Wasser hatte arg gespritzt und für einen Moment war der Sack versunken. Doch war er an der Wasseroberfläche wieder aufgetaucht und hatte ungewöhnlich ruhig im Fluss geschaukelt.

Anna hatte sich vor der Vollstreckung des Urteils von ihrer Mutter verabschieden dürfen. In einem unbeobachteten Moment steckte sie ihr ein Tüchlein zu, in das sie Blüten des giftigen Fingerhuts gehüllt hatte.

Das Mädchen kannte die Wirkung vieler Kräuter. Ihre Mutter hatte ihr von Kindheit an die heilende Kraft der Pflanzen beigebracht. Eine Kunst, auf die sich angeblich nur Hexen verstehen, so hatte die Inquisition geurteilt und Maria Muringer der Hexerei beschuldigt. Anna wusste es besser, es hatte nichts mit Übersinnlichem zu tun, nur mit Erfahrung und dem daraus resultierenden Wissen um die Heilkraft der Pflanzen. Überall wuchsen diese wunderbaren Gewächse: Löwenzahn, Kamille, Wegerich, Wacholder, Mädesüß ... am Waldrand, auf Wiesen oder auch mitten in der Stadt. Und alle besaßen ihre ganz besonderen, natürlichen Kräfte.

Ihre Mutter heilte einst den Knochenbruch einer Freundin, die im Winter auf dem Weg in die Wäscherei ausgerutscht war und sich das Handgelenk gebrochen hatte. Sie behandelte den Bruch erfolgreich mit Beinwellwurz und Ackerschachtelhalmtee.

Maria war sich sicher, dass es für alle Krankheiten eine wirkungsvolle Pflanze gab. Dass sie eines Tages hilflos zusehen müsste, wie ein geliebter Mensch mit dem Tod ringen und sterben würde, hatte sie niemals für möglich gehalten.

Vor vier Wochen jedoch war Annas Vater an einem schlimmen Fieber erkrankt. Er verletzte sich beim Arbeiten in seiner Werkstatt mit einem Messer an der Hand. Umschläge sollten die Infektion heilen und ein Pflanzensud das aufkommende Fieber senken. Unglückseligerweise gelang es Maria nicht, die Infektion in den Griff zu bekommen. Annas Vater starb mit vergiftetem Blut in den Armen ihrer Mutter. Die Schwester des Vaters, die der Familie Muringer eigentlich liebevoll zugetan war, kam über den Tod ihres Bruders nicht hinweg. Sie beschuldigte Maria, an seinem Ableben schuld zu sein. Schließlich verfluchte sie Marias Kräuterkunst und verriet die Schwägerin an die Inquisition.

Anna kannte nicht nur viele heilende Pflanzen, sondern auch die giftigen, heimtückischen Wirkungen manch unscheinbaren Krautes oder wunderschönen Gewächses in der nahen Umgebung. So auch den Fingerhut mit seinen prächtigen violetten Blütenhüten. Der Verzehr mehrerer dieser Blüten führte nach wenigen Sekunden zum Herzstillstand.

Als Anna Abschied von ihrer Mutter nahm und ihr heimlich das Tuch mit den violetten Blüten zusteckte, hatte Maria wissend genickt.

»Du wirst es schaffen, mein Kind, das weiß ich«, flüsterte sie ihrer Tochter zum Abschied zu. »Hüte dich vor den bösen Männern. Verfolge die Erfüllung deiner Träume. Lebe und liebe – und finde deinen Onkel in Venedig.« Bei den letzten Worten hatte man ihre Mutter weggezerrt.

»Mutter, geliebte Mutter«, hatte Anna gewimmert, und auch nun schluchzten diese Worte aus ihr heraus. Tränen flossen über ihre Wangen und tropften auf den Muschelkamm. Anna steckte ihn behutsam in ihre Haare zurück, umschlang die Knie und gab sich dem Schmerz hin. Sie wollte schreien, um die schrecklichen Bilder nicht mehr sehen und die üblen Stimmen nicht hören zu müssen, die sie im Geiste quälten. Sie konnte diese böse Welt nicht fassen und so verschwamm sie in einem Meer aus Tränen und löste sich in einem matten Schleier auf. Doch wieder bahnten sich die grauenvollen Bilder den Weg und bohrten sich in ihr Bewusstsein.

»Die rothaarige Hexe soll sterben, Hexe, Hexe«, schrien die Menschen, die sich neugierig am Ufer des Lechs zur Gottesprobe versammelt hatten.

Es war lange her, dass man in Augsburg eine Hexe verurteilt hatte. An solch einer Sensation wollten viele Menschen teilhaben. Die Stimmung unter den Leuten war unangenehm, die einen hatten Angst, andere schimpften vor irrwitziger Wut gegen Hexenmagie. Es gab aber auch die jenigen, die voller Mitleid mit Maria Muringer waren und sie eigentlich sehr schätzten. Dennoch wollten auch sie sehen, was passieren würde.

»Bestimmt ist die Tochter auch eine Hexe«, rief plötzlich jemand.

»Werft sie doch gleich hinterher«, grölte ein anderer.

Die Menge trieb nach vorne. Sie versuchten an einer Absperrung vorbeizugelangen, um an Anna heranzukommen. Da ertönte auf einmal die Stimme des Inquisitors: »Haltet ein, brecht den Stab nicht zu früh über sie. Lasst uns sehen, ob die Muringer Hexe gleich aus dem Fluss herausspringt.« Er machte eine Pause und blickte die Leute an. »Oder, ob sie womöglich doch keine magischen Kräfte besitzt.« Der Inquisitor blickte aufs Wasser und für einen Augenblick beruhigte sich die Menge.

In dem Sack war keine Bewegung zu sehen. Nur Anna wusste, dass ihre Mutter längst nicht mehr am Leben war und dass das Gift des Fingerhuts ihr die Qualen des jämmerlichen Ertrinkens genommen hatte.

Nach ein paar Minuten befahl der Inquisitor seinen Leuten, den Sack herauszuziehen. Zwei Männer stiegen mit Stöcken bewaffnet in den Fluss. Sie schubsten ihn vorsichtig an.

»Bist du eine Hexe, dann komm jetzt heraus«, meinte der eine. Der andere überprüfte, ob der Sack noch immer verschlossen war.

»Alles ist nach wie vor gut verschnürt, daraus ist niemand entwichen.«

»So holt ihn her«, rief der Inquisitor.

Die Männer schoben den Sack mit ihren Stöcken ans Ufer. Die Sache schien ihnen aber nicht ganz geheuer zu sein. Zwei weitere Männer mussten helfen, den Sack an Land zu schaffen. Dann schnitt der Inquisitor höchstpersönlich den Strick durch.

»Mein Gott, sie ist tot«, rief eine junge Frau und schlug entsetzt die Hände vor ihr Gesicht. Sie hatte sich ganz nach vorne gedrängt, um den besten Blick auf den Inhalt des Sackes werfen zu können.

Die Menge fing an zu murmeln. Anna spürte das wilde Pochen ihres Herzens im Ohr und aufgeregte Äußerungen der umstehenden Menschen schwirrten um sie herum: »... unschuldig ... gemeiner Mord ... die arme Tochter ...« Die noch eben gefasste Stimmung schien umzuschlagen. Sie richtete sich diesmal gegen den Inquisitor. Dieser erhob die Hände, um die Menschen zu beruhigen: »Ihr könnt froh sein«, rief er, »die Muringer ist keine Hexe. Ihre Seele wird unbeschadet in Gottes Reich aufgenommen werden. Tut Buße, ihr Christenmenschen, lebt bescheiden und werdet nicht ketzerisch, sonst steht euch eine ähnliche Probe bevor.«

Die Menge ließ sich mit diesen Worten jedoch nicht besänftigen oder Bange machen. Der Inquisitor sah ihre verachtenden Blicke. Er hatte die Menschen nicht mehr unter Kontrolle, er befürchtete, dass sie jeden Moment über ihn herfallen würden. Mit aufgebrachter Stimme schrie er seine Männer an: »Tut etwas, treibt sie auseinander.«

Des Inquisitors Gefolge führte den Befehl sofort aus, mit gezückten Waffen und wutschnaubenden Gebärden drängten sie die Menge zurück. Ein großer Tumult entstand. Alle schrien durcheinander, eine alte Frau wurde zu Boden gestürzt und verletzte sich am Kopf, ein Kind fing bitterlich an zu weinen und wurde von seiner Mutter ängstlich weggezerrt.

»Geht nach Hause«, rief der Inquisitor ihnen nach, »und hütet euch vor auffälligem Benehmen, andernfalls wird es euch genauso ergehen. Ihr wisst, es wurden auch schon Hexen auf dem Scheiterhaufen verbrannt.« Er hatte sich derart ereifert, dass seine Stimme fast umkippte und er nach Luft japste. »Ich werde für euch beten. Geht mit Gott, in nomine patris et filii et spiritus sancti«, brachte er mit ausgebreiteten Armen nur noch röchelnd hervor. Dann sank er erschöpft auf einen Stein nieder und legte sein Gesicht in beide Hände. Eine Beklemmung schien ihm den Hals zuzudrücken, sein Herzschlag beschleunigte sich und er musste heftig atmen. Niemals zuvor in seinem Leben war ihm die Furcht so den Nacken hinaufgekrochen, niemals zuvor hatte er derartig an sich gezweifelt, niemals zuvor hatte er sich so seiner Schwäche geschämt.

Erstarrt vor Entsetzen blickte Anna zunächst den Inquisitor an. Dann wagte sie einen Blick auf ihre tote Mutter. Marias leichenblasses Gesicht war von den verstümmelten, abgeschnittenen Haaren umrahmt und schaute leblos aus dem Sack heraus. Anna wollte sich zu ihr bücken, sie wachrütteln, doch da packte sie plötzlich jemand von hinten, um sie wegzuzerren.

»Lasst mich los«, schrie Anna hysterisch und schlug mit den Armen wild um sich, »ich will bei meiner Mutter bleiben.«

Ein zweiter Mann eilte herbei, um das Mädchen zu bändigen. Gemeinsam schleppten sie Anna zu einem Fuhrwerk und hoben sie grob hinauf. Dann blieb einer der beiden Männer vor dem Karren stehen und passte auf, dass sie sitzen blieb.

Der Inquisitor hatte mit gebrochener Stimme angeordnet, Anna schnellstmöglich aus Augsburg fortzubringen. Er wollte noch in dieser Stunde seine Reise zu einem Kloster in den Alpen fortsetzen.

Eigentlich war der Inquisitor, Jakobus von Schaffhausen, mit seinen Männern auf der Durchreise von Ulm nach Mittenwald gewesen. Er gehörte dem Orden der Dominikaner an und war vom Ulmer Prior des Ordens beauftragt worden, in Augsburg den Baumeister für die Errichtung einer Konventkirche des Klosters auszuwählen. Außerdem sollte er dem Prior aus dem Bergdorf eine für ihn in Auftrag gegebene Violine mitbringen.

Der Inquisitor kannte Mittenwald bisher nicht. Lieber wäre er in Ulm geblieben, als bei dem feuchtwarmen Wetter eine anstrengende Fahrt in die Berge anzutreten. Aber er musste sich den Anordnungen fügen. Das erste Ziel war Augsburg gewesen.

Von Schaffhausen und seine Männer hatten im Dunkeln, bei sternklarem Himmel, gerade das nördliche Wertachbrucker Tor passiert, als plötzlich am Firmament ein leuchtender Himmelskörper hinab zur Erde schoss. Er verglühte zwar nach wenigen Sekunden, trotzdem zuckte der Inquisitor erschreckt zusammen, denn eine solche Erscheinung hatte schon häufig Unangenehmes angekündigt. Mit einem bedrückten Gefühl fuhr er in die vornehme Fuggerstadt ein.

Am nächsten Tag wurden ihm tatsächlich allerlei Nachrichten zugetragen, die ihm gar nicht gefielen. Die Ernte sei durch einen Hagelsturm verdorben, ein schreckliches Fieber habe einige Menschen sterben lassen, eine böse Frau treibe ihr Unwesen in Augsburg, ein rothaariges Kräuterweib rühre heimlich in ihrer Stube Gemische an, sie sei schuld am Dahinsiechen vieler Menschen, die Rothaarige sei eine Hexe.

Und dann waren der Ratsherr, ein wohlhabender Fugger und ein Pfarrer zu Schaffhausen gekommen und forderten von ihm, das Urteil über eine Frau namens Maria Muringer zu sprechen, von der sie befürchteten, dass sie eine Hexe sei. Es dürfe nicht noch Schlimmeres in Augsburg passieren. Falls der Inquisitor dies nicht tun wolle, würden sie den Bischof um Hilfe bitten.

Wie leicht konnte von Schaffhausen diese Augsburger Obrigkeit durchschauen. Sie hatten einen Sündenbock gesucht, dem sie die Unbill der letzten Monate – Stürme, Gewitter, Krankheit und Tod – anlasten konnten. Und in der Muringer hatten sie endlich einen gefunden.

Der Inquisitor fühlte sich hin- und hergerissen. Der letzte Hexenprozess in Augsburg lag viele Jahre zurück. Er persönlich glaubte nicht mehr an den Hexenwahn, mehr noch, er verabscheute die mit ihm einhergehende Hysterie. Dennoch spürte er den Druck, den die einflussreichen Herren ausübten. Schaffhausen wollte sich mit dem Bischof nicht auseinandersetzen müssen und von ihm gar gerügt werden, vielmehr erhoffte er sich ein noch höheres und erträglicheres Amt in der kirchlichen Hierarchie.

Der Bischof war viel konservativer und fanatischer in seinem Denken. Er wäre sicher für die Untersuchung eines Hexenverdachts, würde sich aber bestimmt nicht selber die Hände schmutzig machen wollen, genauso wenig wie die hohen Herren Augsburgs. Gegen seine innere Überzeugung hörte sich der Inquisitor daher weitere Vorwürfe gegen Maria Muringer an.

Eine aufgeregte Frau kam zu ihm und behauptete, die Hexe habe ihren Bruder getötet. Es fügten sich die Anschuldigungen so ineinander, dass der Inquisitor nicht umhin kam, Maria Muringer der Hexerei wegen anzuklagen. Er hatte sie festnehmen lassen und persönlich im Fronhof verhört. Da ein Apotheker sich für ihre Unschuld einsetzte und beteuerte, dass er die Frau des Öfteren beauftragt habe, aus den Augsburger Wiesen Heilkräuter für seine Apotheke zu suchen und sie ihr Wissen und ihre Erfahrungen gewiss auch dadurch erlangt und vertieft habe, verurteilte der Inquisitor sie nicht durch Verbrennen auf dem Scheiterhaufen, sondern ordnete stattdessen die Gottesprobe an.

»Gott wird entscheiden, ob sie schuldig ist.« Hinter dieser Aussage versteckte sich von Schaffhausen. Dennoch tobte sein schlechtes Gewissen in ihm, es schien ihn fast zerreißen zu wollen. Ein beklemmendes Glühen machte ihn schier verrückt.

Die verbleibende Zeit bis zur Vollstreckung verbrachte er in tiefem Gebet. Doch den faulen Geschmack seiner Schwäche konnte er nicht verdrängen, er klebte in seinem Rachen und ließ sich durch nichts hinunterspülen.

Vor den Augsburgern aber durfte und wollte er sich seine Zweifel auf keinen Fall anmerken lassen.

Mit dem ersten Hahnenschrei hatte man Maria Muringer aus dem Jakobertor hinausgeführt und zum Ufer des Lechs gebracht. Dort wurde sie vor den Augen vieler Schaulustiger gefesselt. Dann packte der Inquisitor Maria am Kopf und löste ihre roten Haare. In diesem Moment fuhr ein blitzendes Licht in sie hinein und ließ sie wie Feuer brennen. Augenblicklich ließ der Inquisitor die Muringer los und wischte sich erschreckt über die Hände.

War das ein Zeichen Gottes? Sollte er von seinem Urteil ablassen und die Frau begnadigen? Es wurde ihm schwindelig und er geriet ins Wanken. Einer seiner Männer eilte zu ihm hin und stützte ihn.

Ich darf keine Schwäche zeigen, dachte er und rief: »Habt ihr gesehen, welche Kraft in dieser Frau steckt?« Er schubste Maria beiseite. Sie fiel direkt vor Annas Füße, die die Gelegenheit nutzte, ihre Mutter zu umarmen.

»Lasst das Mädchen ruhig Abschied nehmen«, meinte der Inquisitor. »Sie soll stets vor Augen haben ...« Die letzten Worte hatte er leise vor sich hin gemurmelt. – Was tat er da nur? Nicht er war Rechtsprecher über Leben und Tod, das würde Gott übernehmen. Gott war es, der ihn hier handeln ließ.

»Gott, Gott, Gott, hilf mit, bitte verlass mich nicht«, betete er lautlos.

Dann befahl er einem seiner Männer, der Frau die Haare abzuschneiden und sie und das rote Büschel in einen Sack zu packen.

Anna durfte ihre Mutter nicht beerdigen, es blieb keine Zeit dafür. Sie hoffte, dass der Apotheker für eine Grabstelle sorgen würde.

Die Männer der Inquisition kümmerten sich in einem Innenhof um den Tross, die Wagen und die Pferde. Sie hatten Anna auf ein Fuhrwerk geschafft, das mit Proviant beladen wurde, und dort hockte sie nun stumm in ihrer Verzweiflung. Der Hof war erfüllt vom Wiehern und Schnauben der Pferde, die sich unruhig auf der Stelle bewegten. Der Gestank von Mist kroch übelriechend zwischen den Mauern hin und her. Nach einer Weile war die Kutsche des Inquisitors zur Abfahrt bereit und der Tross mit dem Vertreter der Inquisition ruckte an und setzte sich langsam in Bewegung. Die Wagen und Gäule polterten laut über die Pflastersteine. Das Fuhrwerk, auf dem Anna saß, wurde von einem braunen, hochschultrigen Kaltblüter gezogen.

Anna saß lange regungslos da. Sie verließen ihre Heimatstadt Augsburg, den Ort, an dem sie glücklich gewesen war, den Boden, in dem ihr geliebter Vater ruhte und in dem man ihre Mutter hoffentlich begraben würde. Sie schloss die Augen, um die aufflammende Beklemmung zu vertreiben. Niemals durfte sie in ein Kloster gehen, das wusste sie, wenn man sie einsperrte, würde sie verrückt werden. Sie ballte ihre Hände zu Fäusten. Niemand durfte sie wegsperren, um sie mundtod zu machen.

»Der Inquisitor wird seine gerechte Strafe bekommen«, das schwor sich Anna.

Am Rande der Via Claudia Augusta, der alten Römerstraße, standen einige Neugierige.

»Das arme Mädchen«, hörte Anna jemanden sagen, »… und wenn sie vielleicht die Hexe ist ..., Hexe, Hexe ...«

»Fort mit euch«, rief der Mann vorne auf dem Fuhrwerk.

Anna nahm die Menschen und die Umgebung nur schemenhaft wahr, der dichte Nebel aus Schmerz und tiefer Leere nahm ihr jede Sicht. Das Grauen war in ihr Herz gebrannt. Plötzlich wurde ihr übel und sie musste sich übergeben. Der Mann auf dem Kutschbock reichte ihr eine Flasche mit Wasser: »Hier, trink das, Mädchen, dann wirst du dich besser fühlen«, lächelte er ihr mitfühlend zu und zeigte dabei seine verfaulten Zähne. Anna überkam ein erneuter Würgeanfall, diesmal aus Ekel und weil der Mann widerlich nach Schweiß stank. Trotzdem nahm sie das Wasser dankbar an.

Der Tross polterte über die hölzerne Zugbrücke zum roten Tor hinaus und ließ Augsburg hinter sich zurück. Sie fuhren am angrenzenden Haunstetter Wald vorbei, durch den ein für Schmuggler beliebter Pfad führte, in Richtung Friedenau.

Nach einiger Zeit wurde Anna vom Schaukeln des Fuhrwerks schwindelig und es überkam sie eine bleierne Müdigkeit, sodass sie sich auf die Seite legte und vor Erschöpfung einschlief. Als sie erwachte, schreckte sie hoch, denn sie hatte die schrecklichen Geschehnisse vor Augen und schaute sich ängstlich um.

»Wo sind wir?«, fragte sie mit leiser Stimme den Mann auf dem Fuhrwerk, sie kannte die Gegend nicht.

»Na, Mädchen, bist du wieder wach? Hast aber tief geschlafen. Wir sind ein gutes Stück vor Klosterlechfeld. Dort an der Seite ist ein Beutel mit einem Laib Brot, kannst dir was abbrechen, musst doch ziemlichen Hunger haben.«

Anna versuchte, nicht auf seine Zähne zu blicken und den Schweißgeruch zu ignorieren. Sie griff nach dem Brot, riss sich ein großes Stück ab und aß es gierig bis zum letzten Happen auf. Danach hatte sie noch immer Hunger, aber sie traute sich nicht, ein weiteres Stück abzubrechen. Außerdem spürte sie, dass ihre Kehle unangenehm trocken war.

»Iss, bis du satt bist, Wasser steht daneben, nimm es ruhig«, sagte der Mann freundlich, als ob er Annas Gedanken erraten hätte.

Sie nahm ein paar kräftige Züge und fühlte sich etwas gestärkt.

»Vor mir brauchst du keine Angst zu haben«, sprach der Mann. »Ich gehöre nicht zu den üblen Kerlen der Inquisition. Mein Name ist Manfred Steyer und ich habe den Auftrag erhalten, diesen Wagen nach Mittenwald zu fahren. Vorne fährt die Leibgarde des Inquisitors, Jakobus von Schaffhausen. Vor diesen Männern musst du dich in Acht nehmen. Gib ihnen keinen Grund, auf dich aufmerksam zu werden. Hinter uns reiten auch noch zwei Männer der Inquisitionskommission, vermeide es am besten, sie anzublicken.«

Anna schlang sich ihr Tuch fester um die Schultern. Es fröstelte sie von innen heraus. Was sollte nur werden? Tagelang würde sie diesen Männern ausgeliefert sein. Sie versuchte, sich auf dem Wagen etwas bequemer hinzusetzen. Ihre Schultern schmerzten und der Rücken tat weh. Anna löste ihre hochgesteckten Haare, legte den Kopf etwas nach hinten und bewegte ihn leicht hin und her, um sich zu entspannen. Plötzlich schnaubte das Pferd, das hinter dem Wagen mit seinem Reiter ritt. Sie öffnete erschrocken die Augen und blickte direkt in das Gesicht des Mannes, der auf dem Pferd saß. Er nickte ihr grinsend zu. Anna wendete sofort ihren Blick ab und steckte sich die Haare geschwind auf dem Hinterkopf zusammen. Dann schaute sie in eine andere Richtung.

In der Ferne konnte sie etwas Dunkles erkennen, das sich bewegte und näher kam. Nach einem Moment erkannte sie die Gestalt eines Reitermanns, der in schnellem Tempo auf den Tross zugaloppierte.

Kapitel 2

Moritz Eibinger strich beglückt über die fertige Fichtendecke. Sie war für eine Geige bestimmt, deren Ahornboden ebenfalls ausgearbeitet auf seiner Werkbank lag.

Für den Boden hatte er ausgezeichnetes Ahornholz gefunden. Er hatte es in der Mitte durchgeschnitten und es dann wie ein Buch geöffnet. Enge Jahresringe wurden sichtbar, die beim Zusammenfügen ein perfektes Bild abgaben. Nach außen, zu den Rändern hin, wurden die Ringe wieder etwas breiter.

Moritz war sehr zufrieden mit seiner Arbeit, und der Auftraggeber, ein wohlhabender Herr, würde es hoffentlich auch sein.

Das Holz hatte viele Jahre im »Allerheiligsten« seines Meisters, dem Holzlager, trocknen, ruhen und reifen können. Nun würde daraus Schritt für Schritt eine, so hoffte Moritz, wunderbar klingende Geige werden.

»Na, träumst du wieder?«, meinte Geigenbaumeister Dürnholz mit einem gewissen Unterton. »Du solltest dir ein Mädchen suchen, das du streicheln kannst.«

Moritz zuckte zusammen, er hatte nicht bemerkt, dass ihn der Meister beobachtete, und fühlte sich ertappt, denn er hatte tatsächlich an eine junge Frau gedacht.

Sie hieß Elise, war eine Schankmaid und sang manchmal in einem Wirtshaus gleich um die Ecke zur Unterhaltung der Gäste. Elise war hübsch. Sie hatte große blaue Augen, ein Stupsnäschen, volle Lippen und einen wohlgeformten Körper mit zarten Rundungen. Ihre Stimme war nicht fein, eher verrucht gefärbt, aber das störte Moritz nicht, im Gegenteil, er mochte den rauen Klang sehr gerne.

Er hatte Elise an zwei Abenden im Wirtshaus gesehen, während er dort mit seinem Zimmergenossen Alois ein Bier trank. Seitdem träumte er von ihr und davon, sie in seine Arme nehmen zu dürfen.

Er wusste nicht, wie alt sie war und ob sie einen Liebsten hatte. Diese Gedanken schob er beiseite. Aber während der Arbeit musste er immer wieder an sie denken.

Moritz war in einer Geigenbauwerkstatt in Mittenwald, bei Meister Dürnholz, in der Lehre. Er fühlte sich in der Werkstatt, in der es nach Holz und Leim duftete, sehr wohl. Zu seinem Bedauern waren es bisher nur verschiedene Teilschritte, die er absolvierte. Mal war es das Vollenden der Decke oder des Bodens, oder es waren die Zargen, die er durch Erhitzen in Form bog. An das Griffbrett mit der Schnecke und den Wirbeln hatte ihn der Meister noch nicht herangeführt.

»Das kommt später«, sagte er immer. Moritz enttäuschte das sehr, es ging ihm nicht schnell genug voran.

Er nahm häufig die eine oder andere Geige seines Meisters zur Hand und spielte darauf. Er mochte die Instrumente, aber er dachte stets, dass ihnen ein gewisser klanglicher Schmelz fehle, ein sinnlicher Ton, der ihn doch berühren müsse. Die Sehnsucht nach diesem Klangideal behielt er aber für sich.

Dürnholz war eher einfacher Natur, klopfte gerne derbe Sprüche und Witze und vergnügte sich nach der Arbeit im Wirtshaus. Moritz mochte es überhaupt nicht, wenn der Geigenbaumeister nach durchzechten Nächten am nächsten Tag nach Alkohol roch und schlechte Laune hatte. Da er nicht verheiratet war, brachte er sich manchmal eine Dirne mit ins Haus.

Hatte er seinen Spaß und Befriedigung mit ihr gefunden, war er am nächsten Tag äußerst freundlich. Wenn es ihn aber nach einer Frau gelüstete, war er in einem unausstehlichen Gemütszustand, lief unruhig hin und her und schimpfte mürrisch über alles und jeden, der ihm in die Quere kam. Moritz versuchte dann, ihn nach Möglichkeit kaum anzusprechen.

Dürnholz war vor zwei Nächten bei einem Techtelmechtel eingeschlafen, da er zuvor im Wirtshaus zu viel Bier getrunken hatte. Die Dirne hatte dennoch das Geld aus seiner Börse genommen und war damit verschwunden. Nicht nur die Dreistigkeit der Frau, sondern das heiße Verlangen in seinem Schoß machte den Meister wütend. Er versuchte sich mit dem Lackieren einer Geige abzulenken, und strich mit seinem Pinsel gewissenhaft über ihre Decke. Jedoch zitterten seine Hände und plötzlich stieß er den Pinsel grob in den Lack hinein. Die kostbare Flüssigkeit hinterließ dicke Spritzer auf dem Instrument.

»Hinterlistiges Weibsstück«, fluchte er. »Du sollst *meinen Pinsel* noch spüren.« Dann sprang er auf und rannte aus der Werkstatt hinaus.

Moritz hatte Dürnholz zornig zugesehen. Nicht, dass ihm der Meister leid tat, nein, es war die Geige. Verhunzt lag sie auf der Werkbank und blickte ihn jämmerlich an.

Er musste etwas tun, damit sie ihren Glanz erhalten würde. Eine Weile wartete er ab. Als der Meister nicht wieder erschien, nahm er sich des Instrumentes an und trug mit sanften, vorsichtigen Bewegungen, ebenso wie er es bei Dürnholz viele Male beobachtet hatte, Schicht um Schicht den fein duftenden Lack auf die Geige auf. Schließlich waren die üblen Spritzer verschwunden.

Meister Dürnholz erschien erst am Nachmittag wieder, pfeifend und gut gelaunt.

»Er hat also sein Verlangen gestillt«, dachte Moritz.

Dürnholz ging zu seiner Werkbank und besah sich das Instrument.

»Gut siehst du aus, bist doch ein Meisterstück geworden«, sagte er nur. Moritz konnte an Dürnholz' Mimik nicht feststellen, ob diesem bewusst war, dass sein Lehrling die Lackspritzer korrigiert und den Rest der Geige fein säuberlich mit Lack bestrichen hatte. Oder ob der Meister seinen Wutausbruch und unachtsamen Umgang mit dem Instrument längst vergessen hatte?

Moritz war erst seit einigen Monaten in der Lehre des Geigenbaumeisters. Er war fleißig und sehr begabt für das diffizile Handwerk und lernte die verschiedenen Fertigungsabfolgen sehr schnell. Zuvor war er in seinem Heimatort bei einem Schreiner für ein Jahr in der Lehre gewesen, denn den Umgang mit Holz mochte Moritz schon immer.

Seit er ein kleiner junger Junge war, spielte Moritz auf der Geige seines Großvaters. Er liebte ihren Klang außerordentlich, sodass in ihm der Wunsch reifte, das Geigenbauhandwerk zu erlernen. Sein Vater war von dieser Idee gar nicht recht begeistert gewesen, denn Moritz' Familie verstand sich auf das Bierbrauen und sein Vater hatte gehofft, dass Moritz, dem er von Kindheitstagen an alle nötigen Brauschritte beigebracht hatte, diese Zunft weiterführen würde. Die Familie führte ein Gasthaus mit dem kraftvollen Namen »*Zum Riesen*«, an dessen Eingangsseite sich ein fein ziselierter Brauereistern befand, der Zunftstern der Bierbrauer, auf den Moritz' Vater sehr stolz war.

Moritz liebte den Geruch der Maische und den Geschmack eines guten Bieres, dennoch war ihm die immer gleiche Vorgehensweise bei der Bierherstellung einfach zu langweilig und mit der Liebe zur Musik, dem Duft von Holz und seinem handwerklichen Umgang nicht im Geringsten zu vergleichen.

Moritz' Vater hatte lange gebraucht, um den Wunsch seines ältesten Sohnes zu akzeptieren, sich mit Holz zu beschäftigen, und gewährte ihm, eine Schreinerlehre zu absolvieren. Zum Glück hatte Moritz Zwillingsbrüder, die von der Bierbrauerei völlig begeistert waren, sie lenkten den Vater von seiner Enttäuschung über Moritz ab.

Als Moritz jedoch eines Tages den Wunsch äußerte, seine Schreinerlehre abbrechen zu dürfen, um Geigenbauer zu werden, fing er sich zunächst eine Ohrfeige seines Vaters ein. Nur dem guten Zureden seiner Mutter war es zu verdanken, dass er nachgab und einen Berufswechsel gestattete. Moritz' Schreinermeister kannte einen Geigenbauer namens Dürnholz in Mittenwald und gab seinem Zögling ein Empfehlungsschreiben für ihn mit. Nur ungern ließ er ihn ziehen, denn er mochte Moritz sehr und verlor einen tüchtigen Lehrling.

Moritz war überglücklich und freute sich auf neue Herausforderungen und dass er endlich in das Geheimnis des Geigenbauhandwerks eingeführt würde. Dennoch fiel ihm der Abschied von zu Hause nicht leicht. Er verließ seine Familie und den kleinen Ort Bachhausen, in dem er mit seinen Eltern, Geschwistern und Freunden glücklich gelebt hatte.

Heute hatte er einen Brief aus der Heimat erhalten, denn es war der Tag seines zwanzigsten Geburtstags. Da seine Mutter nicht gut schreiben konnte, hatte sie einem ihrer Söhne den Text diktiert. Moritz erkannte die Schrift mit den kleinen eckigen Buchstaben seines Bruders Hans genau und hörte die warme Stimme seiner Mutter: »Es geht uns gut und wir vermissen dich alle sehr. Die Zwillinge Hans und Joachim mausern sich mit ihren sechzehn Jahren langsam zu jungen Männern. Mechthild ist häufig zu Besuch und lässt dich herzlich grüßen. Sei fleißig und vergiss uns nicht. Gott sei mit dir.«

»Mechthild«, dachte Moritz. Er kannte sie sein Leben lang, sie war das erste und bisher einzige Mädchen, das er geküsst hatte. Oft waren sie als Kinder gemeinsam über die Felder getobt, hatten sich geheime Unterschlüpfe gebaut und sich dort versteckt. Sie vertrauten sich ihre Träume an und Moritz spielte Mechthild häufig erfundene Melodien auf seiner Geige vor. Dann saß sie still da, lächelte ihn an und hörte andächtig zu. Sobald er aufhörte, drängte sie ihn weiterzuspielen.

Als Moritz mit der Schreinerlehre begonnen hatte, war kaum noch Zeit gewesen, Mechthild zu treffen. Ein paar Mal hatte seine Mutter sie zu einem Plausch eingeladen, es gab Gugelhupf und Hagebuttentee oder Holunderwein. Aber es waren nicht die unbeschwerten Treffen gewesen, wie sie sie als Kinder erlebt hatten. Es war kaum eine Unterhaltung in Gang gekommen. Hätte seine Mutter nicht immer wieder Fragen gestellt, wären die Stunden wohl ohne Worte verstrichen. Was war los mit ihnen? Warum waren sie so verändert? Moritz hatte sich diese Frage häufig gestellt, aber er wusste keine Antwort darauf. Am Tag seiner Abreise reichte er Mechthild förmlich die Hand. Er wollte ihr etwas Nettes sagen, da sie den Blick senkte, hatte er nur »Lebe wohl!« flüstern können.

Moritz war etwas wehmütig zumute, er versuchte seine Gedanken an zu Hause zu verscheuchen. Noch einmal strich er über die fein gemaserte Geigendecke.

»Fertig! Meister, was kann ich jetzt tun?« Dürnholz schlurfte zu Moritz hinüber und schaute sich beide Teile genau an.

»Gute Arbeit. Mach die Werkbank sauber, feg die Späne zusammen und dann ab mit dir. Du hast Geburtstag. Feiere! Such dir ein Mädel. Morgen ist auch noch ein Tag.«

Moritz wollte widersprechen, es war erst Nachmittag und er hätte gerne noch mit seinem Schropphobel das Innere der Decke geglättet. Wie sollte er sich jetzt bis zum Abend die Zeit vertreiben? Erst gegen acht Uhr war er mit Alois im Wirtshaus verabredet.

Moritz hatte nicht viel Geld. Der Lohn, den er von Meister Dürnholz bekam, war sehr gering, er reichte für die Miete des Zimmers, das er sich mit Alois teilte, und zwei warme Fleischmahlzeiten pro Woche. Aber ein Bier an seinem Geburtstag, das musste einfach sein. Moritz freute sich schon sehr auf den Abend, denn er hoffte, Elise wiederzusehen.

Er tat, was ihm der Meister aufgetragen hatte, und reinigte gewissenhaft die Werkbank und seinen Platz. Dann schnappte er sich seine Kappe und ging nach draußen. Im Hinausgehen verabschiedete er sich mit einem: »Bis morgen!«

Meister Dürnholz grummelte noch irgendetwas Unverständliches hinter ihm her.

Auf der Straße wehte Moritz ein leichter Wind entgegen, die Luft war angenehm warm.

»Eigentlich genau richtig für einen Spaziergang«, dachte er und schlenderte den schmalen Gröglweg in Richtung Obermarkt hinunter.

Mittenwald war ein kleines, beschauliches Städtchen, im Tal der Isar gelegen, zwischen dem Karwendel- und dem Wettersteingebirge. Die Menschen, die dort lebten, waren darauf bedacht, dass ihre Häuser von außen auf das Schönste verziert waren. Bunte Farben sowie filigrane und sauber gestaltete Malereien prägten das Bild der Stadt. Fast täglich sah man Lüftlmaler auf der Straße stehen, die irgendeine Verschönerung an den Häusern vornahmen. Madonnen und Engel blickten durch Wolken zu den Menschen hinunter, die vorübergingen, und feine, farbenfrohe Fresken ließen unscheinbare Häuserwände erstrahlen. Außerdem wurden Feuersbrünste, Wasserfluten und das alltägliche Leben der Gebirgsbewohner in Bilder umgesetzt.

In Mittenwald kannte sich jeder vom Sehen und man grüßte sich. Die Menschen waren einfach, aber fleißig, sie gingen Handwerksberufen nach, waren Tischler, Schmied oder Ofensetzer, Zinn- oder Kerzengießer. Auch die Frauen waren nicht untätig und arbeiteten als Hebammen, Bortenwirkerinnen, Seifensiederinnen oder Wäscherinnen und verstanden sich auf die Kunst der Filetseidenstickerei.

Außer der Geigenbauwerkstatt von Meister Dürnholz gab es noch einen weiteren Geigenbaumeister, er hieß Klotz und hatte drei Söhne: Georg, Josef und Sebastian. Mit Letzterem hatte sich Moritz angefreundet, denn Sebastian war seinerseits ein Freund von Moritz' Freund Alois. Manchmal zogen die drei zusammen los. Auch heute würde sich Sebastian zu ihrem Treffen im Wirtshaus dazugesellen.

Im Gegensatz zu den Geigen, die Meister Dürnholz baute, war Moritz von den Instrumenten aus der Klotz-Werkstatt fasziniert. Sie hatten einen fein nuancierten Klang, der ihn tief berührte. Heimlich hatte er einige Male am Fenster gelauscht, wenn Meister Klotz eine Geige nach ihrer Fertigstellung einspielte. Das geschah sachte und mit sehr viel Liebe und Hingabe. Ton für Ton lockte der Meister die Klänge aus dem Instrument heraus.

Immer wieder hatte Moritz gefragt, ob Klotz ihn als Lehrling aufnehmen könne, aber der Meister lehnte mit der Begründung ab, dass er keinen Lehrplatz mehr frei habe.

»Lerne zunächst einmal die wichtigsten Teilanfertigungen, dann sehen wir weiter. Wenn du begabt bist, wird sich für dich in meiner Werkstatt vielleicht auch noch ein Platz finden.«

Moritz machte sich große Hoffnungen und arbeitete deswegen sehr fleißig. Umso mehr ärgerte er sich über Dürnholz, dass ihn dieser keine Fortschritte machen ließ.

Er schlenderte nun eine Nebengasse entlang, denn es war ihm spontan in den Sinn gekommen, einen Blick in Klotz` Werkstatt hineinzuwerfen. Sein Freund Sebastian arbeitete zurzeit an einer Geige, die er mit fein eingeschnittenen Intarsien verschönern wollte. Er hatte Moritz so viel davon vorgeschwärmt und ihn derartig neugierig gemacht, dass dieser nun die Gelegenheit der freien Zeit nutzte, um einen kurzen Abstecher dorthin zu machen.

Die Werkstatt hatte ein sehr schönes Schild. Es zeigte eine in Brauntönen gemalte Geige, die von Rosetten aus Metall umschlungen war. Schon von Weitem konnte Moritz das leuchtende Schild sehen, das direkt über dem Türeingang an der Hauswand angebracht war.

Jedesmal, wenn Moritz diesen Weg ging, war er in großer Aufregung.

Als er die Werkstatt erreicht hatte, schaute er neugierig durch die kleinen Butzenfenster hinein. Sebastian stand hinter der Werkbank und war in seine Arbeit vertieft.

Mit einem kleinen Messerchen schnitzte er aus den Seiten der Schnecke, direkt oberhalb der Wirbel, ein feines Ornament heraus. Sebastian arbeitete vorsichtig und mit Bedacht an dem Motiv, das er zuvor auf das Holz skizziert hatte. Jeder Kratzer, der danebengehen würde, wäre nicht mehr rückgängig zu machen.

Moritz traute sich kaum zu atmen, geschweige denn sich zu bewegen. Er schaute seinem Freund fasziniert zu. Auf keinen Fall wollte er ihn erschrecken. Sein Herz begann aufgeregt zu pochen, der Wunsch, es dem Freund gleichzutun, war groß. Sehnsüchtig betrachtete er das Griffbrett, an dessen Seite Sebastian kleine Verzierungen hineingearbeitet hatte.

»Ich werde noch besser arbeiten und Meister Klotz von meinen Fähigkeiten überzeugen«, schwor sich Moritz und ballte dabei die Fäuste energisch in seiner Jackentasche.

Wehmütig wendete er seinen Blick ab und entschloss sich weiterzugehen, denn es war nicht der geeignete Moment, um seinen Freund zu sprechen. Er war kaum zwei Schritte gegangen, da stellte sich ihm Meister Klotz in den Weg.

»Was lungerst du hier herum? Bist du ein Faulpelz und hast nichts Besseres zu tun, als deine Nase an meiner Scheibe platt zu drücken? Oder willst du gar herumschnüffeln und uns Ideen klauen?«

Moritz schaute Klotz betroffen an, der seine Stirn energisch runzelte. Er war mit einer Schürze bekleidet, die fast bis zum Boden reichte, hatte die Hände in die Hüften gestemmt und stand grimmig vor ihm.

»Nein, ...natürlich nicht«, stammelte Moritz. »Ich habe meine Arbeit bei Dürnholz für heute schon erledigt. Bitte verstehen Sie doch, ich musste Sebastian einen Moment zusehen, wie er das Ornament aus der Schnecke so gekonnt herausgeschnitzt hat.

Meister Dürnholz lässt mich nur eine Decke nach der anderen anfertigen, manchmal auch einen Boden. Längst beherrsche ich diese Handgriffe, ich will mehr. Ich möchte eine Geige fertigstellen, mit allem, was dazugehört.

Aber ich will es von Ihnen lernen. In Ihrer Werkstatt werden die schönsten Instrumente gebaut, die ich mir nur vorstellen kann. Sie haben einen silbrigen Klang und sind so meisterhaft verziert.«

Jetzt musste Moritz Luft holen. Er hatte sich in begeisterte Rage geredet. Meister Klotz verzog sein Gesicht nach einem Moment unerwartet zu einem freundlichen Grinsen.

»Schon gut, jetzt beruhige dich mal, mein Junge, du brennst ja wirklich für die Sache, das gefällt mir.«

Nun schaute Sebastian aus der Tür heraus. »Herzlichen Glückwunsch, Moritz, ich habe mir schon gedacht, dass du vorbeikommst. Und wenn du schon mal da bist, dann komm auch herein.«

Moritz blickte Sebastians Vater verunsichert an. Der nickte ihm freundlich zu.

»Herein mit dir und lass dir etwas zeigen.«

Kapitel 3

Es war ein junger Reitersmann mit vollbepackten Satteltaschen, der sich dem Tross der Inquisition näherte. Anna wagte nur einen kurzen Blick auf ihn, aber der Ausdruck seines Gesichtes beruhigte sie. Er wirkte freundlich und hatte mit den bösen Männern anscheinend nichts zu tun.

»Wo reitet Ihr hin?«, fragte er einen von ihnen, der zuvorderst ritt. »Darf ich mich Euch ein Stück des Weges anschließen?«

»Nur zu, wir werden aber demnächst in Klosterlechfeld pausieren und dort auch nächtigen.«

Anna zuckte bei diesen Worten zusammen. Freiwillig würde sie gewiss kein Kloster betreten. Aber welche Möglichkeiten würden sich ihr bieten, um sich den Anweisungen des Inquisitors zu widersetzen? Zugleich war sie erleichtert und froh, dass das Ruckeln bald ein Ende haben würde. Sie sehnte sich nach Wasser, um sich zu erfrischen, und nach einem Nachtlager. Die Sonne hatte unentwegt geschienen, Anna fühlte ein Brennen und eine Staubschicht auf ihrer Haut. Mittlerweile war der Sonnenstand recht tief, sie würde bald untergehen.

Der junge Mann ritt nun auf Höhe des Fuhrwerks, auf dem Anna saß. Sie hatte die Augen geschlossen und tat so, als ob sie schlafen würde.

»Grüß Euch, ich bin Ferdinand Erweger. Wer ist das junge Mädchen da auf Eurem Gefährt?«, fragte er den Mann vorne auf dem Fuhrwerk. Dieser schnaufte mitleidsvoll.

»Ein armes Geschöpf ist sie.« Dann flüsterte er und der junge Mann musste mit seinem Pferd etwas näher herankommen, um ihn zu verstehen.

»Die Inquisitionskommission wollte ihre Mutter der Hexerei überführen und hat sie ertränkt. Das Mädel hat alles mit angesehen. Sie wird in ein Kloster gebracht und dort weggeschlossen. Was das bedeutet, könnt Ihr Euch vorstellen.«

»Dann sind die Männer hier ...?«

»Seid still! Ja, es sind die Männer der heiligen Inquisition. Nehmt Euch in Acht vor denen. Traut keinem. Ich bin nur ein Handlanger und verdiene mit Fahrten mein Geld. Aber ich verabscheue, was die üblen Kerle machen.« Die letzten Worte hatte er ganz leise gesprochen, nur Anna hatte sie verstehen sollen. Sie öffnete jetzt die Augen ein wenig, in diesem Moment schaute er über seine Schulter und lächelte sie an.

»Was habt ihr zwei da zu tuscheln?«, mischte sich jetzt einer der hinteren Männer ein. »Fremder, halt Abstand. Und du, Kutscher, pass auf, wo du hinfährst. Mach deine Arbeit, schließlich wirst du nicht fürs Quasseln bezahlt.«

»Verzeiht, ich habe den Mann nur gefragt, wo ihr herkommt«, meinte Ferdinand Erweger und entfernte sich etwas von dem Karren.

Anna öffnete nun ihre Augen, um den Reiter zu betrachten. Er hatte eine angenehme Stimme und wirkte irgendwie mutig auf sie. Als sie ihn anblickte, schaute er ihr direkt ins Gesicht, zog seine Kappe, verbeugte sich leicht auf seinem Pferd und lächelte ihr freundlich zu. Anna lächelte verlegen zurück, senkte dann aber schnell wieder ihren Blick.

»Lasst das Mädel in Ruhe. Sie geht Euch nichts an«, befahl nun ein anderer der Männer.

»Tut mir leid, wollte nur freundlich sein zu dem netten Fräulein.«

»Fräulein.« Der Mann lachte schäbig.

»Das mit dem Freundlichsein überlasst mal uns«, tönte nun die Stimme des Reiters, der hinter dem Karren auf seinem Pferd saß. Dann lachte auch er. Bei diesen Worten kroch Furcht in Anna auf, sie drückte sich etwas dichter an die Wand des Fuhrwerks.

Es verging eine Viertelstunde, da öffnete sich auf einmal vor ihnen ein satt blühendes Wiesental, das sich bis zu einem freundlichen Städtchen hin erstreckte. In dessen Mitte befand sich ein langes Gebäude und gleich daneben stand eine kleine Kirche.

»Das wird Klosterlechfeld sein«, dachte Anna. Sie verspürte eine innere Unruhe. Der Anblick des Klosters machte ihr Angst. Würde der Inquisitor sie hier wegsperren wollen?

Der letzte Teil des Weges bis zum Städtchen war geschottert. Das Fuhrwerk wackelte und polterte hektisch darüber. Anna versuchte, sich auf der Seitenwand etwas abzustützen, damit es nicht allzu weh tat. Dennoch würde sie eine Menge blauer Flecken davontragen.

Als sie durch das Stadttor hindurchgelangten, hatten sich bereits eine Menge Leute davor und dahinter versammelt, um einen neugierigen Blick auf die Ankömmlinge zu werfen. Anna hörte ein Wispern und spürte viele Blicke auf sich gerichtet.

»Das sind Männer der Inquisition? Seid vorsichtig. Und die da, das ist wohl eine Hexe? Hexe ..., Hexe ..., Hexe ...«, schien es von überall her zu flüstern.

Anna hatte sich hinter den Sitz des Kutschers gehockt und drückte sich nun in die Ecke. Sie hatte ihr Tuch etwas über den Kopf gezogen, damit man sie nicht sehen sollte. Eine innere Stimme sagte ihr unentwegt: »Du musst dich nicht verstecken, wehr dich. Tu was! Sag was! Du bist keine Hexe. Deine Mutter hätte sich nicht versteckt.«

Anna wollte etwas erwidern, aber ihre Kehle war wie zugeschnürt.

»Auf diesem Karren sitzt keine Hexe. Es ist nur ein unschuldiges Fräulein«, hörte Anna den Reitersmann zu ihrer Verteidigung sagen. Anna war ihm sehr dankbar. Sie wusste, dass er Kopf und Kragen riskierte.

Plötzlich stoppte der Tross und der Inquisitor erhob sich in seiner geöffneten Kutsche: »Ihr haltet Euch da raus«, rief er und blickte Ferdinand Erweger mit strenger Miene an. Dann wendete er sich den Leuten zu, funkelte sie böse an und rief: »Passt nur auf, wir sind eigentlich auf der Durchreise. Aber wenn mir zu Ohren kommt, dass sich unter euch jemand befindet, der sich mit Hexenmagie beschäftigt, nehme ich mir die Zeit, ihm auf die Schliche zu kommen und sorge für eine ausführliche Untersuchung. Habt ihr mich verstanden?«

Die letzten Worte hatte er gebrüllt. Die Leute wichen verängstigt von dem Tross zurück. Der Inquisitor setzte erneut an, allerdings deutlich milder: »Jetzt zeigt uns, wo sich ein guter Gasthof befindet. Bevor meine Männer und ich im Kloster übernachten, wollen wir etwas essen. Die Klosterküche ist wohl längst geschlossen.«

Er setzte sich nieder und tupfte mit einem Taschentuch über seine Stirn.

Da trat ein Junge aus der Menge hervor.

»Hier in der Seitengasse, Herr, gleich neben dem Kloster, da ist ein sehr guter Gasthof, da könnt Ihr einkehren, er gehört meinem Vater. Er hat auch eine angrenzende Scheune für Eure Pferde, wenn Ihr sie nicht im Kloster unterstellen wollt.«

»Pah, was maßt du dich an, uns Vorschläge zu machen, was mit unseren Pferden passieren soll. Und nenne mich nicht Herr, sondern spreche mich mit Euer Ehren an, verstanden?«, schimpfte der Inquisitor mit bösem Blick und wendete sich an seine Männer. »Unsere Pferde kommen in den Stall des Klosters. Auch meine Kutsche. Nur das olle Fuhrwerk mit dem Mädchen, das darf nicht dort hin, bringt es in den Wirtshausstall.«

Da seine Männer nicht sofort reagierten, befahl er noch einmal mit strenger Stimme: »Ihr habt gehört, was ich gesagt habe. Also macht schon.«

Der Tross setzte sich wieder in Bewegung und fuhr langsam am Kloster vorbei. Anna blickte durch ein großes Holztor in den Hof und den angrenzenden wunderschönen Garten.

Der Garten war ringsherum mit kleinen Hecken umrahmt. In seinem Inneren standen Obstbäume. Apfelbäume erkannte Anna sofort, aber auch einen Pflaumenbaum glaubte sie zu sehen. Viele blühende Beete mit Zierpflanzen und Kräutern waren von kleinen Mäuerchen umgeben. Um das Kloster herum führte eine mächtige Steinmauer, an einigen Stellen wuchs wilder Wein empor. Große alte Birken standen in ihrer Nähe und an der einen Seite thronte auf einem Podest die Skulptur der heiligen Mutter Maria.

Der Gasthof wirkte von außen einfach und nicht sehr geräumig. Aber er hatte eine angrenzende Scheune, dort konnte das Kaltblut, das Annas Karren gezogen hatte, untergestellt und mit Wasser und Hafer versorgt werden.

Mittlerweile war die Sonne untergegangen und in die Gasse kam nicht mehr viel Licht. Anna fühlte sich unbehaglich, denn bald würde die Nacht hereinbrechen – und was würde dann werden? Zumindest hatte der Inquisitor keine Andeutung gemacht, Anna in dem Kloster unterzubringen. Aber wo sollte sie schlafen? Und würde sie etwas zu essen bekommen? Sie hatte mächtigen Hunger.

Während die Männer sich um die Pferde kümmerten, blieb Anna auf dem Gefährt zusammengekauert sitzen. Es war ausgeschlossen, um Essen und einen Schlafplatz zu bitten. Sie wollte den Ratschlag des Kutschers befolgen und so wenig wie möglich auf sich aufmerksam machen.

Der Inquisitor hatte sie aber ganz und gar nicht vergessen. Er kam mit langsamen Schritten auf den Wagen und Anna zu. Als er davor stand, schaute er sie streng an, fasste mit der einen Hand nach ihrem Kinn und drehte den Kopf in seine Richtung, damit sie ihn ansehen solle.

»Du wirst heute Nacht in diesem Stall schlafen. Einer meiner Männer wird auf dich aufpassen. Und versuch nicht zu fliehen, wir werden dich überall aufspüren.«

Ausgerechnet der Mann, der hinter dem Wagen geritten war und die unangenehme Bemerkung gemacht hatte, sollte die Wache übernehmen.

»Man wird dir eine Decke und Wasser bringen«, sagte der Inquisitor noch und wendete sich zum Gehen.

»Jetzt wollen wir mal sehen, was es Gutes zu essen gibt.« Jakobus von Schaffhausen rieb sich die Hände und verschwand mit seinen Männern im Gasthof. Neben der Tür war an die Wand mit großen geschwungenen Buchstaben geschrieben: »Tritt ein, bring Glück herein.«

»Was für ein Hohn«, flüsterte Anna leise. »Als wenn diese Männer Glück bringen. Sie sind Teufel in Menschengestalt.«

Anna hatte von ihrem Vater lesen und schreiben gelernt. Sie war sehr stolz darauf, denn die meisten Menschen, die sie kannte, konnten weder das eine noch das andere.

»Du brauchst gar nicht sehnsüchtig zum Gasthof rüber zu schielen. Da kommst du ohnehin nicht rein«, sagte der Mann, der zu ihrer Bewachung draußen geblieben war, abfällig. Er hatte sich Anna, die vom Fuhrwerk hinuntergeklettert war, genähert. Sie konnte seinen unangenehmen Atem spüren. Anna hatte ihn nicht gleich bemerkt und wich erschreckt vor ihm zurück.

In diesem Moment kam der kleine Wirtshausjunge herbei, der den Männern den Gasthof seiner Eltern empfohlen hatte. Er hielt eine Lampe in der Hand, Wasser in der anderen und hatte sich etwas unter den Arm geklemmt. Der Wachmann entfernte sich ein paar Schritte von Anna.

»Ich bringe für das Fräulein Decken, Wasser ...« Er wurde jäh von ihm unterbrochen.

»Quassel nicht, bring alles in den Stall. Und du«, er glotzte Anna finster und mit verschlagener Miene an,

»suchst dir dort einen Platz zum Schlafen, kapiert! Ach, und Bürschchen, bring mir was zu essen und Bier.«

»Jawohl, mein Herr. Ich ...«

»Jetzt mach schon und verschwinde«, zeterte der Mann ungeduldig.

Der Junge gab Anna ein Zeichen, ihm zu folgen.

Im Stall war es völlig finster.

»Hab keine Angst«, sagte er freundlich. »Ich lass dir die Lampe da. Dort in der Ecke ist es trocken.« Er zeigte auf einige Grasbündel und legte eine Decke darauf.

»Hier, das ist auch noch für dich.«

Der Junge lupfte sein Hemd und zog darunter eine Hühnchenkeule hervor. »Du musst sie schnell essen, bevor der Mann dich erwischt. Sie ist nicht mehr ganz warm, tut mir leid, aber es war gar nicht einfach, sie zu stibitzen. Meine Mutter passt in der Küche wie ein Schießhund auf. Hier!«

Anna nahm die Hühnchenkeule dankbar entgegen. Sie setzte sich auf das Grasbündel und aß, so schnell sie konnte, da hörten sie plötzlich Schritte. Es war der Wachmann, der den Stall betreten hatte. Geschwind steckte Anna den Rest der Keule unter die Decke.

»Was machst du noch hier«, schimpfte der Mann den Jungen aus. »Verschwinde und bring mir endlich was zu essen. Hier riecht es doch nach Hühnchen?« Er rollte mit den Augen und blickte sich forschend um.

»Ich komme wieder«, flüsterte der Junge Anna noch zu. »Ich heiße übrigens Gustav.« Und schon flitzte er hinaus.

Der Wachmann schaute ihm hinterher, folgte ihm jedoch nicht nach draußen. Er fasste sich in den Schritt und verschloss dann die Tür von innen.

Mit langsamen Schritten kam er auf Anna zu und stellte sich breitbeinig vor sie hin.

»Dieses feine Plätzchen hast du dir also gesucht. Da wirst du aber schön schlafen können. Zuvor wollen wir aber noch ein bisschen unser Vergnügen miteinander haben, na, was meinst du?«

Er lachte frech und näherte sich mit seinem Knie ihren Beinen. Instinktiv rutschte Anna nach hinten, doch spürte sie die Stallwand kurz darauf in ihrem Rücken. Sie saß in der Falle. Der Mann presste gegen ihre Beine und versuchte sie auseinanderzudrücken. Gleichzeitig nestelte er an seiner Hose herum und beugte sich keuchend zu Anna hinunter, um sie küssen. Anna versuchte sich ihm zu entziehen, aber sie konnte nicht gleichzeitig die Beine zusammenpressen. Sie drückte mit ihren Händen gegen seinen Oberkörper, jedoch ließ er sich nicht wegschieben, er war viel zu massig.

»Lasst mich in Ruhe!«, schrie sie und schlug in ihrer Verzweiflung mit ihren Fäusten auf ihn ein.

»Sei still, du kleine Hure, du Brut einer Hexe.«

Er hob ihren Rock hoch, strich mit seiner Hand ihr Bein hinauf und versuchte, sich dazwischenzudrängen. Anna bekam sein Handgelenk zu fassen, aber gegen seine Kraft hatte sie keine Chance, er war bedeutend stärker als sie. Mit dem Mut der Verzweiflung und ohne einen Augenblick zu zögern, biss sie wutentbrannt in sein Ohr. Augenblicklich ließ der Mann von ihr ab und schrie gellend auf, dennoch biss sie weiter zu. Nun hatte sie ihn in ihrer Gewalt und er konnte sich nicht bewegen, denn sonst hätte er sich wohl das Ohr abgerissen, das inzwischen stark blutete und ihre Lippen benetzte. Der Wachmann geriet ins Taumeln und fuchtelte mit den Armen, doch Anna ließ nicht nach.

Fast ohnmächtig vor Angst und voll übelstem Zorn über das, was die Männer der Inquisition ihrer Mutter angetan hatten, presste sie ihre Zähne immer weiter in das Fleisch. Aber plötzlich hörte sie wie von Ferne eine Stimme.

»Lass ab, Anna, es ist genug.«

Sie brauchte einen Moment, bis ihr bewusst wurde, dass jemand neben ihr stand und auf sie einredete. Allmählich verstand sie die Worte und erkannte die Stimme. Ganz langsam ließ sie den Druck ihrer Zähne nach. Sogleich versuchte der Wachmann mit einem Arm auf sie einzuprügeln, doch Ferdinand Erweger zog ihn mit Schwung von Anna weg und schleuderte ihn zu Boden.

Anna zog ihren Rock nach unten und drückte sich verängstigt an die Wand, Tränen strömten aus ihren Augen und liefen ihre Wangen hinab.

»Wie könnt Ihr es wagen, einem jungen Mädchen an den Rock zu gehen. Feine geistliche Herren seid Ihr«, schimpfte Ferdinand voller Verachtung.

Der Mann am Boden stöhnte und rieb sich mit der Hand über das Ohr. Sie war voller Blut.

»Die Bestie hat mir fast das Ohr abgebissen«, schrie er.

»Ihr solltet fein still schweigen über die Sache, Euer Vorgehen spricht gegen die Ehre der christlichen Kirche.«

Der Mann rappelte sich auf und wollte wutschnaubend auf Ferdinand losstürmen, da kam zum Glück Gustav mit einem dampfenden Teller und Bier in den Stall.

»Ich bringe Euch das Essen.«

Der Wachmann hielt inne und schwankte etwas. Noch immer tropfte Blut aus seiner Wunde. Er schaute Anna und Ferdinand Erweger hasserfüllt an. Dann stolperte er zu Gustav hinüber und lachte dabei niederträchtig.

»So passt denn Ihr auf sie auf. Ich wollte nur freundlich sein. Fräulein Anna, mein Herr, Ihr müsst mein Verhalten wohl falsch gedeutet haben.« Vergeblich versuchte er, seine Hose zusammenzuhalten. Das Bild, das er abgab, zeigte nur allzu deutlich seine vorige Absicht.

Er lachte erneut schallend. Dann nahm er dem Jungen den Teller grob aus der Hand, trank aus dem Gefäß einen mächtigen Schluck Bier, wischte sich mit dem Handrücken über die schaumverschmierten Lippen und rülpste lautstark.

»Der Teufel soll euch holen, ihr Missgeburten des Satans«, schimpfte er leise vor sich hin und blitzte Anna und Ferdinand mit giftigen Augen an. Dann wandte er sich zum Gehen. Zuvor verpasste er dem Jungen noch einen kräftigen Tritt in den Hintern, sodass dieser gegen die Scheunenwand stürzte. Mit hysterischem Gekicher stolperte er dann nach draußen und warf die Stalltür hinter sich zu. Sie fiel krachend ins Schloss.

Kapitel 4

Moritz hatte die Werkstatt von Meister Klotz betreten. Es duftete angenehm nach Holz, Leim und Öl. An der einen Seite des Raumes hingen in einem Gestell drei fertige Geigen. Moritz bemerkte sie sofort und schaute sie voller Bewunderung an.

»Darf ich mir die Instrumente aus der Nähe ansehen?«

»Nur zu, wenn du mein Lehrling werden willst, musst du auch auf ihnen spielen können. Also zeig uns, was du kannst.«

»Ihr lasst mich auf einer Eurer Violinen spielen?« Moritz konnte sein Glück kaum fassen. Wie oft hatte er davon geträumt, eine Klotz-Geige spielen zu dürfen.

»Mach schon«, forderte ihn nun auch Sebastian auf und amüsierte sich über seinen Freund. »Nimm die dunklere rechts, die klingt besonders schön.«

»Lass ihn selbst entscheiden«, meinte sein Vater und beobachtete Moritz, der mit langsamen Schritten auf die Instrumente zuging. Moritz schaute sich alle drei Violinen genau an. Schließlich nahm er die Geige, die in der Mitte hing, zur Hand.

Meister Klotz staunte nicht schlecht, denn diese Geige hatte er für einen kurfürstlichen Hofmusikmeister gefertigt, sie war für ihn die Schönste, er liebte ihren wunderbaren Klang.

Moritz glitt mit seinen Fingern behutsam und fasziniert über die gewölbte Decke. Dann berührte er fast zärtlich die fein geschwungenen Zargen. Die Form einer Geige hatte etwas Sinnliches, sie wirkte nahezu erotisch auf ihn.

Klotz war sehr verblüfft über das Verhalten des jungen Mannes. Seine Söhne hatte er so noch nie erlebt, sie gingen immer recht robust mit den Instrumenten um.

Moritz setzte die Geige auf die Schulter, legte sein Kinn darauf und nahm den gespannten Bogen, den Sebastian ihm reichte. Bevor er diesen auf die Saiten setzte, warf er auf ihn auch noch einen prüfenden Blick.

Dann strich er mit ihm behutsam über die Saiten der Geige: Ganz zart an der Spitze, am unteren Ende, dem Frosch, in der Mitte und dann kostete er die ganze Länge des Bogens aus. Erst waren es die leeren, hohen Saiten, die er spielte, dann folgten die beiden tieferen.

Moritz schien die Welt um sich herum zu vergessen, schloss die Augen und spielte derartig meisterhaft, dass ihm alle Anwesenden fasziniert zuhörten. Nachdem er der Geige die feinen Töne entlockt hatte, marschierte er auf dem Griffbrett hin und her und hoch hinauf. Auch seine Dynamik steigerte sich und der ganze Raum schien von dem Klang des Instrumentes und seines Virtuosen erfüllt zu sein. Schließlich führte er sein Spiel wieder zu den sanften Klängen zurück und beendete seinen Vortrag mit einem zarten Arpeggio, einem nicht enden wollenden samtigen Triller und einer fast gehauchten Fermate.

Für einen Moment war es totenstill in der Werkstatt. Meister Klotz war begeistert. Die feinen, silbrigen Töne hatten ihn tief berührt und das Ausreizen der Dynamik zum Fortissimo hatte ihn schier überwältigt.

Moritz öffnete die Augen und atmete tief durch. Als er in die ernsten Blicke von Meister Klotz und seinem Freund Sebastian blickte, war er sehr verunsichert, er wollte sich gerade entschuldigen, dass er sich hatte gehen lassen, als es in die Stille hinein tönte:

»*Merveilleux*, einfach großartig.«

Die drei Männer drehten sich verwundert um. In der Tür stand eine elegant gekleidete Dame mit einem saphirblauen Kleid und einem zarten Schleier vor dem Gesicht. Sie applaudierte begeistert. Keiner hatte ihr Kommen bemerkt.

»Verzeihen Sie, dass ich hier einfach eintrete, aber ich habe Ihr Spiel von draußen gehört, als ich mit der Kutsche vorbeifuhr. Vor einiger Zeit habe ich Heinrich Ignaz Franz Biber musizieren hören und ich dachte schon, er wäre es, der hier mit solcher Virtuosität und Hingabe spielt. Soweit ich mich erinnere, war es eine Geige von Jakob Stainer, auf der er sein Können gezeigt hatte. Aber der Klang Eurer Violine, die ich soeben gehört habe, ist von außerordentlicher Schönheit.«

Die Dame ging mit langsamen, eleganten Schritten auf Moritz zu.

»Junger Herr, darf ich annehmen, dass Sie dieses Instrument gebaut haben?! Sie sind sicher Geigenbauer in dieser Werkstatt?«

Moritz, der noch immer von seinem Spiel beherrscht war, wollte etwas erwidern, aber die Dame unterbrach ihn sofort und deutete sein Schweigen wohl als Bescheidenheit.

»Sie sind nicht nur ein meisterhafter Geiger, dessen Spiel lyrische Anmut und Sanftheit ausatmet, sondern Sie haben auch eine wahre Meistergeige gebaut, deren Klang mich zutiefst berührt hat. Ich möchte dieses Instrument unbedingt erwerben«, sagte sie euphorisch.

Moritz wurde etwas mulmig zumute, er wollte gerne den wahren Erbauer dieser Meistergeige nennen und suchte nach den passenden Worten:

»Ja, aber ..., ... es ist so ...«

»Nichts aber, es muss dieses Instrument sein«, erwiderte die Dame mit Nachdruck.

Nun räusperte sich Meister Klotz und mischte sich höflich ein:

»*Excusez moi,* Madame, leider können wir Ihrer Bitte nicht entsprechen, denn diese Geige ist einem kurfürstlichen Hofmusikmeister versprochen.«

Die fremde Dame drehte sich zu Meister Klotz um und musterte ihn abschätzend von oben bis unten. Moritz nutzte die Gelegenheit und hängte das Instrument vorsichtig an seinen Platz zurück. Dann betrachtete er die Frau von der Seite etwas genauer. Sie trug ein hochgeschlossenes, langärmeliges Kleid aus schimmernder blauer Seide mit einer kleinen Schleppe. Ein durchsichtiger, mit kleinen Perlen verzierter Schleier, der an ihren kunstvoll hochgesteckten Haaren befestigt war, ließ ein feines Gesicht von zarter Blässe erahnen.

»Das ist wirklich sehr unerfreulich«, meinte die Dame nach einer kleinen Pause enttäuscht. »Aber ich verstehe, dass ein solcher Auftrag für diese kleine Werkstatt wohl von großer Wichtigkeit sein muss. Nur ungern verzichte ich auf dieses Instrument. Ich wünsche, dass dieser junge Mann für mich eine Geige anfertigt, die ebenso wunderbar klingt wie die, die ich gehört habe. Wer derartig meisterhaft spielt, kann gewiss auch eine weitere wunderbare Violine bauen.«

»Ja ..., aber ... gewiss...«, meinte Meister Klotz.

Die Dame hatte sich bereits umgedreht und verließ die Werkstatt.

»Man erwartet mich, ich muss weiter. Es wird Ihnen ein Bote einen ansehnlichen Vorschuss überbringen, ebenso ein Schriftstück, in dem alles festgehalten ist und er wird alles Weitere mit Ihnen besprechen. *Au revoir*, auf Wiedersehen.« Sie winkte vornehm mit der Hand und verschwand nach draußen.

Zurück blieben drei verblüffte Männer, die der Dame schweigend nachsahen. Meister Klotz war der Erste, der sich aus seiner Erstarrung löste. Er eilte zum Fenster und warf einen Blick auf die Kutsche, die sich gerade in Bewegung setzte und mit der feinen Dame davonfuhr.

Er schaute noch einen Augenblick auf das vornehme Gefährt, dann wandte er sich langsam zu Moritz um und sah ihn eindringlich an. Mit hochgezogenen Augenbrauen und einem schelmischen Grinsen um die Mundwinkel sagte er dann: »Du hast gehört, was man von dir verlangt.« Für einen Moment war es still in der kleinen Werkstatt. Moritz war völlig konsterniert und rang um Fassung; »Ja aber ...«, stotterte er.

»Kein Widerspruch, du hast die Wünsche der Dame gehört!«

»Gewiss, aber was ist mit Meister Dürnholz? Ich meine, was wird er dazu sagen, wenn ich plötzlich bei ihm aufhöre und er keinen Ersatz für mich hat? Ihm habe ich es zu verdanken, dass ich überhaupt in Mittenwald bin und in seiner Geigenbauwerkstatt lernen darf. Ohne seine Zustimmung wäre ich gar nicht hier. Dürnholz wird eine helfende Hand fehlen.«

»Ich werde mit ihm reden. Für den Übergang wirst du eben weiterhin bei ihm arbeiten. Allerdings musst du dich hauptsächlich auf den Auftrag der Dame konzentrieren. Du wirst kaum Zeit für dich haben, weil du noch viel lernen musst, aber anders wird es nicht gehen. Dürnholz muss sich auf Dauer dann nach einem neuen Lehrling umsehen«, meinte Meister Klotz mit Nachdruck.

Moritz fühlte sich hin- und hergerissen. Einerseits war er überglücklich, dass Klotz ihn aufgenommen hatte. Auf der anderen Seite jedoch rührte sich sein schlechtes Gewissen Meister Dürnholz gegenüber. So wie er ihn einschätzte, würde er erbost über Moritz sein und ihm in Zukunft die Arbeit erschweren.

Seinen Eltern durfte er von der Sache auf keinen Fall schreiben. Sie würden gewiss befürchten, dass er solch einer doppelten Aufgabe nicht gewachsen wäre. Außerdem würden sie sicher den Wechsel in eine andere Werkstatt ablehnen, denn sie waren dem alten Tischlermeister in Bachhausen, der sich für ihn eingesetzt hatte, zu größtem Dank verpflichtet.

Moritz' Eltern wollten nur das Beste für ihn, das wusste er. Doch nur er selbst spürte, was das Richtige für ihn war, das konnte kein anderer ahnen und beurteilen. Zudem hatten seine Eltern vom Geigenbau nicht die geringste Ahnung.

Meister Klotz streckte Moritz die Hand entgegen.

»Wenn du möchtest, bist du als Lehrling in meiner Werkstatt herzlich willkommen.«

Ohne einen Moment zu zögern, ergriff Moritz die Hand und ließ sich von ihm seine zukünftige Werkbank und seine Werkzeuge zeigen.

Kapitel 5

»Danke«, flüsterte Anna. Sie kauerte zitternd an die Wand gedrückt und schaute ängstlich in Ferdinand Erwegers Gesicht.

Die Holzbretter unter ihren Händen fühlten sich rau an, die Bluse klebte ihr am Rücken und ihr war entsetzlich heiß. Sie spürte, wie sich ein Windhauch durch die Bretter presste und ihr den feuchten Rücken hinaufkroch. Das Mädchen glühte innerlich, doch gleichzeitig fröstelte es.

»Hab keine Angst«, versuchte Ferdinand sie zu beruhigen. »Der Mann wird dir nicht noch einmal zu nahe treten, dafür sorge ich.«

Gustav, der Junge aus dem Wirtshaus, kam mit eiligen Schritten zu Anna hinüber.

»Ich muss wieder zurück, meine Mutter wartet. Aber schau, da oben auf dem Zwischenboden kannst du die Nacht in Ruhe verbringen.« Er zeigte auf einen zweiten, schmalen Heuboden, der sich an der anderen Seite des Stalles befand, jetzt aber in völliger Dunkelheit lag, sodass Anna ihn gar nicht sehen, nur erahnen konnte.

»An der Wand lehnt eine Leiter. Wenn du nach oben geklettert bist, zieh sie hoch, dann bist du in Sicherheit. Es gibt keine weitere, um dort hochzukommen, und ohne geht es nicht.«

Gustav blickte Ferdinand Erweger etwas misstrauisch an, dieser nickte freundlich und meinte: »Vor mir braucht das Fräulein keine Angst zu haben. Es ist mir eine Ehre, sie zu beschützen.«

»Gustav«, klang es laut aus dem Wirtshaus. »Wo steckst du nur wieder?«

»Ich muss mich beeilen«, sagte der Junge. Dann verschwand er geschwind und leise aus dem Stall. Er wollte nach Möglichkeit unbemerkt an der Wache vorbeikommen.

Anna war noch immer mulmig zumute. Ganz geheuer war es ihr nicht, mit einem fremden Mann alleine zu sein. Ferdinand machte aber keine Anstalten, sich zu ihr zu setzen, um ihr zu nahe zu treten. Er hockte sich in einigem Abstand auf einen umgestülpten Eimer, der neben einem Balken stand, klemmte sich einen Grashalm zwischen die Zähne und verschränkte die Arme hinter dem Kopf.

Anna hörte ein Rascheln neben dem Heubündel, auf dem sie kauerte. Bestimmt war es eine kleine Maus, die hin- und herhuschte, um ein gutes Versteck zu finden.

»Klein wie eine Maus sein und mich verstecken können, das würde ich jetzt gerne«, dachte Anna.

Das Heu duftete angenehm, würzig, Anna hatte das zuvor gar nicht bemerkt. Der Duft erinnerte sie an ihr Zuhause in Augsburg. Dort hatte sie häufig den Schmied in seinem Stall besucht und ihm bei der Arbeit zugesehen. Manchmal war sie auf den Heuboden hinaufgeklettert und hatte sich dort in das piksende Heu gelegt. Wie herrlich war das gewesen. Sie hatte alles genau vor Augen.

Ferdinand räusperte sich vorsichtig. Er merkte, dass Anna träumte, und wollte sie nicht erschrecken. Aus diesem Grund sprach er ruhig und bedächtig:

»Ich denke, es ist eine gute Idee, wenn du dich dort oben hinlegst. Du solltest es am besten gleich tun, bevor einer der Männer zurückkommt.«

Anna zuckte etwas zusammen. Wieder zurück in der bitteren Wirklichkeit drückte sie sich schützend an die Bretterwand. Ängstlich schaute sie in Ferdinands Gesicht. Er lächelte sie sanft an, da beruhigte sie sich wieder.

Anna sah sich von ihrem Platz aus, so weit sie bei dem diffusen Licht etwas sehen konnte, im Stall um. Dann blickte sie zu der schmalen Empore hinauf. Richtig einladend war der Platz nicht, es war nur tiefe Dunkelheit, die sie finster anglotzte. Aber sicher würde sie dort sein, das war keine Frage.

»Könnt Ihr mir helfen?«, fragte sie zaghaft und mit leiser Stimme.

»Hinaufsteigen musst du schon selbst, aber mit der Leiter helfe ich dir.«

Anna rutschte langsam von den Heubündeln hinunter, raffte die Decken zusammen und entdeckte die angeknabberte Hühnerkeule, die sie kurz zuvor dort versteckt hatte. Einzelne Grashalme klebten unappetitlich daran. Da sie noch immer ein Grummeln in ihrem Bauch verspürte und es das einzig Essbare war, zupfte sie die Halme mit spitzen Fingern ab. Als sie das Gröbste entfernt hatte, nahm sie die Keule in die eine Hand und die Decken in die andere. Dann wusste sie nicht recht, was es als Nächstes für sie zu tun galt, und schaute Ferdinand unbeholfen und fragend an.

Sie gab ein jämmerliches Bild ab: Ihr Gesicht war tränenverschmiert und schmutzig und ihr Mund war von dem Biss blutverschmiert. Trotz allem fand Ferdinand Erweger das Mädchen ausgesprochen schön. Ihre wallenden Haare, die sich wirr über die Schultern legten, das ängstliche Gesicht mit den ebenmäßigen, fast jünglingshaften Zügen und ihrem zaghaften Blick.

»Was mache ich mit dem Licht? Dort oben ist es total finster.«

»Die Dunkelheit ist nur gut, dann kann man dich nicht sehen. Ich werde dir den Weg hinauf mit der Lampe beleuchten. Lass die Decken nur liegen, ich werfe sie dann hoch«, meinte Ferdinand mit freundlicher Stimme und fügte noch zaghaft hinzu: »Übrigens wäre es angebracht, du würdest dir dein Gesicht etwas abwischen.«

Anna drückte die Decke vor ihr Gesicht und rieb es damit ab. Sie erschrak, als sie die Blutspuren auf dem groben Stoff erblickte, und ließ sie angewidert fallen. Dann machte sie einen großen Schritt darüber und ging zögerlich zur Leiter. Ferdinand folgte ihr mit der Öllampe. Sie schaute auf die Hühnerkeule und überlegte einen Moment, was sie mit ihr anstellen sollte.

Kurz entschlossen steckte sie sich die Keule zwischen die Zähne und stieg mit langsamen Schritten zur zweiten Ebene hinauf. Sie musste aufpassen, dass sie sich mit ihren Stiefeln nicht im Rocksaum verfing. Zu ihrer Erleichterung ging aber alles gut.

»Ich schiebe dir jetzt die Leiter zu«, rief Ferdinand.

Sie war sehr lang und der Zwischenboden, auf dem sich Anna befand, war nicht annähernd groß genug. Es stellte sich als gar nicht einfach heraus, das schwere, unhandliche Ding im richtigen Winkel hinaufzubekommen.

Anna musste nahe an den Rand herantreten, da wurde ihr plötzlich schwindelig, denn sie hatte unüberlegt zu Ferdinand in die Tiefe hinuntergeschaut. Für einen Moment verlor sie das Gleichgewicht und schwankte gefährlich hin und her. Ferdinand hielt entsetzt den Atem an. Anna fühlte sich mit einem Mal furchtbar schwach. Es wäre so einfach, sich fallen zu lassen, dann hätte sie alles überstanden.

Da glaubte sie auf einmal, die Gestalt ihrer Mutter vor sich zu sehen.

»Tu es nicht«, hörte sie diese sagen, ein warmes Lächeln ruhte auf ihrem Gesicht, »lebe, liebe und verwirkliche deine Träume.«

Anna rang mit sich, als die Gestalt wieder verschwand. Sie brauchte einige Sekunden, um sich zu beruhigen. Sie schwankte noch einmal, doch dann gelang es ihr, sich wieder ruhig hinzustellen. Erleichtert seufzte sie und war froh darüber, sich wieder im Griff zu haben.

»Ich muss durchhalten«, dachte sie, »auch für mich muss es etwas Gutes auf dieser Welt geben.«

Dann zog sie mit aller Kraft, die sie noch aufbringen konnte, an der Leiter. Endlich bekam sie das schwere Ding hinauf, hievte es mit Schwung auf die Ebene und fiel dabei selbst auf den Bretterboden.

Da lag sie nun, atmete schwer und war völlig erschöpft.

»Anna, geht es dir gut?«, hörte sie Ferdinands Stimme von unten.

Das Mädchen hatte kaum noch Energie zu antworten. Sie wollte einfach nur liegen bleiben und schlafen. Als sie aber erneut die besorgte Stimme ihres Beschützers hörte, gab sie sich einen Ruck und robbte an den Rand der Empore.

»Es geht mir gut«, rief sie zu ihm hinunter und schaute in sein Gesicht, das von der Lampe beschienen wurde. Ein gespenstischer Schatten tanzte durch das flackernde Licht darauf herum.

»Gott sei gedankt«, rief er erleichtert. »Hier, fang die Decke auf, sie ist kaum verschmutzt, du kannst sie ruhig verwenden.«

Ferdinand warf das graue Ding geschickt nach oben. Anna bekam sie zu fassen, kroch ein Stück vom Rand weg und deckte sich zu. Auch wenn ihr Bauch vor Hunger grummelte, war es ihr nicht mehr möglich, auf die Suche nach der Hühnerkeule zu gehen, die sie irgendwo abgelegt hatte. Sie konnte sich nicht mehr darauf besinnen, die Müdigkeit war übermächtig.

Erschöpft schlief sie ein. Der Schlaf meinte es aber nicht gut mit ihr, denn sie wurde von unheimlichen Träumen aufgesucht und gequält.

Sie sah den Apotheker aus Augsburg vor sich, wie er zugunsten ihrer Mutter aussagte und erklärte, er habe sie beauftragt, Kräuter für seine Apotheke zu besorgen. Er klopfte dabei mit seinen Fingern auf einem Tisch herum, hinter dem er stand. Der Inquisitor saß davor. Das Klopfen des Mannes wurde lauter und bedrohlicher. Seine Hände veränderten sich von Sekunde zu Sekunde, sie wurden schrumpelig und die Finger spitz. Plötzlich nahm seine Stimme ein hohes Timbre an.

»Du hast einen Fehler gemacht, Inquisitor«, schrie er mit schriller Stimme, beugte sich großmächtig über die Tischplatte und griff dem Mann, der klein wie ein Zwerg zu sein schien, an den Hals. »Nicht die Muringer ist die Hexe.« Er wandte plötzlich den Kopf zur Seite und Anna sah in das fratzenverzerrte Gesicht des Mannes, der ihr unter den Rock hatte gehen wollen. »Sondern ich bin es.« Ein kreischendes Lachen ertönte aus seinem weit aufgerissenen Mund. Seine gespenstische Gestalt kam näher und näher an sie heran, als ob er sie verschlingen wolle. Anna streckte die Arme aus, um ihn sich vom Leib zu halten. Sie versuchte von ihm fortzukommen, dessen Augen nun phosphorgrün glühten. Sie schrie vor Entsetzen, bäumte sich auf und in diesem Moment erwachte sie.

Anna war während des üblen Traumes bis an die Kante der Ebene herangerutscht, um der bösen Traumgestalt auszuweichen. Nun konnte sie ihrer Bewegung den Schwung nicht mehr nehmen und stürzte über die Kante. Sie fiel, doch zum Glück wurde ihr Sturz im gleichen Moment mit einem kräftigen Ruck abgebremst, denn sie war mit ihrem Rock an einer hervorstehenden Holzlatte hängen geblieben. Anna baumelte nun in schwindelerregender Höhe. Unter ihr war das beängstigende Dunkel des Stallbodens. Sie merkte, dass der dicke Stoff ihres Rockes Stück für Stück nachgab und auseinanderzureißen drohte. Gleich würde sie in die bedrohliche Dunkelheit hinabfallen. Da sah sie auf einmal von unten ein Licht.

»Hilfe«, schrie sie. »Hilfe, Ferdinand seid Ihr das? Helft mir!«

Ferdinand Erweger war längst erwacht und hatte mitbekommen, wie Anna dort oben mit ihren Träumen rang.

Zunächst war sie ruhig eingeschlafen und hatte sich nicht gerührt. Ferdinand war noch einige Zeit wach gewesen und hatte den Stimmen der Männer aus dem Wirtshaus gelauscht, die irgendwann in der Nacht zum Kloster hinübergegangen waren. Vor dem Stall wurde noch kurz geflüstert, aber Ferdinand verstand die Worte nicht. Als die Geräusche nach einiger Zeit verstummt waren, entspannte er sich und war eingeschlafen.

Plötzlich hatte ihn lautes Gemurmel geweckt. Er war schlaftrunken aufgesprungen und hatte die Fäuste geballt, um sich, falls nötig, zu wehren. Aber da war niemand. Nach einem kurzen Moment bemerkte er, dass das Gemurmel von oben kam, dass es Anna war, die dort oben sprach und sich ihrer Träume erwehrte.

Da er fürchtete, sie könne hinunterstürzen, hatte Ferdinand, so schnell es ihm möglich war, einige Heubündel unter dem Zwischenboden aufeinandergetürmt. Falls sie wirklich fallen würde, müsste ihr Sturz gedämpft werden, hoffte er.

»Hab keine Angst«, rief er ihr jetzt zu, »ich fang dich auf, vertrau mir.«

In diesem Moment riss Annas Rock entzwei und mit einem Schrei stürzte sie in die Tiefe.

Kapitel 6

Moritz schaute sich in der Werkstatt näher um. Er würde sich in Zukunft die Werkbank mit seinem Freund Sebastian teilen. Sie war recht lang und breit und bot für zwei

Personen Platz. Es befanden sich einige Holzständer darauf, in denen verschiedenste Werkzeuge, Hobel, Ziehklingen, Schleifpapier, Formschablonen und Biegeisen steckten. All dies durfte Moritz nun benutzen und würde in das Geheimnis eingeweiht werden, wie mit ihnen die Zargen, die Schnecke und das Griffbrett anzufertigen waren.

Moritz blickte begeistert auf eine Schnur, die vor den Butzenfenstern hing. An ihr waren einige Griffbretter aus edlem Ebenholz und zwei kunstvoll bearbeitete Schnecken aufgereiht. Sie waren fein geschnitzt und sahen völlig symmetrisch aus. Moritz brannte darauf, endlich diese Kunst zu erlernen. Am liebsten hätte er gleich damit angefangen.

»Soll ich dir unsere verschiedenen Lacke zeigen?«, mischte sich nun Sebastian ein, der die Begeisterung des Freundes spürte und dessen Euphorie noch etwas mehr steigern wollte.

»Schau, da drüben sind sie!« Er zeigte auf ein Regal. Akkurat standen dort kleine Dosen nebeneinander. Sebastian deutete auf die Gefäße und pries sie in einem übertriebenen Ton an: »Da haben wir zum Beispiel Lack aus Krappwurzel oder Sandelholz, auch befindet sich Dammharzlack in einer Dose. In dem kleinen schmucken Döschen dort ist Körnerlack.«

Moritz lachte. »Du hast schauspielerisches Talent!«

»Aber eine Sache will ihr dir noch anvertrauen«, meinte Sebastian leise und ernsthaft: »In der Dose dort drüben«, er zeigte auf ein braunes Behältnis, das unscheinbar auf einem Fichtenbrett im Herrgottswinkel stand, »befindet sich ein Lack, den mein Vater nach seinem eigenen Rezept angefertigt hat. Die Formel kenne selbst ich nicht. Aber er muss sie mir noch zu Lebzeiten verraten, denn nur mit dieser Versiegelung ist eine Geige aus unserer Werkstatt eine wirkliche Klotz-Geige.«

Moritz sah seinen Freund staunend an. Es gab viel zu entdecken und er wollte baldigst alle Details über den Geigenbau erfahren und lernen. Er wollte sich gerade auf den Hocker vor seiner Werkbank setzen, da kam Meister Klotz aus dem Nebenraum.

»Nichts da, Moritz, erst ab morgen bist du mein Lehrling. Für heute hast du dich genug umgeschaut, genieß deinen freien Nachmittag. Ich werde später mit Dürnholz reden und morgen erwarte ich dich um elf Uhr in meiner Werkstatt. Ich verlasse mich auf dich. Mach's gut, bis dahin.«

Er klopfte Moritz auf die Schulter, führte ihn hinaus und verschwand wieder nach drinnen.

»Mach`s gut, bis später«, rief ihm Sebastian noch lachend hinterher.

Nachdenklich ging Moritz die Straße hinunter, er konnte sein Glück noch immer nicht fassen. Benommen blieb er stehen und warf einen Blick zurück zur Geigenbauwerkstatt. Voller Bewunderung schaute er das kunstvolle Bundwerk und die Fresken an, die die Fassade schmückten. Er hatte sie zuvor nie richtig wahrgenommen, nur das Schild hatte er immer sehnsüchtig beäugt.

Jetzt musste er nicht mehr heimlich durchs Fenster blicken, ab morgen gehörte er dazu. Was würde Meister Dürnholz sagen? Klotz hatte Moritz zwar versprochen, mit ihm zu reden, aber er kannte ja dessen Launen und Gemütsschwankungen zu Genüge.

Mit gemischten Gefühlen schritt Moritz die Straße in Richtung Isar hinab. Wie aus dem Nichts kam plötzlich ein bellender Hund, der eine Katze jagte, aus einem Hof gelaufen und ließ ihn zusammenfahren. Als er sich etwas beruhigt hatte, war der Hund längst in einer der verwinkelten Gassen verschwunden. Moritz setzte seinen Weg langsam fort. Vorbei an einer Reihe Häuser, die außergewöhnlich schön geschnitzte Türen hatten und von kleinen

Zäunen umschlossen waren, ging er direkt auf einen reich bemalten Hof zu, an dessen Vorderseite sich der Weg gabelte.

Hinter den Mauern des Hofes trafen sich seit Kurzem einige Männer aus Mittenwald und rauchten dort heimlich Pfeifentabak. Moritz wusste davon. Eigentlich sollte es geheim bleiben, aber Meister Dürnholz hatte im Suff die Sache ausgeplaudert. Seitdem bildete sich Moritz manchmal ein, in der Werkstatt einen feinwürzigen Geruch unter der Nase zu haben. Auch jetzt roch er diesen besonderen Duft.

Er nahm die rechte Abzweigung, schlenderte einen Weg entlang, der immer schmaler wurde und über eine Wiese hinweg zur Isar führte. Das Gras strich um seine Beine und es war ein lautes Gebrumm rings umher. Viele gelbe Trollblumen lugten vorwitzig über die Gräser.

Eine Melodie kam ihm in den Sinn, Moritz pfiff sie einen Augenblick, dann wurde er still, denn er erreichte den Bach, der ihn mit seiner eigenen Musik empfing.

Ein kurzes Stück ging er an ihm entlang, bis er zu seinem Lieblingsplatz kam, einer schief geneigten Trauerweide, deren Äste über den Bach hinüber rankten und dort eine verwunschene Stelle versteckten. Vom Weg aus konnte man sie nicht einsehen. Moritz hatte sie im Herbst einmal bemerkt und sich vorgestellt, wie sie aussehen würde, wenn die dichten Blätter erst einmal gewachsen waren. Dann würde sie sicher ein gutes Ruheplätzchen abgeben. Und so war es tatsächlich auch. Ungestört konnte Moritz dort unter einem raschelnden Blättervorhang allein sein und nachdenken.

Mit einem Blick nach beiden Seiten vergewisserte er sich, dass ihn niemand beobachtete, und kroch durch die herabhängenden Zweige zur Isar hinunter. Nahe am Bach setzte er sich auf einen bemoosten Stein, zog sich Schuhe und Strümpfe aus und tauchte seine Füße genüsslich ins Wasser. Dann schloss er die Augen und atmete tief durch. Jetzt fühlte er sich schon viel besser. Ein sanftes Summen war um ihn herum. Er öffnete ganz langsam die Augen und schloss sie dann wieder ein kleines Stück. Nun verschwammen die Konturen der Blätter und flimmerten in zarten Grüntönen. Die Sonnenstrahlen schienen durch kleine Blätterlücken und ließen die blauen Blüten des prächtigen Eisenhuts leuchten.

Moritz ließ seinen Blick über das glitzernde Wasser schweifen. Bachschmerlen und Forellen schwammen geschickt über die vielen Kieselsteine. Sie störten sich nicht an seinen Füßen und bewegten sich vorsichtig an ihnen vorbei.

Vor einiger Zeit hatte Moritz ein Wasseramselpärchen entdeckt, das in der Astgabel einer Weide ihr Nest baute. Auch heute arbeitete der Amselhahn geschäftig daran und ließ sich durch Moritz' Anwesenheit nicht vertreiben. Er näherte sich mit einem Stöckchen im Schnabel und landete geschickt zwischen den Blättern im Nest, dort zupfte und pickte er einen Augenblick herum und flog dann wieder davon, um nach neuem geeigneten Baumaterial zu suchen. Moritz blieb still sitzen, denn er wollte den Amselhahn nicht stören oder gar vertreiben. Jetzt kam eine blau schimmernde Libelle herbei. Ruhelos und hektisch flog sie hin und her. Eine zweite folgte ihr und es schien, als wolle die eine die andere jagen.

Moritz' Blick verfolgte sie, auf einmal waren sie verschwunden. Stattdessen tauchte ein bunt gefärbter Schmetterling auf, der auf einem von der Sonne beschienenen Stein landete und mit geöffneten Flügeln sitzen blieb. Es war wohl ein angenehmer Platz zum Ausruhen, denn er verweilte einige Minuten. Erst als Moritz seine Füße aus dem Wasser zog, flog er davon.

An einer Stelle war der Blättervorhang etwas durchsichtig, dort hindurch lugte die bizarre Gebirgskulisse. Die Schönheit des Karwendelgebirges konnte Moritz noch immer kaum begreifen. In seinem Heimatort Bachhausen gab es nur kleine Berge und sanfte Hügel.

Moritz lehnte sich an den Stamm der Weide und verschränkte die Arme hinter dem Kopf. Dann schaute er versonnen vor sich hin. Einige Zeit blieb er sitzen, die Augen fielen ihm zu, aber er schlief nicht richtig ein. Die Geräusche und Tiere um ihn herum waren lebendiger denn je und er lauschte dem friedlichen Treiben am Bach.

Als sich Moritz entschloss, sein stilles Plätzchen zu verlassen und zum Wirtshaus zu gehen, waren seine zweiflerischen Gedanken wie weggeblasen.

»Heute habe ich Geburtstag, jetzt wird gefeiert. Und ab morgen werde ich Lehrling in der Werkstatt von Meister Klotz!«

Moritz betrat das Wirtshaus *Zur Goldenen Gans*. Sebastian und Alois waren auch gerade erst gekommen. Sie hatten sich an einem Ecktisch niedergelassen und winkten ihm zu, als er sich nach ihnen umschaute.

Die Luft in der Schankstube war schlecht und muffig, der Ruß der Kerzen hing unter der niedrigen Zimmerdecke und der Geruch von Essen, Alkohol und Schweiß durchströmte den Raum. Trotz der dicken Luft waren die Butzenfenster verschlossen.

Das Wirtshaus war gut besucht, aus allen Ecken lärmten Stimmen der Gäste, die sich unterhielten, lachten und sich beim Spielen stritten oder anfeuerten.

Moritz ging zu seinen Freunden hinüber und schaute sich währenddessen heimlich nach Elise um, die an der Theke stand und gerade drei frisch gezapfte Humpen Bier in Empfang nahm. Eine Locke war ihr aus dem

Zopf gerutscht und tänzelte bei jeder Bewegung auf ihrer Schulter herum. Moritz fand sie hinreißend und zwinkerte ihr zu. Dann setzte er sich zu Sebastian und Alois an den Tisch, auf dem Brotkrümel und Bierpfützen unappetitlich verteilt waren.

Alois klopfte ihm freundschaftlich auf die Schulter.

»Grüß dich, Moritz, und herzlichen Glückwunsch!«

»Danke«, gab dieser etwas einsilbig zurück, denn er hatte nur Augen für Elise, die soeben die Humpen an den Tisch brachte. Er war sehr unruhig, denn er wollte sie zu einem Bier einladen.

»Hier kommt das goldene Gesöff, meine Herren«, sagte sie schäkernd und putzte noch geschwind mit einem Lappen, den sie immer in der Rockschürze stecken hatte, den Tisch ab.

»Elise ...«, begann Moritz stockend.

Sebastian und Alois schauten sich amüsiert an. Sie hatten ein paar Würfel aus der Tasche gezogen und ein Spiel begonnen.

»Ich habe heute Geburtstag und zur Feier des Tages würde ich dir gerne ein Bier ausgeben. Meinst du, dein Onkel würde dir gestatten, dass du uns für einen Moment Gesellschaft leistest?«

Bevor Elise antworten konnte, kam Meister Dürnholz zur Tür herein. Er blickte sich um und entdeckte Moritz. Sogleich verfinsterte sich seine Miene und er strafte ihn mit einer verachtenden Geste. Dann setzte er sich abseits an einen kleinen Tisch beim Fenster.

Moritz war nun eigentlich mit Würfeln an der Reihe, er schaute Elise noch immer sehnsüchtig an und wartete auf ihre Antwort. Da hörte er Dürnholz lauthals fluchen: »Hundssohn, verdammter!«

Moritz war sich sicher, dass der Meister ihn meinte. So wie sich Dürnholz benahm, hatte Klotz inzwischen mit ihm gesprochen. Verständlicherweise war er von der Aussicht nicht angetan, seinen Lehrling zu verlieren. Er konnte dessen Ärger durchaus verstehen, obgleich die Bemerkung eine Beleidigung war.

Moritz spürte, dass er noch einmal persönlich mit ihm darüber sprechen musste.

»Ich sollte es gleich hinter mich bringen«, dachte er. Vielleicht würde Dürnholz dann etwas versöhnlicher sein. »Habt ihr den Meister kommen sehen?«, fragte er seine Freunde. »Was der für 'ne finstere Miene aufsetzt. Ich will rübergehen und ihm erzählen, dass mich Klotz ab morgen in seiner Werkstatt als Lehrling aufnehmen wird, dass ich ihm aber weiter zur Hand gehen werde. Bin gleich wieder da. Tut mir leid, Elise, wenn ich zurückkomme, dann trinken wir etwas zusammen, ja?«

»Pass nur auf«, warnte ihn Sebastian. »Dürnholz sieht nicht grad aus, als wär` gut Kirschen essen mit ihm.«

»Da hast du recht, aber eigentlich ist er ganz harmlos«, versuchte Moritz seinen Freund und auch sich selbst zu beruhigen, ihm war ziemlich mulmig zumute, da er des Meisters Jähzorn kannte.

Dürnholz schaute etwas verdutzt drein, als Moritz sich erhob und auf ihn zukam.

»Meister, entschuldigt, wenn ich Euch störe. Darf ich kurz mit Euch sprechen?«

»Meister, pah, gehab dich wohl, was gibt es noch zu reden. Warum hast du nicht gleich gesagt, dass es dir bei mir nicht gefällt? Hätte dir auch demnächst die nächsten Arbeitsschritte gezeigt«, brummte er verdrießlich.

»Demnächst ist mir zu spät«, rutschte es Moritz heraus.

»Werd bloß nicht frech!« Dürnholz sprang auf vor Wut, doch blieb er mit den Beinen an der Tischkante hängen und fiel zurück auf den Stuhl.

»Bier«, rief er jetzt, »ich will Bier, wo steckt denn nur die Schankmaid?«

»Vergiss nicht«, wendete er sich wieder Moritz zu, »ich habe dich in die Lehre genommen, weil ich meinem Freund aus Bachhausen einen Gefallen tun wollte. Hätte ich es lieber bleiben lassen. Ich will was trinken«, grölte er nun durch die Schenke. »Bekommt man hier denn heute nichts?«

»Ich hätte dich auch wegschicken können«, schimpfte er weiter. »Kannst froh sein, dass wir in keiner Zunft sind, sonst würdest du bei mir so einfach nicht rauskommen. Alles, was du bisher gelernt hast, weißt du von mir und wehe dir, wenn du irgendetwas an Klotz ausplauderst oder ein Werkzeug mitnimmst und dich hinter meinem Rücken meiner Auftraggeber annimmst. Undankbar bist du, ich sollte einen Brief an deine Eltern schreiben. Morgen will ich eine akkurate Werkbank von dir vorfinden und dann lass dich bei mir bloß nicht mehr blicken. Jetzt verschwinde und lass mir meine Ruhe.« Dürnholz hatte sich in Rage geredet und funkelte Moritz böse an.

Dieser spürte, dass jegliche Entschuldigung vergebens war. Dürnholz war ein ungehobelter Kerl und baute zweitklassige Instrumente. Moritz wollte aber nicht zweitklassig sein, er strebte danach, die besten Geigen anzufertigen, und dazu musste er nun mal in der Klotz-Werkstatt lernen.

Er wendete sich zum Gehen, da kam Elise lächelnd mit einem Humpen Bier herbei. Dürnholz packte sie fest am Handgelenk, sodass das Bier spritzte und ihr über die Hand lief.

»Was lächelst du so blöd, machst dich wohl lustig über mich. Ein faules Weibsstück bist du, hab schon ein paarmal nach dir gerufen.«

Dürnholz zerrte an ihrem Handgelenk und zog sie etwas zu sich herunter. Nun war Elises Gesicht auf gleicher Höhe wie seine verärgerte Fratze.

»Mach das nicht noch mal mit mir«, schimpfte er und schaute dabei gierig in ihren Ausschnitt.

Moritz konnte es nicht ausstehen, wenn sich Männer grob und liederlich benahmen. Dürnholz war aus seiner Sicht besonders barsch. Das hatte kein Mädchen verdient, und Elise schon gar nicht. Ohne weiter darüber nachzudenken, packte er seinen Meister an den Armen und schüttelte ihn, damit er Elise freigab.

»Nehmt Eure dreckigen Hände weg von ihr«, rief er dabei.

Dürnholz lockerte seinen Griff und schubste Elise von sich. Dann sprang er auf, ballte die Hände zu Fäusten und ging auf Moritz los. Diesem wurde jetzt erst bewusst, was er angestellt hatte.

»Wie kannst du es wagen, du nichtsnutziges Stück Elend. Was glaubst du, wer du bist?«

Der erste Faustschlag traf Moritz an der Schulter. Er taumelte und hielt sich an der Tischkante fest.

»Alles, was du gelernt hast, weißt du von mir. Ohne mich würdest du noch immer zu Hause sitzen.«

Der zweite Schlag traf ihn am Kinn. Doch Moritz wehrte sich nicht. Er konnte die Hand nicht gegen seinen Meister erheben. Er taumelte nach hinten.

»Achtung«, schrie Sebastian jetzt. Geistesgegenwärtig machte Moritz einen Schritt zur Seite, sonst hätte ihn Dürnholz mit seinem Bierhumpen getroffen, den er wütend geschnappt hatte, um ihn seinem Lehrling auf den Kopf zu schlagen.

Dürnholz konnte den Schwung seiner Attacke nun aber nicht mehr abbremsen und stürzte krachend neben Moritz auf einen Stuhl. Dabei stieß er mit seiner Hand auf die Stuhlkante und prellte sich das Handgelenk. Sofort stieß er einen wütenden Schrei aus und rieb sich stöhnend die schmerzende Stelle.

»Das … ich … wollte nicht ...«, stammelte Moritz und beugte sich zu Dürnholz hinunter, um ihm aufzuhelfen. Sebastian, der an seine Seite geeilt war, flüsterte ihm zu, das lieber zu lassen.

»Der nächste Schlag wird dich übel treffen. Wir sollten verschwinden.«

Moritz wich ein paar Schritte zurück.

»Das wirst du mir büßen«, schrie Dürnholz.

Sebastian drängte Moritz zur Tür. Der Meister rappelte sich auf und wollte hinter Moritz herwanken, doch einige Männer aus der Wirtschaft hielten ihn am Arm fest.

»Lass den Jungen laufen, bist selber schuld.«

»Was geht euch die Sache an, er ist mein Lehrling. Gebt mich frei, dem werd ich's zeigen, dem undankbaren Bauernsohn.«

Moritz eilte mit Sebastian und Alois durch die mächtige Eingangstür nach draußen. Zur gleichen Zeit schob sich ein Mann in Uniform an den dreien vorbei, hinein in die Schankstube.

»He, pass auf!«, schimpfte dieser. Moritz hatte ihn versehentlich an der Schulter angerempelt.

Für einen Moment streiften sich die Blicke der Männer, dann fiel die Tür krachend hinter Moritz und seinen Freunden ins Schloss. Ohne sich umzusehen, rannten sie davon.

Moritz war völlig benommen. Was hatte er da getan! Das würde der Meister ihm nie verzeihen. Nun musste er damit rechnen, dass er dessen Zorn noch zu spüren bekäme. Irgendwann würde Dürnholz ihm sicher auflauern, um sich zu rächen, davon war Moritz überzeugt. Er ballte die Hand zur Faust und schwor sich, keine weiteren Schläge einzustecken: »Das nächste Mal werde ich mich wehren!«

Kapitel 7

Anna spürte Ferdinands Atem auf ihrer Wange. Sie öffnete die Augen und schaute in sein Gesicht. Durch das diffuse Kerzenlicht konnte sie ihn nur schemenhaft erkennen, dennoch glaubte sie zu sehen, dass er lächelte.

Für einen kurzen Moment blieben sie schweigend liegen, dann wurde Anna bewusst, dass sie halb auf Ferdinand lag. Vorsichtig rutschte sie von ihm hinunter und stammelte ein paar Worte der Entschuldigung.

Sie war von dem Sturz noch ganz benommen, zum Glück war sie unverletzt. Bis auf den Riss in ihrem Überrock hatte Anna keinen Schaden erlitten. Auch Ferdinand erhob sich langsam. Er strich sich jedoch mit schmerzverzerrtem Gesicht über den Arm. Er schien nicht gebrochen zu sein, aber er hatte ihn unangenehm verstaucht, als er versucht hatte, Anna aufzufangen.

»Ich glaube, du solltest nicht mehr dort hinauf«, meinte er mühsam grinsend.

»Ihr scherzt. Es gibt gar keine Leiter mehr zum Hinaufklettern.«

Ferdinand hockte sich auf das Heu und rieb stöhnend über seinen Arm. Anna setzte sich schüchtern neben ihn.

»Lasst mich sehen, wie schlimm die Verletzung ist.«

Sie schob seinen Hemdsärmel nach oben und tastete den Arm von allen Seiten ab. Ferdinand spürte ihre warmen Hände auf seiner Haut. Gerne hätte er sie in die Arme geschlossen, einfach nur so. Aber das hätte sie sicher missverstanden und verschreckt. Er riss sich zusammen und schloss für einen Moment die Augen.

»Er ist nicht gebrochen. Es ist eine Prellung, den Schmerz könnt Ihr mit Engelwurz gut lindern.« Ferdinand schaute sie erstaunt an.

»Woher kennst du dich mit Verletzungen und ihrer Heilung aus?«

»Das habe ich von meiner Mutter gelernt.« Im gleichen Moment wurde Anna bewusst, dass er diese Äußerung vielleicht falsch verstehen würde und ihr Wissen auch für Hexenkunst halten könnte.

»Welchem Beruf geht Ihr nach«?, fragte sie deshalb geschwind, um ihn abzulenken, aber auch, weil es sie wirklich interessierte. »Warum habt Ihr Euch dem Tross angeschlossen? Wo wollt Ihr hin?«

»Das sind viele Fragen. Aber ich beantworte sie dir gerne. Ich bin ein fahrender Tischlergeselle. Wo es Arbeit für mich gibt, bleibe ich eine Weile. Dann baue oder repariere ich Möbel aus Holz. Erst letzte Woche habe ich in Erkhausen den Auftrag für eine Reisetruhe erhalten. Ein gutes Stück ist das geworden.

Die Seitenwände und den Boden hatte ich schnell zusammengezimmert. Nur die Verzierungen für den Deckel haben etwas länger gedauert, weil ich eine großblättrige Efeuranke herausgeschnitzt habe.«

Ferdinands Wangen glühten vor Begeisterung. Anna konnte spüren, welch große Liebe er für seinen Beruf empfand.

»Genau wie mein Vater«, sagte sie leise, »er war auch Tischler und hat sehr gerne mit Holz gearbeitet.«

»Was ist mit deinem Vater?«

»Er ist an Wundbrand gestorben.«

»Das tut mir sehr leid.«

Für einen Moment schwiegen beide.

»Sagt, wo führt Euch diesmal der Weg hin? Wollt Ihr in Klosterlechfeld bleiben oder fahrt Ihr mit dem Inquisitionstross noch ein Stück mit?«, fragte Anna zaghaft. Ferdinand hörte ein leises Hoffen in ihrer Stimme, das sagte, er möge bitte mitkommen.

»Wenn es Arbeit für mich gibt, sollte ich eigentlich hierbleiben. Damit verdiene ich mein Brot und habe ein Dach über dem Kopf.«

Ferdinand schaute in Annas schönes Gesicht, das nun einen Ausdruck von Enttäuschung zeigte. Die sanfte Art, wie sie redete und sich bewegte, und ihr Liebreiz verzauberten ihn. Schon lange hatte er sich in der Gegenwart eines Menschen nicht mehr derartig wohl gefühlt. Er war ein unruhiger Geist und viel unterwegs. Aber bei Anna hatte er das Gefühl, als sei er nach einer Reise endlich angekommen.

Ferdinand konnte sie unmöglich den üblen Männern überlassen, er musste und wollte sie vor ihnen beschützen. Sie erinnerte ihn an seine Schwester, die er vor gar nicht langer Zeit verloren hatte. Magdalena hatte sie geheißen und wäre heute im gleichen Alter wie Anna. Unglücklicherweise war sie bei einem Reitunfall ums Leben gekommen.

Das einzige Pferd, das seine Familie besessen hatte und auf dem Magdalena gerne auf den Wiesen herumgeritten war, hatte vor einer Schlange gescheut und seine Schwester abgeworfen. Ferdinand, der am späten Nachmittag auf dem Weg nach Hause gewesen war, fand sie leblos im Gras liegen. Zuerst hatte er geglaubt, sie schliefe. Deshalb hatte er sich angeschlichen, um sich den Spaß zu erlauben, sie zu erschrecken. Sein fröhliches Spiel war in grausame Wirklichkeit umgeschlagen, als er bemerkte, dass kein Hauch Leben mehr in ihr war. Verzweifelt versuchte er, sie zu wecken, ihr seinen Atem einzuflößen, ihr Herz wieder zum Schlagen zu bringen, doch alle Versuche schlugen fehl. Magdalena hatte sich das Genick gebrochen und war ins Reich der Toten übergetreten. Diese schreckliche Erkenntnis und ihren leblosen Anblick hatte

Ferdinand noch genau vor Augen und er würde ihn wohl niemals vergessen.

Ferdinand musste seine tote Schwester auf dem Pferd nach Hause bringen. Als er dort ankam, war sein Vater gerade beim Holzhacken. Beim Anblick seines toten Kindes und als er hörte, was passiert war, schlug er in seiner Verzweiflung mit der Axt auf das Pferd ein. Ein Hieb zwischen die Augen tötete es sofort. Er konnte es nicht ertragen, schon wieder einen geliebten Menschen zu verlieren. Seine Frau war im Kindbett bei Magdalenas Geburt gestorben. Der Kummer über ihr Ableben hatte ihm fast das Herz gebrochen, nur die Verantwortung für seine Kinder hatte ihn am Leben gehalten. Magdalena wurde ihrer Mutter mit zunehmendem Alter immer ähnlicher und so fand er in ihrem lieben Wesen Trost und neuen Lebensmut. Doch nun, mit ihrem Tod, war für ihn alles verloren.

Der Verlust Magdalenas und des Pferdes brachte großes Unglück über Ferdinand und seinen Vater. Fortan musste die Feldarbeit zu Fuß erledigt werden und der Vater musste den Pflug von Hand ziehen. Diese aufreibende Arbeit nahm ihm nach und nach die Kraft und er alterte in kürzester Zeit um Jahre. Er wurde zunehmend trübsinniger und verlor sich in Selbstgesprächen, aß und trank kaum noch.

Eines Morgens fand ihn Ferdinand tot auf. Zunächst glaubte er, sein Vater ruhe in seinem Sessel, aber dann musste er der grausamen Wahrheit ins Gesicht sehen.

Allein konnte er den kleinen Hof nicht halten, deshalb verkaufte er ihn. Der Erlös brachte Ferdinand gerade genug ein, um sich ein Pferd und ein paar Kleidungsstücke zu kaufen. Zuvor hatte er noch seine Tischlerlehre beendet, vor deren Abschluss er unmittelbar gestanden hatte.

Seitdem zog er als reisender Tischlergeselle von Ort zu Ort.

»Ich werde an deiner Seite bleiben und mitkommen«, versprach Ferdinand Anna mit einem Lächeln.

»Danke«, flüsterte sie und lächelte ihn an.

Eine Weile saßen sie schweigend da, plötzlich fuhr Anna erschreckt zusammen. Sie hatte den Geruch von Feuer in der Nase.

»Es brennt, mein Gott, Ferdinand, irgendwo in unserer Nähe brennt es«, rief sie panisch vor Angst.

Jetzt spürte auch er ungewöhnliche Wärme hinter sich. Er drehte sich um und da sah er mit Entsetzen, dass die eine Seite des Stalles Feuer gefangen hatte.

»Wir müssen hier raus«, rief er, packte Anna bei der Hand und zog sie hinter sich her. Sie hatten Glück, die Stalltür ließ sich ohne Probleme öffnen.

Draußen wurden sie mit wütenden Schreien empfangen.

»Die Hexe soll sterben.«

»Die Hexe soll verbrennen.«

»Tötet sie.«

Anna konnte in der Dunkelheit und durch den Rauch niemanden sehen. Aber die Stimmen waren deutlich zu hören und klangen wie böse Geister.

Ferdinand versuchte, nicht weiter auf die unmenschlichen Rufe zu hören. Er ließ Annas Hand nicht los und zerrte sie mit sich. Da sprang eine Gestalt mit einem teuflischen Schrei auf die beiden zu und packte sie an den Armen.

Anna stieß einen schrillen Laut aus, doch Ferdinand schloss sie sogleich beschützend in die Arme. Kein anderer als der üble Wachmann stand vor ihnen.

»Na, ihr zwei«, rief er, »ihr wollt wohl flüchten, was?«

»Geht aus dem Weg«, fuhr ihn Ferdinand an und wollte den Mann beiseiteschieben. »Um ein Haar wären wir dort drinnen verbrannt.«

»Das wäre aber schade um euch gewesen«, sagte der Wachmann zynisch und machte den Weg nicht frei. Stattdessen lachte er nur widerlich. Dann befahl er den beiden, sich auf eine Mauer zu setzen, die am Wegesrand stand, und beorderte einen jungen Mann zu ihnen, sie zu bewachen.

»Und wagt es bloß nicht, euch von der Stelle zu bewegen«, raunzte er sie noch mit finsterem Blick an.

In Windeseile waren die Bewohner des kleinen Dörfchens auf den Beinen und versuchten, mit Wassereimern das Feuer zu löschen. Zwei lange Menschenketten hatten sich vom Dorfbrunnen bis zur Scheune gebildet. Mehrere Männer pumpten und übergaben volle Wassereimer an die eine Reihe. Die andere reichte die leeren Eimer zurück. Schnellstmöglich wurde das Wasser zur Brandstelle gebracht.

Das Feuer kroch langsam den Stall hinauf, züngelte bösartig an jeder Holzfaser, leckte an ihr herum, ließ sie lodern, tänzelte zum Dach hinauf und entfachte dort eine wahre Feuersbrunst.

Drei Männern standen auf Leitern und brüllten den Löschhelfern Kommandos zu. Waghalsig hievten sie einen schweren Wassereimer nach dem anderen über die Traufe des Daches und schütteten das Wasser ins lodernde Feuer. Der Gestank des brennenden Holzes war fast unerträglich. Die Männer auf den Leitern und die Helfer in der Löschkette husteten fürchterlich. Manche hatten sich nasse Lumpen vor die Gesichter gebunden. Aber auch dies schien sie vor dem beißenden Rauch nicht richtig zu schützen. Er kroch unbeirrt in Nasen und Augen und fand seinen Weg in Münder und Lungen. Manchen Helfern wurde schwindelig und sie strauchelten oder kippten gar um. Sie wurden auf die Seite geschafft und die Kette wurde wieder geschlossen.

Je länger sie die Eimer zur Brandstelle hievten, je mehr verschütteten sie, denn ihre Kräfte ließen immer mehr nach. Von dem wenigen Wasser ließ sich das Feuer nicht beirren und loderte unentwegt weiter. Alles Bemühen schien erfolglos und schließlich stand die ganze Scheune in Flammen.

Zum Glück war sie nicht mit dem Gasthaus verbunden, sonst hätte das Feuer auch von diesem Gebäude Besitz ergriffen. Auch war es windstill und deshalb konnten die Funken nicht zu anderen Gebäuden überspringen.

Anna kauerte auf der Mauer und betrachtete voll Entsetzen das Inferno. Sie ahnte, dass man versucht hatte, sie umzubringen und Ferdinand gleich mit. Denn was hätte sonst ein solches Feuer auslösen können als niederträchtige Brandstifterei.

»Das hat alles die Hexe zu verantworten«, schrie plötzlich eine Frau.

»Die Hexe ist schuld«, schrie ein anderer, »lasst sie uns in die Flammen werfen, dann kann ihr übler Zauber nichts mehr bewirken.«

Anna klammerte sich an Ferdinands Arm, der sie beschützend festhielt.

Die Leute hatten sich vom Feuer abgewendet und gingen nun mit ihren verrußten Gesichtern und schmutzigen Kleidern langsam, Schritt für Schritt, wie böse Feuergeister auf Anna zu.

»Das Fräulein trifft keine Schuld«, rief Ferdinand, »sie hat geschlafen, als das Feuer ausbrach. Sie hat nichts damit zu tun.«

»Dann steckt Ihr womöglich mit der Hexe gemeinsam unter einer Decke«, rief ein Mann wutschnaubend.

»Dann werdet ihr eben auch im Feuer schmoren.«

»Was seid ihr alle einfältig und glaubt noch an Hexen«, schrie Ferdinand wütend und verzweifelt. Er wollte auf den Mann losspringen, um sich zur Wehr zu setzen. Doch da wurde er am Arm gepackt.

»Bleibt stehen!« Es war der junge Mann, der auf Anna und Ferdinand aufgepasst hatte.

Nun trat der Wachmann nach vorne, der ihnen befohlen hatte, sich auf die Bank zu setzen.

»Du willst dich mit uns allen anlegen? Na, dann komm«, lachte er böse und mit ihm die schwarzgesichtige Meute.

Bevor Ferdinand reagieren konnte, ertönte eine Stimme aus der Dunkelheit:

»Seid still und beruhigt euch.« Es war der Inquisitor, der aufgebracht durch den wabernden Dunst hindurchschritt.

Die Leute drehten sich erschrocken um.

»Beruhigt euch, das Mädchen ist wohl keine Hexe«, meinte er, »dennoch hat sie Unglück über dieses Dorf gebracht. Aber seid beruhigt, sie wird in den nächsten Tagen in ein Kloster kommen. Dort werden sich Nonnen um sie kümmern und dafür sorgen, dass sie nichts mehr anstellen kann. Betet lieber für ihr Seelenheil.« Er schaute streng zu Anna hinüber, doch Ferdinand glaubte auch, ein Fünkchen Mitleid in seinem Blick zu sehen.

»Hilf mir, Gott«, flehte Anna innerlich, »bewahre mich vor dem Übel des Klosterlebens.«

Sie zitterte am ganzen Körper. Ferdinand legte seine Jacke um ihre Schultern und hielt sie beschützend fest.

Als der Morgen graute und es langsam hell wurde, war das Feuer erloschen und von der Scheune nur noch ein qualmender, schwarz verrußter Scheiterhaufen übrig. Auch das Geschrei und Geschimpfe auf der Gasse war verschwunden. Der Inquisitor hatte die Bürger des Dorfes nach Hause geschickt. Bevor sie gegangen waren, hatten sie Anna verachtende Blicke zugeworfen. Einige hatten sogar mit angewiderten Gesichtern vor ihr auf den Boden gespuckt.

Als der Morgen endgültig die Nacht verdrängt hatte, beschloss Jakobus von Schaffhausen weiterzufahren.

»Macht meine Kutsche und die Pferde bereit.«

Ferdinand brachte Anna mit einem mulmigen Gefühl zum Inquisitor. Dieser hatte angeordnet, sie solle bei ihm mitfahren, denn das Feuer hatte das Fuhrwerk, auf dem Anna auf der Hinfahrt gesessen hatte, gleich mit verschlungen.

Der freundliche Kutscher war nun seiner Aufgabe enthoben und wurde nicht mehr gebraucht, er bekam einen Teil des ausgemachten Betrages. Manfred Speyer musste zusehen, wie er wieder nach Hause kommen würde.

»Mach meine Kutsche bloß nicht schmutzig«, schimpfte der Inquisitor mit Anna, als sie einstieg und sich wie ein verkohltes Häufchen Elend vor ihn setzte. »Hock dich auf die Decke da«, befahl er. »Und Ihr«, er schaute Ferdinand Erweger funkelnd an, »geht Eures Weges und wagt es nicht, uns weiter zu folgen. Eure Anwesenheit bringt nur Unglück über uns.«

Ferdinand sprang beiseite, denn die Kutsche fuhr plötzlich los und ebenso überraschend preschten die übrigen Männer mit ihren Pferden hinterher. Er schaute dem Tross stirnrunzelnd nach.

»So leicht werde ich nicht aufgeben, diesmal nicht«, dachte er und presste seine Hände aufeinander, sodass die Sehnen deutlich hervortraten.

Kapitel 8

Als Moritz am nächsten Morgen erwachte, fühlte er sich erschöpft. Er hatte sehr unruhig geschlafen, einmal war er erschrocken hochgefahren, weil er glaubte, das Gesicht von Meister Dürnholz über sich zu sehen. Aber es war niemand im Zimmer gewesen außer Alois, der im Bett auf der anderen Seite lag und geräuschvoll schnarchte.

Das erste Licht des Tages kroch bereits durch die Ritzen des Klappladens, als Moritz wieder Schlaf fand. Jedoch war er nur von kurzer Dauer, denn Alois weckte ihn früh, um Moritz daran zu erinnern, dass er noch die Werkbank aufräumen musste.

»Ich helfe dir«, bot er sich an, »beeile dich. Vielleicht bist du dann vor Dürnholz da.«

Moritz rieb sich verschlafen über den Kopf, sprang aber gleich darauf aus dem Bett und machte sich hastig fertig. Der gestrige Abend fiel ihm wieder ein.

»Ich hätte mich beherrschen müssen«, meldete sich sein Gewissen. »Doch was geschehen ist, kann nicht mehr rückgängig gemacht werden. Hüte dich vor Dürnholz' Zorn. Du weißt, er ist ein unbeherrschter Mensch.«

»Ich gehe lieber alleine«, meinte Moritz dann zu Alois. »Aber wenn ich gegen Mittag nicht zurück bin, dann komm ruhig mal in der Werkstatt vorbei. Aber mach dir keine Gedanken, ich bin bald wieder da.«

»Vergiss nicht, um elf Uhr erwartet dich Sebastians Vater.«

»Wie könnte ich das vergessen.« Mit diesen Worten sprang Moritz die Treppe hinunter und eilte auf dem kürzesten Weg zu Dürnholz' Werkstatt.

Zu dieser frühen Stunde war noch keine Menschenseele unterwegs, nur eine schwarze Katze kreuzte seinen

Weg. Erstes Sonnenlicht kroch wacker über die Bergspitzen, verdrängte den Dunst des Morgens und zeichnete seine Schattenspuren auf die Häuserwände. Es würde ein schöner Tag werden, der Himmel war frei von Wolken und ein paar Schwalben flogen in schwindelerregender Höhe.

Moritz wollte gerade einen kleinen Pfad einschlagen, da kreuzte Meister Klotz unerwartet seinen Weg.

»Grüß dich, Moritz, wie schön, dich zu sehen. Na, bist du schon so zeitig zu meiner Werkstatt unterwegs? Das ist eine gute Arbeitseinstellung. Lass uns zusammen den Weg gehen.«

Moritz wagte nicht, den wahren Grund seines frühen Unterwegsseins zu verraten. Er stammelte nur ein paar freundliche Worte der Begrüßung und ging dann mit seinem zukünftigen Meister zu dessen Werkstatt.

»Ich dachte mir«, meinte Klotz«, du lässt dir heute von Sebastian zeigen, wie man eine Schnecke anfertigt. Was meinst du?«

Moritz hätte jubeln können vor Freude. Als er nach wenigen Minuten an der Werkbank stand und den kleinen Schnitzhobel in der Hand hielt, vergaß er alles um sich herum. Sebastian hatte sich neben ihn gestellt, um ihm zu zeigen, wie er vorgehen musste. Moritz schaute genau, wie sein Freund mit dem Hobel sachte, Schritt für Schritt, die Form herausschnitzte. Er versuchte, es ihm gleich zu tun und den Schnitzhobel ebenso behutsam über sein Stück Holz zu führen.

Moritz' Vorhaben, die Werkbank bei Meister Dürnholz aufzuräumen, war in weite Ferne gerückt. Stunde um Stunde verging und nur ein trockenes Stück Brot, das ihm Meister Klotz angeboten hatte, aß Moritz zwischendurch. Nach vielen Stunden hatte er es geschafft. Mit einem Schmirgelpapier glättete er die Holzkanten der Schnecke.

Immer wieder fuhr er darüber hinweg, bis sie abgerundet und samtig war. Dann schaute er sie zufrieden an.

»Lass sehen, wie akkurat du gearbeitet hast.«

Meister Klotz nahm die Schnecke in die Hand und musterte sie von allen Seiten.

»Nun gut«, meinte er nach ein paar Minuten, »für das erste Mal ist sie gar nicht schlecht. Aber schau, wenn du sie von oben anschaust, dann stimmt die Symmetrie beider Seiten noch nicht richtig. Außerdem sind die Rundungen der rechten Seite etwas breiter als auf der linken. Darauf musst du besser achten. Geschmirgelt hast du gut, da gibt es nichts. Morgen wirst du eine weitere Schnecke anfertigen. Diesmal ohne die Hilfe von Sebastian. Sei pünktlich um neun Uhr in der Werkstatt und nun mach, dass du nach Hause kommst.«

Moritz hatte die Kritik von Klotz arg getroffen. Gerne hätte er sich sofort an die nächste Schnecke gemacht, um dem Meister zu zeigen, dass er es besser konnte. Aber Klotz zog ihm förmlich den Stuhl unter dem Hintern weg, sodass Moritz fast in die Knie gegangen wäre. Jetzt erst spürte er seinen Rücken und die Schwielen an seinen Fingern. Klotz und Sebastian grinsten Moritz an. Bevor sie über ihn schallend lachen würden, machte er sich lieber auf den Heimweg. Da fiel ihm auch Meister Dürnholz siedendheiß ein und nun hatte er es sehr eilig, sich zu verabschieden.

Der Griff der Werkstatttür rutschte ihm beim Schließen aus der Hand und fiel scheppernd ins Schloss. Klotz schüttelte über seinen ambitionierten, temperamentvollen Lehrling den Kopf.

Auch wenn er Moritz kritisiert hatte, war er mit seiner Arbeit sehr zufrieden. Die erste Schnecke, die Sebastian angefertigt hatte, war nicht annähernd so gut gelungen gewesen wie die von Moritz. Der junge Mann hatte ausgesprochenes Talent für das Handwerk.

Mit großen Schritten eilte Moritz zur Geigenbauwerkstatt von Meister Dürnholz, die ja nur ein paar Ecken weit entfernt war. Die Tür zur Werkstatt war nicht verschlossen. Er öffnete sie vorsichtig und lauschte einen Moment. Als er kein Geräusch vernahm, schlich er hinein.

Moritz schaute sich aufmerksam um, sein Blick wanderte durch den Raum, er schien ihm heute sehr unordentlich zu sein. Überall lagen Werkzeuge herum und auf dem ganzen Boden waren Holzspäne verteilt. Alles deutete darauf hin, dass Dürnholz fleißig gearbeitet hatte. Das verwunderte ihn sehr, da er in letzter Zeit die groben Hobelarbeiten ausgeführt hatte und Dürnholz sich auf die feineren Schnitzereien und das Lackieren konzentriert hatte.

»Wo ist nur der Meister?«, dachte Moritz. »Nicht, dass er mir hier irgendwo auflauert.«

Als er Dürnholz nirgends sah, ging er mit leisen Schritten zu seinem Arbeitstisch hinüber. Er schnappte sich einen Besen, um aufzufegen, da hörte er auf einmal Stimmen aus dem Nebenraum. Moritz schlich an die Tür heran und schaute durch die Türritze. Dort stand Dürnholz und hielt eine Geige in der Hand. Den Lack des Instrumentes hatte Moritz erst vor Kurzem aufgetragen, als ihm sein Meister diese Arbeit unerwartet übertragen hatte. Neben Dürnholz stand ein Mann in Uniform, er hatte eine ungewöhnlich gebogene Nase. Moritz glaubte, ihn schon einmal irgendwo gesehen zu haben, und da fiel es ihm wieder ein. Es war gestern Abend gewesen, der Mann hatte sich an Moritz vorbei ins Wirtshaus gezwängt.

Aber was machte der hier bei Dürnholz?

Er hatte ihn noch nie zuvor in Mittenwald gesehen.

»Ihr seid zu früh gekommen«, sprach Dürnholz, »ich habe Euch erst in ein paar Wochen erwartet.«

»Denkt an den Vorschuss, den Ihr erhalten habt, dafür hättet Ihr Euch längst an die Arbeit machen müssen«, sprach der Mann in Uniform mit ernster Stimme.

»Ich kann Euch diese wunderbare Geige anbieten. Schaut doch nur den schönen Lack, der ist mir ausgesprochen gut gelungen. Viele, viele Schichten habe ich mühsam aufgetragen, bis das Instrument diese wunderbare Farbe erhalten hat.«

Moritz hätte aufspringen können vor Wut, denn es war seine Arbeit, die der Meister dort anpries.

»Ich brauche nicht nur die eine Geige, sondern drei, das war die Abmachung«, sagte der Fremde mit unangenehmer Stimme. »Sonst wirst du mir augenblicklich einen Teil deines Vorschusses zurückgeben. Und dieser schöne Beutel hier«, er zog einen Lederbeutel aus der Jackentasche und schüttelte ihn, sodass sein Inhalt klimperte, »wird nicht in Euren Besitz übergehen.« Dürnholz streckte gierig die Hand nach dem Beutel aus, doch der Mann schob ihn in seine Jacke zurück, ohne weiter darüber zu verhandeln.

Dürnholz ging ein paar Schritte durch den Raum, strich sich ärgerlich über den Kopf und meinte dann: »Das, was Ihr da in den Bergen tut, ist nicht Rechtens.«

»Ach ja, das hat Euch bisher nicht im Geringsten gestört.«

»Ich bin kein Schmuggler wie Ihr«, verteidigte sich Dürnholz.

»Geschmuggelt habt Ihr nicht, das stimmt, *maestro,* aber Ihr habt Geld für viele Instrumente aus Eurer Werkstatt angenommen. Ihr habt einen Auftraggeber in Venedig, vergesst das nicht. Salomone Roggiero würde nicht erfreut sein, wenn er Eure Worte hören würde.«

»Ich könnte Euch an den Büttel verraten«, erwiderte Dürnholz mit bösem Ton.

»Was meint Ihr, wem man mehr glauben würde, mir, einem ehemaligen Soldaten und Offizier, oder einem Tölpel wie Euch?« Er lachte zynisch. »Aber wir können die Sache auch gerne gleich klären und holen den Büttel her. Dann kann ich ihm erzählen, dass Ihr mir eine Menge Geld schuldet.«

Der Offizier machte einen Schritt zur Tür hin.

»Wartet, mir fällt gerade ein, dass ich noch ein Instrument für Euch habe.« Er ging langsam zu einem Holzschrank hinüber. Moritz glaubte seinen Augen kaum zu trauen, denn Dürnholz holte eine Geige heraus, die eigentlich ein Auftragsstück für den Prior von Ulm war. Lange hatte der Meister daran gearbeitet und der Prior hatte bereits angekündigt, jemanden nach der Geige zu schicken. Außerdem hatte er ihm eine fürstliche Entlohnung versprochen.

Wie groß musste Dürnholz' Not sein, dass er dem fremden Mann dieses Instrument anbot.

»Ihr wolltet mich also betrügen und mir dieses Instrument vorenthalten?«

Der Offizier funkelte Dürnholz böse an. »So habt Ihr nun zwei Instrumente, das dritte seid Ihr aber noch schuldig. Doch Ihr habt Glück, *maestro*, ich werde noch einige Zeit in Mittenwald verweilen. Meine Packesel müssen sich ausruhen und ich muss mit meinen Begleitern noch ein paar weitere Waren auftreiben, bevor es über die Berge zurück nach Italien geht. Ihr könnt die Zeit nutzen und in Ruhe das dritte Instrument bauen.«

»Pah, ich bin derjenige, der sich ausruhen müsste. Seht mein Handgelenk, wie es geschwollen ist. Gestern Abend bin ich gestürzt, ich kann nur hoffen, dass es nicht gebrochen ist.«

»Ihr habt doch Euren Lehrling, der die Arbeit übernehmen kann. Wo steckt er eigentlich? Ihr hattet mir beim letzten Mal erzählt, wie froh Ihr seid, ihn zu bekommen und dass Ihr dann mit der Arbeit schneller vorankommen würdet.«

»Ach, sprecht mir nicht von dem, ich habe ihn entlassen. War nicht zufrieden mit ihm.«

»Das soll nicht mein Problem sein. Dann müsst Ihr Euch eben nach einem neuen Lehrling umsehen.«

Moritz brummte der Kopf. Dürnholz war in Schmuggelgeschäfte verstrickt. So etwas hatte er seinem Meister gar nicht zugetraut. Dazu gehörte reichlich Abgebrühtheit und Mut. Und dergleichen hatte Moritz bei Dürnholz bisher nicht feststellen können.

Er kannte ihn als einfachen Menschen mit Lastern und Schwächen. Nun sah er seinen Meister mit ganz anderen Augen.

Es war nicht auszudenken, was passierte, wenn der Büttel hinter die krummen Geschäfte kommen würde, wenn herauskäme, dass Dürnholz sein Geld damit machte, indem er seine Instrumente nicht verzollte, sondern einem Offizier als Schmuggelware mitgab. Dürnholz musste in jedem Fall die Fürsprache des Offiziers behalten, sonst würde er schlimme Probleme bekommen und Moritz bestimmt gleich mit.

Moritz war sich sicher, dass ihn Dürnholz, wenn es darauf ankäme, als Mittäter und Mitwisser beschuldigen würde, obwohl er mit der Sache gar nichts zu tun hatte. Aber es wäre sicher schier unmöglich für ihn, seine Unschuld zu beweisen. Er durfte auf keinen Fall in diese üble Lage geraten.

Der Offizier ging nun auf die Tür zum Werkraum zu, hinter der sich Moritz verbarg.

»Ihr werdet von mir hören, *maestro*. Denkt an die dritte Geige. *Arrivederci*.«

Moritz presste sich an die Wand, um nicht gesehen zu werden. Er hatte zu lange gezögert, nun konnte er den

Raum nicht mehr verlassen, ohne entdeckt zu werden. Unter gar keinen Umständen durften ihn die beiden Männer entdecken, ansonsten hätten sie ihn in der Hand und was das bedeutete, daran mochte Moritz gar nicht denken.

Dürnholz folgte grummelnd dem Offizier und schloss hinter ihm die Tür der Werkstatt zu.

»Verfluchter Mist«, schimpfte er nun, packte mit der linken Hand ein Schnitzmesser und stieß es mit einem fürchterlichen Schrei in die Werkbank hinein.

»Das wirst du mir büßen, Marco Carrigi. Und Moritz Eibinger, du kleine Ratte, ebenfalls.«

Er zog an dem Messer, doch bekam er es mit der linken Hand nicht wieder heraus. Mit der verletzten rechten versuchte er es gar nicht erst. Dürnholz entfuhr erneut ein wütender Schrei.

»Ich werde mir meinen tollen Lehrling schnappen. Aufräumen sollte er und was hat er getan? Nichts!«

Dürnholz trat wütend mit dem Fuß gegen einen Eimer, der scheppernd umfiel. Holzspäne und Holzreste ergossen sich über den Boden.

»So einfach werde ich ihn nicht gehen lassen. Eibinger ist mir was schuldig.«

Dürnholz ließ das Messer stecken und verließ wutentbrannt die Werkstatt. Die Tür fiel krachend hinter ihm ins Schloss. Moritz war erleichtert, dass ihn der Meister nicht bemerkt hatte, doch da hörte er, dass sich dieser draußen mit jemandem unterhielt und kurz darauf erneut seine Werkstatt betrat. Moritz lugte vorsichtig durch den Türspalt und hielt den Atem an, als er ein junges Fräulein erblickte.

Kapitel 9

Anna saß in der Kutsche des Inquisitors, zuvor hatte sie sich mit einem feuchten Lappen, der eigentlich zum Abreiben für die Pferde gedacht war, Gesicht und Hände gereinigt. Ihre Augen wanderten über die Landschaft, die vorüberzog. Bunte Wiesen streckten sich zu reifen Korn- und Gerstenfeldern hin und wurden von kleinen bewaldeten Hügelketten freundlich umschlossen. Das Tempo des Kutschers war langsamer geworden. Darüber war Anna sehr froh, denn der Fahrtwind blies ihr direkt ins Gesicht. Das Wetter hatte sich etwas verändert. Es war zwar noch warm, aber der Himmel hatte sich stark zugezogen und lag wie eine Dunstglocke schwer atmend über der Erde.

Anna schaute den Inquisitor nicht an und versuchte zu vermeiden, ihn mit ihren Beinen zu berühren, auch wenn die Kutsche ein ums andere Mal ins Schaukeln geriet und sie von ihrem Platz rutschte. Die ganze Zeit über dachte sie an Ferdinand und ob er wohl nachkommen würde.

»Er hat es versprochen, er muss kommen!«

Anna fühlte sich wie eine Nachtigall, die man am Leben hält, aber in einen Käfig einsperrt, um ihr die Freiheit zu nehmen. Sie wollte aber ein Falke sein, frei und stark, wie es Ferdinand war. Seine Begeisterung für das Tischlereihandwerk hatte sie sehr beeindruckt.

»Es muss wunderbar sein, wenn man eine Tätigkeit findet, die einen glücklich macht. Wenn man seinen Wünschen folgen kann und sich nicht unterordnen muss, abhängig von der Güte oder den Vorstellungen anderer.«

»Lebe, liebe und verwirkliche deine Träume«, hörte sie wieder die Worte ihrer Mutter.

»Warum nur bin ich als Frau und nicht als Mann geboren worden? Ich hätte es jetzt viel einfacher und wäre nicht in den Fängen des Inquisitors.«

»Wir kommen jetzt nach Landsberg«, rief der Kutscher laut und ließ Anna aus ihren Gedanken hochschrecken.

Vor ihnen tauchte eine Stadt auf, die von einer steilen Mauer umrahmt war. Der Kutscher verlangsamte das Tempo, um die Stadt zu durchqueren.

Ein paar unscheinbare Häuser lagen vor dem Sandauer Stadttor, durch das sie hindurchfuhren. Dahinter entdeckte Anna ein äußerst schönes Gastwirtschaftsschild. Es war mit Gold verziert und zeigte ein Schaf, das mit schwarzem Metall umschlungen war. Auf der anderen Seite bemerkte sie ein Schild, auf dem eine goldene Brezel funkelte, es gehörte wohl zu einer Bäckerei.

Einige Häuser waren außergewöhnlich schön bemalt, dergleichen hatte Anna zuvor noch nicht gesehen, das kannte sie aus Augsburg nicht. Aus den Augenwinkeln heraus glaubte sie, dass ein gemalter Engel ihr, auf einer Wolke sitzend, zuzwinkerte.

Die Dächer waren recht steil, viele Mansardenfenster saßen übereinander und hohe Schornsteine hockten gleich dreifach nebeneinander.

Sie kamen nun bei einem Geigenbaumeister, einem Steinmetz und einem Schuster vorbei.

»Neue Stiefel könnte ich gebrauchen und einen sauberen Rock«, kam es ihr in den Sinn. Aber es war abwegig, über so etwas auch nur nachzudenken.

Es waren nur wenige Menschen auf den Straßen; einige schauten aus den Fenstern heraus. Sie beäugten den Tross misstrauisch, aber wagten keine bösen Worte. Da Anna in der Kutsche saß, beschimpfte sie keiner als Hexe, denn ein Inquisitor würde sich sicher nicht gemeinsam mit einem Mädchen, das magischen Künsten nachging, in eine Kutsche setzen.

Anna hörte laute Stimmen, es waren Bauern, die auf einem Marktplatz ihre Waren feil boten.

In Augsburg war Anna jede Woche auf dem Markt gewesen. Vor dem Rathausplatz hatte das fröhliche, bunte Treiben stattgefunden, das sie sehr liebte. Ihre Familie hatte dort Gemüse und Obst gekauft und eigens zusammengestellten Tee verkauft.

Anna sah ihre Mutter vor sich, wie sie mit ihrer freundlichen Art die verschiedenen Kräuterteesorten anbot und nette Gespräche führte.

»Leute, kommt herbei«, rief gerade jemand, »heute gibt es besonders schöne Äpfel, rotbackig, so wie das schöne Fräulein dort so rote Wangen hat.« Er zeigte auf Anna, die soeben mit der Kutsche vorüberfuhr. Anna errötete und lächelte den Mann verschüchtert an.

»Gib nichts auf solche Freundlichkeiten«, fuhr Jakobus von Schaffhausen sie an. »Halte dich von heidnischen Verführungen fern. Die Nonnen werden aber ohnehin dafür sorgen, dass du ein stilles Plätzchen bekommst, dort kannst du dann ganz für dich und im Gebet sein.«

Der Inquisitor entspannte sich wieder, erleichtert über die Aussicht, das Mädchen bald in einem Kloster untergebracht zu haben. Anna machten diese Worte große Angst, dennoch versuchte sie, dagegen anzugehen.

»Ich werde mich nicht wegsperren lassen, du böser alter Mann«, dachte sie. »Ich werde eine Möglichkeit finden, frei zu sein – und dann Gnade dir Gott.«

Sie ließen den Markt hinter sich und fuhren an einer Goldschmiede und einem beeindruckenden Stauwehr vorbei. Auf drei Stauetagen häuften sich glitzernde, weiße Schaumkronen. Dann ging es wieder aus Landsberg hinaus.

Anna atmete durch. Sie war erleichtert, dass man sie diesmal nicht als Hexe beschimpft hatte.

Sie fuhren den Lechberg hinauf und über einen sandigen Weg hinweg, der durch ein weites Wiesenfeld führte. Kleine Hügel und lauschige Wäldchen, mit Tannen, Fichten und Buchenbestand, zogen vorbei. Einzelne Höfe zeigten sich hinter dicht bewachsenen Feldern oder auf Muränenwällen.

Über kleine Anhöhen hinweg ging die Fahrt nach Hohenfurch. Es war ein Dörfchen mit einem liebevollen Gesicht, Anna fielen sofort die fein verzierten Türen auf. Über eine kleine Brücke überquerten sie einen Bach. Hier stand eine imposante Mühle, das Mühlrad drehte sich unermüdlich in gleichmäßigem Tempo. Gleich daneben war ein Sägewerk, Holzstämme waren am Bach und auf den angrenzenden Wiesen zur Lagerung aufgestapelt. Gewiss arbeiteten die meisten Männer des Dorfes als Flößer und holten auf dem Wasserweg das Holz aus den Bergen.

Aber wo waren sie, die mächtigen Berge? Der Dunstvorhang hatte sich noch immer nicht aufgelöst und verbarg sie dahinter.

Einige Bewohner des Dorfes schauten neugierig zur Tür heraus, doch ließen sie den Tross schweigend vorüberziehen. Nur ein unwissendes Kind winkte den Männern und Anna begeistert zu.

Es ging weiter Richtung Schongau. Eine mächtige Stadtmauer umschloss die Stadt, die mit ihrem großen Kirchturm schon von Weitem zu sehen war. Der Inquisitor befahl seinen Männern, nicht durch die Stadt zu fahren, sondern einen Weg zu nehmen, der unterhalb vorbeiführte.

»Im Kloster von Schongau würde man uns nur aufhalten, dafür haben wir heute keine Zeit. Wir werden dort auf der Rückfahrt nächtigen. Zunächst müssen wir noch reichlich Strecke machen, also lasst uns Schongau unbesucht passieren.«

Nun ging es über einen kleinen bewaldeten Hügelkamm hinüber, dahinter zeigten sich weite Wiesen und fruchtbare Ackerböden. Die Kutsche ruckelte unentwegt über den unebenen Weg dahin.

Anna entdeckte Pfeifengras, lila und weiß blühendes Wiesenschaumkraut und Sumpfherzblatt. Sie wusste, dass diese Pflanzen nur auf Feuchtwiesen wuchsen. Auch die gelbe Sumpfdotterblume lugte an einer Stelle hervor. Womöglich führte die Wiese in ein Moor hinein, aber das konnte Anna nicht genau sehen, weil sie zu hoch bewachsen war.

»Anhalten«, schrie plötzlich der Inquisitor. »Ich möchte mir ein wenig auf dieser schönen Wiese die Beine vertreten.«

»Willst du mich begleiten?«, fragte er Anna mit ungewohnt freundlicher Stimme.

Das Mädchen war etwas verwirrt über die Wandlung. Führte der Inquisitor etwas im Schilde? Wollte er ihr Böses tun?

»Ihr bleibt hier«, befahl er seinen Männern. »Komm!« Er nahm Anna bei der Hand und zog sie durchs hohe Gras hinter sich her. Sie spürte den schlüpfrigen Boden unter ihren Füßen. Aber den Inquisitor schien das nicht zu stören. Er wurde beim Gehen immer schneller und Anna musste schließlich mühsam hinter ihm her rennen. Plötzlich blieb er stehen und schaute sie an.

»Was für eine Schönheit.« Anna wollte davonjagen, doch spürte sie immer noch seine Hand, die ihre fest umschlossen hielt. Dann bemerkte sie, dass er gar nicht sie anblickte, sondern über ihre Schulter hinweg irgendetwas anstarrte.

»Siehst du, dort drüben, diese wunderschöne Blume. Niemals zuvor habe ich etwas Schöneres gesehen. Ich muss sie pflücken, ich muss sie besitzen. Aber du bleibst hier stehen.« Er schaute Anna nun mit einer Fratze an. »Wag dich nicht von der Stelle weg, sonst wird es dir schlecht ergehen.«

Mit unachtsamen Schritten eilte er auf die Pflanze zu. Er war noch ein gutes Stück von ihr entfernt, da versank er plötzlich bis zu den Knöcheln mit seinem Mantel und den hellen Stiefeln im Schlamm. Aber das schien ihn nicht zu stören. Er stapfte schwerfällig weiter und steckte nun bis zu den Knien im Morast. Endlich erreichte er die Blume und streckte seine Hand nach ihr aus. Im gleichen Moment begann er, ganz langsam in der schwarzen Sumpfbrühe zu versinken. Der Boden unter seinen Füßen gab nach und er konnte sich nicht mehr vom Fleck bewegen. Er ruderte mit den Armen und fiel nach vorne. Über und über war er mit Schlamm beschmiert und glotzte Anna funkelnd an. Dann streckte er ihr die Hand entgegen.

»Hilf mir, du Hexe, du willst mich töten, aber das soll dir nicht gelingen.« Immer weiter glitt der Inquisitor hinab. Unsichtbare, gierige Arme griffen nach ihm, um ihn in die dunkle Tiefe des Grauens zu ziehen und zu versenken.

»Komm her, du Miststück!«, rief er nun verzweifelt. »Ich habe gefehlt, ich weiß es, aber ich will nicht sterben.«

Er steckte mittlerweile bis zu den Schultern im Sumpf, nun griff der glitschige Schlamm nach seinem Hals, dem markanten Kinn, den wulstigen Lippen, den funkelnden Augen, und dann war er plötzlich verschwunden. Für einen Augenblick blieb eine Schlupfstelle zurück, jedoch auf einmal war auch sie verschwunden und der Morast wirkte unberührt, als wäre dort zuvor nichts passiert.

Anna fing schallend an zu lachen, alle Angst und Verzweiflung drang aus ihr heraus, sodass ihr schließlich die Tränen über die Wangen liefen.

»Was amüsierst du dich«, hörte sie plötzlich eine derbe Stimme. »Das Lachen soll dir noch vergehen. Hör auf mit dem hysterischen Getue.«

Anna schreckte hoch, augenblicklich blieb ihr das Lachen im Hals stecken. Sie schaute sich um und da wurde ihr bewusst, dass sie geträumt hatte und sich noch immer in der Kutsche des Inquisitors befand, der ihr recht lebendig gegenüber saß.

Durch das gleichmäßige Ruckeln musste sie eingeschlafen sein. Einen Traum lang hatte sie geglaubt, den bösen Mann los zu sein, verzweifelt musste sie sich nun klar machen, dass die Realität eine andere war und er noch lebte.

Anna fröstelte, sie schlug die Decke, auf der sie saß, etwas über die Beine und drückte sich an die Seitenwand der Kutsche, um mehr Schutz vor dem Fahrtwind zu bekommen. Eigentlich müssten sich die Berge ringsherum zeigen, doch alles war noch immer von einer dichten Wolkenwand verhüllt.

Pferde und Reiter hatten ein gleichmäßiges Tempo. Es wurde kaum gesprochen, nur manchmal warfen sich die Männer ein paar Sprüche zu und lachten derb. Anna konnte die Worte nicht verstehen und versuchte auch gar nicht darauf zu achten.

Nach einiger Zeit glaubte sie den Inquisitor gleichmäßig schnaufen zu hören und für den Hauch einer Sekunde schaute sie zu ihm auf. Erleichtert stellte Anna fest, dass er schlief. Nun konnte sie sich etwas entspannen und zog die Decke ein Stückchen unter sich heraus, um sich einen Zipfel über die Schultern zu legen. Der dichte Stoff bot ihr etwas Schutz, gern hätte sie noch ein größeres Stück herausgezogen, aber dazu hätte sie aufstehen müssen und das war ihr zu gefährlich. Anna wagte es, einen Blick nach hinten zu werfen. In der Entfernung glaubte sie einen Punkt zu entdecken. Sie hoffte inständig, dass es Ferdinand war, der ihr nachritt. Ein hoffnungsvolles Lächeln huschte über ihr Gesicht.

Nachdem sie weite Täler hinter sich gelassen hatten, wurden diese enger und verloren ihre Lieblichkeit. Bizarr drückten sie sich an die unsichtbaren Berge und ließen nur wenig Tageslicht hinein. Es ging an Fischteichen entlang und über die Ammer hinweg. Vorbei an Höfen, durchquerten sie schließlich ein weiteres enges Tal. Aus der Entfernung hörte Anna die Glocke einer Kirche. Fünf tiefe Schläge waren es, die den Inquisitor wieder erwachen ließen. Von Schaffhausen setzte sich zurecht und rieb sich über die Schultern. Er blickte sich erleichtert um und meinte:

»Gleich haben wir Kloster Ettal erreicht.«

Anna durchfuhr es wie ein Blitz. Die Angst kroch in ihr hinauf und sie konnte kaum atmen.

Der Inquisitor schien ihre Anspannung zu spüren, jedoch glaubte er, sie sei in aufgeregter Erwartung, ihre neue Bleibe zu sehen.

»Dies ist nicht das Kloster, in dem du zukünftig leben wirst. In Kloster Ettal leben nur Glaubensbrüder und keine Nonnen. Du musst dich noch ein Weile gedulden.«

Im großen Hof des Klosters machte der Tross eine Rast. Die Pferde wurden versorgt und der Inquisitor und seine Mannen wurden ins Kloster gebeten, um sich mit Brot und Wein zu stärken. Anna bekam einen Kanten Brot und einen Becher voll Wasser. Nach einer Stunde des Ausruhens setzte der Tross seinen Weg nach Mittenwald fort.

Das Wetter verbesserte sich langsam. Anna glaubte, durch den Vorhang aus Wolken einen Hauch der Berge zu erblicken. Sie war voller Ungeduld, sie in ihrer ganzen Pracht zu sehen. Nach einer Weile lösten sich die Wolken immer mehr auf, und als sie ein weites Tal hinter sich gelassen hatten, da war das diesige Wetter verschwunden.

Anna stockte der Atem vor Überraschung. So gewaltig hatte sie sich die Berge nicht vorstellt. Es war unglaublich, wie steil und schroff die Felsen hinaufkrochen und wie nah sie dem Himmel waren.

Der Tross durchquerte noch einige Täler und Wälder und ließ Garmisch hinter sich. Schließlich fuhren sie, um die Isar zu überwinden, über eine Holzbrücke hinweg und kamen, einen schmalen Pfad entlang, endlich nach Mittenwald.

Anna war sehr überrascht, wie liebevoll und wunderschön dort jedes Haus bemalt war.

Von Schaffhausen befahl seinen Männern, zur Geigenbauwerkstatt von Meister Dürnholz zu fahren.

»Ich habe den Auftrag, für den Prior von Ulm eine Geige abzuholen. Folgt diesem Weg, an seinem Ende befindet sich auf der rechten Seite die Werkstatt.«

Anna bewegten diese Worte sehr. Ihr Vater hatte eine Geige besessen, die er sich von seinen Lehr- und Wanderjahren mitgebracht hatte. Er hatte seiner Tochter das Spiel auf diesem Instrument beigebracht. Auch wenn sie darauf nicht die größte Künstlerin geworden war, liebte Anna ihren Klang. Manches Mal hatte sie heimlich gelauscht, wenn ihr Vater auf seiner Geige spielte.

Als der Tross die Straße hinunterfuhr, hatten sich neugierige Bewohner aufgereiht und schauten erstaunt, wer ihr kleines Städtchen besuchte. Nach wenigen Metern stoppten die Reiter und der Inquisitor stieg aus der Kutsche aus. Er rieb sich über den Allerwertesten, stöhnte und befahl Anna zu ihrer großen Freude, mit in die Werkstatt zu kommen.

Von Schaffhausen hatte bereits den Arm ausgestreckt, um die Tür zu öffnen, da kam ein Mann mit einem wütenden Blick herausgestürmt. Seine Miene veränderte sich jedoch augenblicklich, als er den Inquisitor erblickte. Er setzte ein etwas verkniffenes Lächeln auf und schien sehr überrascht zu sein, ihn zu sehen.

»Gott zum Gruß, Euer Ehren, Ihr weilt bereits in Mittenwald? Ich habe Euch noch gar nicht erwartet. Aber tretet in meine Werkstatt ein, wir wollen alles Weitere darinnen besprechen.« Der Mann verbeugte sich leicht.

Noch nie hatte Anna eine Geigenbauwerkstatt betreten. Der Geruch des Holzes war ihr sofort vertraut, sie staunte sehr, als sie die vielen fein geschnitzten Teile sah. Sie schaute sich begeistert nach allen Seiten um.

»Das würde ich auch gerne lernen«, dachte sie. »Ein Mann müsste ich sein, dann würde ich in die Geigenbaulehre gehen. Doch bin ich eine Frau und in den Fängen der Inquisition.« Da kam ihr ganz plötzlich der Gedanke, zu fliehen und sich einfach als Mann auszugeben. Nur wie sollte sie das in die Tat umsetzen? Weil sie stets bewacht wurde, konnte sie sich nicht heimlich davonstehlen. Und in die Identität eines Mannes zu schlüpfen, mit ihren langen Haaren und den Frauenkleidern, das ließ sich auch nicht so einfach machen.

»Es gibt nicht viel zu besprechen«, meinte von Schaffhausen nun. »Ich möchte die Geige abholen, die Ihr längst fertiggestellt haben müsst.«

Anna blickte neugierig zu Dürnholz hin, sie war gespannt, wie das Instrument aussah. Jedoch wurde sie enttäuscht, denn der Geigenbauer stammelte Worte der Entschuldigung: »... Ja, gewiss ..., es ist auch nur …, es sah auch zunächst sehr gut aus, ich bin gut vorangekommen. Unglücklicherweise habe ich mich verletzt, müsst ihr wissen ...« Er rieb sich über das schmerzende Handgelenk.

»Welcher Art ist Eure Verletzung?«, fragte Anna, die es gewohnt war, in Anwesenheit ihrer Mutter anderen zu helfen. Sie vernahm den strengen Blick des Inquisitors und senkte sofort den Blick.

»Wer ist das Fräulein an Eurer Seite? Sie sieht etwas mitgenommen aus«, meinte Dürnholz mit ungewohnt freundlicher Stimme. »Versteht sie sich vielleicht auf die Heilkunst?«

»Gewiss, gewiss«, entfuhr es dem Inquisitor. Er wollte Anna gerade beiseiteschieben, um wieder auf die Geige zu sprechen zu kommen, da drückte sich jedoch Dürnholz dazwischen und hielt ihr sein verletztes Handgelenk hin.

»Könnt Ihr mir helfen?«

Anna wagte es nicht zu antworten und blieb unbewegt stehen.

»Bitte.«

»Du hast gehört, worum dich der Mann gebeten hat, schau dir seine Hand an.«

Anna ergriff den Arm des Geigenbauers und tastete ihn mit vorsichtigen Bewegungen ab, genauso wie ihre Mutter es ihr gezeigt hatte. Sie stellte fest, dass nichts gebrochen war und es sich nur um eine üble Verstauchung handelte. Sie spürte die gierigen Blicke des Geigenbaumeisters und vermied es, ihn anzusehen. Sie schaute stattdessen in die andere Richtung zur Tür hin. Für einen Moment glaubte sie, es würde sie jemand durch den Türspalt anblicken, aber plötzlich war nur noch Schwärze zu sehen.

»Was kann ich tun?«, fragte Dürnholz.

Anna schreckte aus ihren Gedanken.

»Ihr müsst Eure Verletzung mit Beinwellwurz-Umschlägen behandeln, dann wird es Euch in ein paar Tagen besser gehen.«

»Wo habt Ihr Eure Kunst gelernt? In einem Kloster?«

Von Schaffhausen fühlte sich in der Werkstatt alles andere als wohl. Der Mann war ihm nicht geheuer und die

Blicke, mit denen er das Mädchen verschlang, machten ihn wütend. Außerdem musste die Fragerei umgehend aufhören.

»Ich werde in ein paar Tagen wieder zu Euch kommen«, antwortete er, bevor Anna antworten konnte. »Zuvor habe ich noch einen wichtigen Auftrag in einem Kloster zu erledigen.«

Anna bekam eine Gänsehaut bei diesen Worten, denn sie wusste ja, warum der Inquisitor dorthin wollte.

»Versorgt Euren Arm und dann möchte ich das Instrument sehen.« Mit diesen Worten verließ der Inquisitor mit Anna schnurstracks die Werkstatt.

Dürnholz folgte ihnen und schmiss die Werkstatttür lautstark hinter sich zu. Dann verriegelte er sie und machte sich auf den Weg zu Klotz, um sich Moritz vorzuknöpfen.

Als sich Anna wieder in die Kutsche setzte, spürte sie, dass jemand den Blick auf sie gerichtet hatte. Sie schaute sich vorsichtig um, doch konnte sie niemanden entdecken.

»Gewiss ist es Ferdinand«, dachte sie und fühlte sich etwas erleichtert und zugleich beschützt.

Kapitel 10

Moritz wartete noch einige Minuten hinter der Tür, um sicherzugehen, dass Meister Dürnholz sich weit genug von der Werkstatt entfernt hatte. Der Zorn des Meisters beunruhigte ihn und er war bange, ihm zu begegnen. Schließlich wagte er sich aus seinem Versteck und lugte vorsichtig aus dem Butzenfenster hinaus. Weit und breit war keine Menschenseele zu sehen.

Derweil er sich etwas beruhigt hatte und überprüfte, ob die Tür zu öffnen war, ließ ihn das Bellen eines Hundes zusammenschrecken. Ein weiterer Hund schlug an und bellend tobten sie an der Werkstatt vorüber. Halb im Spiel und halb im Ernst versuchten sich die beiden zu schnappen und fletschten die Zähne. Dann verschwanden sie aus Moritz' Blickwinkel.

Die hölzerne Stimme eines alten Mannes, der den Weg an der Werkstatt vorbeigeschritten kam, ertönte. Er trieb die beiden Hunde auseinander.

Moritz war erleichtert, Meister Dürnholz nirgends zu sehen. Aber wo war das Fräulein hin? Sie war von besonderer Schönheit gewesen. Ihre Haare hatten golden geschimmert und die feine Art, wie sie gesprochen hatte, faszinierte ihn. Sie hatte etwas Verletzliches und Trauriges an sich, zugleich war da etwas Strahlendes in ihren Augen. Moritz hatte sich auf der Stelle in sie verliebt. Das Mädchen hatte wirklich mitgenommen ausgesehen, wie auch Dürnholz bemerkt hatte. Ihr Rock war völlig zerrissen und ihre gesamte Kleidung mit dunklen Verfärbungen verschmutzt. Moritz dachte einen Moment darüber nach, konnte sich aber auch keinen Reim darauf machen.

Er war etwas erschreckt über sich, er konnte sich seine überwältigenden Gefühle nicht erklären. War er nicht gestern noch in Elise verliebt gewesen? Doch war der Liebreiz, den die Schankmaid auf ihn ausübte, von anderer Art. Er hatte Elise begehrt und davon geträumt, ihren drallen Körper berühren zu dürfen. Bei dem Fräulein war es ein anderes Gefühl, etwas viel Bedeutenderes als sinnliches Begehren.

Moritz hätte jubeln können vor Glück, doch war er gleichzeitig verzweifelt. Das Mädchen war mit einem unangenehmen Mann an ihrer Seite verschwunden, und er war hier in der Werkstatt eingesperrt.

Moritz strich über die Holzdecke, die auf seiner Werkbank lag. Am Tag zuvor hatte er sie fertiggestellt, seitdem war viel passiert. Er schnappte sich den Besen und begann, die Späne aufzufegen, dabei dachte er an das schöne Mädchen.

Da es auf den Abend zuging, würde sie mit ihrer Begleitung sicher in einem Wirtshaus Quartier für die Nacht machen.

Moritz wischte die Werkbank sauber und stellte alle Werkzeuge darauf akkurat zurecht. Dann schob er seinen Hocker darunter.

»Geschafft«, sprach er zu sich selbst.

Was konnte er nun anfangen? Er war eingeschlossen und Dürnholz war bestimmt ins Wirtshaus gegangen, um seinen Ärger hinunterzuspülen. Das bedeutete für Moritz, noch eine Weile gefangen zu sein. Aber hier zu verharren und zu warten, bis der Meister zurückkam, und es dann eine saftige Auseinandersetzung geben würde, darauf wollte Moritz es nicht ankommen lassen. Er musste eine Möglichkeit finden, aus der Werkstatt auszubüchsen.

Ein Blick aus dem Fenster verriet ihm, dass draußen alles ruhig war. Keine Schritte, kein Gebell, keine Stimmen und keine polternden Fuhrwerke waren zu hören. Nur die zwitschernden Vögel kündigten das Ende des Tages an und die Fledermäuse trieben in der Dämmerung ihr Spiel.

Moritz betrat den Nebenraum, in dem sich Meister Dürnholz und der Soldat unterhalten hatten. Stickige Luft empfing ihn. Trotz des spärlichen Lichts konnte er ein großes Durcheinander an Papieren, Werkzeugen und Trinkgefäßen erblicken, die im ganzen Raum verteilt waren. Noch nie war Moritz in diesem Zimmer gewesen. Meister Dürnholz hatte ihm dies streng untersagt. Ob er etwas zu verbergen hatte? Oder war es die Unordnung, die Moritz nicht sehen sollte?

Er öffnete den Schrank, aus dem Dürnholz vorhin die Geige für den Ulmer Prior entnommen hatte. Moritz nahm sie in die Hand und betrachtete sie von allen Seiten, sie war ein solide gebautes Instrument, aber gewiss kein Meisterstück. Dürnholz saß nun wirklich in der Klemme. Und wie er die Sache wieder in Ordnung bringen konnte und ein weiteres Instrument für den Prior und für den italienischen Offizier ohne die Zuarbeit von Moritz anfertigen würde, das war ihm ein Rätsel. Auch mit Moritz' Hilfe war eine Geige nicht in kurzer Zeit anzufertigen. Der Bau einer Violine brauchte Können, Erfahrung, aber vor allem Ruhe, überstürzen ließ sich da gar nichts.

In dem Schrank schien der Meister seine wichtigsten Dinge aufzubewahren. Seine Uhr lag dort, ein Döschen mit ein paar Münzen, ein Federhalter und ein Tintenfässchen. In der einen Ecke steckte etwas Braunes, Zusammengerolltes. Waren es Blätter?

Moritz nahm das kleine Bündel neugierig in die Hand. Als er daran roch, hatte er den vertrauten Tabakduft unter der Nase, den er stets bemerkte, wenn er an dem Hof von Anselm vorbeiging. Moritz wollte das Bündel gerade zurücklegen, da hörte er von draußen ein Pfeifen und dann ein Klopfen gegen die Fensterscheibe. Er eilte zum Fenster und blickte vorsichtig hinaus. Da sah er Alois und Sebastian, die ihm hektisch zuwinkten und andeuteten, er solle herauskommen. Behutsam öffnete er das Fenster.

»Was machst du noch da drin? Dürnholz ist im Anmarsch, du musst schnell da raus. Der ist stinkwütend und taumelig vom Alkohol«, flüsterten sie ihm aufgebracht zu. Da hörte Moritz auch schon, wie die Werkstatttür polternd aufgeschlossen wurde. Ohne zu zögern schwang er sich aus dem Fenster. Dann lehnte er es von draußen vorsichtig an, in der Hoffnung, Dürnholz würde nicht gleich etwas bemerken. Schließlich rannte Moritz mit seinen Freunden davon, begleitet von dem schrillen Pfeifen eines schimpfenden Zaunkönigs.

Plötzlich fiel ihm siedendheiß ein, dass er vergessen hatte, den Schrank zu schließen, und dass er den Tabak nicht zurückgelegt hatte. Beim Öffnen des Fensters hatte er ihn gedankenlos in die Tasche gesteckt. Hoffentlich würde Dürnholz diese Entwendung nicht allzu schnell bemerken und Moritz womöglich des Diebstahls beschuldigen.

Kapitel 11

Nach einer kurzen Nacht musste Anna wieder in der Kutsche des Inquisitors Platz nehmen. Bereits früh am Morgen hatte sich der Tross in Bewegung gesetzt, um das Kloster im Karwendelgebirge anzusteuern. Von Schaffhausen hatte es mit der Weiterfahrt sehr eilig, er konnte es kaum abwarten, das Mädchen endlich los zu sein. Die Last, die er ihres Schicksals wegen auf den Schultern trug, war für ihn kaum zu ertragen. Nach außen versuchte er beherrscht und streng zu wirken, innerlich nagte sein schlechtes Gewissen unentwegt an ihm und er spürte ein übles Drücken im Magen.

Er hatte die Mutter des Mädchens umbringen lassen, obwohl er von ihrer Unschuld überzeugt gewesen war. Auch wenn er als verlängerter Arm Gottes handelte – er hatte das Urteil ausgesprochen. Warum nur hatte Gott ihn nicht davon abgehalten? Nun würde er das Mädchen für den Rest ihres Lebens hinter dicke Klostermauern wegsperren lassen. Aber auch jetzt ließ Gott ihn walten.

»Der Herr ist mein Hirte....«, begann von Schaffhausen den dreiundzwanzigsten Psalm still, doch mit bewegten Lippen zu beten. Aber auch in den Worten und dem Gefühl, Gott nahe zu sein, empfand er keine Erleichterung.

»Befreie mich aus dem finsteren Tal«, flehte er innerlich.

Das Jubeln einer Lerche ließ ihn aus seinem Gebet hochschrecken. Er schaute das Mädchen an, das ihm nah gegenübersaß und dem Vogel hinterherblickte. Sehnsucht sah er in ihren Augen, aber auch Kraft und Willensstärke.

»Ihre Haut ist fein wie Porzellan und ihre Haare glänzen in den Strahlen des ersten Sonnenlichtes wie Gold«, dachte er.

Da bemerkte von Schaffhausen, dass sie ihn ansah, und nun war er es, der Annas Blick nicht ertrug und sich abwendete. Sie musste gespürt haben, dass er sie für einen Moment wie ein Mann mit aufflackernder Begierde angeschaut hatte. Scham und zugleich Groll stiegen in ihm auf. Wie hatte er sich nur so gehen lassen können. Seine Hände waren feucht und er spürte ein Ziehen in den Lenden. Wie konnte er nur wegen dieses Mädchens aus der Fassung geraten? Er musste sie loswerden. Sie würde die Männer nur in Versuchung bringen.

»Das Klosterleben wird genau das Richtige für sie sein, vielleicht findet sie gar Gefallen daran«, redete er sich ein. Jedoch spürte er ganz genau, dass Anna dort nicht hingehörte, denn ihr Wesen hatte eine ungewöhnliche Ausstrahlung, die er noch bei keiner Nonne erlebt hatte.

»Das Mädchen wird sein Schicksal meistern, davon bin ich überzeugt.«

Aus Annas Mund durfte niemals jemand erfahren, was er getan hatte. Deshalb hatte er einen Schweigeorden für sie ausgewählt.

Anna streifte abermals den Blick des Inquisitors. Heute machte er ihr keine Angst. Er saß in sich zusammengesunken da und wirkte alt und gebrechlich.

Die Nacht hatte Anna im Wirtshaus auf einer Ofenbank verbracht. Eigentlich hatte einer der Männer des Inquisitors sie bewachen sollen, zum Glück war es nicht jener gewesen, der ihr im Stall die Unschuld hatte nehmen wollen. Er war aber der List der Schankmaid erlegen, die ihm schöne Augen gemacht und ihm immer wieder einen Humpen mit Bier nachgeschenkt hatte. Schließlich war er auf dem Tisch betrunken zusammengesackt und tief eingeschlafen. Ab und an hatte er ein lautes Schnarchgegrunze von sich gegeben.

Zwei Männer des Inquisitors standen draußen Wache. Er selbst und sein restliches Gefolge hatte sich längst schlafen gelegt, Anna und die Schankmaid waren die Einzigen, die noch wach waren.

Man hatte der Maid strikt untersagt, mit dem Mädchen zu reden, sonst würde dies böse Konsequenzen für beide haben. Zunächst hielt sie sich an diese Abmachung und richtete kein Wort an Anna. Sie wischte die Tische ab, wusch noch einige Gläser und Teller, öffnete ein kleines Butzenfenster und ließ für kurze Zeit frische Luft in den Schankraum.

Ein Nachtfalter fand den Weg in die Stube hinein und umflatterte den Lichtschein einer Kerze, die auf dem Tresen stand.

Trotz der späten Stunde war sie gut gelaunt und sang mit etwas kratziger Stimme ein Lied vor sich hin. Anna saß auf der Ofenbank und schaute ihr zu. Die Maid war hübsch, etwas rundlich, hatte ein nettes Gesicht und vorwitzige Locken.

Als sie mit ihrer Arbeit fertig war, schloss sie das Fenster. Dann schenkte sie einen Humpen mit Bier voll, schnitt einen Kanten Brot ab und löschte die Kerze. Es dauerte einen Moment, bis sich Annas Augen an die Dunkelheit gewöhnt hatten, zum Glück kam genug Mondlicht in die Schankstube, sodass es gar nicht allzu finster war. Anna und die Schankmaid blickten einander an. Die Maid huschte zum Fenster, um sicherzugehen, dass dort niemand war. Dann kam sie mit dem Bier und dem Brot langsam zu Anna herüber.

»Der einfältige Tölpel dort drüben soll dich bewachen«, flüsterte sie und grinste verschmitzt, als sie sich neben Anna setzte. »Mich dünkt, du siehst nicht aus, als wenn du etwas anstellen wolltest. Eigentlich darf ich nicht mit dir reden, also flüstern wir eben.« Sie kicherte.

»Sag, was hast du getan, dass sich die Inquisition deiner angenommen hat und solche Vorsichtsmaßnahmen trifft?«

Anna hatte ein ungutes Gefühl, dass sich eine weitere Person ihretwegen in Schwierigkeiten brachte. Warum wollte die Maid neugierig in ihr Gemüt eindringen und ihr persönliches Schicksal ergründen? Sie blickte in das warmherzige Gesicht der Schankmaid, sie wirkte ehrlich und vertrauenswürdig. Anna reichte ihr die Hand und nannte ihren Namen. Die Maid erwiderte die Begrüßung:

»Und ich bin Elise, aber jetzt erzähl mir, was passiert ist.«

Anna fiel es schwer, über die grausamen Geschehnisse zu berichten, zu tief saß der Schmerz über den Tod ihrer Mutter. Sie begann zögerlich, aber als sie spürte, wie gut es tat, sich das Herz zu erleichtern, sprudelten die Worte nur so hervor.

Elise saß derweil still da und hörte aufmerksam zu. Nachdem Anna geendet hatte, nahm das Mädchen sie wortlos in die Arme. Da brach der Kummer aus Anna heraus. Die Tränen strömten aus ihren Augen und sie schluchzte bitterlich.

Sie hatten einige Zeit dagesessen und schließlich war Anna erschöpft eingeschlafen. Als der Morgen graute, entzog sich die Maid dem Mädchen vorsichtig und legte Anna seitlich auf die Ofenbank. Dann setzte sie sich in eine andere Ecke des Raumes, tat, als ob sie schliefe, und beobachtete den Mann, dessen Schultern sich gleichmäßig im Schlaf bewegten. Zum Glück hatte er von Annas Gefühlsausbruch nichts mitbekommen.

Dann hörte sie plötzlich Schritte auf dem Gang und jemand polterte gegen die Tür.

»Aufmachen«, schrie eine energische Stimme, und in diesem Moment fiel der Wachmann förmlich vom Stuhl. Elise rührte sich nicht und stellte sich weiter schlafend. Anna hingegen schreckte hoch und setzte sich schlaftrunken auf.

»Kein Wort aus deinem Munde über die letzte Nacht, ich warne dich«, brummte der Mann und drohte Anna mit dem Zeigefinger. »Jetzt komm, es geht wohl weiter.«

Er rappelte sich auf, schnappte das Mädchen grob am Arm und zog es hinter sich her durch die Tür, die soeben vom Wirt geöffnet wurde, hinaus aus der Wirtshausschenke.

Anna wagte keinen Blick zu Elise, sie wollte die Schankmaid nicht in Schwierigkeiten bringen.

Während die Kutsche gleichmäßig vor sich hin ruckelte, schaute sich Anna die beeindruckenden Bergmassive an. Schroff und mit einer geheimnisvollen Aura ragten sie in den Himmel, der mit einem grauen Schleier überzogen war. Einige Wolken hatten sich um die Bergspitzen gelegt. Es schien, als kündigten sie schlechtes Wetter an.

Rechts des Weges war ein breiter Bach, den sie beim Scharnitzpass überqueren mussten. Das Bachbett war nicht tief und deshalb gelangten die Pferde ohne Probleme hindurch. Die Kutsche des Inquisitors sollte es ihnen gleich tun. Sie waren fast hindurch, da polterten sie plötzlich über einen Stein und die Kutsche geriet in Schräglage. Der Inquisitor rief verärgert seine Männer herbei. Die zwei Kutschpferde zogen und zerrten wie wild an dem Gefährt, doch bewirkten sie damit, dass sich die Räder nur tiefer in das Sandbett hineingruben. Von Schaffhausen wollte sich die Füße nicht nass machen und blieb mit Anna sitzen.

Ihr machte die Situation keine Angst, sie hatte nur das Problem, dass sie sich auf ihrer Seite mit aller Kraft festhalten musste, damit sie dem Inquisitor nicht auf den Schoß rutschte. Das durfte unter gar keinen Umständen passieren. Annas Knöchel traten weiß hervor und der Rücken schmerzte. Lange würde sie diese unbequeme Position nicht aushalten.

Jede Hand war nötig, um die beiden Pferde zu beruhigen, damit sich die Kutsche nicht noch weiter in das sandige Bachbett hineingrub. Schaffhausen schimpfte mit seinen Männern, sie sollten etwas tun. Sein Gesicht verzog sich zu einem freundlichen Lächeln, als Ferdinand plötzlich und unerwartet auftauchte und mit anpackte.

»Lasst mich Euch helfen«, rief er und sprang sogleich vom Pferd.

»Nur zu, packt mit an«, meinte von Schaffhausen mit erleichterter Stimme.

Die Männer schoben einen großen Stecken unter das Kutschrad und häuften zahlreiche Steine und Stöcke davor auf, damit das Rad die schlüpfrige Stelle überwinden konnte. Mit vereinten Kräften schoben sie die Kutsche an und schließlich gelang es ihnen, sie aus dem Bach herauszubekommen.

Das Rad hatte keinen Schaden genommen und deshalb konnte die Fahrt weitergehen. Erleichtert rieb sich von Schaffhausen die Hände.

»Ich hoffe, Ihr seid wohlauf«, meinte Ferdinand Erweger vordergründig, schaute den Inquisitor an und wagte einen schnellen Blick zu Anna, denn es war ihm nur an ihrem Wohlbefinden gelegen.

Von Schaffhausen dankte Ferdinand mit einem knappen Nicken.

»Nun aber voran«, rief er seinen Männern zu, »und habt das Wetter im Blick, es scheint ein Gewitter aufzuziehen.«

Anna fühlte sich erleichtert, dass Ferdinand wieder an ihrer Seite war. Sie lächelte ihm zu, doch wendete sie dann ihren Blick ab, damit der Inquisitor glauben sollte, dass sie kein Interesse aneinander hatten und es Zufall sei, dass Ferdinand wieder auf den Tross gestoßen war.

Seltsamerweise stellte der Inquisitor diesbezüglich keine Fragen, sondern schloss die Augen, um sich weiteren Gebeten hinzugeben.

Nach einiger Zeit fuhren sie in ein kleines Tal hinein. Auf der einen Seite strömte ein breiter Gebirgsbach, an dem entlang bizarre Kiefern bis in die schroffen Berge hinauf wuchsen.

Der Himmel hatte sich arg verfinstert und auf einmal fing es an, stark zu winden und die ersten Blitze leuchteten auf. Lautes Donnergrollen hallte zwischen den Bergen wider. Der Inquisitor befahl seinen Männern, an geeigneter Stelle Schutz zu suchen, da begann es bereits zu regnen. Erst waren es dicke vereinzelte Tropfen, doch nach wenigen Minuten ging ein sintflutartiger Regen hernieder.

Innerhalb kürzester Zeit war Anna bis auf die Haut durchnässt. Dem Inquisitor und den Reitern erging es ebenso.

Einer der Männer wendete sein Pferd und kam zu Schaffhausen an die Kutsche.

»Euer Ehren, wir müssen erneut durch ein Bachbett, aber bei dem starken Regen können wir es nicht wagen, mit Euch und dem Mädchen dort hindurchzufahren. Ihr solltet aussteigen, bis wir die Kutsche auf die andere Seite gefahren haben, und dann zu Fuß nachfolgen.«

»Unter gar keinen Umständen werde ich das tun und bei diesem Unwetter herumstehen. Das Mädchen wird aussteigen und mit einem der Männer warten. Das soll genügen.«

Sie fuhren bis an den Bach heran und Anna stieg aus. Die ersten vier Reiter und Ferdinand durchquerten den Bach. Nun folgte die Kutsche mit dem Inquisitor in langsamem Tempo, um kein Risiko einzugehen. Da verhakte sie sich erneut an einem Stein. Die Reiter stiegen ab, um die Kutsche von ihrem Hindernis zu befreien. Da aber alles nass und glitschig war und die Männer völlig durchweicht und kraftlos, gelang es ihnen nicht. Der Inquisitor befahl dem Mann, der auf Annas Seite geblieben war, mit anzupacken. Er befolgte die Anweisung, reichte Anna die Zügel seines Pferdes, stieg in den Bach, der inzwischen reichlich Wasser führte, und schob mit den Männern an der Kutsche.

Plötzlich hörte Anna ein dumpfes Geräusch, ein Poltern, es näherte sich ihnen mit schnellem Tempo und wurde immer lauter. Das Pferd fing an, unruhig auf der Stelle zu treten. Die Männer, die mit der Kutsche beschäftigt waren und beim Schieben lautes Stöhnen von sich gaben, bemerkten es nicht.

Da erblickte Anna mit fassungslosem Entsetzen eine bleigraue, scheinbar zähflüssige Masse, die in dem engen

Kerbtal mit brutaler Geschwindigkeit den Bachlauf entlang auf die Männer zuschoss.

Das Pferd riss sich los. Anna drehte sich geistesgegenwärtig um und rannte, so schnell es mit den durchnässten Kleidern ging, den Weg zurück. Im Rücken hörte sie die Schreie der Männer und das schmatzende Geräusch des Schlammes, der sie verschlang. Anna rannte um ihr Leben. Plötzlich verklang das Getöse und bis auf den prasselnden Regen wurde es unheimlich still.

Sie wendete sich um und erblickte einen Teil der schmierigen, braunen Mure, die sich bis ins Tal ergossen hatte. Vom Inquisitor, der Kutsche und den Männern war nichts mehr zu sehen.

Kapitel 12

Moritz schlief kurz und schlecht. Die Nacht hatte kaum abgekühlt und die Temperatur war nur unmerklich gesunken. Er wälzte sich hin und her und wachte immer wieder auf, denn unangenehme Träume quälten ihn. Bis in die frühen Morgenstunden erging es ihm so.

Er lag erschöpft im Halbschlaf, da glaubte er, Hufgetrappel und das Poltern eines Gefährts auf dem Kopfsteinpflaster zu hören. Ihm wurde schlagartig bewusst, dass es der Inquisitor mit seinen Männern war, der sich mit dem Mädchen auf die Weiterreise machte. Moritz eilte ans Fenster und erblickte tatsächlich die Kutsche und einige Reiter. Er sah ihr nach, bis sich der Tross in der Ferne verlor. Sein Innerstes begann zu glühen, er hatte das Gefühl, sein Glück verloren zu haben.

Seltsamerweise entdeckte er auf einmal einen jungen Reiter, der in die gleiche Richtung ritt, als wolle er mit etwas Abstand den Tross verfolgen.

Moritz setzte sich auf die Kante seines Bettes und rieb sich ärgerlich über den Kopf. Nichts, aber auch gar nichts hatte er unternommen, um Anna Muringer zu helfen. Das Mädchen hatte er widerstandslos ziehen lassen. Er vergrub den Kopf in den Händen. Warum nur war er solch ein Feigling gewesen? Natürlich wusste er um die Antwort, trotzdem war er von sich unglaublich enttäuscht.

»Beides bewegt mein Herz, das Mädchen und meine Geigenbaulehre. Aber ich habe Anna nur flüchtig gesehen. Wie kann ich meine Zukunft für ein mir unbekanntes Mädchen aufs Spiel setzen? Ich würde viele Menschen enttäuschen, meine Eltern, Meister Klotz, Sebastian, Alois. Ich konnte gar nicht anders handeln«, versuchte er sich einzureden. »Aber dennoch – ich liebe sie.«

Nachdem er am Abend zuvor mit seinen Freunden von Dürnholz' Werkstatt davongerannt war, hatten sie ihm erzählt, dass ein Inquisitor mit seinem Gefolge und einem Mädchen namens Anna Muringer, deren Mutter man wegen Hexerei zum Tode verurteilt habe, im Gasthaus *Zur Goldenen Gans* Quartier mache. Dass sie mit den Männern der Inquisition in Mittenwald übernachtet hatte und mit einer dieser Gestalten und Elise im Wirtshausraum eingesperrt war, war eine Neuigkeit für ihn. Die Tatsache machte ihm Sorgen. Er musste wissen, wie es den beiden erging.

Er legte sich mit seinen Freunden auf der gegenüberliegenden Seite hinter einer langgestreckten, weiß blühenden Ligusterhecke auf die Lauer und verfolgte von dort aus das Geschehen im Gasthaus.

Die Männer und der Inquisitor waren in einem der Nebenräume untergebracht. Gegen Mitternacht löschten sie in der Schankstube das Licht. Anna saß dort auf einer Ofenbank, Moritz konnte bei dem schwachen Kerzenlicht nur ihre Umrisse erkennen.

Elises Lachen war zuvor bis nach draußen gedrungen. Ihre Fröhlichkeit, mit der sie den Wachmann bezirzte, gab Moritz einen Stich. Er hoffte, dass sie dafür einen guten Grund hatte.

Auch der Wachmann lachte und grölte mit derber Stimme, doch nach einiger Zeit war nichts mehr von ihm zu hören. Zweimal zeigte sich Elises Gesicht am Fenster, dann wurde es in der Schankstube dunkel und still.

Alois und Sebastian hatten sich müde davongeschlichen. Sie sahen keinen Sinn darin, eine dunkle Stube zu beobachten. Moritz wollte noch einen Moment bleiben.

Er saß eine Viertelstunde in seinem Versteck und schaute unentwegt auf das dunkle Haus. Es musste eine Möglichkeit geben, um dem Mädchen zu helfen. Die Butzenfenster ließen sich nicht weit genug öffnen, um nach draußen zu gelangen, und unbemerkt ins Wirtshaus hinein- und wieder herauszukommen, das konnte er ohnehin gleich vergessen.

Er beschloss mit schwerem Herzen, gar nichts zu tun. Durch sein Eingreifen würde er die Situation des Mädchens sicher nur noch verschlimmern. Resigniert machte er sich in der Dunkelheit auf den Heimweg.

Mittenwald lag in tiefem Schlummer und nur der matt glänzende Schein des Mondes auf dem Kopfsteinpflaster war sein Begleiter.

Noch immer saß Moritz auf der Bettkante. Nach einer Weile spürte er die warme Hand seines Freundes Alois auf den Schultern.

»Sie ist fort, stimmt's?«

Moritz gab statt einer Antwort nur ein Brummen von sich.

»Lass uns an einem Frühstück laben und du wirst sehen, wenn du nachher mit deiner Arbeit in der Werkstatt beginnst, kommst du auf andere Gedanken. Du wirst sie schneller vergessen, als du denkst.«

Moritz sprang wütend auf und hielt seinen Freund am Kragen fest, sodass ihm förmlich die Luft wegblieb.

»Niemals werde ich sie vergessen, wie kannst du Derartiges sagen?« Er schob Alois energisch von sich. Dieser taumelte zurück, sank röchelnd auf einen Stuhl und rieb sich den Hals.

»Du hast mich fast ins Jenseits befördert, dir muss es tatsächlich sehr ernst sein, du liebst sie.« Er grinste verzerrt und hustete heftig.

Moritz schaute seinen Freund an. Als es um dessen Mundwinkel erneut zuckte und er versöhnlich eine Augenbraue hochzog, musste Moritz lachen.

»Alois, es tut mir leid. Fast hätte ich dir den Garaus gemacht. Mir spukt das Mädchen im Kopfe herum und ihr Schicksal bewegt mich. Wo wird man sie nur hinbringen? Und werde ich sie jemals wiedersehen?«

»Wenn es etwas wie Vorsehung gibt und ihr für einander bestimmt seid, dann wirst du sie wiedersehen.«

Moritz gab Alois einen freundschaftlichen Schubs:

»Fasel nicht, lass uns speisen, dann muss ich los.«

Das Frühstück bestand aus einem Glas Milch, deren Rahm obenauf schwamm und von Moritz mit einem Löffel genüsslich gelutscht wurde, und einem trockenen Kanten Brot. Da Moritz auf dem Weg zu Klotz noch immer etwas Appetit verspürte, pflückte er sich einige wilde Erdbeeren im Nachbargarten und ließ sie sich munden.

Ein Blick zu den Bergspitzen hinauf ließ ihn ahnen, dass ein Gewitter aufzog. Typische Wolkenformationen türmten sich dort oben zusammen.

»Eine Abkühlung wird nur gut sein«, dachte er bei sich. »Die Luft ist trocken und staubig, gleichwohl hat ein Unwetter immer etwas Beängstigendes.«

Überschwemmungen gab es in Mittenwald eher selten, auch wenn die Isar über das Bachbett hinaus anstieg, waren die Häuser weit genug entfernt, um nicht überflutet zu werden. Aber der Feuergewalt des Blitzes konnte man sich nicht entziehen. Wenn es das Unglück wollte und der Blitz in ein Hausdach einschlug, würde es in kürzester Zeit lichterloh brennen und es wäre kaum möglich, der gierigen Flammen Herr zu werden und sie zu löschen. Manch ein Bauer hatte bei solch einem Wetter schon sein Hab und Gut verloren.

Die feine Arbeit mit dem kleinen Schnitzhobel wollte Moritz heute einfach nicht von der Hand gehen. Eine knappe Stunde hatte er an einer weiteren Schnecke gearbeitet. Plötzlich schnitt er sich ungeschickt in den Finger und ein dicker Blutstropfen rann auf die Schnecke hinab. Alles Wegwischen half nichts, es blieb eine dunkle Spur zurück.

»Mach dir nichts daraus«, versuchte ihn Sebastian zu beruhigen. »Passiert mir auch immer mal wieder. Wenn du mit dem Schleifen beginnst, sieht man nichts mehr davon.«

Da hatte Sebastian wohl recht, aber Moritz wollte den Meister nicht enttäuschen und seine Sache von Anfang an gut machen.

»Na, geht die Arbeit voran?«, hörte er auch schon Klotz fragen, der aus dem Nebenraum kam. Moritz stammelte ein paar unklare Worte der Entschuldigung, da schritt ganz unerwartet ein gut gekleideter Mann zur Tür herein.

Dieser nahm seine Kappe vom Kopf und stellte sich als Kammerdiener seiner Herrin vor, deren Name er nicht nennen dürfe, die aber erst kürzlich inkognito die Werkstatt betreten habe.

»Sie sendet Euch durch mich ein Schriftstück und einen Beutel, reichlich gefüllt mit Talern, um die Bestellung der Geige unter Dach und Fach zu bringen. Sie ist als Geschenk für eine hochgestellte Persönlichkeit anlässlich deren großer Geburtstagsfeier gedacht. Diese Person ist eine außergewöhnliche Liebhaberin der Kunst, die sie großzügig fördert; sie beherrscht verschiedene Instrumente, spielt im Theater und im Orchester Cembalo, dirigiert und komponiert.

Meine Herrin, Eure Auftraggeberin, ist schon lange auf der Suche nach einem geeigneten Geschenk, und als sie den Klang einer Geige aus dieser Werkstatt gehört hat, wusste sie endlich, was es sein soll.

Eine Bitte hätte meine Herrin noch. Sie möchte, dass Ihr die Schnecke der Geige mit einem besonderen Kopf verseht. Die Person, für die das Instrument bestimmt ist, liebt Greifvögel, im Speziellen den Falken.

Meine Herrin weilt zur Zeit ganz in der Nähe auf einer Burg. Wenn sie ihren dortigen Besuch beendet hat und auf der Rückreise ist, wird sie in Eurer Werkstatt vorbeischauen, um zu sehen, wie die Arbeit vorangeht.«

Der Bote schwenkte die Kappe zum Gruß, machte kehrt und verließ die Werkstatt. Abermals waren Meister Klotz, Sebastian und Moritz sprachlos und blickten dem Mann mit Staunen hinterher.

»Was für ein Auftrag«, meinte Klotz und schüttete den Beutel mit Münzen auf seiner Werkbank aus. Der Inhalt zeigte mehr Lohn, als sie in manch einem Jahr an mehreren Auftragsgeigen verdienen würden.

Klotz nahm zwei Taler und reichte sie Moritz.

»Hier, für dich, dir haben wir den Auftrag zu verdanken. Kauf dir eine warme Jacke davon, die kannst du bald brauchen. Ich kann die Werkstatt nicht allzu sehr beheizen, sonst würde sich das Holz bei den Temperaturschwankungen zu sehr verziehen. Du wirst dir mit einem warmen Kleidungsstück behelfen müssen.«

Moritz nahm das Geld stolz entgegen. Was hatte er für ein Glück. Da blickte er zum Fenster hinaus und schaute unerwartet in Elises Gesicht, die vorbeispaziert kam und ihm fröhlich zuwinkte. Er erwiderte ihren Gruß, jedoch blickte er sie gar nicht richtig an, sondern sah statt ihrer Anna vor sich.

Vorüber war Elise, Anna hingegen hatte sein Herz entflammt. Er wollte einen kühlen Kopf bewahren, aber Glück und Kummer ließen ihn kaum Atem finden. Er eilte nach draußen und rang nach Luft.

Kapitel 13

»Ferdinand«, war das Erste, was Anna in den Sinn kam. »Guter Gott, lass ihn noch am Leben sein.«

Sie schaute sich um, ob sie irgendwo jemanden erblickte, aber bei dem fürchterlichen Wetter und in dieser Abgeschiedenheit war keine Menschenseele unterwegs. Es regnete unaufhaltsam und der Wind zerrte mit seinen anschwellenden Windstößen an den Bäumen und dem Mädchen.

Anna hätte davonrennen können, doch eine innere Stimme sagte ihr, sie solle zu dem schauderhaften Ort zurückkehren. Sie näherte sich mit zögerlichen Schritten dem braunen Tod.

Was sie nun sah, war derart entsetzlich, dass sie sich für einen Moment abwenden musste. Aus der braunen Masse schauten vereinzelte Arme und Beine heraus und auch das Gesicht eines Mannes hatte sie gesehen. Um wen es sich bei ihm handelte, konnte sie nicht feststellen, denn er war mit dem braunen Schlamm unkenntlich verschmiert.

Anna musste einen kühlen Kopf bewahren. Sie drehte sich noch einmal um und versuchte, Ferdinand zu entdecken. Da! Auf der anderen Seite glaubte sie, jemanden liegen zu sehen.

Es war unmöglich, durch die dicke, matschige Schlammschicht zu schreiten; die Gefahr, darin stecken zu bleiben und zu versinken, war zu groß. Deshalb beschloss Anna, das Tal zu durchqueren und um die Mure herumzugehen.

Die Wiese war feucht und immer wieder kam sie ins Rutschen, dennoch schaffte sie es, bis ans Ende der Mure zu gelangen, die kurz vor dem Bachlauf gestoppt hatte. Auf der anderen Seite kam sie nur mühsam wieder bis zum Weg hinauf. Dort entdeckte sie tatsächlich einen Mann, dessen Leib zur Hälfte aus der Schlammlawine herausragte.

»Lass es nicht Ferdinand sein und wenn er es ist, dann muss er noch leben«, flehte sie inniglich.

Der Mann steckte etwas verdreht mit den Beinen im Schlamm und mit dem verschmutzten Oberkörper auf dem Weg. Er bewegte sich nicht und sah gespenstisch aus.

Anna näherte sich der Person, bückte sich langsam zu ihr hinunter und wischte vorsichtig mit den Fingern über deren Haare und Gesicht. Sogleich erschauderte sie und taumelte zurück. Anna hielt sich die Hände vors Gesicht, doch musste sie der schrecklichen Gewissheit ins Auge sehen. Es war Ferdinand, den sie dort soeben gefunden hatte.

»Du darfst nicht fortgehen und mich allein lassen«, rief sie und versuchte, seine Beine aus dem Schlamm zu befreien. Sie spürte ihren eigenen durchnässten Körper und die kalten Hände gar nicht mehr, aber irgendeine Kraft war da noch, die sie es schaffen ließ, Ferdinand aus dem Schlamm zu befreien. Als er auf dem Weg lag, Anna seinen Herzschlag suchte und seinen Kopf hin und her schüttelte, um ihn aufzuwecken, war trotz aller Mühen kein Lebenshauch mehr in ihm zu wecken. Sie versuchte, ihn mit ihrem Atem zu beleben, aber auch das half nichts. Sie hatte ihn verloren, ihren Freund und Beschützer. Was sollte jetzt werden, niemanden hatte sie mehr auf dieser Welt. Alle waren sie im Jenseits.

»Warum, Allmächtiger, nimmst du mir die Menschen, die ich liebe?«, schrie Anna mit markerschütternder Stimme und hielt die geballten Fäuste in den Himmel.

»Was habe ich getan, dass du mich so bestrafst? Welch furchtbares Unglück hast du herbeigeführt? Alle Männer sind tot, alle, verschlungen von der Sintflut, die du geschickt hast.«

Die Tränen schossen ihr aus den Augen und sie wurde regelrecht geschüttelt von hysterischer Wut. Dann strich sie mit zitternden Fingern über Ferdinands Wangen.

»Warum hast du ihn mir weggenommen? Er war nicht ungerecht, machtlüstern und selbstsüchtig wie die anderen Männer, die du begraben hast. Er war ein ehrlicher, rechtschaffener Mann, er stand für das Gute ein. Ferdinand hat es verdient zu leben. Warum hast du ihn mir genommen? Und mich lässt du allein zurück.«

Anna legte verzweifelt ihren Kopf auf Ferdinands Brust und gab sich ihrem bitteren Schmerz hin.

Nach einer Weile, als sie vom Weinen völlig erschöpft war, schoss ihr ein Gedanke durch den Kopf.

»Wenn alle hier tot sind, auch der Inquisitor und seine Männer, dann weiß niemand mehr von mir. Dann bin ich frei.«

Da wurde Anna auf einmal von einer inneren Stärke ergriffen, die sie den Entschluss fassen ließ, von nun an nicht mehr als schwache Frau durchs Leben zu gehen.

»Ich werde mich als Mann ausgeben und mein Glück machen. Ja! Das will ich tun.«

Plötzlich durchfuhr sie die Erkenntnis wie ein Blitz und sie schaute gen Himmel:

»Allmächtiger Vater, ist das deine Bestimmung für mich? Soll ich in Ferdinands Identität schlüpfen und ein Mann werden, der in meiner Gestalt weiterlebt?«

Ferdinand hatte seinen Rucksack auf dem Rücken gehabt, der musste noch im Schlamm stecken. Entschlossen erhob sich Anna und griff ein paar Mal in die schlammige Stelle hinein, an der er gelegen hatte. Sie ertastete etwas und zog es heraus, doch war es nur ein schlammverschmierter Schuh. Anna versuchte es weiter und zuckte auf einmal mit einem entsetzten Schrei zurück. Es war eine Hand gewesen, die sie da ertastet hatte. Sie stand sekundenlang vor der Stelle und starrte sie ängstlich an.

Aber irgendwo musste der Rucksack sein. Beherzt griff sie noch einmal in den Schlamm. Endlich hatte sie Glück und zerrte den völlig vom Lehm beschmierten Rucksack heraus.

Anna öffnete ihn und fand Ferdinands Habseligkeiten nahezu unversehrt darinnen. Sie wischte sich die schmutzigen Hände an ihrem Rock ab und schaute sich den Inhalt des Rucksacks genauer an. Etwas durchnässt, aber in ein Hemd eingewickelt, fand sie seinen Meisterbrief und ein kleines Täschchen, das aussah, als habe es Ferdinands Mutter zu Lebzeiten liebevoll genäht. Anna packte alles wieder sorgsam ein, die anderen Dinge würde sie später betrachten. Sie war bereit, Ferdinands Identität anzunehmen. Nun musste sie nur noch äußerlich zu einem Mann werden.

Sie blickte sich nach allen Seiten um, und als sie sicher war, dass kein Fremder in der Nähe war, fasste sie Ferdinand an den Füßen und zog ihn hinter einen Busch. Dort entkleidete sie ihn, ohne einen Moment zu zögern.

Als er in seiner nackten, irdischen Hülle dalag, war sich Anna sicher, dass seine Seele noch um ihn war. Sie redete unentwegt mit leiser Stimme zu ihm und bat ihn um Vergebung, während sie mit ihren Händen Schlamm herbei holte, um ihn damit zu begraben. Als nur noch sein Gesicht herausschaute, gab sie ihm einen Kuss auf die Stirn.

»Ich weiß, du verstehst mein Handeln. Von nun an werde ich in meiner Gestalt als Mann verkleidet mit deinem Namen, als Ferdinand Erweger durchs Leben gehen. Deine Kleider und deine Schreinerpapiere werden mir dabei helfen.«

Nachdem Anna sein Antlitz mit Lehm bedeckt hatte, sprach sie noch ein kurzes Gebet, das sie von zu Hause kannte. Dann nahm sie den Rucksack und Ferdinands Kleider an sich und ging zum Bergbach hinunter.

Dort wusch sie jedes Kleidungsstück sorgsam aus. Anschließend überquerte sie den Bach, indem sie auf einige große Steine sprang, die in dem Bachbett lagen. Es war rutschig, denn ihre Stiefel waren vom Lehm völlig verschmiert, trotzdem schaffte sie es. Annas starker Wille gab ihr das Gefühl, alle Hindernisse, die sich ihr in den Weg stellen würden, meistern zu können.

Sie kletterte ein Stück den Hang hinauf und setzte sich erschöpft unter eine Kiefer. Wie von Zauberhand hörte auf einmal das schlimme Unwetter auf und die Sonne schob mit aller Macht die grauen Wolken beiseite. Anna nahm Ferdinands Kleidungsstücke und hängte sie zum

Trocknen über einen der Äste. Da sie vor Kälte am ganzen Körper zitterte, zog sie auch ihre eigenen Kleider aus und legte sie ebenfalls in die Sonne. Dann nahm sie den Rucksack zur Hand, streifte sich eines von Ferdinands Hemden über und schaute genau nach, was noch Wichtiges darin war.

Anna suchte etwas ganz Bestimmtes. Schließlich hielt sie eine Schere in den Händen, die in dem genähten Täschchen gesteckt hatte. Ihre Finger zitterten, dennoch stand ihr Entschluss fest, sie würde zum Mann werden und dazu brauchte sie kurze Haare. Entschlossen erhob sie sich, beugte den Oberkörper nach vorne, fasste ihre Haare auf dem Kopf zusammen und schnitt sie ab. Als Anna das Büschel goldener Locken in den Händen hielt, kroch kurzzeitig die Wehmut in ihr hoch, dann richtete sie sich auf und sah zur Mure hin. Da erblickte sie oberhalb der Berge, an der Stelle, an der sich die Mure gelöst haben musste, einen Regenbogen. Dieses Himmelszeichen gab ihr augenblicklich das Gefühl von Zuversicht und Stärke.

Es war für Anna ein Zeichen Gottes, des Friedens zwischen Himmel und Erde und seiner Liebe zu den Wesen seiner Schöpfung.

Anna atmete tief durch, fuhr sich durch die kurzen Haare und stülpte sich eine Kappe über, die sie in Ferdinands Rucksack gefunden hatte. Dann buddelte sie ein kleines Loch und begrub ihre abgeschnittenen Haare darin.

Ein seltsames Gefühl überkam sie dabei. So viele Menschen waren von einem Moment auf den anderen gestorben. Auch wenn sie noch lebte, gab es ihr altes Dasein nun nicht mehr, sie war in ein neues, ihr unbekanntes Leben geschlüpft.

Anna verabschiedete sich im Stillen von ihrem alten Leben. Nun würde etwas ganz Neues beginnen, etwas Gutes, hoffte sie.

Anna lehnte sich gegen den Stamm einer Kiefer und aß langsam ein Brot, das sie ebenfalls im Rucksack entdeckt hatte. Es war in Papier eingeschlagen und völlig durchnässt, doch hatte sie Hunger und achtete nicht weiter darauf.

Lange saß sie dort unter dem Baum. Immer mit den Augen nach allen Seiten schauend, ob sich ihr auch niemand näherte und keiner der Männer aus der Mure herausstieg. Die Richter des Bösen lagen dort begraben, dennoch hatte Anna immer noch Angst, es könne nur ein Traum sein, aus dem sie erwachen würde und der Inquisitor könne sie bei der Hand packen, um sie mit sich zu zerren und sie dann ebenfalls im ekligen Morast der Mure zu ersticken.

Es war aber kein Traum. Die bösen Teufel waren tot und keiner würde ihr mehr etwas Schlimmes antun können oder sie gar wegsperren.

Die Sonne hatte sich längst hinter die Berge verzogen, da schlüpfte sie in Ferdinands Kleider. Die Hosen und Ärmel waren zu lang, doch in dem Beutel mit der Schere fand sie auch noch ein Etui mit Nadel und Faden; geschickt kürzte sie mit groben Stichen alles. Die Hose schnürte sie mit dem Gürtel auf ihre Weite. Anna fühlte sich wohl in Ferdinands Kleidern.

»Nun muss ich nur noch wie ein Mann sprechen und mich wie ein solcher bewegen.«

Sie beschloss, in der Dunkelheit auf die andere Seite des Tales hinüberzugehen und oberhalb des Weges nach Mittenwald zurückzukehren. Der Meister der Geigenbauwerkstatt hatte erzählt, er suche dringend einen Lehrling. Anna wollte versuchen, bei ihm unterzukommen.

Als es langsam zu dämmern begann, entdeckte sie einen Mann auf der anderen Seite des Tales, der mit einem Rucksack den Weg entlangging und sich der Mure näherte. Was war er für einer? Ein Tagelöhner, ein übler

Kerl oder nur ein harmloser Vagabund? Als der Mann an der Mure angelangt war, entledigte er sich sogleich seines Rucksacks und begann in der braunen Masse herumzustochern. Immer wieder zog er etwas heraus und warf es auf den Weg. Anna konnte auf die Entfernung nicht erkennen, was es war. Nach einiger Zeit schnappte sich der Mann dann wieder seinen Rucksack, kletterte den Berg hinauf und verschwand. Beunruhigt hatte Anna ihn beobachtet. Sie hatte Angst gehabt, er würde Ferdinands Grab entdecken, doch an der Stelle war er gar nicht gewesen.

Zunächst hatte sie Bedenken, ihren Plan fortzusetzen, womöglich würde sie dem Mann begegnen, der sich vielleicht auf der anderen Seite, irgendwo im Wald, ein Quartier für die Nacht zurechtmachte.

»Nun bin ja auch ich ein Mann, und deshalb wird mir nichts passieren«, versuchte sie sich einzuschärfen.

Eine Weile saß sie noch in ihrem Versteck. Dann ging sie im Schein des Mondes, der mit vollem Angesicht aufmerksam über die Bergrücken äugte, auf die andere Seite hinüber, um sich an Ferdinands Grab zu verabschieden. Mit schwerem Herzen verließ sie ihn, kroch in den Wald hinein, ging entschlossenen Schrittes voran und schaute nicht mehr zurück.

Kapitel 14

Moritz legte den Kohlestift auf seinen Skizzenblock und rieb sich über die schmerzenden Finger. Risse und Schwielen waren über die Handflächen verteilt und begannen erst langsam zu heilen.

Vor ein paar Tagen war ein fürchterliches Unwetter über Mittenwald hinweggegangen und hatte eine Brücke, die über die Isar führte, zum Einsturz gebracht. Da auf beiden Seiten des Baches Menschen wohnten, waren die einen durch den reißenden Fluss von Mittenwald getrennt worden. Die Brücke war nämlich die einzige Verbindung zwischen den beiden Ortsteilen.

Bevor sich die Isar in einen furchteinflößenden Fluss verwandelt hatte, war sie ein lauschiges Bächlein gewesen, das man auch zu Fuß durchqueren konnte. Nach dem Unwetter war dies unmöglich. Sie war zu einem finsteren Gesellen geworden, einem gierigen Ungeheuer, das alles verschlang, was sich ihm in den Weg stellte.

Als Moritz an jenem Morgen an ihr entlangspazierte und der erste Regen herniederging, hatte sie noch freundlich geplätschert. Doch es hatte nicht lange gedauert, da wisperte das Bächlein hinterlistig und stieg zu einem angsteinjagenden, rauschenden Fluss an, der die Brückenpfeiler so arg umspülte, dass die Erde wegrutschte, sie den Halt verloren und einstürzten.

Moritz flüchtete noch rechtzeitig nach Hause und hatte von dort aus das Naturschauspiel beobachtet. Blitze waren vom Himmel geschossen, Donnergrollen hatte die Erde erbeben lassen und Regen peitschte nieder. Das Wasser lief in kleinen Bächen durch die Straßen, um sich auf den Wiesen einen Weg zur Isar zu suchen.

Es hatte lange gedauert, bis der Zenit des Unwetters erreicht war, dann hörte der Spuk ganz plötzlich auf und die Sonne kroch wieder heraus.

Die Bewohner Mittenwalds gingen nach draußen, um sich den Schaden, den das Wetter dem kleinen Städtchen zugefügt hatte, anzusehen. Auch Moritz schnappte sich seine Kappe und eilte auf die Straße. Er hatte Befürchtungen, die Werkstatt von Klotz könnte unterspült sein und die Instrumente hätten vielleicht Schaden erlitten.

Die Schwüle, die ihn augenblicklich vor dem Haus empfing, war unangenehm und ließ ihn einen Moment innehalten, um durchzuatmen.

Das Wasser hatte sich durch Mittenwalds Straßen seinen Weg gesucht. Da aber das Städtchen erhöht lag, waren die Fluten so schnell, wie sie durch die Gassen geschossen waren, auch wieder verschwunden. Zurück blieben nur durchfurchte Spuren auf den Wegen, die nicht mit Kopfsteinpflaster versehen waren.

Als Moritz vor dem Haus stand und sich umschaute, kam Alois mit lehmverschmierten Schuhen aufgeregt herbeigerannt.

»Der Loisel vom Scheringerhof ist verschwunden. Er hat draußen mit seinen Freunden gespielt, kurz bevor das Unwetter begann. Seine Kameraden haben erzählt, dass er nicht gleich ins Haus gegangen ist, weil er den Blitzen zuschauen wollte. Nun ist er nicht aufzufinden. Wir haben schon um die Häuser rum geschaut, aber nichts ist zu sehen von ihm. Die Töle vom Schreiner Bernhard ist auch auf und davon. Hast du von den beiden was gesehen?«

»Nein, keinen von beiden. Aber warte, ich komme mit.« Sie hatten Mittenwald aufmerksam durchkämmt. Nahezu alle Bewohner bis auf die Alten und Kranken waren auf den Beinen und halfen bei der Suche, aber sie fanden den Loisel nicht.

»Vielleicht ist er im Nachbardorf oder versteckt sich aus Abenteuerlust in den Bergen«, versuchte man seine Eltern zu beruhigen. Doch glaubte keiner richtig daran. Nur wollte man Loisels Mutter den kleinen Hoffnungsschimmer nicht nehmen. Dass der Junge vielleicht zur Isar zurückgekehrt und im reißenden Fluss ertrunken war, schien viel naheliegender, doch diesen Verdacht sprach keiner aus.

Man lenkte sich von der bösen Vorahnung ab und beseitigte die kleineren Schäden im Dorf. Die Seitenwand einer Scheune war unterspült worden, die Bretter eines Daches waren weggeweht, ein Zaun war umgekracht. Alles war schnell in den Griff zu bekommen, nur die Isarbrücke machte den Bewohnern des Dorfes Kopfzerbrechen.

Die jüngsten Männer Mittenwalds, ebenso Moritz und seine Freunde, wurden abgeordnet, mit einem erfahrenen Bauern Holz aus dem Wald zu holen. Da Bauer Rimhofer erst vor Kurzem Holz geschlagen hatte, griff man auf dessen Fichtenstämme zurück, packte sie auf einen Karren und brachte sie mit einem Kaltblutgaul zur Isar.

Dort arbeiteten sie drei lange Tage an einer neuen Brücke. Zunächst warteten sie, bis das Wasser etwas abgeflossen war. Allzu lange konnten sie die Bewohner auf der anderen Seite nicht warten lassen.

Es war ein Glück für die Männer, dass ein *Signore* aus Venedig, der das Städtchen besuchte, unter ihnen war, denn er kannte sich vortrefflich mit dem Pfahl- und Brückenbau aus und gab Anweisungen, welche Schritte jeweils zu tun waren.

Die Zeiten, da Venedig ein Marktrecht in Mittenwald hatte, waren längst vorbei. Dennoch stellte man nicht in Frage, warum der Mann aus der *Serenissima,* der ein militärisches Auftreten hatte, in diesen Tagen das Städtchen besuchte. Man war froh, einen wissenden Kopf und eine helfende Hand dabeizuhaben. Dürnholz und Moritz, die um die Hintergründe wussten, ließen sich nichts anmerken. Nach drei mühseligen Tagen des Sägens, Hobelns, Hämmerns und Rammens hatten sie es schließlich geschafft. Eine nagelneue Brücke führte wieder über die Isar.

Die Arbeit hatte jedoch ihre Spuren hinterlassen: Zwei eingeklemmte Finger, ein blauer Daumen, ein verstauchter Arm und diverse Schürfwunden waren die Bilanz. Klotz hatte seine Söhne und Moritz für ein paar Tage freigestellt, damit sie sich erholen konnten.

Moritz saß täglich an der Isar und machte Skizzen von Bussarden, die dort ihre Jagdspiele vollführten und am Himmel ihre Kreise zogen. Ein paar Zeichnungen waren ihm schon recht gut gelungen, sie würden ihm als Vorlage zur Ausarbeitung eines Bussardkopfes dienen, den er als besondere Verzierung anstatt der Geigenschnecke schnitzen würde. War es auch kein Falkenkopf, so würde seinem Auftraggeber sicher auch ein anderer Greifvogel genügen.

Für heute wollte Moritz die Arbeit beenden. Er stand auf und packte seine Sachen unter den Arm, da hörte er in der Entfernung ein Bellen. Moritz schaute sich um und sah einen Hund, der auf ihn zugerannt kam. Ihm folgte ein junger Mann, der sich sonderbar bewegte.

Kapitel 15

Nachdem Anna Ferdinands Grab verlassen hatte, war sie durch den Wald marschiert bis der Morgen graute und sie nicht mehr konnte.

Zunächst war sie durchs Unterholz parallel zum Wegesrand gegangen. Bald lief sie tiefer in den Wald hinein, denn das helle Licht des vollen Mondes raubte der Nacht die Dunkelheit und sie hatte Angst, entdeckt zu werden.

Nach einer Weile bekam Anna schlimme Fußschmerzen, trotzdem zwang sie sich weiterzugehen. Ferdinands Schuhe waren innen noch feucht und zudem ein wenig zu groß. Ihre Fersen scheuerten immer wieder über die gleiche Stelle und es bildete sich nach kurzer Zeit an jedem Fuß eine Blase. Anna geriet in einen Schmerz- und Erschöpfungszustand, der ihr die Tränen in den Augen trieb.

Einige Male war sie während des Gehens eingeschlafen, gestrauchelt und zu Boden gestürzt. Immer wieder hatte sie sich aufgerappelt, denn sie hatte große Furcht, jemand könnte sie verfolgen oder zu überfallen versuchen. Außer einem aufschreckenden Rehbock und einem Hasen begegnete ihr niemand. Keine Menschenseele war weit und breit zu sehen.

Die ganze Zeit über murmelte Anna eine Art Selbstbeschwörungsformel vor sich hin:

»Ich bin Ferdinand Erweger, ich bin ein Mann, ein Schreinergeselle von großer Stärke.«

Im Wald waren die Blätter dichter und hingen bis zum Boden hinunter. Auch war der Boden mit Farnen, Gräsern und Hecken dicht bewachsen.

Einmal verfing sich Anna in einer Brombeerhecke. Nahezu panisch riss sie an Ferdinands Hose. Als sie merkte, dass sie mit Gewalt nicht freikam, sondern nur den Stoff zerriss, versuchte sie sich zu beruhigen. Sie richtete sich auf und atmete tief durch. Es dauerte einen Moment, bis Anna spürte, dass sich ihr Herzschlag verlangsamte. Es überlief sie kurz darauf ein ängstlicher Schauer, denn sie vernahm das Heulen eines Tieres.

»Es wird ein Fuchs sein«, sprach sie leise vor sich hin und versuchte sich erneut mit zittrigen Fingern aus den Dornen zu befreien. Zu ihrer Erleichterung schaffte sie es diesmal. Mit raschen Schritten ging sie auf eine Eiche zu und verbarg sich dahinter, denn da war es wieder, dieses eindringliche Heulen. Viel wahrscheinlicher als ein Fuchs war ein Wolf, der dort irgendwo auf der Anhöhe den Mond anwinselte.

Viele unheimliche und böse Geschichten hatte Anna über dieses Tier gehört, doch war sie sich sicher, dass ein Wolf sie nur überfallen würde, wenn sie verletzt oder dem Tode nahe wäre. Davon war sie weit entfernt.

Auch im Haunstetter Wald gleich hinter ihrem Heimatstädtchen Augsburg hatte es Wölfe gegeben, die sich ein paarmal Schafe aus den angrenzenden Höfen geraubt hatten. Menschen jedoch hatten sie nie als Beute auserkoren. Einmal, so hatte ihr der Schmied erzählt, soll des Nachts ein Wolf durch Augsburg spaziert sein und das Mühlrad am rauschenden Lech vor dem Vogeltor angeheult haben, man hatte ihn dort später aber nie mehr gesehen.

Anna atmete tief durch und da stieg sie unerwartet wieder auf, ihre innere Stärke. Sie wollte sich nicht mehr vor dem Wolf verstecken und Angst haben.

»Ich muss weiter«, spornte sie sich an, mit ihrem festen Ziel vor Augen.

Ein Stück ging sie noch durch den Wald. Das nächtliche Geheul des Wolfes wurde immer leiser. Dann öffnete sich der Wald und Anna kam an eine Wiese, an deren Saum sie entlangging. Aber schließlich schlüpfte sie wieder in den Wald zurück.

Der Weg, den sie wählte, entfernte sich ein ganzes Stück von dem ursprünglichen, den sie gekommen war, sie vermied aus Sicherheitsgründen die Straße. Auch versagte sie sich, den Lichtern einiger entfernter Häuser zu folgen, sondern machte einen großen Bogen um sie herum.

Als der Morgen zaghaft begann, die Nacht zu verdrängen, sah sich Anna nach einem Platz zum Schlafen um.

Endlich durfte sie sich ausruhen, bei Tag wollte sie nicht gehen, das hatte sie fest beschlossen. Anna suchte einige Stöcke zusammen, türmte sie zu einem Haufen auf, warf Blätterlaub darüber und kroch schließlich darunter. Sie legte sich auf Ferdinands Schuhe, die sie sich zuvor von den verletzen Füßen gezogen hatte, und auf seinen Rucksack. Dann fiel sie in einen tiefen Schlaf.

Wie lange Anna dort gelegen hatte, wusste sie nicht. Sie erinnerte sich nur daran, dass sie einmal bei Tageslicht aus einem Traum aufgeschreckt war, doch zog die Schwere der Müdigkeit sie wieder hinab in den übermächtigen Rausch des Schlafes.

Als sie das nächste Mal erwachte, hatte sie einen unangenehm trockenen Mund, aber sie fühlte sich gestärkt und setzte sich auf. Das fahle Licht des Mondes ruhte über dem Wald. Annas Rücken schmerzte und jede kleine Bewegung tat weh, außerdem fröstelte es sie und sie hatte kaum Gefühl in ihren kalten Füßen. Anna versuchte sie mit den Händen warmzureiben und sah, dass die Wunden an ihren Fersen am Heilen waren. Sie spürte ein hohles Gefühl des Hungers im Bauch und ihr war schwindelig.

Zum Glück war in Ferdinands Rucksack noch reichlich Proviant. Anna aß von dem gepökelten Fleisch und eine Hand voll Hirse. Sie genoss einige Schluck Wasser aus seinem Bocksbeutel. Auch wenn der Durst groß und noch lange nicht gelöscht war, hielt ihre Vernunft einen Rest der kostbaren Flüssigkeit zurück.

Anna wollte weiter, solange es noch dunkel war. Erst wenn sie sicherer in der Gestalt Ferdinands wäre, würde sie auch bei Tageslicht gehen.

Sie setzte sich den Rucksack auf, band die Schuhe an den Schnürsenkeln zusammen und warf sie sich über die Schultern, dann schlich sie langsam am Wiesenrand weiter, bis der Morgen graute.

Weit war sie nicht gekommen, denn der Tag brach in kürzester Zeit mit aller Kraft an. Der Wald, der zuvor noch tief geruht hatte, erwachte zu neuem Leben. Es schien, als habe Gott seine Glücksboten ausgesendet, um Freude und Heiterkeit über die Schöpfung zu bringen, denn von überall her tönten fröhliche Rufe der Vögel, die ausgelassen pfiffen, zwitscherten, tschilpten und in schönsten, lieblichsten Tönen fanfarengleich jubilierten.

Anna setzte sich unter einen Baum, schloss die Augen und lauschte dem Vogelgesang. Da sie ausgiebig geschlafen hatte, fiel es ihr zunächst schwer, Ruhe zu finden, doch dann schlief sie abermals ein und träumte von ihren Eltern.

Sie sah sie lebendig und deutlich vor sich, wie sie mit ihr fröhlich durch den Wald spazierten und ihr der Vater die Borken verschiedener Bäume zeigte. Sie entdeckten einen Grünspecht an einer Rotbuche, da drehte sich die Mutter plötzlich zu ihr um und schaute sie irritiert an.

»Wer bist du?« fragte sie, »und wo ist meine Tochter?« Da wandte sich Anna um, es war aber nicht ihr Gesicht, das sie nun erblickte, sondern Ferdinands.

Anna schreckte hoch und rief:

»Ich bin es, Eure Anna.« Dann bemerkte sie, dass sie noch immer unter dem Baum saß und nur geträumt hatte. Außer einer Singdrossel, die mit einem schallenden Ruf davonflog, war niemand zu sehen.

Anna atmete tief durch und sagte dann ganz ruhig:

»Von nun an ist mein Name Ferdinand Erweger.«

Immer und immer wieder prägte sich Anna Ferdinands Familiengeschichte ein, die nun die ihre war, damit sie auf alle Situationen und Fragen vorbereitet war.

Als sie sich sicher war, überzeugend mit tiefer Stimme sprechen zu können, beschloss sie, bei Tag die Wiese zu überqueren und Mittenwald anzusteuern. Anna wollte, sobald ihr jemand begegnen würde, nach dem direkten Weg fragen.

Der Erste, der ihr begegnete, war aber kein Mensch, sondern ein Hund. Er hatte sie zuerst entdeckt und kam bellend aus einem Gebüsch auf sie zugesprungen. Da er aber freundlich mit dem Schwanz wedelte, freute sich Anna, nun einen Begleiter an ihrer Seite zu haben, denn er folgte ihr sofort. Sie war dankbar über den treuen Weggefährten, erprobte und übte ihre männliche Stimme, während sie mit ihm des Weges ging.

Da ihr Ferdinands Schuhe etwas zu groß waren, hatte sie einen unsicheren Watschelgang. Sie versuchte dennoch große Schritte zu machen. Denn das taten Männer nun mal.

Anna war eine Weile am Wiesenrand entlanggegangen, da preschte der Hund plötzlich nach vorne. In der Entfernung sah Anna eine Gestalt stehen.

Sie näherte sich mit klopfendem Herzen dem Unbekannten, der sich gebückt hatte und den Hund freundlich streichelte. Als Anna bei ihm angelangt war, erhob sich der Mann und blickte sie an. Anna räusperte sich und rieb sich über das Kinn.

»Grüß Euch, welch angenehmer Tag heute ist, bin neu in dieser Gegend«, begann sie zu plaudern.

Moritz amüsierte sich über den jungen Kerl, wie er so dahergeschritten kam und mit welch gedrechselten Worten er sprach. Außerdem schien er etwas schüchtern zu sein, denn er senkte beim Reden den Kopf und schaute Moritz nicht in die Augen.

»Was führt Euch denn nach Mittenwald?«, fragte er zurück.

»Ich bin ein Schreinergeselle und möchte in einer Geigenbauwerkstatt als Lehrling unterkommen.«

Moritz schaute auf Annas Hände, er war erstaunt, dass sie gar nicht wie Arbeitshände aussahen. Sie waren klein und wirkten eher zart auf ihn. Anna spürte Moritz' Blicke auf ihre Hände und steckte sie schnell in ihre Jackentasche.

»Zu welcher Werkstatt wollt Ihr? Und darf ich Euren Namen erfahren?«

Anna gab dem Unbekannten die Hand und drückte sie kräftig. »Ferdinand Erweger heiße ich«, sagte sie ohne zu zögern, »und wie ist Euer werter Name?«

»Moritz Eibinger heiße ich. Möchtet Ihr vielleicht zu Meister Dürnholz?«

»Der sucht wohl einen Lehrling?« Obwohl Anna um diese Tatsache wusste, musste sie die Frage stellen, um nicht zu verraten, dass sie davon bereits wusste.

»Genauso ist es. Erlaubt mir eine Frage: Wo kommt Ihr her?«

»Jetzt habe ich keine Zeit mehr für weitere Plaudereien. Ich bin müde und habe einen langen Marsch hinter mir. Könnt Ihr mir den Weg zu Meister Dürnholz' Werkstatt zeigen?« Anna wollte weiteren Fragen aus dem Weg gehen.

Moritz führte sie ein Stück zur Werkstatt hin, bog dann aber mit einer Ausrede vorher ab, denn er wollte dem Meister heute nicht begegnen. Noch immer hatten sie sich nicht ausgesprochen. Aber Dürnholz würde gewiss versöhnlicher sein, wenn er einen neuen Lehrling hätte.

Meister Dürnholz war sehr erstaunt, als ein junger Mann unerwartet um eine Lehrstelle in seiner Werkstatt bat.

»Ich bin eigentlich Schreinergeselle, aber darf ich zu Euch in die Lehre gehen?«, platzte es aus Anna heraus, als sie Dürnholz gegenüberstand. »Entschuldigt mein schmutziges Aussehen, ich bin schon ein paar Tage unterwegs. Hatte einen Unfall bei dem Dreckswetter.«

Dürnholz schaute den jungen Mann brummig an. Er brauchte dringend einen Ersatz für Moritz. Der Kerl war ruppig, aber vielleicht konnte er gut mit Holz umgehen.

»Den schickt mir wohl der Himmel«, dachte er und sagte zu Anna: »Du kommst grad recht. Zeig mir in den nächsten Tagen, dass du talentiert bist, und dann sehen wir weiter.«

TEIL 2

Kapitel 16

Im Spätsommer des Jahres 1704 ging Anna eiligen Schrittes durch Mittenwalds Gassen. Sie war auf dem Weg zur Leutaschklamm, um nachzudenken und zu üben. In ihrem Rucksack befand sich eine Geige aus Dürnholz' Werkstatt. Kurz zuvor hatte sie das Instrument behutsam in ein Tuch eingeschlagen und eingesteckt.

Schon einige Mal war sie zur heimlichen Entwenderin einer Geige aus seiner Werkstatt geworden. Der Meister hätte sie sicher als Diebin bezeichnet, wenn er davon erfahren hätte. Doch war das ganz und gar nicht ihr Ansinnen. Anna wollte ungestört üben können und ihre Fähigkeiten auf dem Instrument verfeinern.

Nur wenn sie sicher sein konnte, dass Dürnholz für einige Stunden die Werkstatt verlassen hatte und nicht so schnell zurückkehren würde, borgte sie sich eine Geige aus und entschwand mit ihr für eine Weile an die Klamm. Den Rückweg machte sie jedes Mal mit dem ängstlichen Gefühl, Dürnholz könne verfrüht zurückgekehrt sein. Das Glück war bisher auf Annas Seite gewesen und sie hatte das Instrument unentdeckt an seinen Platz, in Dürnholz' Schrank, zurückhängen können.

Anna war nun schon ein gutes Jahr in Mittenwald und zeigte großes Talent für das Geigenbauhandwerk, auch für das Geigenspiel. Beides hatte sie von Meister Dürnholz gelernt. Auch wenn sie bis dato nicht die größte Fingerfertigkeit erlangt hatte, machte ihr das Spiel auf dem Streichinstrument größte Freude. Sie hatte ein natürliches Gespür, der Geige einen bezaubernden Klang zu entlocken, sie gar zum Singen zu bringen.

Sie hatte von Dürnholz alles erfahren wollen, was er über den Geigenbau wusste. Jedes kleinste Detail war ihr wichtig und sie hatte ihren Meister wie eine reife Frucht ausgequetscht. Anfänglich freute sich Dürnholz über seinen wissbegierigen, fleißigen Lehrling und bemühte sich, ein guter, geduldiger Lehrmeister zu sein. Doch fiel er immer wieder in ruppige, aufbrausende Gefühlsausbrüche, die Anna nicht gut ertragen konnte.

Die Atmosphäre in Dürnholz' Werkstatt war für sie nicht die angenehmste. Manchmal schloss sich der Meister über Stunden in seiner Stube ein. Was er dort tat, wusste sie nicht genau, er schien an einem Instrument zu arbeiten, denn die schabenden Geräusche, die durch die Tür drangen, ließen dies vermuten. Auch kroch der Duft nach Lack unter der Tür hindurch. Warum Dürnholz heimlich eine Geige oder eine Laute baute und wer ihm die Order dafür erteilt hatte, wusste sie nicht.

Wenn Dürnholz die Werkstatt »auf ein Bier« verließ, war Anna erleichtert und froh, denn dann konnte auch sie entkommen und sich zu ihrem Lieblingsplatz an der Leutaschklamm aufmachen.

Vor gar nicht allzu langer Zeit hatte sie oberhalb der Klamm eine lauschige Stelle entdeckt, an der sie sich wohl und ungestört fühlte. Dort, unter dem dichten Blätterhain, hielt sie sich gerne auf und hing, umgeben von lieblichem oder keckem Vogelgesang, ihren Gedanken nach und übte auf der Geige. Manches Mal imitierte sie den Ruf eines Vogels, der ihr wiederum antwortete. Dann entstand zwischen Anna und den zwitschernden Königen des Waldes ein fröhliches Gespräch, das sie sehr beglückte.

Anna hatte die Häuser und Höfe Mittenwalds hinter sich gelassen und ging nun über die Wiesen leicht bergauf, zu dem nahe gelegenen Wald. Das Gras raschelte um ihre

Beine und es war ein lautes Gebrumme auf der Wiese. Viele gelbe Trollblumen lugten vorwitzig über die Gräser hinweg. Anna summte leise eine Melodie, die ihr schon den ganzen Morgen im Kopf herumschwirrte. Als sie jedoch den Wald erreichte, wurde sie still, denn er empfing sie mit seiner eigenen Musik.

Die Vögel pfiffen und jubilierten um die Wette und ein lauer Wind ließ die Blätter sachte tänzeln. Irgendwo klopfte ein Specht und in der Ferne schreckte ein Reh auf.

Frohgemut ging sie in den Wald hinein. Die Sommersonnenstrahlen flirrten auf den Blättern und ließen sie wundersam leuchten. Sie strich über einige Zweige, die sich ihr entgegenstreckten, und blickte in die mächtige Krone einer Buche.

Anna atmete tief ein. Sie fühlte sich von der beklemmenden Atmosphäre der Werkstatt befreit, und jedwede Selbstzweifel, die sie belasteten und täglich an ihr nagten, schienen zu verschwinden.

Anna war kaum eine Woche in Mittenwald gewesen, da hatte sie sich mit Moritz angefreundet. Der suchte vom ersten Tag an, da sie sich an der Isar begegnet waren, ihre Nähe.

Sie war froh, jemanden am Abend treffen zu können, und fühlte sich zu Moritz hingezogen. Sie konnte mit ihm stundenlang über den Geigenbau reden, mit ihm lachen und Schach spielen. Das Spiel der Könige hatte er ihr beigebracht und sie kamen fast täglich zusammen, um den Kampf ums Schachmatt auszutragen. Den Triumph eines Sieges hatte sie schon einige Male spüren dürfen, jedoch war sie nicht sicher, ob Moritz sie mit Vorsatz, ihres Erfolgserlebnisses wegen, hatte gewinnen lassen, denn er war ein hervorragender Schachspieler, der ihr haushoch überlegen war.

An manchen Abenden waren auch Sebastian und Alois dabei, dann vertrieben sie sich mit Würfelspielen die Zeit.

Sie spürte, wie sehr Moritz sie mochte, es beunruhigte sie, dass er in ihr den Freund sah und sie sich ihm nicht als Frau zu erkennen geben konnte. Nach wie vor war ihre äußere Erscheinung die eines Mannes. Anna lebte mit dieser Täuschung und traute sich nicht, Moritz die Wahrheit zu sagen. Diese Tatsache grämte sie und ließ sie des Nachts schwer Ruhe finden.

»Was ist nur aus mir geworden? Ich bin eine Lügnerin und kein ehrlicher Mensch mehr. Ferdinand, was hab ich nur getan? Ich lebe mit deiner Identität, trage Männerkleider, bewege mich wie ein solcher, spreche mit tiefer Stimme, mache derbe Bemerkungen und klopfe Sprüche. Das bist nicht du und auch ich bin das nicht. Das ist eine nicht existente Person. Dennoch lebe ich. Wer bin ich? Ich bin da, doch bin ich nicht Anna. Warum nur kann ich nicht ich sein?«

Die Gestalt Ferdinands, mit der sie in Mittenwald seit einem Jahr auftrat, hatte ihr die Möglichkeit gegeben, in der Geigenbauwerkstatt von Meister Dürnholz in die Lehre zu gehen. Als Anna wäre das niemals möglich gewesen.

Sie hatte nach kurzer Zeit die Fertigkeit erlangt, den Bassbalken an die perfekte Stelle zu setzen und genau die richtige Menge Lack aufzutragen, die ein Instrument veredelt und mit einem zauberhaften Klang beseelt. Sie stand kurz davor, ihr eigenes erstes Gesellenstück fertigzustellen.

Sie spürte, dass Dürnholz von ihrem Talent hin- und hergerissen war. Einerseits war er stolz und zeigte sie im Wirtshaus vor. Andererseits schien er eifersüchtig zu sein und schimpfte bei jeder Kleinigkeit mit ihr, wenn er schlechte Laune hatte. Sie versuchte dann wie ein Mann zu denken, dennoch fühlte sie wie eine Frau.

Je länger sie in der Gestalt eines Mannes auftrat und versuchte, sich wie ein solcher zu verhalten, desto schwieriger wurde es für sie am Abend, sich vor dem Spiegel zu entkleiden und ihren weiblichen Körper zu sehen, die sanften Hügel ihrer Brüste und die leichten Rundungen ihrer Hüften.

Manchmal fasste sie den Entschluss, Moritz ihr Geheimnis anzuvertrauen. Jedoch verwarf sie diesen Plan wieder, da sie Angst verspürte, tiefe Angst. Meister Dürnholz würde sie gewiss wegjagen, wenn er hinter ihr Geheimnis kommen würde und auf sein Geheiß hin würde man sie sicher als Betrügerin verurteilen und einsperren. Das konnte sie keinesfalls riskieren. Irgendwann würde sie Mittenwald verlassen und wieder die Gestalt einer Frau annehmen, dessen war sie gewiss, das hatte sie sich geschworen. Aber dieser Zeitpunkt war noch nicht gekommen.

Anna hatte eine ganze Weile auf der Geige geübt, da spürte sie, wie Unruhe in ihr hinaufkroch und das Gefühl, schnellstmöglich in die Werkstatt zurückkehren zu müssen. Ein letzter zarter Triller, eine kadenzumflirrende Melodie, der ein warmer Abschlusston folgte, beendete ihr Spiel.

Sie packte die Geige vorsichtig in den Rucksack zurück und machte sich auf den Heimweg. Der Genuss des Weges, den sie auf dem Hinweg verspürt hatte, war verschwunden und wollte sich nicht wieder einstellen.

Als sie Mittenwald erreichte, wurden ihre Schritte schneller und schneller. Fast rannte sie, als sie in die Straße einbog, in der Dürnholz seine Werkstatt hatte. Doch dann zügelte sie sich und ging beherzt auf das Haus zu.

Mit Schrecken musste sie jedoch feststellen, dass die Tür der Werkstatt offenstand. Von drinnen klangen Stimmen heraus.

Es war Dürnholz, der verfrüht zurückgekehrt war und mit jemandem eifrig sprach. Hatte er womöglich bereits bemerkt, dass eine seiner Geigen entwendet worden war?

Kapitel 17

Das letzte Spätsommerlicht des Tages streifte Moritz' Werkbank. Seit den frühen Morgenstunden hatte er in der Geigenbauwerkstatt von Meister Klotz gewissenhaft die Innenwölbung einer neuen Geigendecke mit Abstecheisen, Hobeln und Ziehklingen bearbeitet und schließlich fein geglättet.

Nun schaute er alles genau an und war mit seinem Tagwerk sehr zufrieden.

Geschwind räumte er seine Werkbank auf und kehrte die Hobelspäne zusammen. Moritz hatte es mit einem Mal sehr eilig, die Werkstatt zu verlassen, denn er war mit Ferdinand verabredet und konnte es kaum erwarten, ihn wiederzusehen.

»Kommst du nachher zum Würfelspiel?«, fragte Sebastian, der das überstürzte Aufbrechen seines Freundes mit gerunzelter Stirn und hochgezogenen Augenbrauen beobachtete.

»Nein, das geht nicht. Ich bin mit Ferdinand zum Schachspielen verabredet.«

Aus Sebastian platzte nun großer Unmut über Moritz heraus:

»Sind Alois und ich dir denn gar nichts mehr wert? Du hast überhaupt keine Zeit mehr für uns, immer triffst du dich nur mit Ferdinand. Wie du ihn anschaust, man möchte meinen, er wäre eine Frau und du seiest verliebt in ihn.«

Das waren genug der Worte. Moritz ging auf seinen Freund los und packte ihn am Kragen.

»Was erzählst du da? Wir spielen Schach zusammen. Sonst ist da gar nichts, hast du das verstanden? Wehe dir, wenn du noch einmal eine solch abwegige Vermutung äußerst.«

Bei den letzten Worten hatte Moritz Sebastian von sich geschoben und sich abgewendet. Sein Gesicht glühte vor Scham, denn in Sebastians Worten steckte die volle Wahrheit. Moritz fühlte sich aus unerklärlichen Gründen zu Ferdinand hingezogen. Er traf ihn nicht nur wegen des Schachspielens. Da war ein Begehren in ihm, das ihm Angst machte. Es konnte nicht sein, das er Liebesgefühle für einen Mann hegte. Jedoch spürte er jedes Mal ein inneres Erhitzen, wenn er mit Ferdinand zusammen war.

Erst gestern Abend hatten sie gemeinsam Schach gespielt und Ferdinand hatte ihn auf einmal unter seiner Kappe hervor mit einem Blick angeschaut, der ihn fast um den Verstand gebracht hätte. Da war ein Funkeln in seinen Augen, das Moritz augenblicklich animalisch angezogen hatte.

Er musste sofort seinen Blick senken, trotzdem war es ihm nicht mehr möglich, sich auf das Schachspiel zu konzentrieren und die Gegenwart Ferdinands zu ertragen. Aus purer Verzweiflung warf er seinen König hin und gab auf. Ferdinand hatte dies irritiert zur Kenntnis genommen und ihn sofort um eine Revanche gebeten.

Moritz versprach, die nächste Partie am folgenden Tag zu spielen. Dann war er davongeeilt.

»Schon gut, beruhige dich. War ja nicht so gemeint«, brummte Sebastian versöhnlich. »Aber es stimmt doch, dass du fast jeden Tag mit Ferdinand verbringst.«

»Ich habe die letzte Partie verloren und nun schuldet er mir eine Revanche, das ist alles. Jetzt muss ich los, mach's gut, bis morgen.«

Mit übler Laune verließ Moritz die Werkstatt. Bevor er Ferdinand traf, wollte er zur Isar an seinen geheimen Ort, um nachzudenken. Doch wie von selbst trugen ihn seine Füße auf dem direkten Weg zur Werkstatt von Meister Dürnholz.

Als Moritz in den Weg einbog, an dessen Ende sich die Werkstatt befand, sah er mit Erstaunen Ferdinand davorstehen. Dessen Gesichtsausdruck war ungewohnt ernst. Er schien vor irgendetwas Angst zu haben, das spürte Moritz an seinem Blick und seiner unsicheren, angespannten Körperhaltung. Sofort eilte er zu seinem Freund hinüber.

»Was ist los mit dir? Stimmt was nicht?«

Ferdinand war in seiner Ausdrucksweise und seinem Auftreten oft barsch, jetzt hingegen schaute er Moritz angsterfüllt an und meinte mit hauchiger Stimme:

»Ich habe eine Geige von Dürnholz hinten im Rucksack, er vermisst sie und tobt da drinnen herum wie ein Wilder.«

»Schnell, gib mir den Rucksack«, forderte Moritz ihn auf und griff bereits nach den Schulterriemen. Überrascht zuckte er zurück, denn er war an etwas Weichem, Erhabenen entlanggestrichen.

»Kann das sein....? Ist das möglich....?«, schoss es Moritz durch den Kopf.

Auch Anna hatte bemerkt, dass Moritz ihre zarte Busenwölbung gestreift hatte. Sie wollte sich jedoch nichts anmerken lassen und blickte deswegen nicht zu ihm hin.

Moritz' Herz pochte freudig erregt. Erleichterung, Liebe, Begehren, Angst, alle Gefühle schienen geballt heraufkriechen zu wollen. Was konnte er in diesem Augenblick nur tun, um dem verschreckten Geschöpf zu helfen?

Nun hörte auch er Dürnholz schimpfen. Dann vernahm er die Stimme eines Mannes, der vor gar nicht langer Zeit die Werkstatt besucht hatte und von Dürnholz drei Geigen eingefordert hatte. Es war der Offizier, der seine Schmuggelgeschäfte über die Alpen betrieb.

»Nun beruhigt Euch endlich«, schrie Dürnholz. »Ich kann mir auch nicht erklären, warum eine Geige verschwunden ist. Ich habe sie nicht verkauft. Sie hing hier in meinem Schrank.«

»*Al diavolo,* ich warte noch drei Wochen«, schnauzte ihn der Offizier mit böser Stimme an. »Aber du weißt, dass es in den Bergen bald anfangen kann zu schneien. Ich muss mit meinen Leuten los. Noch drei Wochen hast du und keine weitere mehr. Überlege dir, wie du bis dahin die Instrumente beschaffst. Sonst Gnade dir Gott.«

Ein Psalm kam Moritz in den Sinn: »Befiehl dem Herrn deine Wege und hoffe auf ihn«, doch er schwieg fein stille.

»Was sollen wir nur tun?«, flüsterte Anna und schaute ihn hilfesuchend an.

Ich diesem Moment stürmte der Offizier wutschnaubend aus der Werkstatt heraus und lief den beiden in die Arme.

»Na, wen haben wir denn hier?«

Dürnholz, der diese Worte von drinnen gehört hatte, eilte ebenfalls herbei. Als er seinen Lehrling und Moritz erblickte, war er sehr erstaunt.

»Was hältst du da hinter deinen Rücken?« herrschte er Moritz an, denn er hatte den Rucksack entdeckt. »Was hast du da zu verstecken? Zeig her.«

»Warum sollte ich! Was geht Euch mein Rucksack an?«

»Mir ist etwas gestohlen worden. Und dir, meinem alten Lehrling, der mich im Stich gelassen hat, würde ich so etwas zutrauen.«

»Ich bin kein Dieb.«

»Dann kannst du uns auch zeigen, was du darin stecken hast«, mischte sich der Offizier ein und umkreiste Moritz neugierig.

Anna stellte sich schützend vor ihn hin.

»Nicht er hat etwas genommen, sondern ich. Aber ich wollte Eure Geige nicht klauen, im Gegenteil, ich hatte vermutet, dass Ihr nicht so schnell zurückkehren würdet. Ich wollte sie rechtzeitig zurückbringen.«

Da Anna sehr aufgeregt war, hatte sich der Tonfall ihrer Stimme etwas verändert, das fiel jedoch nur Moritz auf. Dürnholz schien dies nicht zu bemerken und auch der Offizier stutzte nicht.

»Gibst du mir bitte den Rucksack?«, bat Anna und schaute ihn flehend an.

Moritz tat dies nur widerwillig. Anna reichte ihn dem Geigenbaumeister, der nahm das Instrument sofort heraus und beäugte es. Erleichterung und Wut zugleich zeichneten sein Gesicht.

»Wie kannst du es wagen, ein Instrument aus meiner Werkstatt zu entwenden? Diese Geige habe ich für den Ulmer Prior gebaut. Du kannst dich ja wohl erinnern, was hier vor einem Jahr los war. Als der Inquisitor mit seinen Mannen ums Leben gekommen ist, kurz nachdem er eine Geige aus meiner Werkstatt abgeholt hatte, die für den Prior gedacht war. Mit Mann und Maus und meiner Geige sind sie erbärmlich verreckt. Lange habe ich gebraucht, um dieses neue Instrument anzufertigen, das dem alten gleichwertig ist.

Vielleicht wolltest du ja dem da einige Details verraten.« Er zeigte verächtlich auf Moritz.

»Nein, so ist es nicht«, ereiferte sich Anna mit gewohnt barscher Stimme, »ich habe darauf geübt. Hier in dieser Werkstatt herrscht oft schlechte Stimmung, weil Ihr übellaunig seid, und dann ist es mir nicht möglich zu üben. Ich kann nur ein wirklich guter Geigenbauer werden, wenn ich jede kleinste Klangnuance auf dem Instrument entdecke. Das geht nicht hier bei Euch.«

Gerne hätte Anna erzählt, dass der Inquisitor damals gar keine Geige aus dieser Werkstatt erhalten hatte, dass man Dürnholz aber im Voraus für ihre Anfertigung reichlich entlohnt hatte. Doch sie schwieg, auch wenn es ihr schwerfiel, sie konnte nicht riskieren, dass ihre Täuschung aufflog.

»Du hättest auch deine eigene Geige nehmen können, die bis auf das Einspielen so gut wie fertig ist.«

Moritz bemerkte in dem Gesicht des Offiziers, dass dieser die letzte Bemerkung mit großem Interesse aufgenommen hatte. Die Geige des Lehrlings würde für ihn mit Sicherheit das fehlende Instrument von Dürnholz ersetzen, wenn dieser ihm dies nicht in drei Wochen bieten konnte.

Aber das würde Moritz nicht zulassen, die Geige war das Gesellenstück des Lehrlings und gehörte ausschließlich ihm.

»Ich hätte niemals gedacht, dass ihr so hinterhältig seid, da ich viel für euch beide getan habe«, meinte der Geigenbaumeister.

»Es verhält sich doch ganz anders«, verteidigte Anna sich und Moritz. »Ich wollte auf einer Eurer Geigen üben, weil ich nur dann einen Unterschied zwischen dem von mir und einem von Euch gebauten Instrument feststellen kann.«

»Rede dich nicht raus. Ein Instrument, das aus meiner Werkstatt stammt, ist eine Dürnholz-Geige, verstanden?«

Nun schaute der Meister Moritz grimmig an.

»Verschwinde, und lass dich hier nie wieder blicken «, schimpfte er.

Moritz hatte in den Augen und im Blick von Dürnholz schon häufig Wut und Verachtung gesehen. Jetzt hatte sich noch etwas anderes dazugemischt. Es waren Kälte und purer Hass.

Kapitel 18

Anna hockte auf einem Baumstumpf nahe der Leutaschklamm, über ihr reckten sich knorrige Zweige einer Eiche herab, die ihre sattgrünen Blätter beschützend über sie hielten. Es war spät am Abend, dennoch schien es fast taghell zu sein, denn der strahlende Mond stand am Himmel und ließ sein Licht in den Wald gleiten. Am Firmament glitzerte ein unendliches Sternenmeer. In der Nähe der Berge war es keine Seltenheit, einen solch imposanten Sternenhimmel zu erblicken.

Anna konnte sich nicht erinnern, je so etwas Wunderbares gesehen zu haben. Begeistert schaute sie sich die einzelnen Sternengebilde an. Plötzlich schoss ein kleiner Lichtstrahl herab, der jedoch gleich wieder verlosch.

»Das war eine Sternschnuppe, hast du sie gesehen? Du darfst dir etwas wünschen«, hörte Anna eine Stimme hinter sich sagen, die sie zusammenschrecken ließ, obwohl sie ihr sehr vertraut war. Doch sie entspannte sich gleich wieder, denn es war Moritz, mit dem sie verabredet war. Anna hatte ihn nicht kommen hören, da er so leise wie möglich zu ihrem vereinbarten Treffpunkt im Wald geschlichen war. Ein leises Rascheln hatte sie wohl vernommen, aber sie hatte geglaubt, es sei ein Tier auf der Suche nach einem Schlafplatz für die Nacht.

Nach dem Streit mit Dürnholz vor drei Tagen hatten Anna und Moritz es vermieden, sich zusammen in Mittenwald zu zeigen. Anna war auf Dürnholz angewiesen und brauchte ihn noch eine Weile. Sie konnte es nicht riskieren, dass er sie vielleicht aus Wut über gemeinsame Machenschaften mit Moritz hinauswerfen würde.

Sie trafen sich deshalb heimlich am späten Abend im Wald, um dort miteinander Schach zu spielen. Das von Moritz liebevoll angefertigte Schachbrett stellten sie auf eine Baumwurzel und setzten sich dann auf Blätter- und Zweighaufen einander gegenüber.

Anna und Moritz versuchten sich während des Spiels nicht anzublicken, auch sprachen sie nur das Nötigste. Es stand etwas zwischen ihnen, worüber sie sich nicht zu sprechen trauten.

Als Moritz an diesem Abend bei ihrem Treffpunkt erschien, konnte Anna das Schachbrett nicht entdecken, das er sich sonst immer unter den Arm klemmte. Moritz kam mit leeren Händen und einem ungewohnt ernsten Gesichtsausdruck.

Meist spazierte er lächelnd daher und hatte einen lockeren Spruch auf den Lippen. Heute war in seiner Nähe eine Spannung zu spüren, die Anna unangenehm war, ja fast Angst machte.

Moritz setzte sich zu ihr auf den Baumstumpf und blickte in den Himmel.

»Wenn du einen Wunsch frei hättest, was würdest du dir wünschen?«

Anna spürte, worauf er hinauswollte, und eine innere Stimme sagte ihr, dass sie sich ihm endlich anvertrauen solle. Aber da war etwas in ihr, das mit ihr rang und es nicht zulassen wollte, ihm die Wahrheit zu sagen. Sie brachte kein Wort über die Lippen. Ein, zwei Mal öffnete sie ihren Mund, um etwas zu äußern, jedoch kam kein Ton heraus.

Da ergriff Moritz unerwartet ihre Hand. Anna versuchte, sie ihm zu entziehen, dennoch hielt er sie fest.

»Du hast feine Hände, ich kenne keinen Mann außer dir mit solch zierlichen, mädchenhaften Fingern.«

Mit einem überraschenden Ruck zog Anna ihre Hand zurück und schob sich ihre Kappe noch etwas weiter ins Gesicht.

»Mach es mir doch nicht so schwer«, flüsterte Moritz. »Ich kenne die Wahrheit.«

»Sei still«, fuhr ihn Anna barsch an. »Es gibt keine Wahrheit, die du glaubst zu kennen.«

»Aber das stimmt nicht. Seit ich dir das erste Mal begegnet bin, gräme ich mich und schäme mich dafür, einen Mann zu lieben. Doch das muss ich nicht, denn du bist kein Mann, sondern eine Frau.«

Bei diesen Worten sprang Anna entsetzt auf.

»Nein, sag das nicht. Ich bin ein Mann, ich bin Ferdinand Erweger und bald bin ich ein Geigenbaugeselle.«

Anna taumelte ein paar Schritte rückwärts und stieß mit dem Rücken gegen einen Baum. Wie angewurzelt blieb sie an ihm stehen. Sie wollte wegrennen, aber etwas hielt sie zurück. Nicht die Angst war es, die übermächtig war, es war ihre Liebe zu Moritz.

Moritz war ebenfalls aufgesprungen, er näherte sich Anna mit langsamen Schritten.

»Sag mir deinen Namen, bitte, gib dich mir zu erkennen. Es ist unerträglich für mich, nicht zu wissen, wer du wirklich bist.«

Er stand nun vor Anna. Sie wollte noch einmal ihre wahre Person leugnen, da zog Moritz ihr die Kappe vom Kopf, unter der sie immer ihr Gesicht zu verstecken versuchte. Ihre kurzgeschnittenen, goldenen Locken kamen zum Vorschein. Moritz hob ihr Kinn etwas nach oben, denn sie hatte den Kopf verschämt gesenkt, und da erkannte er in ihr das Mädchen wieder, das er in Dürnholz' Werkstatt beobachtet und in das er sich verliebt hatte. Da flammte ein Glücksgefühl in ihm auf und sein angespannter Gesichtsausdruck löste sich zu einem Strahlen:

»Du bist das Mädchen, das sich mit Heilkunst auskennt und mit dem der Inquisitor in Meister Dürnholz' Werkstatt war.«

Anna schaute Moritz überrascht an: »Woher weißt du das?«

»Ich habe dich durch einen Türspalt beobachtet.« Er hielt in seinem Redefluss inne und sah Anna in die Augen.

»Sag mir, wie kann es sein, dass du lebst? Man erzählte sich in Mittenwald, dass der ganze Tross der Inquisition von einer Mure verschüttet wurde und dass es keine Überlebenden gab. Es war ein Ort des Grauens, an dem man tagelang versucht hat, die Leichen aus dem Schlamm zu ziehen. Nur dich hat man nicht gefunden. Da du so klein und zart warst, hat man angenommen, man hätte dich beim Freiräumen des Weges übersehen und du würdest noch unter den Schlammmassen begraben sein. Man erwog auch, jemand könne dich verschleppt haben. Nun stehst du hier vor mir. Was ist passiert, bitte sag es mir?«

Moritz nahm Annas Hand und küsste sie zärtlich, dann sah er sie voller Liebe an.

Anna schloss die Augen, die schrecklichen Ereignisse des letzten Jahres rauschten in ihrem Geiste vorbei. Wie erleichternd und hilfreich wäre es, sich Moritz anzuvertrauen. Sie öffnete die Augen und schaute ihn schweigend an. Da war etwas in seinem Blick, das ihr die Befürchtungen nahm, über die Geschehnisse und ihre äußere Verwandlung zu sprechen. Anna rang mit sich, ein Schwall an Gedanken jagte in ihrem Kopf herum. Ihr war bewusst, dass es danach kein Zurück mehr geben würde.

»Jetzt oder nie«, dachte sie und flüsterte hastig: »Ich will dir sagen, wer ich bin und was passiert ist.«

Anna glitt hinab in einen Berg aus Blättern und lehnte den Rücken an den Stamm des Baumes. Moritz setzte sich neben sie und legte ihre Hand in die seine, während sie mit stockenden Worten von der grausamen Ermordung ihrer Mutter, dem hinterhältigen Mann des Inquisitionstrosses, der schrecklichen Mure, ihrer Verwandlung in Ferdinand und von ihren Gewissensbissen erzählte, die sie täglich plagten.

Als sie geendet hatte, nahm Moritz sie in die Arme. Die Erleichterung, sich das Erlebte von der Seele geredet zu haben, brach aus Anna heraus, sie weinte herzzerreißend. Es dauerte eine ganze Weile, bis sie sich wieder beruhigt hatte.

Moritz war froh, die Wahrheit zu kennen und zu wissen, dass er die ganze Zeit eine Frau liebte. Er spürte ein Glühen und Begehren in sich, sie zu küssen und zu berühren, doch hielt er sich mit seinen Gefühlen zurück.

»Was sollen wir jetzt tun?«, fragte Anna zaghaft.

Moritz schwieg für einen Augenblick und strich ihr über die goldenen Locken.

»Wir dürfen dein Geheimnis niemandem verraten. Keiner darf dahinterkommen, dass du eine Frau bist und alle täuschst. Zudem sollten wir uns noch eine Weile in Mittenwald aus dem Weg gehen, bis Meister Dürnholz sich wieder beruhigt hat. Das Beste wird sein, wir treffen uns weiterhin heimlich hier im Wald. Dann sehen wir weiter.«

Den Gedanken, dass sie gemeinsam Mittenwald verlassen könnten, sprach er nicht aus. Noch nicht. Er musste erst einen klaren Kopf bekommen, um darüber nachzudenken und ganz sicher zu sein, dass sie das Richtige taten. Er liebte Anna, dessen war er gewiss, jedoch würde er viel aufgeben und eigentlich wollte er noch einiges von Meister Klotz lernen. Auch war er gerade mitten beim Bau einer Geige, die ihm ganz besonders gut von der Hand ging.

Anna nickte, lehnte sich schüchtern an Moritz und schloss die Augen. Sie war zu erschöpft, um nachzudenken, sie wollte nur diesen Moment festhalten, in dem sie sich beschützt und geborgen fühlte. Endlich war jemand an ihrer Seite, dem sie vertrauen konnte und der sie liebte.

Sie atmete erleichtert aus, doch im gleichen Moment kroch in ihr eine schreckliche Angst herauf, auch Moritz könne aus schrecklichen Gründen ums Leben kommen.

»Niemals darfst du mir diesen Menschen nehmen«, flehte sie Gott im Stillen an.

Anna und Moritz saßen eine Weile da, ohne ein Wort zu sagen, und fühlten sich einander nahe wie nie zuvor. Keiner der beiden traute sich, diesen Zauber zu zerstören und sich auf den Heimweg zu machen. Plötzlich hörten sie etwas rascheln. Da eilte sie mit großen Schritten herbei, die Furcht, jemand könne hinter Annas Geheimnis kommen und sie auseinanderbringen.

»Was war das?«, flüsterte sie aufgeregt.

»Bestimmt ein Reh«, meinte Moritz, »beruhige dich, zu dieser nachtschlafenden Stunde ist keine Menschenseele unterwegs.«

Doch da irrte er sich. Die ganze Zeit über, während sich Anna Moritz anvertraute, hatte eine Gestalt hinter einem Brombeerbusch gehockt und jede Einzelheit mit angehört.

Kapitel 19

Im Wirtshaus *Zur Goldenen Gans* roch es unangenehm nach Kohl und Schweiß. Über allem schwebte der Geruch rußender Kerzen, die aufgrund der Zugluft unentwegt flackerten, und deren Wachs an den Seiten hinuntertropfte und bizarre Figuren bildete.

Anna saß an einem Ecktisch und wartete auf Moritz, Sebastian und Alois, mit denen sie zum Würfelspielen verabredet war. Die Freunde waren noch nicht im Anmarsch, das verwunderte Anna sehr, denn meist war sie es, die verspätet kam. Meister Dürnholz hielt sie häufig noch mit dringlicher Arbeit auf.

Aber heute war es ihr gelungen, sich rechtzeitig davonzustehlen, denn Dürnholz hatte sich wieder mal in seinem Zimmer eingeschlossen. Gegen Abend hörte Anna laute Schnarchgeräusche aus seinem Zimmer.

Es waren einige Tage vergangen, seitdem sie Moritz das letzte Mal gesehen hatte. Sie konnte es kaum abwarten, wieder mit ihm zusammenzutreffen, deshalb war sie viel zu früh zur *Goldenen Gans* aufgebrochen.

Kaum dass Anna das Wirtshaus betreten hatte, wurde sie von einigen Männern bemerkt, die häufig mit Dürnholz beieinanderhockten und tranken.

»He, Lehrling, wo hast du denn deinen Meister gelassen? Komm rüber und trink ein Bier mit uns.«

Anna schüttelte jedoch ablehnend den Kopf.

»Danke euch, ich bin schon verabredet.«

»Etwa mit einem Mädchen?«

Es folgte schallendes Gelächter.

»..ein zartes Bürschchen ist das ...«, hörte Anna einen der Männer sagen, während sie zu einem leeren Ecktisch hinüberging. »... wir sollten ihm wohl mal ein Essen ausgeben.« Wieder erschallte belustigtes Gegröle. Dann steckten die Männer die Köpfe zusammen. Anna konnte die Worte nicht bis zu ihrem Tisch hin hören, von dem Geläster wollte sie auch gar nichts wissen. Sie war froh, wenn man sie in Ruhe ließ.

Es behagte ihr ganz und gar nicht, sich ohne ihre Freunde an den Tisch zu setzen. Auf dem Absatz jedoch wieder kehrtzumachen und draußen auf der Straße zu warten, war ihr noch unangenehmer.

Anna beobachtete die tropfende Kerze. Ab und zu warf sie auch einen Blick zu Elise hinüber, die mit Bierkrügen beladen eifrig im Schankraum hin und her lief, Tische säuberte und sich die derben Sprüche der Gäste anhören musste.

Anna mochte Elise sehr, nie würde sie vergessen, wie liebevoll sie sich ihr gegenüber verhalten hatte. Gerne hätte sie Elise als Freundin gehabt, um mit ihr vertrauensvolle Frauengespräche zu führen, denn ihr knabenhafter Körper veränderte sich mehr und mehr zu dem einer jungen Frau. Anna hatte diesbezüglich viele Fragen und musste stets versuchen, selbst Erklärungen zu finden.

In solchen Momenten fühlte sie sich einsam und verlassen und dachte mit Sehnsucht an ihre geliebte Mutter. Der Schmerz über ihren Verlust saß so tief, dass sie die Gedanken an sie zu verdrängen und von sich zu schieben suchte.

Anna konnte Elise die Wahrheit über sich keineswegs anvertrauen. Die Schankmaid liebte Moritz, das spürte

Anna genau. Bei jeder Gelegenheit, die sich ihr bot, tätschelte und klopfte sie bezirzend an ihm herum. Moritz schien das nicht zu bemerken, zumindest ging er nicht darauf ein, sondern schenkte ihr nur freundliche Worte und ein Lächeln. Manchmal sprang dann Elises Freundlichkeit auf Sebastian und Alois über, wohl um Moritz eifersüchtig zu machen. Er reagierte jedoch nicht darauf. Elise zeigte an Anna kein Interesse und ließ sie in Ruhe. Anna glaubte daran zu erkennen, dass die Schankmaid sie ablehnte.

Wenn Elise wüsste, dass der Mann, mit dem Moritz die meiste Zeit verbrachte, in Wirklichkeit eine Frau war, würde sie Anna sicher nicht aus Böswilligkeit, aber wohl aus Eifersucht verraten.

Während Anna das entstehende Kerzenwachsgebilde beäugte, betrat ein neuer Gast das Wirtshaus. Es war Carrigi, der sie sofort erblickte, schnurstracks zu ihr an den leeren Tisch kam und sich setzte.

»Na, so alleine, da will ich dir doch gerne Gesellschaft leisten.«

Anna wollte erklären, dass sie auf ihre Freunde warte und diese jeden Augenblick erscheinen würden, Carrigi ließ sie aber nicht zu Wort kommen und sprudelte los:

»Zwar verweile ich seit einiger Zeit hier in Mittenwald, doch bin ich eigentlich gebürtiger Venezianer. Was verschwendest du dein Talent hier in dem kleinen Bergstädtchen? Komm mit mir in die Lagunenstadt, dort würdest du reichlich für deine Arbeit entlohnt werden. Einen guten Geigenbauer braucht man dort immer. Außerdem könntest du mir bei meinen Geschäften helfen. Mit Dürnholz bin ich alles andere als zufrieden. Über kurz oder lang muss ich mich ohnehin nach einer anderen Geigenbauwerkstatt umsehen. Meine Kunden verlangen Violinen aus Mittenwald. Wenn du in Venedig wärst, würden die Geschäfte einfacher laufen. Du müsstet nur über die Sache Stillschweigen bewahren, das wäre die Abmachung zwischen uns.«

Anna wollte auf den delikaten Vorschlag nicht eingehen. Die Worte ihrer Mutter »... finde deinen Onkel in Venedig ...« klangen ihr jedoch in den Ohren. Sie wusste kaum etwas über diese Stadt, die von unzähligen Wasserstraßen durchzogen sein sollte. Vielleicht war Carrigi ein Wegweiser, wenn sie wirklich jemals dorthin wollte. Aus diesem Grund bat sie ihn, ihr etwas über Venedig zu erzählen.

Carrigi freute sich über die Neugier des Geigenbaulehrlings und begann sogleich von Venedig schwärmerisch zu berichten.

»Die *Serenissima* ist wirklich einzigartig in ihrem Erscheinungsbild und stolz auf ihre Persönlichkeiten. Lass mich kurz überlegen, was für dich von Interesse sein kann. Sicher sind es die großen Komponisten und Musiker, die dort leben und wirken. Da sind die Gabrieli-Brüder zu nennen, die einst *San Marco* mit ihren doppelchörigen Kompositionen von beiden Seiten des Chorschiffs aus imposant beschallten. Ein atemberaubender, unglaublich schöner Klang ist das, musst du wissen, den sich viele Komponisten bis heute zu eigen machen.

Als Geiger und Komponisten machen Arcangelo Corelli, Alessandro Scarlatti, Giuseppe Torelli, Tomaso Albinoni von sich reden, um nur einige von ihnen aufzuzählen.

Ein ganz besonders hervorragender Geigenspieler und eine außergewöhnliche Persönlichkeit ist Antonio Vivaldi. Ein Priester mit Herz, der die Pieta gründete, dabei handelt es sich um ein Findelhaus, in dem hervorragend musiziert wird. Aber stellt Euch vor, er hat einen glühenden, funkelnden Kopf.«

Carrigi lachte lauthals und flüsterte dann geheimnisvoll:

»Er hat nämlich rote Haare.«

Erneut lachte er schallend und brauchte mehrere Versuche, um weiterreden zu können:

»Das ist ..., das ist wirklich ungewöhnlich, denn rot ist doch die Haarfarbe der Hexen und man möchte glauben, er sei während der Unpässlichkeit seiner Mutter gezeugt worden.«

Nun gluckste es aus Carrigi heraus und er klopfte sich lachend auf die Schenkel.

Am liebsten wäre Anna augenblicklich aufgesprungen und davongerannt. Sie fühlte, dass von dem Italiener nichts Gutes ausging. Führte er etwas Böses im Schilde, oder war die Bemerkung der Hexe nur Zufall gewesen? Sie versuchte, sich nichts anmerken zu lassen, lachte mit und bat den Offizier, mit seinen Erzählungen fortzufahren.

Carrigi wischte sich die Lachtränen vom Gesicht und berichtete Anna von den großen Malern und Künstlern, den prächtigen Palästen und Villen, den Kanälen, vom Markusplatz, auf dem die Urteile der Verbrecher vollstreckt wurden, dem einzigartigen Licht, das ganz Venedig verzaubere, dem Karneval und Einzelheiten über die Pieta.

Anna hörte Carrigi gebannt zu. Der Offizier war erbaut über das Interesse des Lehrlings. Er hoffte, ihn für seine Machenschaften gewinnen zu können.

»Irgendetwas Geheimnisvolles ist in dem Wesen des jungen Mannes«, dachte Carrigi, aber er konnte sich nicht erklären, warum er dies so empfand. Es war bloße Intuition. Der Lehrling schaute ihn auch die ganze Zeit über nicht richtig an, senkte häufig seinen Blick unter der Kappe und hielt die Hände unter den Tisch, als habe er etwas zu verstecken.

»Wenn er etwas verbirgt oder gar Dreck am Stecken hat, werde ich es herausbekommen.«

Nun hob der junge Mann seinen Kopf, denn es betrat offensichtlich ein neuer Gast das Wirtshaus. Da sah Carrigi etwas in Ferdinands Gesichtsausdruck, das ihn mehr als erstaunte. Der Ausdruck war milde, sanft, fast zärtlich. Es sprach Liebe aus seinem Blick. Alle Ruppigkeit war verschwunden. Umso seltsamer war es, dass sich einen Augenblick später der Ausdruck wieder verwandelte und strenge, herbe Züge annahm und Ferdinand seinen Kopf senkte, als Moritz mit seinen Freunden an den Tisch kam.

Als Carrigi Moritz erblickte, vermutete er sofort, dass die Gemütsregung Ferdinands mit ihm zu tun hatte, denn häufig steckten die beiden die Köpfe zusammen.

Aber was war es, das Ferdinand aus der Fassung gebracht hatte?

»Ich werde schon herausbekommen, was dahintersteckt«, dachte Carrigi und nahm sich vor, die beiden genau im Auge zu behalten.

Kapitel 20

Anna stand an der Werkbank und nahm die Geige in Augenschein, die sie vor ein paar Tagen fertiggestellt hatte. Decke und Boden waren fein gemasert und das Griffbrett setzte sich in seinem dunklen Ton hervorragend davon ab. Die Symmetrie der Zargen und der Schnecke schien nahezu perfekt zu sein. Der Lack, den Anna aufgetragen hatte, war gleichmäßig eingezogen. Er gab dem Instrument ein wunderbares Erscheinungsbild und duftete aromatisch nach Harz. Anna war sehr zufrieden und erleichtert, denn es war ihr Gesellenstück, das sie da in den Händen hielt.

Später am Nachmittag wollte sie damit beginnen, den Klang aus der Geige herauszulocken, denn das Instrument musste noch gewissenhaft eingespielt werden. Darauf freute sich Anna außerordentlich. Sie war schon in großer Aufregung, die Seele ihrer Geige aufzuspüren.

Sie zupfte mit dem Finger über die Saiten und zog die fein geschnitzten Wirbel dabei nach, um sie in Quinten zu stimmen. Dabei hielt sie die Geige etwas nach oben, um zu schauen, ob sich der Steg währenddessen auch nicht verstellte. Da zuckte sie plötzlich erschreckt zusammen und hätte fast das Instrument fallen lassen, denn wie aus dem Nichts war Dürnholz von hinten an sie herangeschlichen, umschlang ihre Taille und küsste sie in den Nacken.

Anna war völlig entsetzt, sie versuchte zunächst einmal, sich nur auf die Geige zu besinnen und sie vorsichtig auf die Werkbank zu legen. Dann schrie sie Dürnholz an, er solle sie loslassen, allerdings vergaß sie, ihre Stimme zu verstellen. Aus Verzweiflung und Wut kratzte sie ihm über die Hände, doch er lockerte seinen Griff nicht im Geringsten. Es schien ihm eine immense Freude zu bereiten, Anna in seiner Gewalt zu haben.

»Na, mein Täublein, nun willst du deine Krallen an mir wetzen und entwischen? Ja, ja, jetzt schreist du, aber da kannst du lange keckern. Du hast mich an der Nase herumgeführt, das wirst du mir jetzt büßen. Und wenn du dich mir verweigerst, werde ich dafür sorgen, dass man dich als Betrügerin anklagen und einsperren wird. Und kommst du frei, gibt es für dich kein Zurück. Alle werden dich mit Schimpf und Schande davonjagen.«

Dürnholz drehte Anna zu sich herum, riss ihr die Kappe vom Kopf, sodass ihre goldenen Locken sichtbar wurden, presste sie auf den Tisch und küsste sie gierig. Er nestelte mit einer Hand an ihrem Hemd herum, um es zu öffnen, sie wehrte sich mit aller Kraft und schrie unentwegt.

Da rumpelte es an der Tür und unerwartet betrat Carrigi die Werkstatt. Er sah sofort, was da vor sich ging, sprang auf Dürnholz los und zerrte ihn von Anna hinunter.

»Hab dich nicht so«, blaffte Meister Dürnholz ihn an, »mein schöner Lehrling hier ist kein Mann, sondern eine Frau. Sie heißt nicht Ferdinand, sondern Anna. Lass uns doch beide Spaß mit ihr haben. Wenn ich fertig bin, kannst du dich mit ihr weiter vergnügen.«

»Was bist du für ein erbärmlicher Hundsfott«, schrie Carrigi und verpasste Dürnholz einen heftigen Schlag. Der Meister taumelte rückwärts und fiel mit dem Hinterkopf auf die Tischkante seiner angrenzenden Werkbank.

Mit aufgerissenen Augen und einem schmierigen Lächeln schaute er die beiden sekundenlang an, jedoch auf einmal entwich seinem Gesicht Boshaftigkeit, Zynismus und Kraft, es nahm einen unerwartet milden, entspannten Ausdruck an. Ein schwaches Röcheln entwich seiner Kehle und dann rutschte Dürnholz die Werkbank hinunter. Eine tiefrote Blutspur blieb auf der Werkbank zurück.

Anna presste entsetzt die Hände vor das Gesicht und blickte fassungslos zu Carrigi hinüber.

Der Offizier stand breitbeinig vor dem toten Geigenbaumeister und stieß ihn mit dem Fuß an, als wollte er prüfen, ob Dürnholz wirklich tot sei. Aber daran gab es für ihn keinen Zweifel. Dürnholz regte sich nicht, doch glaubte Anna zu sehen, dass sich seine Brust leicht hob und senkte. Er schien noch am Leben zu sein.

Sie schaute Carrigi voller Entsetzen an. »Mein Gott, was habt Ihr getan?«

Carrigi schüttelte abfällig den Kopf und meinte mit kalter Stimme: »Der hat es nicht besser verdient.«

Dann näherte er sich Anna.

»Komm mit mir nach Venedig. Ich habe gespürt, dass du ein Geheimnis mit dir herumträgst. Jetzt, da ich weiß, dass du eine Frau bist, möchte ich mein Leben mit dir teilen, verlass Mittenwald, vergiss Moritz.«

Carrigi war ein paar Schritte auf Anna zugegangen, sie wich vor ihm zurück. Sie war zutiefst geschockt über das Verhalten des Offiziers und über seine abstrusen Worte. Er hatte sie zwar gerettet, worüber Anna natürlich sehr dankbar war, dennoch hatte er einen Menschen nahezu tödlich verletzt und das schien ihn nicht im Geringsten zu stören.

Carrigi streckte die Hand nach ihr aus.

»Das habe ich für dich getan. Lass uns den alten Bock vergessen. Um den ist es nicht schade, er ist mir noch ein paar Geigen schuldig. Die werde ich mir ohnehin gleich holen, denn das hatten wir vereinbart.«

Anna konnte kaum denken, sie war fassungslos. »Bitte, lasst uns überprüfen, ob Dürnholz wirklich tot ist. Wir müssen Hilfe holen.«

»Wir werden niemanden holen«, sagte Carrigi nun mit strenger Stimme.

»Er ist tot, das sieht man doch.« Sekundenschnell ergriff er ein Schnitzmesser, das auf der Werkbank lag, beugte sich zu Dürnholz hinunter und stach es ihm mitten ins Herz. Dann zog er es ganz langsam wieder heraus, als wolle er den Moment genießen.

Anna glaubte, ihr eigenes Herz müsse stehen bleiben, solche Angst und Panik erfasste sie. Carrigi erhob sich und schaute sie lächelnd an. Er schien von seiner Tat unberührt zu sein. Er sprach weiter auf Anna ein, als wäre nichts geschehen.

»In ein paar Tagen breche ich mit meinen Männern nach Venedig auf. Komm mit mir. Bis ich so weit bin, kannst du dich versteckt halten, damit man dir keine unangenehmen Fragen stellt. Ich werde derweil Dürnholz im Wald begraben und im Wirtshaus erzählen, dass er sich für eine Weile nach Garmisch aufgemacht hat, weil ihm Material für einen neuen Auftrag fehlt und er es sich dort besorgen möchte. Allzu bald wird den keiner vermissen und suchen, glaub mir. In der Zwischenzeit sind wir längst über die Alpen verschwunden und keiner wird uns auf die Spur kommen. Ich schwöre dir, niemand findet je heraus, dass Dürnholz verreckt ist.«

Anna war zutiefst schockiert über das kaltblütige Verhalten des Offiziers. Sie riss sich dennoch zusammen, weil sie Angst hatte, seine Grausamkeit könne auch auf sie überspringen, er würde ihre Täuschung verraten und ihr womöglich seine Tat in die Schuhe schieben. Gewiss würde er nicht davor zurückschrecken, auch ihr etwas anzutun, wenn sie ihn abweisen würde.

»Liebste Anna«, sprach er weiter, »vergiss Moritz. Er ist deiner nicht würdig. Ich kann dir in Venedig ein ganz anderes Leben bieten. Ich verhelfe dir, als erste Geigenbauerin Venedigs zu Ruhm und Ehre zu gelangen. Die Männer werden sich vor dir ehrerbietig verbeugen und du wirst dich vor Aufträgen kaum retten können. Außerdem werden sie dir für deine Arbeit mit reichlicher Entlohnung danken.«

»Carrigi, lasst mich bitte darüber nachdenken«, begann sie mit ernster Stimme, doch schlotterten ihr unter den Hosenbeinen vor Angst die Knie. »Ich kann Euch jetzt noch nicht mein Jawort geben. Etwas Zeit brauche ich, nur einen Tag. Bitte. Ich kann kaum glauben, was passiert ist, und was Ihr meinetwegen getan habt. Eure Liebe für mich muss sehr groß sein. Lasst mich einen klaren Kopf finden, erst dann kann ich die Eure werden.«

Anna konnte nicht fassen, was sie da soeben gesagt hatte. Aber es war ihre einzige Chance, Carrigi mit diesem Hoffnungsschimmer bei Laune zu halten. Sie hatte den Offizier als einen kaltblütigen Menschen kennengelernt, der gewiss vor keiner weiteren verbrecherischen Tat zurückschrecken würde. Für Anna galt es Zeit zu gewinnen, denn es gab nur eine Möglichkeit, dem Verderben zu entkommen. Sie musste mit Moritz aus Mittenwald fliehen.

Kapitel 21

»Verflixt noch mal«, schimpfte Moritz vor sich hin, »jetzt geh schon auf, du blödes Ding.«

»Sei leise«, flüsterte Anna.

Moritz versuchte seit einigen Minuten mit einer Eisenstange das hintere Fenster von Dürnholz' Werkstatt aufzuhebeln. Er stellte sich dabei so geschickt wie nur möglich an, aber er war bereits zwei Mal mit der Stange lautstark abgerutscht. Er probierte es erneut und endlich gelang es ihm. Mit einem kurzen, knarrenden Geräusch öffnete er das Fenster. Erleichtert atmete Moritz aus. Das Hemd klebte ihm verschwitzt am Körper und seine rechte Hand schmerzte, denn er hatte sie am Handgelenk aufgeschürft, als er am Holzsims entlanggeschrammt war. Moritz beträufelte die Stelle mit etwas Spucke und tupfte sie dann mit seinem Jackenärmel vorsichtig ab, sie brannte unangenehm.

»Hoffentlich steckt kein Holzspan in der Wunde«, dachte er. Im Haus blieb alles still, keine Menschenseele schien mehr dort zu sein.

Anna hatte ein ungutes Gefühl dabei, unerlaubt in Dürnholz' Werkstatt einzudringen. Auch wenn es einen triftigen Grund dafür gab, war ihre Tat dennoch ein Einbruch und sie machten sich damit beide strafbar. Außerdem befürchtete Anna, dass die Seele von Meister Dürnholz noch immer in der Werkstatt um den Toten kreisen könne. Sie wusste aus den Erzählungen ihrer Mutter, dass die Seelen der Menschen nach deren Ableben eine ganze Weile bei ihnen verweilen. Wenn Dürnholz also noch vor seiner Werkbank läge, so wäre auch seine Seele dort und würde den Raum erfüllen. Vor dieser unsichtbaren Größe fürchtete sich Anna, sie war ihr sehr unheimlich.

»Mach dir keine Sorgen, da ist kein Lebender mehr drinnen«, sprach Moritz, um Anna zu beruhigen. »Ich klettere jetzt hinein und suche nach deiner Geige. Ich bin gleich wieder da.«

»Nimm die Kerze und das Zündholz mit, damit du herinnen etwas siehst und nicht stolperst«, flüsterte Anna mit angespannter Stimme. »Aber entzünde sie erst, wenn du in der Werkstatt bist, sonst sieht uns womöglich jemand.« Anna schaute sich, während sie sprach, mit Unbehagen nach allen Seiten um.

Moritz schwang sich vorsichtig zum Fenster hinein und nahm die schon reichlich hinuntergebrannte Kerze entgegen. Es war die Einzige gewesen, die Anna auf die Schnelle hatte finden können.

Nachdem Anna Carrigi in der Werkstatt stehen gelassen hatte und davongerannt war, war sie zu Moritz geeilt, um ihm zu erzählen, welch schreckliche Tat der Offizier begangen hatte, und welches Ansinnen er ihr gegenüber hegte. Für Anna und Moritz gab es nur einen Ausweg, um dem üblen Mann zu entkommen, der einen schrecklichen

Mord begangen hatte und der um ihr Geheimnis wusste: Sie mussten noch in dieser Nacht aus Mittenwald fliehen.

Anna hoffte, Carrigi würde sein übles Verbrechen mit reichlich Alkohol hinunterspülen und halb betrunken im Wirtshaus verweilen, sie hatte ihn nämlich zur *Goldenen Gans* hineingehen sehen. Vielleicht trank er auf das vermeintliche Glück, sie mit nach Venedig zu nehmen. Doch diese Reise würde er alleine machen müssen. Anna und Moritz würden längst aus Mittenwald verschwunden sein, wenn er ihnen auf die Schliche kommen würde. Deshalb musste alles schnell gehen, damit sie einen reichlichen Vorsprung hätten, falls Carrigi sie tatsächlich verfolgen würde. Trotz der Eile und aller Befürchtungen wollten sie dennoch zuvor zu Dürnholz' Werkstatt, um Annas Geige zu holen. Ohne diese wollte Anna Mittenwald auf keinen Fall verlassen.

Es war ein mehr als heikles Unterfangen, denn falls sich Dürnholz' Leiche dort drinnen noch befand und man Moritz beim Durchstöbern der Werkstatt entdecken würde, wäre das Urteil über ihn schnell gefallen. Was spräche für ihn, nicht der Mörder zu sein? Carrigi würde sicher sein Möglichstes tun, um Moritz die Sache in die Schuhe zu schieben. Damit wäre er selbst fein raus und frei, Mittenwald zu verlassen.

Anna und Moritz waren für ihren Weg in die Berge nur mit dem Nötigsten ausgerüstet. Wenn der Winter dort einbrechen würde, was im Spätsommer keine Seltenheit war, würden sie der Kälte ausgeliefert sein und die Wahrscheinlichkeit, sich Erfrierungen zuzuziehen, wäre groß.

Die Schuhe, die Anna noch von Ferdinand trug, hatten ein abgetretenes Profil und waren nicht mehr richtig wasserfest. Auch war ihre Jacke für Minusgrade völlig ungeeignet.

Zwei Rucksäcke hatten sie gepackt, in jedem steckte ein dicker Überzieher, eine Hose zum Wechseln, mehrere Paar Socken und etwas Proviant. Moritz hatte noch ein Seil besorgt, vielleicht würde er sich umsonst damit abschleppen, aber in den Bergen konnte es ihnen von Nutzen sein.

Der Wind rauschte im nahe gelegenen Wald und die Wolken zogen eilig am vollen Mond vorbei. Unerwartet bellte in der Nähe ein Hund, Anna durchfuhr es vor Schreck wie ein Blitz. Sie kauerte sich zusammen. Unangenehmes Frösteln überkam sie und schreckliche Furcht stieg in ihr auf, man könne sie beide erwischen. Die Hände zitterten ihr und sie rieb sie aneinander, um sie zu wärmen und sich zu beruhigen.

Es kam ihr vor, als sei Moritz bereits eine Ewigkeit in der Werkstatt, da hörte sie endlich seine Stimme.

»Anna«, flüsterte er, »ich habe sie gefunden, hier ist deine Geige.«

Erleichtert sprang sie auf und nahm vorsichtig ihr Gesellenstück entgegen. Geschickt kletterte Moritz wieder zum Fenster hinaus. Zuvor hatte er die Kerze ausgepustet und auf den Tisch gestellt. Nun schloss er das Fenster behutsam, damit man nicht allzu schnell bemerken würde, dass es jemand aufgebrochen hatte.

Anna wickelte ihre Geige in den dicken Überzieher ein und steckte das Bündel sachte in den Rucksack, dann half ihr Moritz beim Aufsetzen. Auch er schwang sich seinen Rucksack auf den Rücken und hängte sich das Seil quer über die Brust.

Entschlossen, mit Anna zu fliehen, reichte er ihr die Hand und zog sie hinter sich her. Gemeinsam eilten sie in die Nacht davon. Erst im Schatten der Häuser, die an die Wiese grenzten, und dann geschwind durch das hohe

Gras hinweg, hinein in die Dunkelheit des rauschenden Waldes.

Anna und Moritz hatten sich vorgenommen, bis nach Italien zu gelangen, denn Moritz hatte Meister Klotz von einem außergewöhnlichen Geigenbauer namens Stradivari sprechen hören und wollte ihn unbedingt in seiner Werkstatt in Cremona aufsuchen.

Natürlich konnten sie nicht die ganze Strecke zu Fuß zurücklegen, daran gab es keinen Zweifel. Jedoch galt es erst einmal, Mittenwald hinter sich zu lassen und durch den Wald und ein angrenzendes Tal in die tieferen Berge zu gelangen.

Die Route nach Italien hatte Anna gut vor Augen, denn Carrigi hatte ihr diese bis ins Detail genau beschrieben. Er hatte ihr sogar eine flüchtige Skizze angefertigt. Anna hatte sie angenommen und dem Offizier damit sicher noch mehr Hoffnung auf eine gemeinsame Flucht gemacht. Nun steckte die Zeichnung mit den Wegen und Pässen, die sie nehmen mussten, in Moritz' Jackentasche.

Die beiden Liebenden waren sich bewusst, dass es riskant war, genau diese Strecke zu wählen. Da sie sich beide nicht auskannten, gab es gar keine Alternative. Zu gefährlich wäre es, sich zu verirren und gar nicht voranzukommen. Wenn sie Italien erreicht hatten, dann würden sie von der skizzierten Strecke abweichen, denn Cremona lag südlich von Venedig, soviel wusste Moritz aus den Erzählungen von Meister Klotz.

Schweigend wanderten sie durch die Nacht. Moritz ging voraus und Anna folgte ihm in geringem Abstand. Zu Beginn waren sie eine ganze Weile gerannt. Doch Moritz hatte bald bemerkt, dass Anna völlig außer Atem geriet und das Tempo kaum mithalten konnte. Er verlangsamte seine Schritte, damit sie sich nicht zu sehr verausgabte. An eine alsbaldige Pause war ganz und gar nicht zu denken.

Immer wieder drehte sich Anna um und horchte, ob ihnen jemand folgte. Doch bis auf einige Tiere, die in der Dunkelheit herumkrochen, war da niemand. Anna konnte das Gefühl nicht abschütteln, Carrigi könne ihnen auf den Fersen sein. Sie sagte sich unentwegt, dass er ihre Flucht noch gar nicht bemerkt haben könne. Aber was würde geschehen, wenn es tatsächlich so war?

Kapitel 22

Carrigi verweilte seit einiger Zeit im Wirtshaus, obwohl es ihn auf seinem Stuhl kaum hielt, denn er fieberte seiner Abreise mit Anna sehnlichst entgegen. Sie würde mitkommen, da war er sich ganz sicher. Warum auch sonst hätte sie seine Skizze angenommen.

»Moritz, der einfältige Pinsel, was hat denn der Anna zu bieten. Nichts, außer ein paar Pfupfern und einer kleinen Stube«, dachte er und schüttelte abfällig den Kopf.

Wo war er eigentlich, dieser Tölpel, er saß doch zu dieser Zeit meist schon im Wirtshaus. Seine Freunde schienen auf ihn zu warten, denn sie hatten den Würfelbecher vor sich stehen und mit dem Spiel noch nicht begonnen. Sie tranken ein Bier und schauten immer wieder zur Tür. Sicher würde Moritz jeden Moment erscheinen.

Bevor Carrigi Mittenwald verließ, würde er die Leiche von Dürnholz noch beseitigen müssen. Das bereitete ihm einiges Kopfzerbrechen. Er schaute in sein Bierglas und grübelte darüber nach, wie er es nur anstellen sollte. Nach einiger Zeit hatte er einen Plan entworfen:

Er würde Dürnholz aus dem Hinterfenster hinausschaffen, ihn auf einen seiner Esel packen, in den Wald nahe der Leutaschklamm bringen und dort an einer guten Stelle begraben.

»Am besten wird es sein, ich werfe ihn gleich in die Klamm hinunter. Wenn ihn jemand findet, erklären sich seine Verletzungen am Hinterkopf und alle weiteren angesichts seines Sturzes in die tiefe Schlucht.«

Es würde keine leichte Aufgabe sein, denn der Geigenbaumeister hatte eine ziemliche Leibesfülle, aber Carrigi hatte schon ganz andere Männer erfolgreich verschwinden lassen.

Dürnholz würde zunächst als vermisst gelten. Sicher würde der Büttel nach ihm suchen. Falls man ihn nicht fände, wäre der Fall wegen mangelnder Hinweise bald abgeschlossen. Da der ungehobelte Geigenbaumeister nicht sehr beliebt war, würde man sich mit der Klärung seines Verschwindens bestimmt nicht unnütz lang aufhalten.

Ferdinands gleichzeitige Abwesenheit würde sicher viele Fragen aufwerfen. Jedoch war er viel zu unwichtig für Mittenwald, als dass man ein großes Aufheben um ihn machen würde.

Moritz würde sicher vor Wut und Enttäuschung brennen, wenn er Annas Verschwinden herausbekäme. Dennoch würde er sie unmöglich verfolgen können, da er sich in der Umgebung nicht auskannte.

Ihn, Carrigi, würde ohnehin niemand vermissen, denn er war Venezianer und gehörte nicht in das Bergdorf. Er und Anna konnten sich also unbehelligt aus Mittenwald davonstehlen und ein gemeinsames Leben in Venedig beginnen.

Zufrieden mit seinem Plan blickte er auf und schaute nach drüben zu Moritz und seinen Freunden. Seltsamerweise war er noch immer nicht erschienen. Alois und

Sebastian hatten ein Spiel ohne ihn begonnen, sie waren eifrig am Würfeln.

»Das gefällt mir nicht«, dachte Carrigi. »Wo bleibt der nur?«

Tausend Gedanken und Bilder gingen ihm gleichzeitig im Kopf herum. Er sah Annas Gesicht vor sich, doch drängte sich immer wieder Moritz dazwischen.

»Sie gehört zu mir. Basta!«, schrie er und schlug mit der geballten Faust auf den Tisch. Sein Bierglas geriet ins Wanken, kippte vom Tisch und zerbrach.

»He da, was ist in Euch gefahren?«, rief der Wirt und eilte zu Carrigi hinüber. Der sprang auf, schob den Wirt grantig beiseite und verließ das Wirtshaus.

»Wenn ich den Kerl in die Finger bekomme, breche ich ihm sämtliche Knochen«, schimpfte er im Hinausgehen.

Auf der Straße lief ihm ein Hund vor die Füße. Wütend trat er nach ihm.

»Pack dich weg, du missratene Töle.« Der Hund jaulte auf, zog den Schwanz ein und eilte winselnd davon.

Carrigi konnte vor Wut keinen klaren Gedanken fassen. »Sie gehört zu mir«, sagte er unentwegt vor sich hin, »zu mir, zu mir.« Seine Beine trugen ihn wie von selbst zu Dürnholz' Werkstatt. Die Leiche musste beseitigt werden und zwar unverzüglich, bevor ein anderer sie entdecken würde.

Es war ungewöhnlich still auf den Straßen, außer dem Hund begegnete ihm niemand. Je näher er der Werkstatt kam, desto mehr stieg ein ungutes Gefühl in ihm auf, dass irgendetwas nicht stimmte.

Carrigi schlich im Schatten der Hauswand von hinten an die Werkstatt heran, um an das Fenster zu gelangen. Als er es erreichte, sah er, dass es jemand aufgebrochen hatte.

»*Al diavolo*«, fluchte er. Der Schein des Mondes kroch hinter einer Wolke hervor und ließ einen Gegenstand aufblitzen, der auf dem Boden lag. Carrigi nahm ihn in die Hand und war sehr erstaunt, als er Moritz' Schnitzmesser erblickte. Er kannte es ganz genau, denn der junge Mann hatte es immer an seinem Gürtel in seinem Schaft stecken und der geschnitzte Hirschhorngriff lugte darüber keck hervor. Es war eine außergewöhnlich schöne Verzierung für ein Messer und Carrigi hatte es manches Mal neiderfüllt angeschaut. Nun hielt er es in seinen Händen und blickte es irritiert an. Ganz allmählich begann er zu ahnen, was in der Zwischenzeit passiert war. Übler Zorn überkam ihn erneut.

Entschlossen öffnete Carrigi das Fenster und sprang mit einem gekonnten Satz hinein. Dann schloss er es lautlos hinter sich. Einen Moment blieb er auf der Stelle stehen, um sich an das spärliche Licht zu gewöhnen. Er glaubte Kerzenruß zu riechen und da erblickte er den Kerzenstummel, den Moritz zurückgelassen hatte. Carrigi befühlte das Wachs, es war noch weich. Er bohrte seinen Fingernagel vor Wut tief hinein, am liebsten hätte er die Kerze gegen die Wand geschleudert, jedoch brauchte er sie noch. Er trug immer ein paar Zündhölzer bei sich und entflammte die Kerze. Aufmerksam sah er sich in dem Raum um. Es wirkte alles unberührt. Das übliche Chaos war zu sehen, aber keine fremde Hand schien hier etwas durchwühlt zu haben. Sein Blick fiel auf den Geigenschrank. Er ging hinüber und öffnete ihn vorsichtig, zu seiner Erleichterung hingen alle Geigen noch an ihrem Platz. Nun betrat er vorsichtig die Werkstatt und da sah er, dass Annas Geige, die noch vorhin auf ihrer Werkbank gelegen hatte, verschwunden war. Er schaute auf der anderen Bank nach, darunter, nirgends war sie zu sehen.

»Auf und davon sind die beiden und die Geige haben sie mitgenommen. Moritz, du Hundesohn, das sollst du mir büßen«, schimpfte er mit gedämpfter Stimme. Nun fiel sein Blick auf Dürnholz, der in sich zusammengesunken noch immer mit totenbleicher Miene an der Werkbank lehnte.

Carrigi kniete sich zu ihm nieder, stellte die Kerze auf den Boden und drückte mit Moritz' Messer Dürnholz' Kinn nach oben, sodass er ihm ins Gesicht schauen konnte.

»Verflucht seid ihr alle«, flüsterte er mit hasserfüllter Stimme. »Du schuldest mir noch eine Geige. Schau mich an, öffne deine Augen.«

Pfeilschnell packte er mit der anderen Hand Dürnholz am Hals. Da berührten seine Finger etwas Kühles, Filigranes. Es war eine Kette, mit einem silbernen Geigenanhänger, auf dessen Rückseite Dürnholz seine Initialen eingetragen hatte.

»Was haben wir denn da?«, zischte Carrigi und riss Dürnholz mit einem Ruck die Kette vom Hals. Er schaute kurz auf den Anhänger und steckte sie dann in seine Jackentasche.

»Du meinst, du kommst mir mit dem kleinen Ding davon. Du nimmst mich nicht ernst, du willst mich verhöhnen.« Die Stimme Carrigis hatte eine eigenartige Färbung angenommen. Sie klang kaum mehr menschlich. Mit einer langsamen Bewegung zog er das Messer beiseite und schlitzte Dürnholz die Kehle auf. Dessen Kopf fiel augenblicklich schlapp auf die Brust hinab, das Blut rann in einem feinen Strahl heraus und verteilt sich auf seinem Hemd. Carrigi umschloss nun mit seiner Faust das Messer und stach wie von Sinnen auf den toten Dürnholz ein.

»Ich lösche euch alle aus«, schrie er dabei wütend. Bilder des Grauens durchfuhren ihn und er wähnte sich auf dem Schlachtfeld, den Feind vor Augen. Er glaubte sich in einem Schützengraben zu befinden, Rauch, überall war

Pulverrauch. Sein Freund schrie auf und sackte neben ihm tot zusammen. Der Feind, es war der Feind gewesen, der ihn umgebracht hatte ...

Carrigi war außer sich, er stach und stach zu, bis er sich plötzlich selbst schreien hörte und erschrocken innehielt. Er verlor jeglichen Halt, fiel auf die Seite, krümmte sich auf dem Boden und weinte. Ein Wimmern und jämmerliches Krächzen entfuhr seiner Kehle.

Es dauerte eine ganze Weile, bis sich Carrigi beruhigt hatte, dann blieb er still liegen und starrte benommen ins Dunkle. Die Kerze war inzwischen erloschen, er konnte nur ahnen, was er angerichtet hatte, als er langsam aus seinem ohnmachtähnlichen Zustand erwachte. Geschickt gelangte er wieder auf die Füße, denn es wurde ihm bewusst, dass er sich geschwind davonmachen musste. Bevor er jedoch die Werkstatt verließ, wischte er den Griff des Messers mit einem Poliertuch, das er auf Annas Werkbank entdeckt hatte, gewissenhaft ab. Dann umschlang er den Griff damit, beugte sich noch einmal zu Dürnholz hinunter und stach ihm Moritz' Messer in die Brust. Für einen Moment hielt er es fest und ließ in seinem Druck nicht nach, als wolle er noch tiefer hinein, doch dann lockerte er seine Hand und ließ das Messer stecken. Das Tuch faltete er akkurat zusammen und steckte es in seine Jackentasche.

»Das hättest du nicht tun dürfen, Moritz, dafür wird man dich umbringen«, zischte er und spuckte Dürnholz vor die Füße.

Kapitel 23

Anna und Moritz waren seit einigen Stunden unterwegs. Das Waldstück nahe Mittenwald hatten sie hinter sich gelassen. In einem großen Bogen waren sie um die Leutaschklamm herumgewandert. Der direkte Weg wäre durch die Schlucht gegangen, laut Skizze gab es rechtsseitig der Klamm eine Stelle, die geeignet war, sie zu überwinden. Da es im Wald trotz des diffusen Mondscheins sehr düster war, fand Moritz in der Eile die Stelle nicht. Außerdem hätte Anna an dem Seil, das er bei sich trug, in die Klamm hinunterklettern und auf der anderen Seite wieder hinaufkraxeln müssen. Die Gefahr, dass sie dabei abrutschen würde, war für Moritz viel zu groß gewesen, deshalb hatte er einen anderen Weg gewählt. Er hoffte, dass er auf die Anschlussstelle treffen würde, die jenseits der Klamm lag.

Schweigend und mit gleichmäßigen Schritten näherten sie sich einer Erhöhung. Zur Linken ging der Berg noch weiter hinauf, Moritz meinte der Skizze zu entnehmen, dass sie hinter der Anhöhe wieder hinunter mussten. Er hoffte auf einen Waldweg, wie sie ihn bisher gegangen waren. Doch als er oben ankam, wurde er eines Besseren belehrt und stutzte, denn vor ihm ging es unerwartet steil in die Tiefe. Auch wenn es noch immer dunkel war, genügte das Mondlicht, um zu erahnen, wie rasant es hinabging.

»Himmel noch mal, sind wir verkehrt abgezweigt?«, dachte er und nahm die Wegskizze aus seiner Jackentasche, um für den Abgrund eine Erklärung zu finden. Bei näherem Betrachten der Zeichnung wurde ihm bewusst, dass sie eine falsche Wegbiegung genommen hatten. Jenseits der Klamm gab es zwei markante Stellen. Er hatte sich für eine entscheiden müssen. Offenbar war es nicht die richtige gewesen.

Es musste zwei Stunden her sein, dass sie den eigentlichen Weg verpasst hatten. Mit Anna umkehren, die inzwischen mit langsamen Schritten zu ihm hinaufgeschlichen kam und der die Anstrengung des Weges anzumerken war, auch wenn sie es nicht zeigen wollte, war unmöglich. Sie atmete hektisch und ihr Gesicht zeigte große Erschöpfung. Außerdem bestand die Gefahr, dem Offizier in die Arme zu laufen, falls er sie tatsächlich verfolgte.

Jedoch stellte sich nun eine andere, fast noch schwierigere Herausforderung. Sie würden in die Tiefe hinabklettern müssen. Das hatte er eigentlich vermeiden wollen. In jedem Fall galt es, damit bis zum Tagesanbruch zu warten, denn sie mussten genau sehen können, wohin sie ihre Füße setzen würden. Die Zeit bis dahin würden sie am besten nutzen, in dem sie sich ausruhten.

»Lass uns einen Moment setzen, Anna, und etwas essen und trinken«, schlug er vor und versuchte dabei ruhig zu sprechen, um sie nicht zu beunruhigen.

Anna protestierte nicht, erleichtert und völlig ausgelaugt setzte sie sich neben ihn auf einen großen, mit Moos bewachsenen Wackerstein. Mit Entsetzen hatte sie zuvor wahrgenommen, dass der Weg nicht weiterführte und es vor ihnen steil hinabging. Nur einige Bäume und die Dunkelheit versperrten die Sicht nach unten.

»Wir sind falsch gelaufen, stimmt's?«

Moritz schnaufte verärgert aus, denn er war wütend auf sich und schalt sich einen Dummkopf.

»Es tut mir leid. Wir haben eine Abzweigung verpasst. Nun müssen wir dort hinunterklettern, um in das Tal hinabzugelangen, das wir durchqueren müssen.«

»Schaff ich ... das?«, fragte Anna stockend. Sie war noch immer außer Atem.

»Natürlich.«

Anna hätte gerne etwas erwidert, doch spürte sie in jedem Wort, das Moritz sprach, dass er aufs Äußerste angespannt war. Jeglicher Widerspruch oder Zweifel wären vergeblich und unpassend gewesen. Nun mussten sie gemeinsam das Beste aus der ernsten Situation machen. Und vielleicht würde sie sich gar nicht ungeschickt dabei anstellen, denn schließlich war ihr als Kind kein Baum zu hoch gewesen und sie hatte es immer geliebt, auf Mauern herumzuklettern. Bei dem jetzigen Klettervorhaben würde es allerdings in die Tiefe gehen. Das war ein kleiner, aber sehr heikler und entscheidender Unterschied. Anna wollte die Situation meistern und sah ihr Ziel Venedig vor sich. »Die Stadt mit dem wunderbaren Zauber«, das hatte Carrigi doch gesagt.

Moritz reichte Anna ein Brot.

»Ruh dich etwas aus, der Tag bricht bald an, dann müssen wir uns an den Abstieg machen.«

Anna aß mit großem Appetit das Brot und trank einen Schluck Wasser. Dann lehnte sie sich an Moritz' Schulter und versuchte sich zu entspannen. Ihr fielen nach kurzer Zeit die Augen zu, jedoch schlief sie nicht ein, sondern lauschte im Dösen den Geräuschen des Waldes. Der Wind strich über die Äste und Blätter und gab ein sanftes Surren von sich, ab und an war ein knarzendes Ächzen in den Baumkronen zu hören, das sich kurz darauf wieder beruhigte. Nach einer Weile hörte Anna in der Ferne einen Vogel rufen, er klang wie eine Rotdrossel. Ihm folgte eine Antwort, dem sich weitere Vögel mit ihrem Zwitschern anschlossen. Dies war das Zeichen, dass der Morgen erwachte und sie aufbrechen mussten. Der Wald lag noch im Dunkeln. Als sich Anna erhob und umwendete, erblickte sie die ersten Sonnenstrahlen, die versuchten, die Bergspitzen zu erklimmen. Es war ein grandioser Anblick, still und heimelig, zart und unberührt, als würde der Tag neu geboren werden.

»Es ist so weit«, meinte Moritz und riss sie aus ihrer andächtigen Stimmung. »In Kürze ist es taghell. Ich werde das Seil dort an dem Baum befestigen und dann langsam hinunterklettern. Es reicht nicht bis ganz nach unten, das letzte Stück werden wir ohne Seil klettern müssen. Aber es ist nicht mehr weit von dort, ein Sprung wird ausreichen, das wirst du schaffen. Ich werde unten stehen und dir helfen.«

Mit diesen Worten begann er das Seil an einem Baum nahe der Felswand festzubinden. Er gab Anna noch einen flüchtigen Kuss, der sie erröten ließ, dann begann er langsam hinabzusteigen.

Anna, die nun einen Blick in die Tiefe wagte, bekam einen Schreck, denn es ging zwanzig Meter und mehr hinab. Den Weg am unteren Ende des Felsmassivs konnte sie noch gar nicht richtig sehen, nur erahnen. Wie sollte sie das schaffen?

Mit großer Sorge beobachtete sie, wie Moritz Meter um Meter nach unten gelangte. Immer wieder richtete sie sich auf und blickte in die Ferne, da ihr beim Hinunterschauen schwindelig wurde.

Der Tag brach mit aller Kraft herein, und nun konnte sie genau sehen, wie steil und tief der Abstieg war.

Moritz hatte das letzte Stück des Seiles fast erreicht. Er schaute kurz zu ihr hinauf. Seinem Gesicht und seinen Händen war die Anstrengung anzusehen. Jetzt kam die Stelle, an der er das Seil loslassen musste. Seine Finger suchten einen Platz in der Felswand, der ihm guten Halt geben konnte, mutig ließ er los. Anna vergaß vor lauter Angst um Moritz fast zu atmen. Dieser verharrte für einen Moment in der Felswand, dann wagte er einen Schritt nach unten, suchte erneut Halt und schaffte es, sicher sein Gewicht auf das andere Bein zu verlagern. Moritz blickte hinab, um abzuschätzen, wann er es wagen konnte zu springen. Er konnte unmöglich in der Felswand auf Anna warten, dafür hatte er nicht mehr genug Kraft in den Händen. Er war eben kein Bergsteiger, sondern Handwerker und Musiker. Zwei weitere große Schritte nach unten folgten und dann wagte Moritz den Sprung.

Anna hatte große Angst um Moritz, als er hinuntersprang, kam er zwar auf die Füße, doch strauchelte er und fiel auf die Seite. Er rollte sich aber geschickt wie ein Käfer ab, kam seitlich auf die Füße und brachte den Rucksack, den er sich vor die Brust geschnallt hatte, zu einer sachten Landung.

Als Moritz in die Tiefe gesprungen war, hatte er etwas kommen sehen, auf das Anna von oben die Sicht versperrt war. Es war ein Mann, der sich jetzt auf ihn stürzte, ihn auf den Rücken drehte und seine Arme fesselte. Moritz wehrte sich, dennoch half es nichts, er konnte sich nicht befreien. Es war Carrigi, der mit seinen Männern an der Wegbiegung gelauert hatte.

Anna sah mit Entsetzen, was da unten vor sich ging. Sie konnte nichts tun und schaute hilflos in den Abgrund hinab. Als sie jedoch sah, dass ein Mann versuchte die Felswand hinaufzuklettern, um an das Seil zugelangen, mit dem er die Felswand erklimmen konnte, da löste sie sich aus ihrer Erstarrung. Augenblicklich versuchte sie, den Knoten des Seiles zu lösen, doch hatte er sich stramm zugezogen und es wollte ihr einfach nicht gelingen. Ihr blieb nur eine Möglichkeit, sie musste es hinaufziehen. Damit nahm sie Moritz jegliche Fluchtmöglichkeit, aber gefesselt wie er war, war eine Flucht hinauf ohnehin schier unmöglich.

Anna blickte noch einmal hinab, um zu sehen, ob einer der Männer auch ohne das Seil die Fähigkeit besaß, nach oben zu klettern. Tatsächlich hing bereits einer der Männer in der Felswand.

»Hinauf mit dir«, hörte sie eine ihr wohlbekannte Stimme rufen. »Bring sie mir, sonst soll dich der Teufel holen.« Mit Entsetzen schaute sie in Carrigis Gesicht. Wieso nur war er auf die Idee gekommen, ihnen dort aufzulauern? Zum Glück war er dort unten und nicht in ihrer unmittelbaren Nähe. Anna hatte noch immer eine Chance zu entkommen, allerdings ohne Moritz.

»Lauf«, rief ihr dieser von unten zu. »Sie werden dich nicht erwischen.«

Anna warf einen Blick zu Moritz hinunter, in ihr schien sich alles verkrampfen zu wollen, doch sah sie keinen anderen Ausweg.

»Dir gehört mein Herz, wir werden uns wiedersehen«, flüsterte sie. Dann wendete sie sich um und eilte den Berg durch den Wald weiter hinauf. Den Weg hinunter und zurück konnte sie nicht wählen, vielleicht hatte Carrigi dort seine Männer postiert. Es blieb nur die eine Möglichkeit, sie musste weiter aufwärts in die Berge. Wie sie dann allerdings wieder hinabgelangen würde, das war ihr schleierhaft.

»Die Skizze, sie steckt noch immer in Moritz' Tasche«, dachte sie unglücklich bei sich.

Die würde ihr nun aber auch nicht weiterhelfen können. Anna war auf einem ihr unbekannten Weg in die Berge und völlig auf sich allein gestellt.

Kapitel 24

Carrigi rieb sich verärgert die Hände und trat Moritz, der vor ihm gefesselt am Boden im Dreck lag und nun vor Schmerz aufschrie, mit der Stiefelspitze in die Seite.

»Was soll das, wie könnt Ihr es wagen, derart mit mir umzugehen. Welches Vergehen lastet Ihr mir an, dass Ihr das Recht habt, mich zu fesseln?«, keuchte Moritz. Er wollte mutig sein und sich nicht ohne Widerspruch seinem Schicksal ergeben, obwohl er genau spürte, was Carrigi im Schilde führte.

»Diebstahl und Mord sind es, die Ihr begangen habt«, sagte der Offizier mit kalter Stimme und verachtendem Blick. »Außerdem wolltet Ihr die Frau entführen, die ich zu meiner Gemahlin machen möchte.«

Jetzt konnte sich Moritz ein Lachen nicht verkneifen. Jedoch wurde er erneut vom Schmerz gebeutelt, denn Carrigi trat ihn, noch fester als zuvor, in die kurzen Rippen.

»Euch wird das Lachen noch vergehen, Ihr werdet sterben. Nicht jetzt und auch nicht in Mittenwald. Ihr kommt als mein Gefangener mit nach Venedig. Bevor Ihr aber elendig zu Grunde geht, sollt Ihr mir noch zu Diensten sein.«

Moritz wollte etwas erwidern, da ertönte wie aus dem Nichts ein lauter Schrei. Dicht neben ihm prallte der Körper des Mannes auf, der versucht hatte, die Felswand ohne Absicherung hinaufzusteigen. Mit weit aufgerissenen Augen blieb er liegen und glotzte Moritz leblos an. Ein blutiger Rinnsal floss ihm aus dem Mund. Moritz stöhnte vor Entsetzen laut auf. Um ein Haar hätte ihn der Körper des Mannes erschlagen.

Carrigi berührte das Ereignis nicht im Geringsten.

»*Idiota*«, schimpfte er nur ärgerlich und befahl seinen Männern, den ungeschickten Tölpel beiseite zu schaffen.

»Siehst du«, sagte er dann und wendete sich zu Moritz um, »so schnell wirst du noch nicht sterben.«

Seine Stimme klang zynisch und zum ersten Mal verspürte Moritz Angst, denn in seinem Blick entdeckte er etwas Sadistisches.

»Packt ihn auf ein Pferd, dann reiten wir nach Mittenwald zurück.«

»Was passiert mit der Frau?«, fragte einer der Männer namens Almati.

»Was soll mit ihr schon sein«, erwiderte Carrigi kalt, »sie wird in den Bergen erfrieren.«

»Wir dachten, Ihr wolltet sie zu Eurer ...«

»Schweigt! Diese Sache geht nur mich etwas an.«

Den ganzen Weg nach Mittenwald dachte Carrigi darüber nach, wie er, rasend vor Wut, zunächst in Moritz' und anschließend in Annas Bleibe eingedrungen war und entdecken musste, dass die beiden gemeinsam geflohen waren. Ihm waren vor Zorn und Enttäuschung die Tränen über das Gesicht gelaufen, als er das leere Zimmer von Anna entdeckt hatte.

Nur ein paar wenige Dinge hatte sie zurückgelassen, die für sie wohl von keiner Bedeutung waren. In seinem unbändigen Ärger hatte Carrigi den ganzen Raum durchwühlt und verwüstet.

Schubladen hatte er herausgezogen und in die Mitte des Raums geworfen, gegen den Stuhl und den Tisch hatte er getreten. Dann hatte er ihr Bettzeug von der Schlafstatt gezogen. Dort fand er ein Leibchen von ihr, das sie offensichtlich bei ihrem eiligen Aufbruch übersehen hatte. Er nahm es in die Hände und vergrub sein Gesicht darin. Für einen Moment war er wie hypnotisiert, denn der

Geruch, den er einatmete, betörte ihn augenblicklich. Gefühle der Begierde stiegen in ihm auf, jedoch wurde er schlagartig in die Realität zurückgeholt, denn es klopfte jemand an die Tür.

»Was ist los da drinnen?«, rief eine Frauenstimme. »Kann ich Euch helfen?«

Mit einem Satz sprang Carrigi auf. Das Leibchen hatte er sich zuvor in sein Wams gesteckt und eilte an die Tür. Mit einem Ruck riss er sie auf. Die Wirtin, die dahinterstand, geriet ins Straucheln und stürzte hinterrücks die Treppe hinab. Zum Glück fing ein Gast sie auf, der ebenfalls in dem Haus wohnte und von unten die Treppe hinaufkam.

»Beiseite mit euch«, schimpfte Carrigi mit giftiger Stimme. »Ich werde den gemeinen Schweinehund finden.« Dann polterte er wie von Sinnen die Treppe hinunter.

Auf Carrigis Händen traten die Knöchel und Sehnen aus Zorn weiß hervor.

»Ich habe Anna verloren«, dachte er. »Aber pah, was heißt verloren, sie hat mich getäuscht und ist meiner nicht würdig, so sieht die Sache aus. Sie wird alsbald zu Tode kommen, dessen bin ich gewiss.« Er wollte in diesem Gedanken Befriedigung finden, doch dieses Gefühl wollte sich nicht einstellen. Stattdessen grübelte er nun darüber nach, wie es nur weitergehen sollte.

Statt Anna hatte er nun diesen Tölpel Moritz im Gepäck. Er würde ihm den Mord an Dürnholz anlasten, schließlich steckte ja sein Messer in dessen Brust. Und außerdem war er ein gemeiner Dieb, denn in dem Rucksack, den er bei sich führte, befand sich Annas Geige, die Dürnholz ihm versprochen hatte. Er hatte ihre feine Arbeit gleich wiedererkannt.

In jedem Fall würde er Moritz mit nach Venedig nehmen und dort würde das strenge venezianische Gericht ein Urteil über ihn sprechen. Das hieße mit Sicherheit: Tod durch Erhängen oder lebenslange Haft.

In Mittenwald hatte Moritz zu viele Freunde, die versuchen würden, sich für ihn einzusetzen. Das konnte er unter keinen Umständen zulassen, deswegen musste er ihn umgehend fortschaffen.

Wütend und mit Unbehagen zugleich kam Carrigi mit seinem Gefolge in dem kleinen Bergdorf wieder an. Eine Gruppe von Männern erwartete sie bereits, darunter Meister Klotz mit seinen Söhnen, der sehr erstaunt dreinschaute, als er sah, das Carrigi Moritz als Gefangenen zurückbrachte.

»Was tut Ihr mit meinem Gesellen dort? Was fällt Euch ein, ihn zu fesseln?«

»Ein gemeiner Verbrecher ist er«, sagte Carrigi kühl. »Habt Ihr denn Meister Dürnholz noch nicht gefunden? Er hat ihn umgebracht.«

»Dürnholz ist nicht umgebracht, er ist massakriert worden. Woher nehmt Ihr die unglaubliche Anschuldigung, Moritz sei dafür verantwortlich?«

Carrigi ging nicht auf die Frage ein. Den Worten nach zu urteilen, hatte jemand aus freundschaftlicher Verbundenheit zu Moritz die Tatwaffe entfernt, denn sonst wäre die Sache ja klar gewesen.

»Ich habe ihn in den Bergen aufgespürt, er wollte sich mit seinem netten Freund Ferdinand, der, wie ich herausgefunden habe, gar kein Mann, sondern eine Frau ist, davonmachen. Sie haben uns gemeinsam getäuscht und außerdem führt Moritz eine Geige aus Dürnholz' Werkstatt bei sich, die dieser mir versprochen hatte. Dürnholz ist im Übrigen hinter die wahre Gestalt Ferdinands gekommen und da haben die beiden wohl kalte Füße bekommen und ihn aus Angst umgebracht. Der feine Herr ist also nicht nur ein übler Dieb, er ist dazu auch noch ein gemeiner Mörder.«

»Das stimmt nicht«, rief Moritz um sich zu verteidigen. »Als ich in die Werkstatt eindrang, war Dürnholz bereits tot.«

»Das musst du erst einmal beweisen, du nichtsnutziger Tölpel. Und jetzt lasst uns vorbei«, rief er, »meine Männer und ich müssen unsere Sachen packen. Wir werden den gemeinen Verbrecher mit nach Venedig nehmen. Dort wird ein ordentliches Gericht über ihn urteilen.«

Moritz senkte seinen Blick, als er an Klotz und seinen Freunden vorbeiritt, er konnte ihnen nicht ins Gesicht sehen. Nachdem sie nun von der Entwendung der Geige gehört hatten, mussten sie ihn wohl oder übel für einen unehrlichen, üblen Dieb halten, der aus Habgier seinen alten Meister umgebracht hatte. Dass sich die Sache ganz anders verhielt, würde er nicht erklären können, dafür würde Carrigi sicher sorgen.

Aber dass jemand Dürnholz massakriert hatte, verstand er nicht. Der hatte vorhin leblos in sich zusammengesunken bei der Werkbank gelehnt. Fast hätte man glauben können, er wäre im Rausch und würde schlafen. Nichts hatte auf eine böses Verbrechen hingewiesen.

Die Annahme, man könne ihm einen üblen Mord anlasten, jagte Moritz einen eiskalten Schauer über den Rücken.

Tausende angsterfüllte Gedanken und Zweifel stürmten gleichzeitig auf ihn ein. Zum Glück gab es etwas, für das es sich lohnte zu kämpfen und zu überleben.

»Anna«, flüsterte er. »Wir werden uns wiedersehen, das schwöre ich dir, hier und jetzt.«

Kapitel 25

Anna sehnte sie sich nach einer Pause, denn sie war seit Stunden unterwegs. Mittlerweile schienen ihre Füße sie fast wie von selbst durch die Berge zu führen. Gerne hätte sie angehalten und sich irgendwo am Wegesrand ausgeruht, jedoch hielt sie eine innere Stimme davon ab und spornte sie unentwegt an weiterzugehen.

Die Hände hatte sie tief in den Taschen ihres Überrocks vergraben, denn das Wetter schien umschlagen zu wollen. Es war empfindlich kalt geworden, ein paar Schneeflocken fielen hernieder und ein eisiger Wind strich Anna ins Gesicht.

Das erste Stück im Wald war Anna gerannt, nachdem sie den markerschütternden Schrei eines Mannes hörte. Sie vermutete, dass es der Kerl war, der versucht hatte, zu ihr hinaufzuklettern.

»Er muss abgestürzt sein«, dachte sie bei sich, »gewiss ist er tot.«

Das Leben eines weiteren Mannes würde Carrigi bestimmt nicht aufs Spiel setzen, denn er brauchte jeden für seine Rückreise nach Venedig.

Die Furcht vor einem oder gar mehreren Verfolgern ließ Anna nicht los. Sie schlug sicherheitshalber immer wieder einige Haken durch den Wald, um nicht entdeckt zu werden. Die Angst saß ihr unentwegt im Nacken. Erst allmählich wurde ihr bewusst, dass sie niemand mehr verfolgte und sie allein auf sich gestellt war. Je weiter Anna voranschritt, desto mehr spürte sie, dass es nun die unbekannten Gefahren der Berge waren, die auf sie lauerten. Sie musste auf der Hut sein. Das aufkommende Gefühl der Ungewissheit ließ ihr Herz verkrampfen.

Sie versuchte die Mächte der Angst zu zähmen und summte ganz leise, fast lautlos, die Melodie eines ihr vertrauten Liedes vor sich hin.

Wurzeldurchdrungene Pfade führten sie über eine Bergkuppe hinweg auf eine Ebene, die sie überquerte. Urwüchsige Baumgestalten von biblischem Alter und moosbesetzte Lärchen säumten ihren Weg. Auch die nächste Hügelkuppe überwand sie, bis sie realisierte, dass es langsam dämmerte und der Tag allmählich der Nacht wich.

Der Schneefall war heftiger geworden und Anna marschierte mittlerweile über eine weiße Fläche. Den Hut, den sie in die Seitentasche ihrer Jacke gesteckt hatte, trug sie inzwischen auf dem Kopf und hatte ihn tief ins Gesicht gezogen. Viel Zeit blieb ihr nicht mehr, sich vor der einsetzenden Dunkelheit und dem Schnee einen Unterschlupf zu suchen.

Mittlerweile spürte sie kaum noch ihre Schultern, denn sie hatte Moritz' schweren Rucksack auf dem Rücken. Bei seinem Abstieg hatte er den seinen mit ihrem ausgetauscht, um ihre Geige sicher nach unten zu bringen. Die war nun dummerweise in Carrigis Besitz geraten. Anna hätte vor Wut darüber laut schreien mögen.

Das Gewicht lastete schwer auf ihrem Rücken. Einerseits war es ein großes Unglück für sie, dass sie ihre Geige und ihren Rucksack verloren hatte, andererseits war es aber auch Glück, denn Moritz hatte mehr Proviant und einige Dinge eingepackt, die ihr sicher noch nützlich sein könnten.

Anna gelangte an einen Geröllsockel. Gigantische Felsbrocken türmten sich zusammen und auf ihren zerfurchten grauen Mänteln wuchsen Flechten und Moose. Einer der Felsbrocken hatte über sich einen weiteren Felsen, der wie ein Dach wirkte und ihr Schutz vor dem

Schneefall bieten würde. Außerdem hatte er eine Kuhle, die gerade groß genug war, um sich hineinzulegen. Wenn sie einige Zweige davor auftürmen würde, wäre sie gut versteckt. Der Platz schien Anna ein ideales Nachtquartier zu bieten.

Sie hielt vor dem Felsen an und nahm schwer atmend den Rucksack von den Schultern. Fast wäre sie dabei in die Knie gegangen. Sie taumelte, doch konnte sie sich noch mit beiden Händen an dem Felsen festhalten. Ihr ganzer Körper fühlte sich erschöpft und unglaublich schwach an. Ihre Beine bewegten sich staksig und zitterten.

Einen Moment blieb Anna wackelig stehen. Mit einem Mal überkam sie eine bleierne Müdigkeit und sie hegte nur den einen Wunsch, ihr auf der Stelle nachzugeben. Sie versuchte sich zu beherrschen und sammelte langsam Äste und Laub zusammen.

Die Blätter waren schon reichlich mit Schnee bedeckt. Anna schüttelte ihn ab und warf sie dann in die Kuhle. Die Äste türmte sie auf einen Stapel vor dem Unterschlupf auf. Dann nahm sie ein Wams aus dem Rucksack, legte ihn als Decke in die kleine Höhle und setzte sich hinein. Kaum dass sie saß, verspürte sie großen Hunger und biss ein Stück Brot ab, das sie zuvor aus dem Rucksack herausgefischt hatte. Der eine Happen musste genügen, denn die Erschöpfung und Müdigkeit waren übermächtig. Mit ein paar geschickten Handgriffen legte sie den Rucksack in die Kuhle, zog sich den Hut tiefer ins Gesicht, stülpte Moritz' Fäustlinge über, die sie bei seinen Sachen entdeckt hatte, und packte dann vorsichtig die Äste vor sich, bis der Unterschlupf gut bedeckt war. Kurz lauschte sie den Geräuschen vor ihrem Nachtquartier, in das noch etwas Licht hineindrang, obgleich sich die Dunkelheit mit Macht niedersenkte. Es verging nur ein kurzer Moment und sie schlief tief ein.

Als Anna wieder erwachte, fühlte sie eine unangenehme Schwere auf ihrem Körper lasten, als wollte der Fels, der über ihr emporragte und dessen Kuhle sie belagerte, sie nach und nach hinterhältig zerdrücken. Anna blieb still liegen und horchte auf den Rhythmus ihres Herzschlags. Sein langsames Tempo irritierte sie. Ihr Verstand versuchte ihr klarzumachen, dass sie noch lebte, doch war da eine beklemmende Macht, die Anna in eine andere Welt befördern wollte und sie lockte, in einen Dämmerzustand zu gleiten. Aber auf einmal spürte sie ein helles Licht, das ihr Gesicht berührte. Anna öffnete die Augen und tatsächlich drang ein kleiner Lichtstrahl durch eine schmale Ritze zu ihr hinein. Anna bemühte sich ihre Wahrnehmung zu schärfen.

»Es muss bereits Tag sein, kann es sein, dass ich sehr lange geschlafen habe?«, dachte sie. Im gleichen Moment taumelten resignierte Gedanken in ihrem Kopf herum:

»Schlaf weiter. Es ist so einfach, liegenzubleiben und für immer und ewig einzuschlafen. Was hält dich noch am Leben? Du hast alles verloren, auch Moritz. In den Bergen wirst du ohnehin über kurz oder lang erfrieren und verhungern. Hier gibt es niemanden, der dir hilft, oder bei dem du unterschlüpfen könntest. Wer verirrt sich schon in diese Gegend?«

Anna schloss die Augen und versuchte sich den Tod herbeizuwünschen. Sie horchte auf die Regungen ihres Körpers, die schienen bei der kleinsten Bewegung sehr lebendig zu sein.

»Deine Zeit ist noch lange nicht gekommen«, klang von Ferne die Stimme ihrer Mutter an ihr Ohr. »Du wirst leben. Denke an die Erfüllung deiner Träume.« Anna fuhr zusammen und gleich darauf überkamen sie Gefühle der Schuld.

Kampflos aufgeben, das entsprach doch gar nicht ihrem Wesen. Das Leben war viel zu kostbar, als dass man es einfach aufgeben könnte. Momente des Glücks hatte sie mit Moritz erlebt und erfahren, wie erfüllend es sein konnte, ein Instrument zu bauen. Bei diesen Gedanken ergriff sie eine innere Wärme, die sie unruhig werden ließ. Sie geriet in Bewegung, streckte sich vorsichtig und stellte erleichtert fest, dass ihr Köper noch überall Regung zeigte. Sie hatte sich, im Schutz der Felskuhle, keine Erfrierungen zugezogen.

Mit den Schuhen trat Anna gegen die Äste vor dem Unterschlupf, um sie wegzuschieben. Sie gaben nur ein kleines Stück nach und es rieselte eine reichliche Portion Schnee auf sie nieder. Anna schüttelte ihn von sich ab, er war kalt und weckte ihre Lebensgeister. Vorsichtig schlüpfte sie durch die kleine Lücke, die entstanden war. Als sie draußen auf den Beinen stand, staunte sie, denn sie sackte in eine tiefe Schneedecke ein.

Die ganze Berglandschaft, die sich vor ihr erstreckte, war mit Schnee bedeckt. Der Himmel war grau und setzte sich schmutzig von dem unberührten Schneezauber ab. Außerdem verhüllte er die Silhouette der Bergspitzen. Es war ungewöhnlich still und Anna verspürte etwas wie eine Geisterstimmung.

»Ob es hier oben fremdartige Bergwesen gibt?« Ein Schauer überlief sie und sie fing an zu zittern.

Schnell glitt sie in ihr sicheres Versteck zurück. Dort zog sie sich erst einmal das dicke Wams an, auf dem sie gelegen hatte und das noch etwas warm war. Gleich fühlte sie sich wohler, doch zitterte sie noch immer.

»Irgendetwas muss ich tun«, dachte sie. »Hier kann ich nicht lange bleiben, sonst werde ich erfrieren.« Sie rieb ihre Handflächen aneinander, nach einem Moment spürte sie, dass sie ganz langsam Wärme durchströmte. Da war auch wieder ihr Überlebenswille, der sie anfeuerte, etwas zu essen und den Weg fortzusetzen, zu einem ihr noch unbekannten Ort.

Anna verzehrte etwas von dem Brot und aß ein Stück Käse. Dann trank sie einen großen Schluck Wasser, packte alles zurück in den Rucksack und verschnürte ihn gewissenhaft. Dann kroch sie aus ihrer Behausung heraus.

Draußen hatte sich das Wetter noch nicht verbessert. Tiefgraue Wolken hingen wie Dämonen über den Bergen und schienen noch mehr Schnee bringen zu wollen. Anna setzte sich den Rucksack auf und stapfte mit festen Schritten durch den tiefen Schnee zu einer kleinen Waldlichtung hinüber. Dort wollte sie im Schutz der Bäume vorankommen und versuchen, ins nächstliegende Tal hinabzusteigen.

TEIL 3

Kapitel 26

Moritz stand nahe der kalten Mauer des *Prigione Nuove* und blickte durch ein kleines vergittertes Fenster hinaus in die Freiheit. Das Einzige, was er sehen konnte, war ab und an die gegenüberliegende Mauer des Dogenpalastes. Da es immer wieder finster wurde, vermutete Moritz, dass es vorüberziehende Wolken waren, die den eigentlich hellen Mondschein verdeckten und wieder freigaben.

Wenn der Mond sein Licht hinab auf die *Serenissima* werfen konnte, dann spiegelte sich sein Glitzern, das die Wasseroberfläche des *Rio di Palazzo* tänzelnd beherrschte, auf der Mauer des Dogenpalastes wieder. Flirrende Lichtreflexe huschten wie Wassergeister über die verwitterten Steine und verzauberten sie für Augenblicke wundersam, bis sie wieder verschwanden.

Eigentlich hätte es ein romantischer Abend sein können, eine Nacht, in der Moritz mit Anna in einer der zahlreichen Gondeln hätte glücklich umherschippern können. Leider musste dies ein sehnsuchtsvoller Traum bleiben, denn alles war ganz anders gekommen, als sie es sich beide gewünscht hatten.

Moritz nahm Annas Geige zur Hand und spielte auf ihr ein paar Töne. Langsam und wehmütig strich er über die einzelnen Saiten, behutsam und zärtlich lockte er die Klänge aus ihr heraus. Nur die Violine war ihm von Anna geblieben.

Immer wieder quälten Moritz Gedanken und Befürchtungen überkamen ihn, er habe Anna für immer verloren und sie könne sich in den Bergen verletzt haben. Die Vorstellung, dass es ihr vielleicht schlecht ergehe, war für ihn kaum zu ertragen. Manches Mal jedoch, wenn diese Ängste in ihm aufstiegen, spürte er einen Hoffnungsschimmer, der ihm ein Gefühl von Stärke verlieh und ihn anspornte, durchzuhalten und auf ein Wiedersehen mit Anna zu hoffen.

Moritz saß noch gar nicht lange im Gefängnis, er war mit Carrigi und seinen Männern erst vor Kurzem in diese außergewöhnliche Stadt gekommen, die wie eine Alge auf dem Wasser lebte und von zahlreichen, langfingrigen Kanälen durchfurcht wurde. Venedig hatte etwas Schönes an sich, doch gleichzeitig haftete ihr etwas Morbides und Unheimliches an, denn das Kanalwasser nagte wie Skylla, das Meeresungeheuer, an den Fundamenten der *Palazzi*, als wolle es sie verschlingen und in die Tiefe hinabziehen.

»Wenn ich etwas zu tun hätte!«, dachte Moritz täglich.

Die Enge des Raumes und die Zeit, die nicht vergehen wollte, machten ihn schläfrig und trübsinnig. Man hatte ihm angekündigt, dass er einen Zellennachbarn bekommen würde, der ein gemeiner Dieb sei. Moritz war es nicht wichtig, was diese Person getan hatte, was für ihn zählte, war die Tatsache, dass er dann nicht mehr allein sein würde und er mit jemandem reden könnte. Bestimmt würde ihm der Dieb einiges über Venedig erzählen, gewiss kannte er die Stadt wie seine Westentasche und geheime Winkel und Schlupflöcher zum Abtauchen.

Moritz vermisste seine Arbeit und spürte in dem dreckigen Kerker jetzt noch mehr, wie besonders schön und erfüllend zugleich es gewesen war, ein Geigenbauer und Musiker zu sein.

Mehrmals am Tag durchschritt er seine Zelle, um bei Kräften zu bleiben. Noch hatte man ihn keinem Gericht vorgeführt, kein Urteil war über ihn gesprochen worden. Auch hatte er keine Möglichkeit erhalten, Worte der Verteidigung vorzubringen.

Sebastian und Alois waren von seiner Unschuld überzeugt gewesen, das hatten sie ihm auf einen Zettel geschrieben und ihm diesen heimlich bei seiner Abreise zugesteckt.

»Wir glauben dir, dass du niemanden vorsätzlich umgebracht oder gar hingerichtet hast. Gleichwohl wissen wir, dass du kein gemeiner Dieb bist. Leb wohl, Moritz, Gott sei dein Begleiter; er wird dafür sorgen, dass der Richtige bestraft wird. Der Tag wird kommen, da werden wir uns wiedersehen. Gez. Deine Freunde Alois und Sebastian«

Moritz war von der Loyalität seiner Freunde sehr gerührt, doch musste er seine Unschuld dem venezianischen Gericht beweisen. Das würde eine schwierige Aufgabe werden, zumal er Annas Geige bei sich trug, von der Carrigi behauptete, Moritz habe sie Dürnholz gestohlen und den Meister umgebracht, weil er ihm im Wege gewesen sei. Umso mehr wunderte es Moritz, das man ihm das Instrument nicht abgenommen hatte. Vielleicht hoffte Carrigi, dass der Klang des Instrumentes noch an Qualität gewinnen würde, wenn ein Könner weiter auf ihm spielte? Vermutlich hatten sie ihn deswegen etwas höher eingesperrt, damit die Violine nicht unter zu viel Feuchtigkeit leiden konnte? Der Söldner hatte den unteren Teil des Gefängnisses als *pozzo,* einen Brunnen, bezeichnet. Dies war wohl ein Hinweis auf die nassen Gemäuer. Im Dachgeschoss gab es die *piombi,* die Bleikammern. Auch diese waren wegen der Hitze ungeeignet für eine Violine und den Inhaftierten ohnehin.

Carrigi wusste um Moritz' geigerisches Talent, denn er hatte ihn manches Mal auf der Reise aufgefordert, für ihn zu spielen. Moritz hatte die Gelegenheit immer gerne angenommen. Es war eine willkommene Abwechslung für ihn gewesen und er konnte sich hervorragend von den Befürchtungen der bevorstehenden Haft ablenken. Versunken in seine Musik war alles leichter zu ertragen.

Den ganzen Weg von Mittenwald nach Venedig hatte Moritz versucht, einen Fluchtplan zu schmieden, dummerweise war er keinen Moment allein gewesen. Immer hatte Carrigi einen seiner Männer neben Moritz postiert. Auch wenn er nur darum gebeten hatte, pinkeln gehen zu dürfen, war jemand an seiner Seite gewesen, um ihn zu bewachen.

Nur eine Situation hatte es in den Bergen gegeben, da hätte Moritz fliehen können. Gleich zu Beginn ihrer Reise, nachdem sie Mittenwald verlassen hatten und die ersten kleineren Bergrücken überquerten, waren sie in einen Schneesturm geraten. In aller Eile mussten sie ein Quartier für die Nacht finden und da war ihnen im Schneegestöber ein Esel ausgebüchst. Er verschwand einfach in einen Vorhang aus Schneeflocken und tauchte nicht wieder auf, ebenso wie einer der Männer, den Carrigi hinter dem Esel hergeschickt hatte. Moritz hätte es ihm gleichtun können, doch war er von der Situation und den schmachvollen Eindrücken seiner Verhaftung beherrscht. Er erkannte die Fluchtmöglichkeit nicht gleich und reagierte zu langsam. Bevor er überhaupt einen Fuß anheben konnte, um davonzueilen, hatte ihn bereits jemand am Arm gepackt und unter eine Erle gezerrt.

Moritz hatte auf eine nächste Möglichkeit gehofft, doch die hatte sich nicht mehr eingestellt.

Erschöpft von den Strapazen der langen Reise waren sie dann endlich nach vierzehn Tagen in der Lagunenstadt angekommen. Carrigi hatte Moritz unverzüglich zum Dogenpalast gebracht. Dort ließ man ihn zunächst unter Bewachung in einem kalten Gang stehen, doch kurz darauf führte man ihn in eine Zelle des *Prigione Nuove,* in der er sich seitdem noch immer alleine befand.

Moritz hatte die Augen geschlossen und sah, während er auf der Geige strich, Anna vor sich. Ihr fein geschnittenes Gesicht, die Mandelaugen, die kleine Nase und ihr wundervoll gelocktes Haar.

Mitten in seinem Spiel zuckte er zusammen, denn er hörte laute Stimmen und ein Rumpeln vor der Tür. Dann wurde die Zellentür aufgerissen. Im Lichtschein einer Kerze konnte Moritz eine kleine Gestalt erkennen, die in seine Zelle hineingeschubst wurde. Die Person strauchelte und ging in die Knie. Hinter ihr fiel die Tür krachend ins Schloss.

Augenblicklich legte Moritz die Geige in den Kasten zurück und wendete sich zu der Gestalt hin, deren Anwesenheit er nicht sehen, nur hören konnte, denn sie atmete schwer.

»Wer ist da? Kann ich Euch helfen? Wer seid Ihr?«, flüsterte Moritz.

Es verging ein Moment, dann antwortete eine brüchige, alte Stimme:

»Friedrich heiße ich. Kommt her und helft mir auf.«

Moritz ging in die Hocke und bewegte sich behutsam vorwärts. Er wollte den Mann unter keinen Umständen treten oder gar selber über ihn stolpern. Mit seiner ausgestreckten Hand tastete er über den Boden.

Zunächst spürte er nur die kalten Steine, Sandkörner und Stroh, das in der Zelle verteilt war und zum Schlafen und verdecken der Notdurft gedacht war. Doch dann ertastete er etwas Warmes, es war die Schulter des Mannes, der auf dem Boden kauerte.

»Lasst mich Euch aufhelfen«, bat Moritz, »haltet Euch an mir fest.«

Der Mann nahm Moritz' Hilfe dankend an und nach einem kurzen Moment schaffte er es, wieder auf eigenen Beinen zu stehen.

»Ich führe Euch zum Fenster hinüber«, meinte Moritz. »Wenn der Mond uns gnädig ist, können wir einander ansehen.«

Mit langsamen, schlurfenden Schritten näherten sie sich der Fensternische.

Dort lehnte sich der Mann an der Mauer an und schnaufte angestrengt. Auch Moritz war außer Puste geraten, denn er hatte sich zu dem Mann hinunterbeugen müssen, um ihn während des Gehens zu stützen.

Eine Weile standen sie schweigend beisammen, da erhellte sich draußen die Nacht. Moritz wendete seinen Blick zu dem alten Mann hin, dessen Mundwinkel sich zu einem freundlichen Lächeln verzogen.

Moritz stockte der Atem, als er in dessen Gesicht schaute. Tränen traten ihm in die Augen und ohne ein Wort zu sagen, schloss er den Mann in seine Arme.

Kapitel 27

Anna war bereits eine ganze Weile unterwegs. Sie spürte ihre Füße kaum noch, auch schienen ihre Hände von der Kälte wie erstarrt zu sein. Sie kam nur langsam voran, denn der Schnee lag hoch und es war sehr anstrengend hindurchzustapfen.

Zunächst war Anna durch die Fichtenschonung gewandert. Dort war der Schnee zwar nicht allzu üppig gewesen, doch erschwerten immer wieder sowohl umgestürzte Bäume und Äste als auch knorrige Wurzeln ein zügiges Vorankommen.

Nachdem Anna den Wald hinter sich gelassen hatte, zeigte sich eine große schneebedeckte Fläche, über der sich der noch immer wolkenverhangene Himmel breit machte. Anna hatte kaum Sicht. Doch gab es keine andere Wahl für sie als weiterzugehen, denn weit und breit konnte sie nichts entdecken, das ihr Schutz für eine Rast geben würde. Sie beschloss, so weit zu gehen, bis sie nicht mehr konnte.

Vorsichtig setzte Anna einen Fuß vor den anderen, überwand das langgezogene Schneefeld und noch ein weiteres, das zunächst leicht bergab, dann aber wieder bergauf führte. Als sie den höchsten Punkt erreicht hatte, blieb sie für einen Moment stehen und versuchte ihren schnell gehenden Atem wieder zu beruhigen. Da erblickte sie gar nicht weit entfernt etwas Dunkles.

Nachdem sie wieder ruhiger atmete, näherte sie sich langsam dem dunklen Etwas. Nach ein paar Metern erkannte sie, dass es ein Holzhaus war, auf das sie zuging.

»Bitte lass dort jemanden wohnen«, flehte Anna innerlich. Sie spürte, dass ihre Kraft mehr und mehr nachließ und dass sie sich bald nicht mehr würde bewegen können. Ihre Hände und Füße waren eiskalt und nahezu leblos.

»Bis dorthin muss ich es noch schaffen«, dachte sie.

Entschlossen ging sie weiter, Schritt für Schritt stapfte sie voran. Endlich stand sie keuchend vor dem schneebedeckten Holzhaus, dessen Wände von der Sonne verbrannt waren und Anna tiefschwarz anschauten.

Vor dem Haus befand sich ein kleiner Pfad, der vom Schnee befreit war.

»Es wohnt also jemand dort«, dachte Anna und spürte eine schwache Erleichterung. »Ist da jemand? Hallo?«, rief sie und war erschrocken darüber, wie kraftlos sie war. Noch einmal versuchte sie mit letzter Energie auf sich aufmerksam zu machen. Da hörte sie von drinnen schlurfende Schritte und es öffnete sich langsam die Tür. Eine Frau trat heraus, die ein Wams und einen einfachen Rock trug.

»Mein Gott«, rief diese, als sie Anna erblickte. »Was treibts Euch bei diesem Wetter in den Bergen umher? Ihr seids ja halb erfroren. Kommts schnell herein.«

Bevor Anna weiter darum bitten musste, hatte die Frau sie bereits hineingezogen. In der Stube brannte ein warmes Feuer. Die Frau schob einen Stuhl vor die Feuerstelle und drückte sie darauf. Dann zog sie ihr den Rucksack aus und holte noch eine Decke herbei, die sie um ihre Schultern wickelte.

Anna ließ alles geschehen. Sie blieb einfach nur sitzen, versuchte ihre Atmung zu beruhigen und spürte die Wärme des Feuers, die langsam an ihr heraufkroch. Sie hielt die Finger zitternd zum Feuer hin, doch war sie nicht fähig, sie zu bewegen.

»Meine Füße ..., ich spüre sie nicht ...«, sagte sie mit brüchiger Stimme zu der Frau, die mit einer Schüssel Wasser herbeikam. Ohne ein Wort zu sagen, griff die Frau nach Annas Stiefeln und streifte sie vorsichtig ab. Anna fühlte nichts dabei, denn ihre Füße waren wie zu Eis erstarrt. Sie sah, dass die Frau ihre Zehen feucht abtupfte und sie vorsichtig massierte, hernach legte sie dampfende Lappen um beide Füße. Dies wiederholte sie nach ein paar Minuten erneut. Zunächst verspürte Anna überhaupt nichts. Doch nach einer Weile war da ein Kribbeln, erst in den Fingerspitzen und dann in den Fußzehen.

»Ich merke etwas, meine Hände und Füße sind Gott sei Dank nicht erfroren«, sagte sie leise. Die Frau sah kurz auf und meinte nur knapp: »Gott sei's gedankt.« Dann erneuerte sie die Tücher.

Große Erleichterung überkam Anna, fast hätte sie angefangen zu weinen, denn Gott hatte sie anscheinend doch nicht verlassen, auch wenn es für sie seit Langem so aussah. Sie riss sich dennoch zusammen, denn für die Bäuerin war sie ein Mann, und da schickte es sich nicht an, Tränen zu vergießen und Gefühle der Schwäche zu zeigen.

Mit langsamen Bewegungen rieb sie ihre Handflächen aneinander und nach einiger Zeit konnte sie Hände und Füße wieder bewegen. Wärme floss hindurch und das Kribbeln verwandelte sich in ein Bitzeln, als ob Tausende von Nadeln auf sie einstechen würden. Das war einerseits höllisch unangenehm und tat sehr weh, doch auf der anderen Seite zeigte es Anna, dass Leben in ihre Füße zurückgekehrt war. Deshalb ertrug sie die Schmerzen tapfer.

Nachdem sich die Frau ausgiebig um Annas Füße gekümmert hatte, stand sie auf, nahm eine Holzschüssel in die Hand und schöpfte aus einem großen Topf, der über dem Feuer hing, Suppe hinein.

»Hier, die wirds Euch stärken«, sagte sie freundlich und reichte Anna einen Löffel. Diese spürte nun die wohltuende Wärme des Tellers an ihren Händen. Minutenlang hielt sie ihn umschlungen, ohne etwas davon zu essen, obwohl die Suppe wunderbar duftete und sie großen Hunger hatte.

»Ich lebe und bin nicht erfroren. Das muss ein Zeichen sein«, dachte sie bei sich und ein kurzes Gebet des Dankes huschte über ihre Lippen.

»Danke, Gott.«

»Essts«, hörte sie die Stimme der Frau. Da nahm Anna den Löffel zur Hand und aß die Suppe auf. Kein Tröpfchen blieb übrig. Die heiße Brühe schmeckte nach Lauch und überrascht stellte Anna fest, dass auch etwas Fleisch darin schwamm. Einen Nachschlag, den ihr die Bergbäuerin anbot, nahm sie dankend an.

Nachdem sie gegessen hatte, fühlte sie sich bedeutend wohler, fast energiegeladen, doch ans Weitergehen war nicht zu denken. Draußen hatte es inzwischen aufgefrischt und Schneeflocken tobten erneut hernieder, vorbei an den beiden Fenstern, die sich in dem Haus befanden.

Anna schaute sich etwas näher um. Der Raum war einfach eingerichtet, aber sehr sauber. Ein Vorhang trennte ihn von einem Bereich ab, der wohl als Schlafraum diente. Eine Bank stand in der Ecke, ein Tisch, ein Schrank, auf dem sich ein gedrechselter Kerzenleuchter und eine Schale befanden. Von der Decke herab hingen, quer durch den Raum an einer Leine angebunden, getrocknete Blumen und Kräuter. Einige von ihnen kannte Anna gut. Ihre Mutter hatte dies früher genauso gemacht, um die Pflanzen zu trocknen und die Samen für ihren Tee zu gewinnen.

»Ob die Bäuerin auch so etwas zubereitet?«, dachte Anna und seufzte. Ihr Blick blieb nun an einem Bündel hängen, das an der Wand lehnte. Heraus schaute etwas Hölzernes.

»Das ist doch eine Geige«, sagte sie erfreut. Sie schaute die Bäuerin bittend an. »Ich sehe, Ihr habt dort ein Instrument stehen, darf ich es zur Hand nehmen? Mir ist meines abhanden gekommen.«

Die Frau nickte. Anna erhob sich langsam, um sich das Bündel näher anzuschauen. Jede Bewegung tat ihr weh und die Füße fühlten sich schwer an. Doch sie erreichte ihr Ziel, bückte sich schwerfällig und nahm es hoch. In diesem Moment rumpelte es an der Tür. Sogleich wurde sie geöffnet und herein trat ein Mann, der wohl der Herr des Hauses war.

»Was suchts der hier, Frau«, ereiferte er sich augenblicklich. »Lassts sofort das Instrument los.«

Anna senkte den Arm und schaute den Mann erschöpft an.

»Lass gut sein Mann«, mischte sich die Frau ein. »Der junge Mann stand halb erfroren vor unserer Tür. Er hat sich nur am Feuer aufgewärmt und etwas gegessen.«

»Was machts Ihr bei diesem Wetter in den Bergen?«, richtete der Mann erneut das Wort an Anna. »Ihr seids wohl lebensmüde. Erst läuft uns ein Esel zu und dann tauchts Ihr bei schlimmstem Wetter hier auf.«

»... Esel ...«, dachte Anna ängstlich. Es musste einer von Carrigis Eseln sein, der mit Moritz auf dem Weg durch die Berge war. Anna packte, ohne eine Antwort zu geben, vorsichtig die Geige aus. Es war ein Instrument aus Dürnholz' Werkstatt, da war sie sich sicher, auch wenn keine Initialen darauf hinwiesen. Die Schnecke erkannte sie wieder und die war unverwechselbar Dürnholz' Hand erwachsen, da gab es für Anna keinen Zweifel. Sie war grob geschnitzt und nicht ganz symmetrisch. Damit hatte es der Meister nie so genau genommen.

»Kennts Ihr das Instrument?«, hörte Anna den Mann fragen. »Warts Ihr gar mit dem Esel unterwegs und habts Euch mit ihm hierher verirrt?«

Anna musste eine Erklärung für ihr Auftauchen finden. Sie nahm die Worte des Mannes als hilfreiche Brücke und erfand ein Inszenario, bei dem sie mit dem Esel in einem Trupp unterwegs gewesen war und sich das Tier plötzlich losgerissen hatte. Hals über Kopf war sie dem Esel hinterhergeeilt, da sich die Geige auf dessen Rücken im Gepäck befand. Doch der Esel war nicht aufzufinden gewesen, er musste wohl vor dem Schneefall Schutz gesucht haben. Und so waren sie beide alleine in den Bergen herumgeirrt.

Der Mann musterte Anna argwöhnisch. Doch die Frau schaute ihn bittend an: »Lass ab, Mann, es ist ein harmloser Reisender.«

»Wo wollts denn hin?«, fragte der Bauer weiter und ließ sich von seiner Frau nicht beirren.

»Nach Venedig«, meinte Anna, doch ärgerte sie sich über ihre Spontanität. Der Bauer stellte gleich die nächste Frage.

»So, so, dann seids Ihr wohl Schmuggler?«

»Nein, gewiss nicht«, versuchte Anna den Mann zu besänftigen, der sie verärgert anfunkelte.

»Ach, aber dass es hier in der Nähe einen Schmugglerpfad gibt, wissts ihr schon?«

»Nein«, sagte Anna diesmal wahrheitsgemäß. »Ich hatte mich mit meinem Esel nur dem Trupp angeschlossen. Ich gehöre gar nicht zu denen. Ich will nach Venedig, um meinen Onkel zu besuchen.«

»Womit verdient Ihr Euer Brot?«, wollte der Bauer jetzt wissen. Anna hatte ihn noch immer nicht von ihrer Harmlosigkeit überzeugen können.

»Ich bin Musiker«, schwindelte sie.

»Aha, na dann könnts Ihr gewiss Geige fiedeln. Los, dann nehmts sie zur Hand und spielts.«

Annas Herz begann zu rasen. Ihre Finger schmerzten noch immer, doch sie wollte es versuchen.

»Lass doch den jungen Mann, er ist bestimmt noch halb erfroren.« Der Bergbauer warf ihr einen mahnenden Blick zu, sie verstummte umgehend.

Anna nahm die Geige zur Hand und strich über die einzelnen Saiten. Das Instrument war arg verstimmt, doch sie hatte die Tonhöhe der A-Saite im Ohr und stimmte es danach fein aus. Dann begann sie ein kleines Stück zu spielen. Ihre Finger waren nicht so beweglich wie sonst und deshalb fiel ihr Vortrag unspektakulär und eher langweilig aus.

»Und damit könnts Ihr für Euren Lebensunterhalt sorgen? Kaum zu fassen«, meinte der Bergbauer ungläubig und schaute sein Weib an. Dieses warf ihm einen milden Blick zu. Der Bauer brummte unwirsch, dann bot er Anna einen Schlafplatz für die Nacht an.

»Seids mein Gast, aber morgen will ich Euch nimmer hier sehen.«

Anna legte die Geige erleichtert zurück. Was morgen sein würde, daran wollte sie nicht denken. Das hatte sie sich abgewöhnt, denn es war bisher immer alles ganz anders gekommen, als sie es gedacht hatte.

Kapitel 28

Es war Annas Onkel, den Moritz umarmte, und es waren ihre Augen, die ihn anblickten, die gleiche Farbe und die gleiche Form.

»Friedrich?«, stammelte er, »Ihr müsst Annas Onkel sein?«

Der Mann schaute Moritz erstaunt an und schob ihn etwas von sich weg. »Woher kennt Ihr meinen Namen? Und weshalb kennt Ihr Anna? Was ist mit ihr, sie lebt doch weit von hier entfernt, in Augsburg? Sprecht! Ist etwas passiert? Was ist mit Annas Familie, sind etwa alle hier in Venedig?«

Friedrichs Gesichtsausdruck zeigte Angst, doch bei den letzten Worten hatte sich ein kleiner Hoffnungsschimmer in einem erwartungsvollen Lächeln gezeigt.

Moritz räusperte sich, es fiel ihm schwer, Annas Onkel enttäuschen zu müssen und ihm die grausame Wahrheit zu erzählen, doch hatte dieser natürlich das Recht darauf, alles zu erfahren.

Moritz begann ihm schweren Herzens zu erzählen, was Anna und ihrer Familie zugestoßen war.

»Eurer Schwester und Eurer Nichte ist ein großes Unglück widerfahren«, fing er an und hielt inne, denn er spürte einen anschwellenden Kloß in seinem Hals. Der wollte ihm für einen Moment die Luft wegnehmen.

»Sprecht weiter«, meinte Friedrich mit trauriger Stimme. »Ich möchte erfahren, was sich zugetragen hat.« Moritz musste husten. Als er sich beruhigt hatte, erzählte er, was in Augsburg passiert war.

»....Anna hatte das Glück und konnte dem Inquisitor und seinen Mannen entkommen. Ein Bergrutsch hat deren erbärmliches Leben ausgelöscht. Eure Nichte hat fortan in der Gestalt eines Mannes in Mittenwald Unterschlupf bei einem Geigenbaumeister namens Dürnholz gefunden. Unglücklicherweise kamen der Geigenbaumeister und ein venezianischer Söldner namens Carrigi hinter Annas Geheimnis. Bei einem Streit zwischen den beiden kam Dürnholz ums Leben. Der Venezianer wollte Eure Nichte ehelichen, doch hatten Anna und ich längst die Liebe füreinander entdeckt. Es blieb uns nur die Flucht. Noch in der gleichen Nacht muss Carrigi Dürnholz mit zahlreichen Messerstichen gelyncht haben. Bei unserer Flucht haben Anna und ich uns trennen müssen. Mich hat man festgenommen und, wie ihr seht, bis nach Venedig gebracht, doch Eure Nichte konnte entkommen. Der Söldner hat dafür gesorgt, dass man mich wegen Mordes und Diebstahl anklagt und wohl auch deswegen verurteilen wird. Da er in Venedig ein angesehener Offizier ist, wird man ihm sicher eher glauben und mir eine lange Haftstrafe aufbrummen.« Schlimmeres mochte sich Moritz nicht ausmalen.

Friedrich schaute Moritz entsetzt und ungläubig an, ihm standen Tränen in den Augen. Es folgte eine lange Pause.

Moritz legte den Kopf an die Mauer. Er fühlte sich leer und hoffnungslos.

Dass ihm der Strang den Tod bringen würde, glaubte er nicht. Aber er war sich bewusst, dass seine Kerkerhaft nur durch eine unvorhersehbare Fügung abgewendet werden könnte, gleichwohl er unschuldig war.

Annas Onkel legte Moritz die Hand auf die Schulter. Sie standen eine Weile an der Mauer und blickten aus dem kleinen Fenster hinaus in die dunkle Nacht.

»Was für ein Unglück«, meinte Friedrich und unterbrach die Stille. »Meine unglückselige Schwester.«

Moritz löste sich langsam aus seiner Starre. Er schaute Friedrich an.

»Sagt, warum hat man Euch in dieses dreckige Loch gesperrt? Was wird Euch angelastet?«

Friedrich räusperte sich kurz und meinte dann schief grinsend:

»Diebstahl. Man hat mich auf frischer Tat ertappt, weil ich mich zu ungeschickt angestellt habe.«

Moritz sah Annas Onkel überrascht an. Das hatte er nicht erwartet, Friedrich war ein Dieb?

»Setzt Euch«, bat Friedrich. Moritz war neugierig, was dieser zu erzählen hatte und ging augenblicklich in die Knie. Während Friedrich erzählte, spürte Moritz kaum mehr die Kälte, die in seinem Nacken saß. Er folgte gebannt den Schilderungen.

»Lange Zeit war ich ein ehrbarer Apotheker in Venedig«, begann Friedrich. »Mit meiner Frau und meinem Sohn lebte ich gleich über dem Laden. Die Geschäfte gingen gut und wir hatten viel Kundschaft, auch aus der gehobenen Gesellschaft. Eines Tages besuchte mich ein aufgeregter *signore*, namens Benedetto Perosi, er schilderte mir, dass seine Tochter an einem schlimmen Fieber erkrankt und nicht mehr ansprechbar sei. Er bat mich um eine heilende Medizin. Ich bereitete ihm diese binnen weniger Minuten nach einer alten Rezeptur zu. Perosi nahm diese dankbar an und eilte damit nach Hause. Am darauffolgenden Tag musste ich eine kleine Reise antreten, weil ich mir bei einem befreundeten Medicus Rat für ein wirksames Mittel einholen wollte, das Linderung bei Gelenkschmerzen bringen sollte. Als ich von meinem Besuch zurückkam, fand ich meine Apotheke verwüstet vor. Meine Frau und mein Sohn waren … tot …«, Friedrichs Gesicht zeichnete Entsetzen, Moritz konnte seine letzten Worte, die dem Alten nur brüchig über die Lippen gekommen waren, kaum verstehen. Es entstand Stille, die Moritz nicht zu unterbrechen wagte. Dann erzählte Friedrich weiter.

»Es muss Perosi gewesen sein, ich erfuhr, dass sowohl seine Tochter als auch seine Frau an dem hohen Fieber gestorben waren. Und dass man ihn an diesem schrecklichen Tag mit einigen Männern vor unserem Haus gesehen hatte. Von dem Überfall wollte keiner etwas gesehen haben. Ich spürte, dass die Nachbarn, die ich fragte, etwas zu verbergen hatten und mir nicht die ganze Wahrheit sagten. In ihren Gesichtern erkannte ich übermächtige Angst. Ich erfuhr nie, was sich wirklich zugetragen hatte.

Perosi hat mit seinen Mannen sicher aus Rache gehandelt, in dem Glauben, dass ich ihm die falsche Medizin gegeben hatte. Gewiss machte er mich für den Tod seiner Familie verantwortlich.

Nach diesem Ereignis war ich unfähig, meine Apotheke weiterzuführen. Ich begrub meine Frau und meinen Sohn und schwor Vergeltung.« Friedrich räusperte sich.

»Ich bin kein böser Mensch, das müsst Ihr mir glauben, ich wollte immer nur das Beste für meine Familie und diejenigen, die mich um Rat und Hilfe baten. Ich nahm mir vor, niemanden umzubringen. Doch wollte ich den wohlhabenden Venezianern zeigen, zu denen ja auch Perosi gehört und in deren Gesellschaft er verkehrt, sowie seinen Mitverschwörern, wie klein und schwach sie sind, wenn man sie ihres Geldes und ihrer Kostbarkeiten beraubt. Und wie unsicher sie sich mit einem Mal fühlen und verhalten würden.

Ich begann nachts auszukundschaften, wo Perosi wohnte. Das war gar nicht leicht, denn der *diavolo* in Menschengestalt hatte sich zurückgezogen. Doch nach einiger Zeit hatte ich Glück und bekam seinen Wohnort heraus. Er lebte in einer großen Villa am *Rio Terra*. Als es an einem der folgenden Abende dunkel wurde, kletterte ich nahe seiner Villa an einer Efeuranke zu einem kleinen Balkon hinauf. Von dort aus konnte ich mühelos das Dach erreichen. Die terrakottafarbenen Ziegel entlang schlich ich wie eine Katze, geschickt und flink, zu Perosis Haus. Dort rutschte ich vorsichtig an einer Regenrinne zu einem kleinen Balkon hinunter. Ohne Schwierigkeiten schlüpfte ich durch ein angelehntes Fenster zu dem heimtückischen Mörder hinein. Ich füllte meine Taschen mit Dingen, die auf seinem Schreibtisch und in den Schubladen lagen, und trat den Rückzug wieder an. Er gelang mir mühelos. Ich hatte den schnarchenden Perosi in seinem Bett liegen gesehen. Wäre er aufgewacht, hätte ich ihm sicher einen Kelch auf den Kopf geschlagen, um ihn ruhigzustellen. Doch dazu war es nicht gekommen, denn ich war leise unterwegs wie ein Schatten.

In den darauffolgenden Nächten nahm ich mir andere Villen vor und nach geraumer Zeit hatte ich einen prächtigen Schatz erbeutet. Daraufhin legte ich eine Pause ein und ging unter Menschen. Allerdings mit einer Maske und einem Hut, denn es war Karnevalszeit. Dies kam mir sehr gelegen und ich fiel gar nicht weiter auf. Ich erfuhr, dass sich die reichen Venezianer von einem geheimnisvollen Dieb erzählten, der des Nachts unterwegs sei und sie im Schlaf beraube. Niemand habe ihn bisher zu Gesicht bekommen, keiner ihn je auf frischer Tat ertappt.

Jeder erzählte, welche Kostbarkeiten der Dieb gestohlen hatte. Es waren stets die kleinen Dinge, die für die Bestohlenen von größtem Wert waren. Bei Perosi hatte ich wohl einen Saphirring entwendet, den er seiner verstorbenen Frau von einer weiten Reise mitgebracht hatte. Sie hatte ihn täglich getragen und der Verlust dieses Schmuckstückes war für ihn durch nichts zu ersetzen. Es war das einzige Erinnerungsstück an sie und er hatte sehr daran gehangen. Bei den anderen hatte ich ähnlich Bedeutendes erbeutet.

Langsam wurden die Venezianer unruhig, sie hatten Angst vor dem *Unsichtbaren,* der in der Lagunenstadt sein Unwesen trieb.

Perosi war außer sich vor Wut und schwor, den gemeinen Dieb zu fassen und vor ein Gericht zu stellen. Doch führten ihn seine Geschäfte unerwartet aus Venedig fort.

Ich nahm mir vor, die Venezianer für einige Zeit in Ruhe zu lassen. Es verstrichen Monate, ohne dass ich auf Diebestour ging. Doch dann schlug ich erneut zu, als sich die Reichen längst wieder in Sicherheit wähnten. Dummerweise wurde dies mein Verhängnis, denn bei dem Versuch, aus einer Villa zu verschwinden, rutschte ich auf dem Dach aus und fiel unglücklich bis zum Dachsims hinab. Ich konnte mich zwar abfangen, von dort aus weiterklettern und hinabsteigen, doch hatte man mich bemerkt und Alarm geschlagen. Als ich wieder festen Boden unter den Füßen hatte und davoneilen wollte, standen bereits die *Carabinieri* bereit und sperrten mich ohne Umschweife in dieses muffige Gefängnis. Da sitze ich nun schon einige Wochen ein. Jedoch nicht wie Ihr im *Prigione Nuove,* sondern im alten Gefängnis, dem *Prigione Vecchio.* Man hat mich in eine der *Pozzi* gesteckt und wir hatten lange *Aqua alta,* mehrere Tage stand mir das Wasser fast bis zu den Knien. Auch meine Pritsche schwamm mehr oder weniger auf dem Wasser und es war unentwegt nass, auch als das Wasser wieder ging.«

Friedrich überkam bei den letzten Worten ein fürchterlicher Hustenanfall. »Mit mir zusammen, saß ein Mann ein, der auf dem Markt einen Laib Brot gestohlen hat. Gestern hat man ihn abgeholt, leider Gottes ist er nicht zurückgebracht worden. Als man mich heute Morgen holen kam, dachte ich, mein letztes Stündlein habe geschlagen.« Friedrich hustete erneut und hielt sich seinen Jackenärmel vor den Mund. »Sterben werde ich ohnehin, weil ich mir in den verdammten Gemäuern diesen Husten eingefangen habe und nichts gegen ihn tun kann. Jetzt könnten mir die Wurzeln der Bryonia helfen, kennt Ihr diese Pflanze?«

Moritz schüttelte den Kopf. Noch nie hatte er von einer Pflanze mit diesem Namen gehört.

»Kaum einer weiß von ihr«, fuhr Friedrich fort. »Doch diese Pflanze hat eine unglaubliche Wirkungskraft. Sie wächst auf der Friedhofsinsel *San Michele*. Ein Sud aus ihrer Wurzel wirkt Wunder bei schlimmem Auswurf und ein Sud aus einer Handvoll Beeren heilt Entzündungen in den Gelenken. Wenn man allerdings jemandem nach dem Leben trachtet, genügt die doppelte Portion, um denjenigen zu ermorden.« Friedrich räusperte sich heftig. »*Che cazzo*! Verdammter Mist, für mich ist es leider zu spät.«

»Verzagt nicht. So schnell stirbt es sich nun auch wieder nicht«, meinte Moritz, doch spürte er, dass bereits der Tod an Friedrich nagte. Denn er hatte Blutflecken in dessen Armbeuge gesehen, die er sich beim Husten vor den Mund gehalten hatte.

»Lass uns jetzt schlafen und ausruhen«, meinte Friedrich mit leiser Stimme. »Wer weiß, was die nächsten Tage bringen werden?«

Moritz konnte lange nicht einschlafen, denn er horchte voller Besorgnis auf Friedrichs Röcheln.

Kapitel 29

Die folgenden Tage verbrachte Anna in der Hütte des Bergbauernehepaares, denn es schneite unentwegt.

»Wir sinds ein Einödhof«, hatte ihr die Bäuerin zu Beginn ihres Aufenthalts erklärt, als Anna den Gedanken verwerfen musste, nach draußen zu gehen. Die Bäuerin päppelte sie mit heißem Tee aus Thymian, Schafgarbe und Beifuß auf. Tatsächlich fühlte sich Anna nach ein paar Tagen wieder viel besser. Sie spürte nichts mehr von ihren Verkühlungen und auch ihre mentale Stärke und Zuversicht kehrten zurück.

Dem Tag schlossen sich weitere an, und schließlich wurden es einige Wochen, die Anna bei dem Bergbauernpaar leben sollte. Der Winter hatte sich mit Gewalt durchgesetzt, ein Abstieg im tiefen Schnee war unmöglich. Die Gefahr, dabei eine Lawine auszulösen, wäre viel zu groß gewesen.

Ernstbert und Liesel Moser behandelten Anna freundlich. Der Bergbauer war zunächst wenig begeistert von der Anwesenheit des jungen Mannes. Häufig musterte er Anna mit einem skeptischen Blick, er konnte sich wohl kein richtiges Bild von ihr machen.

»Wie kann ein Mann, der zupackt, solch zarte Hände haben«, sagte er manchmal.

Dann versuchte sich Anna herauszureden und erzählte, dass auch ihr Vater kleine, feine Hände gehabt habe.

Sie versuchte sich männlich zu verhalten. Einmal rülpste sie unglaublich laut, das war ihr richtig peinlich und sie hätte sich gerne dafür entschuldigt. Sie versuchte alles, um zu verhindern, dass der Bergbauer hinter ihr Geheimnis kam und sie als Frau entlarvte.

Anna trug immer ein Wams, auch beim Schlafen. Ihre Körperhygiene fiel äußerst spärlich aus, sodass Ernstbert sie nach einiger Zeit wegen ihres strengen Geruches aufzog und anriet zu baden. Die Bergbäuerin bot an, für ihren Gast einen heißen Zuber zurechtzumachen. Doch Anna lehnte dies freundlich ab, obwohl sie sich sehr nach einem warmen Bad sehnte.

Sie spürte, dass die beiden ihr Verhalten für äußerst unreinlich hielten, aber das war ihr egal.

Manchmal schlich sie nachts aus dem Bett, wenn sie gleichmäßige Atemzüge der Mosers aus dem Nebenraum hörte, füllte sich eine Schüssel mit Wasser und wärmte sie über dem noch glimmenden Feuer auf. Dann öffnete sie vorsichtig ihr Wams und benetzte so gut es ging, Achseln und Brust. Den Geruch, der in ihrer Kleidung hing, musste sie ertragen, denn sie hatte nicht genug zum Wechseln dabei.

Wenn Ernstbert in der Nähe war, versuchte Anna sich unauffällig und still zu verhalten, mit Liesel Moser unterhielt sie sich gerne. Besonders erfreut und begierig war sie, etwas über deren Kräuterwissen zu erfahren. Bei diesem Thema kam die eher wortkarge Bäuerin ins Plaudern.

»Schauts, das ist Melissenkraut und bei Verstopfung hilft gut Holundertee. Draußen vor der Hütte steht übrigens ein ausgesprochen schöner Holunderbusch. Den müssts Ihr sehen, wenn es Frühling wird, dann blüht der prächtig und trägt über und über Früchte.«

»Dann ist der Bua gewiss schon fort«, brummte Ernstbert, der warm angezogen aus dem Nebenzimmer kam. Er wollte nach draußen gehen, um nach den Tieren zu schauen.

»Bis dahin ist noch lange Zeit«, meinte Liesel Moser, die Annas verunsicherten Gesichtsausdruck bemerkt hatte.

»Wissts Ihr, was man sich über den Holunderbusch erzählt?«

Anna schüttelte den Kopf, aber sie wollte gerne etwas darüber erfahren. Die Bäuerin begann, ihr ausführlich von dem mystischen Busch zu berichten.

»Man begräbt die Toten unter ihm und bettet sie zuvor auf Holunderreisig, man erzählt sich zudem, dass in ihm ein Hausgeist lebt, der den Hof beschützt. Auch Königin *Holle* soll mit ihren Zwergen und Elfen zwischen den Zweigen wohnen. Manch einem, der unter diesem Busch einschläft, begegnen kleine Wesen. Es ist auch eine Pflanze, die dir Gesundheit bringt, sagt man. Schon manch einer, der an einem hohen Fieber litt, ist bei abnehmendem Mond zu dem magischen Holunderbusch, oder auch Flieder, wie wir ihn nennen, gegangen, hat einen Zwirn um den Stamm gebunden und gesagt:

»Gegrüßt seiest du Flieder, ich bring dir mein Fieber, ich lass es hier, nimm es weg von mir.«

Anna staunte nicht schlecht. Die Heilwirkung der weißen Blüten war ihr wohl bekannt, aber was man sich sonst über den Busch erzählte, war ihr neu. Jedoch wurde ihr wieder einmal mehr bewusst, wie kostbar das Wissen um die Heilwirkung der Pflanzen war, und dass es einem vortrefflichen Gespür und großer Kunst bedurfte, sich mit ihnen zu beschäftigen und perfekt auszukennen. Gerne wollte sie in der Pflanzenkunde noch schlauer werden und alles erfahren, um eine Kräuterheilerin zu werden.

Das Schicksal ihrer Mutter würde sie nicht davon abhalten. Im Gegenteil, es machte sie stolz, so viel von ihr gelernt zu haben, und spornte sie an, in ihre Fußstapfen zu treten.

»Wenn ich es bis Venedig schaffe«, dachte sie in manchen Nächten, »möchte ich dort in der Apotheke meines

Onkels arbeiten. Hoffentlich finde ich ihn und er nimmt mich bei sich auf.«

Anna war sich sicher, dass sie ihn wiedererkennen würde, denn er war gedrungen von Gestalt, hatte eine knubbelige Nase und die gleiche Augenform und -farbe wie sie.

Das Haus der Mosers war recht groß, es hatte noch einen Seitenanbau und war mehr ein Hof als eine Hütte. Auch Tiere hielten sich die Bergbauern. Eine Ziege, zwei Schafe, eine Kuh und zwei Schweine waren es, die gefüttert werden wollten.

Anna hatte darum gebeten, auf der Geige spielen zu dürfen, und da man es ihr gestattete, verbrachte sie viel Zeit mit dem Instrument. Sie schnitzte sogar mit einem Messer die Schnecke nach, die nur eine spärliche Lackschicht hatte. Es bereitete ihr große Freude, sie fein säuberlich auszuarbeiten. Das war gar nicht einfach, denn es wäre ein kleines Werkzeug dafür nötig gewesen und jenes Messer, das sie benutzte, war viel zu grob. Dennoch versuchte Anna sich damit und wurde täglich zufriedener mit ihrer Arbeit. Auch ihre Spielkünste klangen besser und ihre Melodiewendungen wurden raffinierter, wenngleich sie natürlich keine Komponistin war. Anna hatte wohl von einer Frau gehört, die komponierte und deren Stücke ebenso von Männern gespielt wurden. Doch war dies eine Ausnahme. Sicher gab es Frauen, die der Fertigkeit in ihrer Kammer heimlich nachgingen, nur würden sie nicht bekannt werden. So etwas schickte sich nicht für eine Frau, war sie doch zum Kinderkriegen und für den Haushalt da. Anna hatte kein schlechtes Gewissen, während sie spielte, und Klänge und Wendungen ausprobierte. In ihrem Spiel sah sie mehr ein Improvisieren als ein Komponieren.

Anna hatte die Geige unters Kinn geklemmt und spannte den Bogen nach, sie wollte einen Moment auf dem Instrument spielen. Liesel Moser saß am Tisch und wärmte sich die Hände an einem Becher Tee. Sie war nicht allzu gut gelaunt, denn ihr Mann hatte ein Reißen im Rücken und war deshalb mürrisch und schlechter Stimmung. Doch sie freute sich über die ersten Sonnenstrahlen, die immer wieder versuchten, die schneebringende Wetterlage zu verdrängen. Während Anna die ersten Töne spielte, hörte sie plötzlich Stimmen von draußen. Augenblicklich wurde sie unruhig und suchte nach einer Möglichkeit, sich zu verbergen, denn die heftige Angst, Carrigi könne sie mit seinen Mannen noch immer suchen, saß ihr nach wie vor im Nacken. Doch wo konnte sie hin? Hektisch blickte sie sich um, aber da wurde bereits die Tür aufgestoßen. Herein trat der Bergbauer mit einem Fremden, der den Hut zog, den er auf dem Kopf trug. »*Buon giorno,* Gott zum Gruße, Emanuel Gastoldi heiße ich«, stellte sich der Fremde mit italienischem Akzent vor und platzierte seinen Rucksack neben die Tür. Erleichtert atmete Anna aus.

Liesel Moser schaute den Mann argwöhnisch an und nickte nur. Der Fremde spürte ihre Abneigung und sprach weiter:

»Verzeiht, dass ich hier hereinplatze, doch Euer Mann bat mich einzutreten, denn Ihr habt wohl jemanden unter Euch, der sich gut mit Instrumenten auskennt. Vor einiger Zeit bin ich beim Nachbarhof untergeschlüpft, denn ich bin auf der Suche nach gutem Klangholz. Ich bin Geigenbauer und komm aus Venezia, dort habe ich meine Werkstatt. *Al diavolo,* ist mir kalt«, unterbrach er seinen Redefluss und rieb seine Handflächen aneinander.

»Ich habe noch einige Hölzer zum Trocknen liegen, doch von Zeit zu Zeit muss ich mich auf den Weg machen, um neues Holz zu finden. Ein Abstieg war bei dem Wetter bisher absolut unmöglich. Aber heute habe ich es versucht. Zu lange hat mich der Schnee schon aufgehalten. Nun wird es bald Abend und ich suche nach einem Quartier für die Nacht. Meint Ihr, es gibt in Eurem Haus noch einen Schlafplatz für mich? *Prego!* Ich wäre Euch sehr dankbar.«

Anna war einerseits beglückt, einen Gleichgesinnten zu treffen, doch die Aussicht, mit ihm womöglich die Nacht in der gleichen Stube verbringen zu müssen, war ihr alles andere als angenehm. Sie wollte sich ihr Unbehagen nicht anmerken lassen und erwiderte den kräftigen Händedruck des Mannes, der sie nun freundlich begrüßte, nachdem er zuvor der Bergbäuerin die Hand gereicht hatte. Anna senkte dabei den Blick und musterte die Hände des Unbekannten. Sie waren sehr grob und hatten zahlreiche Verletzungen, wahrscheinlich hatte er sich diese beim Holzschlagen zugezogen.

»Wir haben schon einen Gast, die Stube ist belegt«, meinte Liesel Moser schroff.«

»Das ist mein Haus«, erwiderte Ernstbert knapp. »Der Mann bleibts da. Er kann auf der Bank schlofern. Vorher wollens wir Männer noch was trinken und Karten spielen. Gelts, Ferdinand, das ist Euch doch auch recht.« Der Bergbauer gab Anna einen gewaltigen Schubs, der sie fast in die Knie gehen ließ.

»... gewiss ...«, stammelte sie und legte die Geige vorsichtig aus der Hand, dabei fing sie einen warnenden Blick der Bergbäuerin ein, der ihr wohl sagen sollte:

»Gib acht, ich habe keine Ahnung, was die vorhaben.« Anna war froh, dass sie die Bergbäuerin anscheinend als geheime Verbündete hatte. Sie würde sich von den beiden Männern nicht reinlegen lassen, sie war hellhörig und schlau geworden. Anna erwiderte Liesels Blick mit einem beruhigenden Lächeln. In ihr tobten dennoch Unruhe und Furcht.

Kapitel 30

Moritz lehnte an der feuchtkalten Mauer. Er hatte die Augen leicht geschlossen und dämmerte im Halbschlaf vor sich hin. Da spürte er auf einmal Friedrichs Hand auf der seinen. »Guter Freund, ich möchte dir etwas geben«, sprach er mit brüchiger Stimme.

Moritz fuhr erschreckt zusammen, denn erst vor kurzer Zeit hatte Friedrich einen fürchterlichen Hustenanfall gehabt. Moritz hatte geglaubt, er würde an seinem Blut und Schleim ersticken. Als das Beben in seinem Körper allmählich abgenommen hatte, war er erschöpft in einen tiefen Schlaf gefallen.

Annas Onkel hatte in den letzten Tagen einen quälenden Hustenanfall nach dem anderen gehabt und zu allem Übel dazu noch hohes Fieber bekommen. Immer wieder hatte Moritz laut an die Zellentür gehämmert und nach einem Arzt gerufen. Auch wenn das Wachpersonal Essen und Wasser durch eine Klappe der dicken Zellentür schob, bat Moritz um Hilfe, doch keiner reagierte auf sein Flehen und Bitten, einen Arzt zu schicken.

Moritz hatte Stroh angehäuft und versucht, Friedrichs Kopf und den Oberkörper etwas höher zu betten, um ihm so Erleichterung beim Atmen und Abhusten zu verschaffen.

In den Nächten schlief Moritz kaum, denn Friedrich redete im Fieber und rief nach seiner Frau und seinem Sohn. Voller Sehnsucht stieß er ihre Namen hervor und ein ums andere Mal wurde er dabei von heftigen Hustenkrämpfen überwältigt. Von diesen bis zur Erschöpfung geschüttelt, fiel er meist in einen tiefen Schlaf. Wenn Friedrich wach war, träufelte Moritz ihm schluckweise Wasser ein und benetzte damit seine Stirn und seine aufgesprungenen Lippen.

Alle Bemühungen, Annas Onkel zu helfen, schlugen fehl. Das Fieber wollte nicht sinken. Hilflos musste Moritz zusehen, wie Friedrich immer schwächer wurde. Er spürte, dass dieser sterben würde. Auch ein Arzt würde seinen Tod nicht mehr abwenden können, denn der alte Mann spuckte beim Husten immer mehr Blut.

Zunächst waren es nur ein paar Blutstropfen gewesen, die Moritz auf seinen Lippen bemerkt hatte, aber inzwischen schien das Leben nach und nach aus ihm herausfließen zu wollen.

Als Friedrich nun Moritz' Hand ergriff, drückte er ihm einen kleinen harten Gegenstand hinein.

»Nimm diesen Schlüssel«, sprach er so deutlich er konnte. »Es gibt da etwas, das für dich und Anna ...« Friedrich musste innehalten, denn es überkam ihn ein erneuter Anfall. Moritz wollte ihm das Blut vom Mund abwischen, doch Friedrich wehrte ab.

»Lass, mein Freund, ... mir bleibt nicht mehr viel Zeit ...« Friedrich machte eine Pause, dann fuhr er mit leiser Stimme fort:«... mit diesem Schlüssel ...« Er zog Moritz ganz nah an sich heran und dieser nahm ihn nun vorsichtig in die Arme. Friedrich flüsterte mit kaum hörbarer Stimme:

»Ihr werdet gemeinsam ... Euer ... Glück machen ... Geht in die *Via ... Frescobaldi* ... im Keller ... bei Niedrigwasser. Dort ist ein ... Verschlag ... Ihr werdet ... gut davon leben ... können ... Leb wohl, mein guter Freund ...«

Er schaute Moritz für einen Augenblick still an, dann entspannte sich sein angestrengter Gesichtsausdruck und ein Lächeln huschte um seine Mundwinkel.

»Spiel für mich … auf Annas Geige, … bitte …«

Friedrichs Kopf fiel auf die Seite und ein blutiges Rinnsal floss aus seinem Mund.

Moritz war zutiefst bestürzt. »Guter Gott«, schluchzte er, »warum, … warum muss dieser Mensch sterben?« Er konnte kaum an sich halten, um nicht laut zu schreien. Er hielt den toten Freund eng umschlungen und weinte. Einige Zeit saß er so da und gab sich seinem Kummer hin. Moritz fühlte sich leer und kraftlos. Tausend trostlose Gedanken quälten ihn. Auf einmal bekam er Angst. Wenn nun auch er in diesen finsteren Mauern sterben würde? Er spürte, wie sich sein Puls beschleunigte. »Ich muss hier raus. Ich kann nicht mehr atmen.«

Moritz rang nach Luft und stützte sich auf seine rechte Hand, die er zur Faust geballt hatte, um aufzuspringen. Da fühlte er den harten Gegenstand, den Ferdinand hineingelegt hatte. Er öffnete sie ruckartig und erblickte einen kleinen, silbernen Schlüssel. Für einen Augenblick starrte er ihn mit leeren Augen an. Sein Blick schien durch die Hand hindurchzuschauen. Doch dann fixierte er den Schlüssel und unerwartet spürte Moritz neuen Lebensmut. »Nein«, flüsterte er, »oh nein, hier werde ich nicht sterben. Ich werde Anna finden und mit ihr den Schatz, der zu diesem Schlüssel gehört …« Moritz gab einen Stoßseufzer von sich und steckte ihn tief in seine Hosentasche. Dort war er gewiss am sichersten aufbewahrt. Dann legte er Friedrich vorsichtig auf das Strohlager, drapierte noch reichlich Stroh unter seinen Kopf und faltete Friedrichs Hände auf dessen Brust. Anschließend wischte er ihm so gut es ging das Gesicht sauber.

»Leb wohl, mein guter Freund.«

Moritz legte seine Hand auf die Friedrichs und verharrte für einen Moment bei ihm. Dann nahm er Annas Geige, doch war er nicht in der Lage, auf ihr zu spielen. Eine Weile blieb er bei dem Toten sitzen. Beklommen erhob er sich, ging schlurfend zur Tür und hämmerte wütend dagegen. Diesmal kam nach kurzer Zeit ein Wächter und öffnete eine Klappe in der Tür.

»Was willst du?«, fauchte ihn dessen tiefe Stimme an.

»Mein …, mein Zellengenosse liegt im Sterben, wir brauchen einen Geistlichen.« Moritz wollte nicht verraten, dass Friedrich bereits tot war. In diesem Fall würde man ihn sicher ohne christlichen Beistand fortbringen. Aber Friedrichs Seele brauchte die friedvollen Worte eines Geistlichen. Der Wächter brummte etwas und schloss dann die Klappe.

Moritz fröstelte es, er rieb die Hände aneinander, damit ihm wärmer wurde.

»Ich werde dich wiedersehen Anna, das schwöre ich beim Tod deines Onkels«, sagte er verzweifelt und erfüllt von tiefem Zorn. Dann schlug er mehrere Male mit der geballten Faust gegen die eiskalte Mauer. Da er in den letzen Wochen sehr abgemagert war, hing die Haut schlaff und spröde über seinen Knöcheln. Beim ersten Hieb riss sie auf. Blut benetzte die schimmlige Gefängnismauer.

Kapitel 31

Auf dem Tisch standen drei kleine Becher, Bergbauer Moser hatte bereits zum zweiten Mal nachgeschenkt. Nun nahm er erneut die Flasche und schüttete das silbrig schimmernde Gesöff großzügig bis zum Rand in die Becher ein.

»Ein Grappa ist doch wirklich etwas Feines. Der Schnaps ist übrigens ein Geschenk an mich gewesen, also trinkts nur ausgiebig davon. Trinkts.«

Moser nahm seinen Becher zur Hand und lehrte ihn in einem Zug.

Anna wurde nicht ganz schlau aus dem Verhalten des Bergbauern. Führte der mit dem Fremden wirklich etwas Arges im Schilde, oder wollte er nur einen feuchtfröhlichen Abend unter Männern feiern und dabei derbe Geschichten zum Besten geben?

Anna hatte ihren ersten Becher zur Gänze geleert. Die beiden anderen hatte sie geschickt in einem unbeobachteten Moment unter den Tisch geschüttet. Genau in dem Augenblick, als Moser und Gastoldi den Kopf zum Trinken in den Nacken legten und sich ihr Blick währenddessen der Zimmerdecke zuwendete.

Anna wollte einen klaren Verstand behalten. Die Bergbäuerin hatte sich hinter den Vorhang zurückgezogen. Anna vermutete, dass sie den Verlauf des Abends von dort aus beobachtete.

»Weibsbilder haben hier heute Abend nichts zu suchen, gelts, Ferdinand«, hatte der Moser gegrölt, als seine Frau ihnen einen angenehmen Abend wünschte und sich zum Schlafen legte.

Dann hatte er derb gelacht. Auch der Fremde und Anna zeigten sich amüsiert und lachten mit. Anna wäre zwar am liebsten aufgesprungen und davongeeilt, doch was hatte sie für eine Wahl?

Sie war sich absolut nicht sicher, ob der Bergbauer dahintergekommen war, dass sie eine Frau war, oder ob er dies nur ahnte. Anna hoffte, dass er an ihr als *Jüngling* kein Interesse hatte.

»Den guten Tropfen habens wir einem italienischen Offizier zu verdanken«, erklärte Moser dem Fremden. »Vor gar nicht langer Zeit kam er mit einem ganzen Gefolge von Männern und Eseln hier vorbei. Sie waren auf dem Weg über die Alpen nach Mittenwald.«

Anna musste fürchterlich husten, denn während sie den Schilderungen Mosers folgte, hatte sie für einen Moment vor Schreck die Luft angehalten. »Na, na«, meinte Gastoldi, »Euch brennt der Schnaps wohl gut in der Kehle.«

»Einen zarten Bua habens wir da«, meinte der Bergbauer lachend und wollte ihre Hand anfassen, doch Anna zog sie schnell zurück.

»Was zierts Ihr Euch denn so?«, meinte der Moser daraufhin mit unangenehmem Ton in der Stimme. Er erhob sich etwas, um sich ihr zu nähern. Anna roch bereits seinen schalen, von Alkohol getränkten Atem. Da kam ihr zum Glück die Bergbäuerin zur Hilfe, denn sie kroch hinter dem Vorhang hervor.

»Ich muss etwas trinken, meine Kehle ist trocken. Lassts euch nicht stören«, meinte sie.

»Du sollsts doch verschwinden«, herrschte Moser seine Frau böse an und setzte sich wieder auf seinen Stuhl nieder. »Machs, dass du hinter den Vorhang kommst, und zeigs dich nimmer.«

»Gleich bin ich so weit.«

Als die Bergbäuerin zurück zum Vorhang ging und ihn langsam zuzog, warf sie Anna einen erneut warnenden Blick zu.

»Schenk noch mal nach und vergiss die Weiber«, sagte Gastoldi und hielt dem Bergbauern seinen Becher hin.

Moser ergriff die Flasche und befüllte die Gläser aufs Neue.

»Ich habe gesehen, dass der Offizier noch weitere Flaschen des feinen Gesöffs in der Satteltasche bei sich hatte.

Der tauscht das Zeug bestimmt gegen etwas anderes ein. Schmuggelei nennt man das. Mir solls ja egal sein, vielleicht kommt der ja auf dem Rückweg wieder hier vorbei und bringt ein neues Fläschchen mit. Wäre mir nur recht. Es scheint übrigens, als könnts er in der Nähe sein, denn ein herrenloser Esel ist bei uns aufgetaucht.«

Der Bergbauer glaubte ihr also nicht und zweifelte daran, dass es sich um ihren Esel handelte.

»Was hat es mit dem Tier auf sich, das ist gewiss das meine?«, sagte Gastoldi. »Es ist mir nämlich abhanden gekommen.«

»Ach ja?« Moser schaute Gastoldi argwöhnisch an und warf dann Anna einen zweiflerischen Blick zu. Jetzt saßen zwei Personen am Tisch, die Anspruch auf den Esel hatten und behaupteten, er sei der ihre. Wem würde der Bergbauer glauben und welche Geschichte würde nun der Fremde dem Moser auftischen?

Anna glühte vor Aufregung am ganzen Körper, als habe sie plötzlich Fieber bekommen.

»Mein dummer Esel ist mir davongelaufen«, meinte Emanuel Gastoldi, ohne mit der Wimper zu zucken. »Er war noch bei mir, als ich bei dem Schneesturm Unterschlupf suchte, doch war er auf einmal in dem dichten Schneegestöber verschwunden.«

Die Geschichte hätte der Wahrheit entsprechen können, doch der Italiener behauptete steif und fest, der Esel habe keine Satteltaschen aufgeschnallt gehabt. Zuvor hatte ihm der Bergbauer nämlich erzählt, der Esel habe ohne Gepäck vor seiner Hüttentür gestanden. Obwohl dies nicht der Wahrheit entsprach, denn der Esel hatte Taschen aufgeschnallt gehabt, und in der einen steckte ja Dürnholz' Violine. Ernstbert Moser wollte den Italiener damit auf die Probe stellen und Gastoldi tappte töricht in die Falle.

Um Mosers Mund zuckte es ärgerlich, als ihm der Italiener die Lüge auftischte.

»Was passiert nun?«, fragte sich Anna, die spürte, wie sehr sich der Bergbauer ärgerte. »Den Esel wird er an Gastoldi sicher nicht herausrücken, davon bin ich überzeugt.«

Die einzige Chance, den Italiener wieder loszuwerden, sah der Bergbauer darin, den Mann betrunken zu machen. Er forderte Anna auf, etwas Beschwingtes auf der Geige zu spielen. Anna ahnte Mosers Vorhaben. Sie erhob sich vom Tisch und nahm erleichtert die Violine zur Hand. Dann stellte sie sich etwas abseits hin und hatte dabei den ganzen Raum gut im Blick.

Während sie auf der Geige strich, schenkte Moser dem Fremden immer wieder den Schnapsbecher voll und erzählte ihm von der Heilwirkung des wohlschmeckenden Lebenswassers.

»Es lindert jedes Zipperlein, das Euch plagt.« Ernstbert Moser erhob aufs Neue seinen Becher, den er für sich allerdings nur halb befüllt hatte. Auch nippte er nur daran. Gastoldi hingegen schmetterte ein lautes »*Salute*« in den Raum, leerte den Becher in einem Zug und ließ hinterher einen genussvollen Seufzer ertönen.

Der Bergbauer holte aus einem Schrank, der in einer dunklen Ecke des Raumes stand, eine weitere Flasche hervor.

»Hier habe ich noch etwas ganz besonders Feines«, meinte er mit leuchtenden Augen. »Es ist ein selbstgebrauter Heilkräuterschnaps, nach einem Rezept von meinem Weib. Die Kräuter wachsen hier oben bei uns in Hülle und Fülle.«

Anna hörte ein Hüsteln hinter dem Vorhang, sicher hatte sich Mosers Frau verschluckt, weil solch freundliche Worte eher selten über die Lippen ihres Mannes kamen.

Der Italiener ließ sich einen Becher mit dem Kräuterschnaps füllen. Derweil erzählte er vom Wald und den verschiedenen Baumarten, die er suchte und die gut für den Instrumentenbau geeignet waren.

»Insbesondere taugt die Fichte nur dann als Klangholz, wenn sie gerade und langsam gewachsen ist. Dadurch besitzt sie enge Jahresringe. Außerdem darf sie nur wenige Äste aufweisen.«

Anna hörte, während sie spielte, den Ausführungen Gastoldis aufmerksam zu. Sein umfangreiches Wissen zeigte ihr, dass er wirklich ein Fachmann für Hölzer war. Mit der Zeit wurde seine Stimme immer unklarer und lallender, was sie sehr bedauerte. Anna konnte ihn kaum noch verstehen. Schwer lag Gastoldi die vom Alkohol getränkte Zunge im Mund. Plötzlich fiel er mitten in seinem Vortrag, mit dem Kopf voran und einem dumpfen Laut, auf den Tisch. Unbewegt blieb er liegen. Sekunden vergingen, in denen der Bergbauer den Fremden beobachtete. Schließlich entwich Emanuel Gastoldi ein Grunzen und diesem folgte lautes Schnarchen. Anna unterbrach ihr Geigenspiel. Sie blickte den Bergbauern an und wartete darauf, was er nun vorhatte.

»Packts die Geige ein und helfts mir«, fuhr er Anna unfreundlich an. »Und du, Weib, komm hinter dem Vorhang hervor und fass mit an.«

Kapitel 32

Bereits den dritten Abend in Folge verbrachte Vivaldi vor den Mauern des *Prigione Nuove*, um dem Geigenspiel des Unbekannten zu lauschen.

Nachdem er das erste Mal dort auf der Brücke gestanden hatte, war er so tief berührt gewesen, dass er seine Gefühle augenblicklich in Töne hatte umsetzen und festhalten müssen. Mit einem Stückchen Kohle, dass er stets in seiner Westentasche aufbewahrte, schrieb er einzelne Melodien in sein Brevier. Dieses heilige Buch trug er immer bei sich, denn Musik und Gottes Wort waren für ihn eng miteinander verbunden.

Als in den vorangegangenen Nächten die letzten Klänge verstummten, war Vivaldi nach Hause geeilt. Bis in die frühen Morgenstunden hatte er im Schein seiner Kerze komponiert. Er versuchte dabei sowohl die Kälte und Beklommenheit, die er gespürt hatte, als auch die unbehagliche Umgebung, in der er gestanden hatte, in Musik auszudrücken. Ein klagendes Motiv, das der Eingesperrte immer wieder in verschiedenen Tonarten spielte, hatte ihn äußerst tief berührt. Gewiss war derjenige kein Komponist, dafür klangen seine musikalischen Wendungen zu einfach und stümperhaft, doch war er ein Geiger mit tiefer Ausdruckskraft und intuitiver Manier.

Als Vivaldi schließlich erschöpft auf seiner Schlafstatt lag, grübelte er über einen Titel des entstehenden Werkes nach.

Auch in dieser Nacht, die dunkler war als die vorangegangenen, da sich der Himmel einen gräulichen Wolkenvorhang vorgezogen hatte und Regen ankündigte, stand er erwartungsvoll auf der Brücke. Doch wurde er dieses Mal enttäuscht, denn es klang kein einziger Ton aus den düsteren Mauern heraus.

»Hat man die Person womöglich entlassen, oder ist sie gar gestorben? Werde ich niemals erfahren, wer die Geige gespielt hat und wer ihr Erbauer ist?«, murmelte Vivaldi beklommen vor sich hin.

Unruhig ging er auf der Brücke hin und her und schaute unentwegt auf das Gefängnis, als könne sein starrer Blick bewirken, dass sich die unangenehme Anspannung in die ersehnten Klänge auflösen würde. Doch es passierte nichts.

Vivaldi hatte es fast aufgegeben, noch länger zu warten, als die Seitentür des Gefängnisses geöffnet wurde und jemand herauseilte. Der Mann schaute sich hektisch um, er schien unschlüssig zu sein, in welche Richtung er zuerst gehen solle. Da bemerkte er Vivaldi und schritt auf ihn zu.

»... einen Geistlichen ..., wir benötigen einen Priester«, stammelte er hervor. »Ein Mann, dort herinnen, er liegt im Sterben.« Vivaldi war bestürzt.

»Lass es nicht den Geiger sein«, dachte er. Dann sagte er gefasst: »Ihr habt Glück, zufällig bin ich Priester und auf meinem Abendspaziergang hier vorbeigekommen. Geht voran, ich folge Euch.«

Der Mann schaute Vivaldi etwas irritiert an.

»Ich bin Padre Vivaldi, sicher habt Ihr schon meinen Namen gehört. «

Dann zeigte er auf sein Brevier. Der Wächter nickte wissend und bat Vivaldi, ihm zu folgen.

Gemeinsam eilten sie die vielen dunklen Gänge entlang, immer höher hinauf. Ein widerlicher, beißender Gestank aus Fäkalien, Erbrochenem und dem Tod persönlich suchte sich seinen Weg aus den Zellen heraus, kroch durch die Ritzen und legte sich penetrant überall hin. Vivaldi hörte Stimmen. Hinter den klammen Mauern weinten die Gefangenen, schrien und flehten um Gnade. Vivaldi war tief erschüttert. Er spürte, dass sich seine Kehle aus Angst zuschnüren wollte. Er begann laut vor sich hinzubeten: »Gott, steh mir bei, guter Gott, hilf mir.«

Für einen Moment musste Vivaldi ausruhen, er verharrte und hielt sich an der eiskalten Mauer fest. Er atmete schwer, doch da hörte er Musik. Eine kleine Melodie war es, die ihn aus seinem Schreckenszustand erlöste, und mit einem Mal konnte er wieder durchatmen.

»Was ist los, wo bleibt Ihr denn?«, rief der Wärter.

»Ich komme«, antwortete Vivaldi und raffte sich ungeschickt auf, um dem Wärter zu folgen.

Beinahe wäre er über die nächste Stufe gestürzt, zum Glück konnte er sich an einem Stein festhalten, der etwas aus der Mauer hervorragte. Noch einmal atmete Vivaldi tief durch und eilte dann, so gut er es bei dem diffusen Licht vermochte, hinter dem Wärter her. Mit jedem Schritt näherten sie sich der Musik. Und nun konnte er Geigenklänge vernehmen. Zu seinem großen Erstaunen kam die Musik aus der Zelle, zu der man ihn nun führte.

Der Wächter blieb vor der Zellentür stehen und reichte Vivaldi eine Kerze: »Dort drinnen liegt der Mann«, sagte er und öffnete mit einem Schlüssel die schwere Eichentür. Vivaldi nickte ihm zu und trat dann langsam in den engen Raum hinein.

Ein fürchterlicher Geruch kroch ihm augenblicklich in die Nase. Es waren die Ausdünstungen des Todes. Ein Mann lag nahe dem kleinen Zellenfenster und eine Gestalt, dessen Gesicht Vivaldi bei dem spärlichen Licht nicht sehen konnte, spielte Geige.

Er ging langsam zu dem Mann hinüber, der mit auf der Brust gefalteten Händen und geschlossenen Augen da lag. Im Schein der Kerze sah er, dass dessen Gesicht mit Blut verschmiert war, ebenso beschmutzten große Blutflecken dessen Kleidung.

Moritz wendete sich bewusst ab und versuchte sein Entsetzen fortzuspielen. Er stellte sich direkt vor das Zellenfenster, in der Hoffnung, alles Unglück würde dabei entweichen und er könne Friedrichs Seele behilflich sein, den Weg nach draußen zu finden. Seine verletzte Hand schmerzte bei jedem Strich, doch er versuchte ihn zu übergehen, um für Friedrich zu spielen, wie es sich dieser vor seinem Tod gewünscht hatte.

Vivaldi kniete sich neben dem Mann nieder und sprach die heiligen Worte zur Erlösung seiner Seele. Dabei lauschte er dem Klang der Geige, der ihn unglaublich faszinierte.

»Wunderbar«, dachte er. »Was für ein schönes Instrument.«

Nach einer Weile hörte Moritz mit seinem Spiel auf. Er hatte den Priester fast vergessen. Nun hoffte er, als er sich umwendete und ihn noch immer betend an der gleichen Stelle, in unveränderter Haltung sitzen sah, dass er diesen mit seinem Geigenspiel nicht gestört hatte. Dass dem nicht so war und Vivaldi andächtig zugehört hatte, ahnte Moritz nicht.

Vivaldi lauschte noch den letzten Klängen hinterher und erhob sich dann langsam. Zu Moritz' Verwunderung trat er auf ihn zu, legte ihm die Hände auf die Schultern und segnete ihn.

»*Mille grazie*«, flüsterte Vivaldi nachfolgend und schaute Moritz in die Augen. »Ihr spielt auf einem schönen Instrument, Ihr seid gewiss ein Geigenbauer.«

Moritz wunderte sich sehr über die Bemerkung des Priesters. Was interessierte diesen das Geigenbauhandwerk? »So ist es«, sagte er deshalb nur kurz und knapp.

Vivaldi nickte daraufhin und meinte: »Ich werde wiederkommen. Passt derweil gut auf Eure Geige auf. Sie hat einen für mich nahezu überirdischen, ja himmlischen Klang.«

Er drehte sich um, klopfte an die Tür, die ihm sofort von einem Wächter geöffnet wurde, und verließ die Zelle.

»Der Mann ist tot, lasst ihn begraben. Gott hab ihn selig«, sprach er und verschwand ins Dunkle des Ganges.

Moritz stand irritiert an der Zellenmauer, deren Kälte gierig an ihm hinaufkroch. Trotz aller Traurigkeit über Friedrichs Tod, der vor einer guten Stunde in seinen Armen gestorben war, spürte er einen kleinen Hoffnungsschimmer. Zweifellos hatte dies mit dem unbekannten Geistlichen zu tun.

Moritz wurde aus seiner Erstarrung gelöst, denn es rumpelte abermals an der Tür. Sie wurde aufgestoßen und zwei Männer kamen herein. Ein Dritter folgte und leuchtete mit einer Kerze den Weg. Ohne ein Wort zu sagen, gingen sie zu Friedrich hinüber und trugen ihn aus der Zelle hinaus. Bis auf ein paar Japser der Anstrengung hüllten sie sich in Schweigen. Dann verschlossen sie von außen wieder die Tür. Zurück blieb Moritz, der mutlos in sich zusammensackte.

Annas Onkel hatte ihm geholfen, einsame Stunden zu überwinden und wieder Mut zu schöpfen. Nun war er tot und Moritz wieder sich selbst überlassen.

»Es muss endlich eine Verhandlung geben, man kann mich doch nicht in der Zelle versauern lassen.«

Tränen der Wut und der Trauer strömten über seine Wangen.

Kapitel 33

Vorsichtig setzte Anna einen Fuß vor den anderen. Sie durfte unter gar keinen Umständen auf dem glatten Schnee ausrutschen. Es war finstere Nacht und nur der Schein der

Laterne, die Anna in ihrer linken Hand hielt, bot ihr etwas Helligkeit. Die Finsternis machte ihr große Angst. Beim Gehen zitterte der Lichtkegel und ließ den Schnee, auf dem sie sich langsam ins Tal hinabbewegte, unheimlich erscheinen, denn je tiefer sie gelangte, desto mehr schmolz er zu braunem, rutschigem Matsch dahin. Außerdem gab er bei jedem Tritt ein schmatzendes, gieriges Geräusch von sich, als wolle er sie vom Berg hinabziehen.

Anna vermutete, dass sie vor ungefähr zwei Stunden bei dem Bergbauernpaar losgegangen war. Freiwillig wäre sie in der Nacht nicht aufgebrochen, doch Moser wollte den Fremden loswerden und dazu brauchte er Anna. Er hatte ihr befohlen, noch in dieser Nacht sein Haus zu verlassen.

Anna war die Aussicht auf eine Wanderung in der Finsternis mit einem fremden Mann, den der Bergbauer unter schwersten Anstrengungen quer über den Rücken des Esels gepackt hatte, mehr als unangenehm. Doch sie versuchte ihre Furcht nicht zu zeigen.

Behutsam hatte sie die Violine in den einen Rucksack und ihre Habseligkeiten in den anderen gepackt. Moser hatte sie dabei genau beobachtet und wurde nach kurzer Zeit ungeduldig. Er schob sie, während sie noch dabei war, sich den Rucksack auf den Rücken zu schnallen, aus seiner Berghütte hinaus.

»Jetzt machts doch schneller, oder wollts Ihr hier noch Wurzeln schlagen«, hatte er sie angeblafft. »Ich will meine Stuben wieder für mich und die Nacht ist nimmer lang zum Ausruhen. Jetzt packts Euch fort und den Tölpel da, den nehmts mit.« Er warf Annas Rucksack und den Gastoldis nach draußen.«

Dann fuhr er die Bergbäuerin schroff an: »Du, Weib, folgst mir nach, und vergiss nit, die Tür zu versperren.«

Ohne Lebewohl zu sagen, verschwand der Bergbauer in der Hütte. Im gleichen Moment steckte die Bäuerin Anna ein Bündel zu.

»Hier, Mädel«, flüsterte sie, »damit du was für dich und den Fremden da zu beißen hast.« Dann sprach sie in leisem Ton weiter, damit nur Anna ihre Worte verstehen konnte: »Pass auf dich auf und vertrau keinem, den du nicht wirklich kennst. Deine Haare sinds inzwischen zu lang für einen Jüngling, du musst sie schneiden. Und trag immer dein Wams, du weißt schon, warum. Hinter der Hütte steig immer gerade hinab, dann kommst du nach einiger Zeit zu einem Wäldchen. Folg ihm viele Meter am Rand entlang, und du wirst ins Tal von Innsbruck gelangen. Aber du musst ganz vorsichtig sein, denn es geht steil hinab. Und mit den beiden Eseln, da gehts nit leicht. Vielleicht kann dir der Fremde noch von Hilfe sein, wenn er erst einmal seinen Rausch ausgeschlafen hat.«

Anna hätte gerne etwas erwidert, doch die wütende Stimme des Bauern drang aus der Hütte. Bevor er jedoch erneut aus seinem Haus heraustreten konnte, verschwand die Bäuerin mit einem aufmunternden Lächeln nach drinnen.

Als Anna nun erneut auf sich gestellt in der eiskalten Nacht vor der Hütte stand, hätte sie vor Angst und Einsamkeit weinen mögen. Resigniert senkte sie den Kopf und legte das Gesicht in beide Hände. Die Kälte kroch unangenehm an ihren Beinen hinauf.

»An diesem Ort stehen zu bleiben, bringt mir nichts ein«, dachte Anna, »ich werde mir nur Erfrierungen und eine schlimme Erkältung einfangen. Und die kann ich nun gar nicht gebrauchen.«

Langsam löste sie ihr Gesicht aus den Händen und schaute in den sternklaren Nachthimmel. Der Mond zeigte sich als Sichel neben den vielen glitzernden Sternen. »Ganz allein bin ich ja nicht«, versuchte sie sich zu beruhigen. »Der Fremde ist noch da, auch wenn er schlapp über dem Rücken des Esels hängt. Ebenso wird mir der Mond ein treuer Begleiter in der finsteren Nacht sein.« Sie schnappte sich die beiden Rucksäcke und band sie auf dem Rücken des Esels fest.

Anna befolgte den Rat der Bäuerin und stieg geradewegs hinter der Hütte bergab. Nach einiger Zeit kam sie an den Waldrand, an dem sie nun, mit ihm zur Rechten, weiter hinabging. Sie hatte das Gefühl, als wenn das Gefälle immer steiler würde. Doch da sie nur das spärliche Licht ihrer Laterne hatte, dessen Schein an Kraft langsam verlor, hatte sie keine Vorstellung davon, welcher Abstieg ihr nach unten noch bevorstand.

Der Esel war ein treues Tier, dennoch kostete es Anna reichlich Mühe, ihn zum Weitergehen zu bewegen, denn er war störrisch und wollte nicht auf ihre Befehle gehorchen. Sicher war auch ihm die Finsternis nicht einerlei.

Aufgrund der Kälte hatte Anna kaum noch Kraft in den Fingern. Sie lockerte ihren Griff etwas, um die Zügel nachzufassen, da riss sich der Esel mit einem unerwarteten Satz los und rannte in die Schwärze der Nacht davon. Anna geriet aus dem Gleichgewicht und fiel rücklings in den nassen Schneematsch. Sie rutschte etwas den Hang hinab, doch wurde sie nach wenigen Metern unsanft von einer Baumwurzel gebremst. Die Lampe flog ihr bei dem Sturz aus der Hand, landete in einem hohen Bogen irgendwo bei den Bäumen und erlosch.

Benommen lag Anna auf dem Rücken und lauschte in die Finsternis. Sie hörte den Esel davon rennen. Plötzlich vernahm sie einen dumpfen Schlag. Dann war es mit einem Mal gespenstisch still. Anna wollte sich erheben, doch stürmte im gleichen Moment in unmittelbarer Nähe ein Gamsbock vorbei und ließ sie beängstigt zusammenfahren.

Offensichtlich befand sie sich auf einem Wildwechselpfad. Vielleicht hatte der Esel ein fremdes Tier gerochen und war deswegen durchgegangen.

»Hoffentlich sind nicht noch weitere Tiere unterwegs«, flehte Anna. Auch ein Bär konnte sich womöglich in ihrer Nähe herumtreiben.

Sie verharrte, auch ihre Kehle brachte keinen Laut hervor, obgleich sie kurz vor einem hysterischen Zusammenbruch war.

Eine ganze Weile kauerte sie unbewegt am Boden. Sie horchte auf die Geräusche und verfolgte den Laut des Gamsbocks, nach einer Weile blieb alles still.

Anna stand langsam auf, ihr schweißnasser Rücken schmerzte. Doch hatte der Rucksack das Schlimmste abgefangen.

»Zum Glück war nicht die Violine darin«, dachte sie. Diese befand sich noch in einer Seitentasche auf dem Rücken des Esels. »Wo um Himmels Willen steckt das dumme Tier?«

Anna zitterte vor Kälte, denn ihre Hosenbeine waren zur Gänze durchnässt. Sie rieb den Schnee, der daran klebte, mit beiden Händen ab, doch die Feuchtigkeit steckte im Stoff. Langsam bewegte sie sich, jeder Schritt tat ihr weh, jedoch schien noch alles an der richtigen Stelle zu sein und abgesehen von ein paar blauen Flecken würde sie wohl nichts davontragen. Ohne den Schein der Laterne, die sie nirgends entdecken konnte, ahnte sie nur, dass der Esel nicht auf der Freifläche neben dem Wäldchen stand. »Der einfältige Kerl muss in den Wald hinein geflüchtet sein.«

»Und der Fremde, was ist mit ihm geschehen?« Langsam, Schritt für Schritt, ging sie in den Wald hinein, immer in Angst, Schlimmstes zu entdecken. Sie kroch gebückt durch das Dickicht und ein ums andere Mal klatschte ihr ein nasser Zweig ins Gesicht.

»Was mache ich hier nur? Ich sehe nichts, und außer dem Knacksen des Unterholzes höre ich nichts, weder vom Esel noch von dem Mann. Es fühlt sich an, als wenn ich mich in einem schwarzen Schlund bewege, der mich als nächstes Opfer nehmen will. Irgendwo müssen die beiden doch sein. Weit können sie nicht gekommen sein, das steht fest.« Bei jedem Schritt, den Anna tiefer in den Wald hineinging, hoffte sie endlich auf die beiden zu stoßen. Plötzlich stolperte sie über eine Wurzel und fiel zu Boden, dabei stieß sie mit der Stirn gegen einen Baum. Im selben Augenblick wurde sie ohnmächtig und verlor die Sinne.

Kapitel 34

Vivaldi rang nach Luft, als er aus dem *Prigione Nuove* hinaus in die Freiheit trat. Fassungslos blieb er stehen und griff sich an den Hals, Schweißperlen benetzten seine Stirn. Die Brust des Priesters hob und senkte sich schwer, seine Atemnot schien die Größe eines Anfalles annehmen zu wollen. Er fuhr erschrocken zusammen, denn hinter ihm fiel die schwere Gefängnistür krachend ins Schloss. Vivaldi rupfte verzweifelt am Kragen seines Hemdes herum, der obere Knopf sprang ab. Er riss es bis zur Brust auf. Für den Hauch eines Augenblicks entspannte sich seine Verkrampfung, und dann endlich gelang es ihm durchzuatmen.

Einen Moment blieb Vivaldi unbewegt stehen und versuchte sich zu beruhigen, doch die schrecklichen Eindrücke des Gefängnisses rasten unentwegt in seinem Kopf herum.

»Was sind das nur für unglaublich unmenschliche Zustände dort hinter den dreckigen Mauern?«, sprach er leise mit sich selbst.

Überall hatte der Geruch von Fäulnis und Verwesung gehangen und der beißende Gestank der Fäkalien war wie ein Geist der Verdammnis in dem feuchten Gemäuer herumgekrochen.

Vivaldi merkte, dass seinen Kleidern der üble Geruch anhaftete, am liebsten hätte er sich ihrer augenblicklich entledigt. Er zuckte erneut zusammen, denn wie aus dem Nichts erklangen zwei tiefe Schläge von *San Marco*. Sie befreiten ihn aber auch aus seiner Ohnmacht.

Vivaldi bedeckte mit dem Umhang seine bloße Brust, atmete noch einmal tief ein und entfernte sich dann mit langsamen Schritten von dem bedrückenden Ort. Er hatte nur einen Gedanken, der ihn vorwärtstrieb.

»Ich muss mit dem Dogen sprechen.«

Der Doge, Giovanni Cornaro, hatte Vivaldi vor ein paar Wochen zu sich gebeten und ihn beauftragt, umgehend ein Requiem zu Ehren seines Bruders zu schreiben. Dieser war unerwartet an einem hohen Fieber gestorben. Sein Tod war für den Dogen ein arger Verlust gewesen. Noch immer trauerte er um ihn, denn er hatte seinem Bruder sehr nah gestanden. Vivaldi war noch am gleichen Tag an die Arbeit gegangen und pünktlich zur Trauerfeier in *San Marco* hatte er die Komposition vollendet, das Gloria *et in terra pax*, Friede auf Erden

»Nun muss der Doge etwas für mich tun«, dachte Vivaldi, als er langsam durch die Dunkelheit dahinschritt. Er wollte unbedingt in den Besitz einer solch perfekten

Violine kommen, wie er sie gerade in der düsteren Zelle gehört hatte. Und er hatte auch schon einen genauen Plan, wie er sein Ansinnen vortragen würde.

In einigen Wochen würde der Himmelfahrtstag sein. An diesem Tag feierte der Doge wie in jedem Jahr die spirituelle Vermählung Venedigs mit dem Meer. Dabei segnete der Patriarch von *Sant` Elena* einen Ring, den der Doge bei der Vorbeifahrt am *Lido* als Zeichen der *sposalizio* in die Adria warf. Dabei sprach er stets die Worte: »Disponsamus te, mare, in signum veri perpetuique dominii; wir heiraten dich, Meer, zum Zeichen unserer wahren und beständigen Herrschaft.« Vivaldi kannte die Worte genau, denn er hatte schon einige Male der Zeremonie beigewohnt, bei der seine Schülerinnen aus der Pietà die Vermählung auf ihren Instrumenten begleiteten.

»Diesmal werde ich ihm ein ganz besonderes Stück komponieren, das ich ausschließlich zu seinen Ehren für diesen Tag schreiben werde. Keinen Lohn in Form von Goldstücken soll er mir dafür geben. Ich werde nachdrücklich den Bau einer Violine aus den Händen des armen Geschöpfes fordern, das dort unten einsitzt.«

Da der Doge ein eitles Geschöpf war, stets auf sein Äußeres bedacht und darauf, wie er auf die Venezianer wirkte und was sie von ihm hielten, würde er die Forderung, die Vivaldi natürlich sehr diplomatisch vortragen würde, sicher nicht ablehnen. Aufgeregt beschleunigte er seinen Schritt und eilte nach Hause in sein bescheidenes Heim.

»Wie stellt Ihr Euch das vor?«, fragte ihn am nächsten Morgen der Doge und verschwand hinter dem Paravent, um seine Notdurft zu erledigen. Vivaldi hörte einen lauten Furz und ein angestrengtes Gestöhne, einen Moment später kam der Doge mit gerötetem Gesicht wieder hervor.

Vivaldi hatte ihn zu früher Stunde aufgesucht und eindringlich um ein Gespräch gebeten. Cornaro hatte ausnahmsweise zugestimmt, ihn in seinen Privatgemächern zu empfangen. Kaum ein Auge hatte Vivaldi in der kurzen Nacht geschlossen, ihn fröstelte und seine Hände waren nasskalt vor Aufregung.

»Der Mann sitzt ein, weil er ein Mörder ist«, sprach Cornaro, »so hat es mir Carrigi zugetragen, der ihn hergebracht hat. An seinem Wort ist nicht zu zweifeln.«

Vivaldi hätte vor Entrüstung über die Anschuldigungen des Söldners am liebsten laut losgeschimpft. Er konnte sie einfach nicht glauben. Nach wie vor war er von der Unschuld des Gefangenen überzeugt.

»Wer ist dieser Carrigi?«, richtete er das Wort an den Dogen, der sich mit heraushängendem Hemd und offenem Hosenbeutel erschöpft in einen Sessel sinken ließ.

Als Vivaldi merkte, dass der Doge auf seine Frage nicht antworten wollte, ärgerte er sich. Doch versuchte er sich nichts anmerken zu lassen, denn vielleicht würde Cornaro ihm doch die Geige versprechen, wenn er erst hörte, was Vivaldi vorhatte. Er schilderte ihm seine genauen Vorstellungen von der Komposition, die er dem Dogen widmen wollte.

»Es wird ein ganz besonders schönes Stück für Euer Lieblingsinstrument Horn.«

Das Gesicht Cornaros zeigte eine leichte Entspannung und ein Lächeln zuckte über sein Gesicht.

Vivaldi schilderte ihm in allen Einzelheiten das Szenario auf der Prachtgaleere: »Es wird himmlische Musik erklingen, die eine Hornistin engelsgleich allein Euch zu Ehren spielen wird. Die Zuhörer werden von der Musik verzückt sein und Euer Ansehen wird noch mehr an Glanz gewinnen.«

»Das klingt sehr vielversprechend«, meinte der Doge in aufgeräumtem Ton, in dem ein wenig Stolz mitklang. »Aber sagt mir, warum sollte der Gefangene für diesen

Zweck eine Violine bauen, wenn es doch eine Komposition für das Horn werden soll? Sprecht, was habt Ihr Euch dabei gedacht?«

Vivaldi war auf diesen Einwand nicht vorbereitet, er blickte aus dem Fenster. Da kam ihm eine spontane Eingebung.

»Ich möchte noch ein weiteres Stück für Euch komponieren, in dem die Geige den Hauptpart übernehmen wird. So unterschiedlich, wie die Klangnuancen dieses Instruments sind, wird auch die Musik sein. Für diese Komposition bedarf es einer absolut hervorragenden Violine.«

»Hm«, meinte der Doge nur, »wie soll der Angeklagte denn eine Violine in seiner Gefängniszelle bauen? Gewiss habt Ihr auch darüber nachgedacht. Herauslassen werden wir ihn nämlich nicht.«

»Tatsächlich habe ich diesbezüglich eine Idee«, meinte Vivaldi. »Zunächst einmal muss der Geigenbauer umziehen. Vielleicht gibt es einen geeigneten Raum im Gefängnis oder im Dogenpalast, in dem man eine Geigenbauwerkstatt einrichten könnte. Ich werde dem Mann Holz und die nötigen Instrumente und Werkzeuge bringen lassen. Und viele Kerzen muss er bekommen, denn er braucht für seine Arbeit ausreichend Licht.«

»Nun gut« , meinte der Doge und rieb sich den Bauch, »das klingt durchaus interessant. Die Komposition wird himmlisch klingen?«

»Himmlisch«, antwortete Vivaldi knapp.

»So will ich großherzig sein und jemanden zu dem Gefangenen schicken, der ihm Euer Anliegen auftragen wird. Er soll außerdem noch eine Violine für Carrigi bauen.«

Der venezianische Offizier hatte erst vor kurzer Zeit beim Dogen vorgesprochen und ihm angeboten, ihn an seinen Schmuggelmachenschaften zu beteiligen, wenn

Cornaro einwilligen würde, dass Moritz für Carrigi Violinen bauen würde.

»Das kann nicht sein«, entfuhr es Vivaldi entrüstet. Da er den ärgerlichen Gesichtsausdruck des Dogen erblickte, sprach er etwas milder weiter:

»Was hat der Offizier mit Musik zu tun? Warum braucht er eine Violine?«

»Ich bin Euch keine Antwort schuldig«, meinte Cornaro knapp. Vivaldi glaubte, ein leises Zittern in seiner Stimme zu vernehmen.

»Der Offizier hat sich mit seinem Leben für Venedig eingesetzt, er hat zahlreiche venezianische Feinde niedergemetzelt. Er ist wegen seiner militärischen Funktion eine sehr wichtige Person für Venedig. Wenn er sich eine Violine wünscht, wird er sie bekommen.« Die Stimme des Dogen klang so nachdrücklich, dass Vivaldi keine Möglichkeit mehr spürte zu widersprechen.

Cornaro sprang unerwartet auf und verschwand erneut hinter der spanischen Wand.

»Ihr seht, ich habe mit etwas anderem mein Schaffen«, rief er mit kraftloser Stimme. »Verschwindet, bevor ich es mir anders überlege, und beginnt mit der Arbeit an meinen Kompositionen. Für den Gefangenen werde ich ein Schreiben verfassen. Und überlegt Euch, wo Ihr geeignetes Holz und die Werkzeuge herbekommt. Vielleicht kann Euch Geigenbauer Goffriller helfen. Falls Ihr in dieser Sache Hilfe braucht, lasst es mich wissen.«

Es krachte erneut aus den Gedärmen des Dogen. Vivaldi achtete kaum darauf, er entschwand erleichtert und erbost zugleich aus den Gemächern Cornaros, um alles Nötige für die entstehende Geigenbauwerkstatt in die Wege zu leiten.

Kapitel 35

Langsam öffnete Anna die Augen, sie lag schräg auf dem Rücken. Etwas Hartes drückte unangenehm in den unteren Teil ihres Schulterblattes, ihre Hüfte brannte und auf der Stirn pochte es übel. Vorsichtig fasste sie mit der Hand dorthin, zog sie jedoch im gleichen Moment erschreckt wieder zurück, denn die Stelle tat fürchterlich weh. Es schien eine aufgeplatzte Wunde zu sein, auf der sich eine dünne Blutkruste gebildet hatte.

Anna war nicht fähig, irgendetwas zu tun. Sie blieb liegen und schaute regungslos in das dichte, dunkle Nadelkleid, das sich über ihr befand. Es gelangte nur spärliches Licht hindurch. Sie fühlte sich matt und schwach, wie in einem Dämmerzustand, dem man nur mit größtem Bemühen entfliehen kann. Sie spürte die Kälte, die von ihrem Körper Besitz ergriffen hatte. Außerdem merkte sie, dass ihre Kehle völlig ausgetrocknet war.

Bleierne Müdigkeit erschwerte es ihr, die Augen offenzuhalten. Da hörte sie das verzweifelte Wiehern eines Tieres. Vorsichtig wendete sie den Kopf nach beiden Seiten. Abermals vernahm sie ein Wiehern. Da kamen ihr die Geschehnisse der letzten Nacht wieder in den Sinn. »Das muss mein Esel sein.«

Langsam drehte sie sich auf die Seite und gelangte stöhnend auf die Knie. Mit größter Anstrengung zog sie sich Stück für Stück am Stamm der Kiefer hinauf, an die sie mit der Stirn geschlagen war. Ihre Hände waren kraftlos, sie rutschte mehrere Male ab und schürfte sich die Handflächen auf. Doch nach einigen Versuchen schaffte sie es und kam zum Stehen. Wackelig lehnte sie sich an den Baum und schaute sich nach allen Seiten um. Sie empfand sich unglaublich geschwächt, ein rasender

Kopfschmerz durchbohrte ihre Schläfen, und die Wunde auf der Stirn gab ein solch intensives Pochen von sich, als wolle sie jeden Moment aufspringen.

Anna schaute sich um, da entdeckte sie nicht weit entfernt unter einer Lärche eine menschliche Gestalt. Erneut hörte sie ein jämmerliches Wiehern, es kam aus derselben Richtung. Mit langsamen Schritten näherte sie sich dem leblosen Körper. Da erblickte sie den Esel. Er lag ein Stück hinter der Gestalt auf der Seite. Auch wenn die Person mit dem Gesicht nach unten auf dem Waldboden lag, erkannte sie an der Kleidung den Fremden. Er trug nämlich eine besondere Jacke aus derbem Wildschweinleder, die Anna sofort aufgefallen war, als er die Stube des Bergbauern betreten hatte.

Der Esel hatte sein Vorderbein unter einem dicken Ast eingeklemmt. Mit verhaltenen Schritten ging Anna auf ihn zu. Sie schwankte, trotzdem musste sie dem Tier unbedingt helfen, denn sie brauchte es für den weiteren Weg. Als sie sich zu dem Esel hinunterbeugte, pochte die Wunde auf ihrer Stirn unangenehm.

Das eingeklemmte Bein war leicht verdreht. Der Esel hob etwas den Kopf, als er Anna bemerkte, doch senkte er ihn wieder auf den Waldboden nieder und blieb liegen. Er versuchte nicht, sich zu befreien. Sicher hatte er es schon mehrere Male probiert und sich dabei arge Schmerzen zugefügt.

»Na, Eselchen«, sprach Anna mit leiser Stimme auf ihn ein, »was hast du denn angestellt? Lass mich mal schauen.« Behutsam strich sie ihm über den Rücken. Bevor sie sich dem Bein richtig widmen konnte, würde sie zunächst den Baumstamm etwas anheben müssen. Sie hoffte, dass der Esel dann instinktiv sein Bein herausziehen würde.

Stöhnend richtete sie sich wieder auf. Der Fremde würde ihr gewiss keine Hilfe sein. Der lag noch immer da, ohne sich zu rühren. »Bitte lass ihn nicht tot sein«, dachte

Anna. Eine genaue Antwort darauf wollte sie in diesem Moment gar nicht haben.

Sie fand einen mitteldicken Ast und stemmte ihn, so weit es ging, unter den Baumstamm. Der Esel schaute ihr mit großen Augen dabei zu, blieb aber ruhig liegen. Anna suchte noch zwei geeignete Stöcke, die dem Esel als Schiene dienen sollten. Sie steckte diese in ihre Jackentasche und auch noch einen Streifen Stoff, den sie von ihrem Hemd abriss, das ohnehin einige Löcher aufwies. Sie hoffte inständig, dass der Esel nicht davoneilen würde, wenn er sich befreit hatte, denn dabei würde er sich bestimmt noch größeren Schaden zufügen. Um das zu verhindern, hatte sie sich bereits etwas ausgedacht.

»Eselchen«, sprach sie auf das Tier ein und strich ihm beruhigend über den Rücken. »Nun musst du mir helfen. Wenn ich es schaffe, den Baumstamm etwas anzuheben, wirst du dein Bein herausziehen, verstanden?« Natürlich gab der Esel keine Antwort, aber Anna fühlte sich besser, während sie mit dem Tier sprach. Und ganz dumm war es ja vielleicht nicht.

Anna stieg auf den Ast und ging Schritt für Schritt langsam nach außen. Mit den Händen hielt sie sich währenddessen an einem Zweig fest, der sich in Kopfhöhe neben ihr befand. Sie hatte Glück, wie geplant erreichte sie einen Winkel, an dem sich der Baumstamm ein kleines Stück anhob. Der Esel musste genau diesen Moment erwartet haben, denn er zog sein Bein heraus.

Sogleich versuchte er verzweifelt sich aufzustellen. Anna hatte diese Situation vorausgesehen und sprang zu dem Esel hinunter. Sie bekam ihn geschickt zu packen und schaffte es, den Lederzügel, den sie kurz zuvor von seinem Hals gelöst hatte, um seine Hinterbeine zu binden. Nun war es ihm nicht möglich, sich aufzustellen. Sie geriet dabei völlig aus der Puste, doch versuchte sie, ruhig auf den Esel einzureden. Gleichzeitig zog sie einen der Stöcke und den Stoffstreifen aus ihrer Jacke.

»So, Eselchen, jetzt werde ich dein Bein schienen. Du brauchst keine Angst zu haben.« Behutsam strich sie über die Verletzung, doch der Esel zuckte erschreckt zusammen und versuchte aufs Neue loszukommen. Anna hatte die beiden hinteren Beine unter Kontrolle. Der Esel hatte keine Chance, sich aufzurichten.

»Schon gut, ich will dir ja nicht weh tun. Dein Bein ist gewiss gestaucht und es könnte gebrochen sein. Wenn du ruhig liegen bleibst, kann ich dir eine Schiene anlegen.«

Als ob der Esel Anna verstehen würde, ließ er sich das Bein tatsächlich schienen. Er beäugte sie immer wieder dabei und bleckte einmal seine Zähne, weil es wohl doch sehr weh tat.

»Wenn es nicht kompliziert gebrochen ist«, erklärte Anna dem Esel, »werde ich für dich Beinwellwurz suchen, das ist eine Pflanze. Sie besitzt für die Heilung von Brüchen und Wunden eine entzündungshemmende und schmerzlindernde Wirkung. Du wirst sehen, sie hilft nicht nur Menschen, sondern auch dir.«

Als sie fertig war, löste sie die Riemen an den Hinterbeinen. Der Esel gelangte ungeschickt auf die Beine. Für einen Moment blieb er stehen, ohne sich zu bewegen. Es schien, als müsse er erst einmal zu sich kommen.

Anna nutzte auch diese Situation, legte dem Esel den Riemen wieder an und band ihn an einem Baum fest. Dann sank sie in die Knie und stieß einen Seufzer aus. »Was steht mir denn noch alles bevor?«, dachte sie erschöpft. Sie blickte sich um, da bemerkte sie den Rucksack, in dem sich die Geige befand. Er lugte etwas abseits unter einem Farn hervor. Anna wollte gerne einen Blick hineinwerfen, um zu sehen, ob die Geige unbeschädigt war, doch zuvor wollte sie wissen, wie es dem Fremden ging.

Vorsichtig stand sie auf. Genau wie der Esel blieb auch sie für einen Moment unbewegt stehen, weil ihr schwarz vor Augen geworden war. Als es ihr wieder besser ging, näherte sie sich langsam dem Italiener. Sie atmete tief durch, denn sie hatte Angst vor seinem Anblick, dann schob sie ihren Fuß unter die Schulter des Mannes und hob ihn etwas an, damit sie in sein Gesicht schauen konnte. Was sie nun sah, ließ ihr das Blut in den Adern gefrieren. Das Gesicht des Fremden war völlig entstellt, die eine Gesichtshälfte war eingedrückt und kleine Tierchen krabbelten auf dem Blut herum. Schnell zog sie ihren Fuß unter ihm heraus und sprang angewidert zur Seite. Ein Brechreiz überkam sie, doch außer Galle verließ ihren Körper nichts.

Anna war verzweifelt. Sie vergrub ihr Gesicht am Rücken des Esels und weinte. »Mein Gott, was passiert denn nur mit den Menschen, die in meiner Nähe sind? Warum nimmst du sie mir alle weg? Warum muss ich allein sein? Was soll ich denn jetzt nur machen?« Bei den letzten Worten hatte sie den Kopf gehoben und sie laut in den Wald hineingerufen.

Der Esel wendete seinen Kopf und schaute sie treu an.

»Dich hab ich noch, Esselchen, na klar. Nimm es mir nicht übel.« Sie strich dem Tier über den Hals und wischte sich die Tränen aus den Augen. Die Nase putzte sie sich am Ärmel ab. Dann schaute sie durch einen Schleier aus Tränen hinab zu dem toten Mann. Da kam ihr eine Idee.

Kapitel 36

Moritz hielt den Brief des Dogen in der Hand und betrachtete erstaunt dessen Siegel. Vor einigen Minuten hatte ihm einer der Wärter den Brief übergeben, besser gesagt, vor die Füße geworfen.

»Lest dieses Schreiben, soweit Ihr in der Lage dazu seid.« Dann hatte sich der Mann umgedreht und wollte die Zelle wieder verlassen.

»Geht nicht. Was hat das zu bedeuten? Was ist das für ein Schreiben?« Moritz war hinter dem Mann hergestürzt. Er hatte ihn fast erreicht, da stellte sich ihm ein anderer Wärter in den Weg, packte ihn an den Schultern und schubste ihn wieder in die Zelle hinein.

»Zurück mit dir, Bürschchen«, schimpfte er dabei, warf die Zellentür zu und verriegelte sie unter lautem Fluchen.

Moritz fiel unsanft auf den Boden und blieb dort liegen. Er war körperlich zu schwach, um sich dem Mann zu widersetzen. Seitdem er in der Zelle einsaß, hatte er merklich abgenommen. Die Hose schlackerte auf den Hüften und er fühlte sich schwach und ausgedörrt. Zwei magere Suppenmahlzeiten und eine Scheibe Brot bekam er am Tag. Das Wasser schmeckte abgestanden und roch übel. Moritz trank nur wenig davon, um nicht krank zu werden.

Einige Zeit blieb er auf dem Boden liegen und starrte vor sich hin. Dann fiel ihm der Brief wieder ein. Er rappelte sich auf und ging schlurfend zum Fenster hinüber, um sich das Schreiben besser ansehen zu können.

»Mein Urteil steht gewiss nicht in dem Brief, das hätten mir die Wächter wohl auf andere Weise zugetragen. Was will der Doge von mir, verdammt noch mal?« Moritz trat mit dem Fuß gegen die Mauer. Er verlor mehr und mehr die Beherrschung. Es musste doch eine Verhandlung geben, man konnte ihn doch nicht einfach wegsperren. Seit Friedrichs Tod hatte niemand mehr mit ihm gesprochen. Moritz hatte sich angewöhnt, Selbstgespräche zu führen, doch nagte das Alleinsein allzu sehr an ihm. Den einzigen Trost fand er beim Geigespielen.

Moritz drehte den Brief mehrmals um und besah ihn sich von allen Seiten. Auch roch er daran, aber er konnte nichts Ungewöhnliches feststellen. Warum sollte sich im Inneren des Briefes etwas befinden, das ihm Schaden zufügen würde? Nach kurzem Zögern zerbrach er das Siegel und entfaltete das Papier. Moritz staunte sehr, als er darin die Forderungen des Dogen las.

»Ihr werdet für meinen hochgeschätzten Freund und Komponisten Antonio Vivaldi eine hervorragende Violine bauen und ebenso für Signore Carrigi. Dafür werde ich Euer Leben verschonen, zumindest für die nächsten Monate. Nach Fertigstellung der Violinen werde ich erneut über Eure Verurteilung befinden. Bis dahin könnt Ihr nach allem verlangen, was Ihr braucht, um die besten Geigen zu bauen, die man in Venedig je gehört hat. Ihr werdet in einen anderen Raum verlegt werden, der es zulässt, dort Instrumente zu bauen. Die Violine, auf der Ihr bisher in Eurer Zelle gespielt habt, wird in Eurer Hand bleiben. Spielt sie, damit ihr Klang noch schöner wird und damit Ihr Eure Kunstfertigkeit darauf behaltet. Denn nur dann könnt Ihr die neuen Geigen einspielen und zu einem weiteren Meisterinstrument machen. Ich möchte, dass mir Vivaldi alsbald eine seiner neuen Kompositionen darauf vorspielen wird. Aus diesem Grund werdet Ihr ihm die Violine ohne Widerspruch aushändigen. Ihr bekommt sie wieder zurück, wenn Vivaldi sie nicht mehr benötigt. Meinen Wünschen solltet Ihr Euch nicht

widersetzen. Ansonsten kann ich nicht für Euer Leben garantieren. Es liegt an Euch, ob Ihr leben oder sterben werdet.«

Moritz war schockiert, als er über die Zeilen nachdachte. »Es wird zunächst keine Verhandlung geben, dieser Befehl des Dogen wird das Urteil über mich weiter hinauszögern. Ich bin aber unschuldig. Ich habe ein Recht auf eine Verhandlung «

Moritz wurde ganz schwindelig, als er darüber nachdachte, wer alles über sein Leben entschied. Oder war es nur der Doge, der alle Fäden in der Hand hielt?

Natürlich war er froh, dass er endlich eine Aufgabe erhalten würde und nicht mehr nur stumpfsinnig Stunden verstreichen lassen musste. Die Melancholie nagte schwer an ihm und die Melodien seines Violinspiels hatten an Tragik zugenommen. Manchmal unterbrach er sein Spiel, weil er über sich selbst erschrocken war.

»Es ist durchaus eine Ehre für mich, für Vivaldi eine Violine zu bauen. Seltsam ist es schon, dass der mächtige Doge die Forderung ausspricht, ich solle ebenso für Carrigi eine Geige anfertigen. Da muss doch noch mehr dahinterstecken.«

Moritz hatte von dem großartigen Komponisten Vivaldi gehört. Dass dieser mit dem Dogen eng bekannt war, missfiel ihm. Für den bösartigen Söldner eine Violine zu bauen, darauf wollte sich Moritz auf keinen Fall einlassen. Es musste einen Weg geben, dies zu vermeiden.

Den Zeilen konnte er entnehmen, dass dem Dogen die Violine für Vivaldi besonders wichtig war, also würde er mit dieser Geige beginnen. Sie würde ohnehin einige Zeit in Anspruch nehmen, denn bisher hatte er für den Bau einer Violine um die zweihundert Stunden benötigt. Dennoch hatte die Sache einen Haken, denn die wundervolle Violine, die er spielte, hatte Anna gebaut und nicht er. Er hatte bisher kein Instrument mit einem solch wundervollen Klang zum Leben erweckt. Seine Violinen waren gut, aber nicht hervorragend, und ob es ihm gelingen würde und dann auch noch in dieser Zelle, da war er sich ganz und gar nicht sicher. Dennoch er hatte keine Wahl, er musste es versuchen.

»Vielleicht meint es ja das Schicksal gut mit mir und der Söldner ist bis dahin längst fort aus Venedig oder gar tot. Womöglich begnadigt mich der Doge«, sprach Moritz vor sich hin. »Nur wie zum Teufel hat er sich das mit dem Geigenbau eigentlich vorgestellt?«, entfuhr es ihm resigniert. »Hier ist doch nichts außer Stroh, Feuchtigkeit und Unrat. Er hat geschrieben, dass man mich in eine andere Kammer bringen wird...«

In diesem Moment hörte er ein lautes Poltern vor der Tür. Moritz faltete erschrocken den Brief zusammen und steckte ihn in seine Jackentasche. Dann ging er ein paar Schritte zurück, bis er die kalte Mauer in seinem Rücken spürte. Im gleichen Moment wurde die Zellentür geöffnet. Herein traten zwei Männer.

»Wir werden dich an einen anderen Ort bringen. Komm!«

Moritz nahm die Violine und schlurfte benommen aus der Zelle.

»Beeil dich, wir haben nicht ewig Zeit«, drängten die Wärter und schoben ihn aus der Zelle hinaus. Dann packte ihn der eine am Arm und zog ihn mit sich. Es ging dunkle, muffige Gänge entlang und zahlreiche Treppenstufen hinunter. Schließlich überquerten sie für Sekunden, in denen Moritz die Luft einzusaugen versuchte, einen Platz; dann ging es wieder in einen anderen Gebäudetrakt hinein. Dort zerrte ihn der Wachmann unter lautem Fluchen eine Treppe hinauf und einen weiteren düsteren Gang entlang. Schließlich schubste er ihn in eine Zelle hinein, deren Tür offen stand, und ließ sie hinter ihm krachend ins Schloss fallen. Moritz sank in die Knie. Als er wieder etwas zu Atem kam, sah er sich um. Es war keine richtige Zelle, in der er sich befand. Es sah eher wie ein Aufenthaltsraum aus, zwei Tische standen dort und ein Stuhl. Der Raum war zwar vergittert, doch war es herinnen viel heller als dort, wo er zuvor gewesen war. Während er erschöpft auf dem Boden kauerte, wurde die Tür erneut geöffnet. Zwei Wächter brachten nach und nach mehrere Bretter herbei sowie Stiegen, die mit Holz und Werkzeugen beladen waren, und stellten sie auf den Tischen ab. Als sie hinausgingen, trat ein kleiner, unscheinbar aussehender, blasser Mann herein. Er verschloss die Tür hinter sich und ging mit ernster Miene auf Moritz zu. Erstaunlicherweise verneigte er sich leicht dabei.

»Seid gegrüßt, mein Name ist Giuseppe Marino, mich schickt der ehrenwerte Komponist Antonio Vivaldi. Sicher habt Ihr schon von ihm gehört. Er kennt Euch, denn er hat Euch auf Eurer wunderbaren Violine spielen gehört. Ihr habt soeben alle wichtigen Utensilien erhalten, um für ihn ein ebenso wohlklingendes Instrument zu bauen, das er zu Ehren des Dogen spielen wird. Ich stehe in engem Kontakt zu meinem Cousin Matteo Goffriller, der ebenso wie Ihr ein Geigenbauer ist. Er wäre nicht begeistert, wenn er wüsste, dass ich aus seiner Werkstatt Holz und Handwerkszeug entwendet habe, um es einem Verbrecher zu geben, der mit diesen Dingen eine bessere Violine bauen wird, als er selber es vermag. Von mir wird er es nicht erfahren und von Euch ohnehin nicht. Denn zum einen seid Ihr hiermit verpflichtet, Stillschweigen darüber zu bewahren, und zum anderen sitzt Ihr ohnehin in diesem üblen Gefängnis ein und kommt so schnell nicht wieder heraus.«

Moritz kochte vor Wut, er ging mit geballten Fäusten einen Schritt nach vorne und wollte widersprechen, doch Marino ließ ihn nicht zu Wort kommen.

»Vivaldi hat mich beauftragt, Euch alles zu bringen, was Ihr benötigt, um eine hervorragende Violine zu bauen. Es soll Euch an nichts mangeln. Also schickt nach mir, wenn Ihr etwas braucht.«

Der Mann wendete sich zum Gehen.

»Ich muss erst sehen, was Ihr gebracht habt, bevor ich weiß, ob etwas fehlt«, entfuhr es Moritz bissig. Er stand noch immer mit geballten Fäusten da.

»Sicher! Tut das, aber haltet Euch im Zaum. Der Doge hat Euch in der Hand«, meinte Marino süffisant. Ohne eine Miene zu verziehen, schaute er Moritz abschätzend an. Dann fuhr er fort: »Fällt Euch noch etwas ein, ansonsten möchte ich dieses dreckige Loch gerne verlassen.«

Moritz spürte, dass sich sein Magen vor Wut und Hunger umzudrehen drohte. Außerdem war sein Hals ausgetrocknet. Er war sich bewusst, dass man ihn in der Hand hatte, und darüber war er tief bestürzt. Doch er versuchte sich zu beherrschen und sprach mit fester Stimme:

»Um arbeiten zu können, muss ich gestärkt sein. Lasst mir drei anständige Mahlzeiten pro Tag bringen und reichlich frisches Wasser zum Waschen und Trinken. Außerdem brauche ich eine gute Schlafstatt, gutes Licht, und der Eimer für die Notdurft muss täglich geleert werden.«

Der Mann schaute Moritz schweigend an, dann nickte er. »Ich werde alles in die Wege leiten. Macht Ihr derweil Euer Werkzeugbrett zurecht und schaut, ob Ihr alles habt.«

Er nickte Moritz zu und klopfte an die Tür, die kurz darauf geöffnet wurde. Dann verschwand er nach draußen, die Zellentür fiel erneut ins Schloss und ließ Moritz zusammenzucken.

Kapitel 37

Zitternd durchsuchte Anna die Jacke des Fremden, die sie ihm soeben vom leblosen Körper gezogen hatte. Hin und her hatte sie Gastoldi drehen müssen, bis es ihr endlich geglückt war. Um nicht in sein entstelltes Gesicht blicken zu müssen, hatte sie ihr zerrissenes Hemd ausgezogen und es ihm über den Kopf gelegt. Schlotternd vor Kälte hatte sie dann ein frisches Hemd und wieder das Wams übergestreift.

In Gastoldis Jacke fand Anna Papiere und etwas Geld.

»Gewiss hat er einen viel höheren Betrag bei sich, weil er doch Holz kaufen wollte«, dachte Anna.

Noch einmal suchte sie die Jacke ab und spürte etwas Hartes. Es musste in das Futter der Jacke eingenäht sein, denn sie bekam es nicht zu fassen. Mit zitternden Fingern löste sie an einer Seite den Stoff. Ein Bündel Geldscheine kam zum Vorschein.

So viel Geld hatte Anna zuvor noch nie in den Händen gehalten. Schnell stopfte sie es wieder in das Futter zurück, dort schien es ihr sicher zu sein. Dann streifte sie sich geschwind die Jacke über. Sie war etwas weit und die Ärmel waren zu lang. Das war Anna egal, denn sie merkte, dass ihr augenblicklich wärmer wurde.

Mit großer Kraftanstrengung zog sie dem Mann auch noch die Stiefel aus. Diese waren ebenfalls aus derbem Leder und sahen so aus, als ob sie einiges aushalten könnten. Sie waren ihr zwar auch etwas zu groß, aber mollig warm. Bei nächster Gelegenheit würde Anna noch ein paar weitere warme Socken überziehen, bestimmt würden sie dann nahezu passen.

Nun stand sie in der Jacke und den Stiefeln eines fremden Mannes da. Vor wenigen Augenblicken war sie noch

Ferdinand gewesen, nun war sie in die Gestalt Emanuel Gastoldis geschlüpft. Sie nahm sich vor, im Gedenken an Ferdinand weiter seinen Namen vor den Emanuels zu stellen. Sie dachte darüber nach und kam zu dem Entschluss, sich ab dem heutigen Tag Fernando Emanuel Gastoldi zu nennen. Mit den Papieren des Italieners und ihrem neuen Aussehen würde man sie kaum ausfindig machen können. Auch nicht Carrigi, der ihr vielleicht noch immer auf den Fersen war. Vielleicht hatte er schon längst Venedig erreicht, denn er konnte ja einen direkten Weg dorthin nehmen.

Nur die Haare musste sich Anna noch schneiden, doch dies wollte sie erst machen, wenn sie eine Unterkunft im Tal gefunden hatte. Bis dahin würde sie ihre Haare weiter unter Ferdinands Kappe verbergen.

»Wenn ich es geschickt anstelle und mir das Glück zur Seite steht, kann ich es schaffen, bis nach Venedig zu gelangen«, dachte Anna.

Bis dahin war es noch ein weiter Weg. Es galt erst einmal, aus dem Wald herauszukommen und unbeschadet nach Innsbruck hinabzusteigen.

Bevor sie das tat, musste sie für Gastoldi ein Grab schaffen. Da sie keine Schaufel oder anderes Werkzeug bei sich trug, wollte sie dem Italiener ein Grab aus Kiefernzweigen bereiten.

Zuvor faltete sie seine Hände auf der Brust zusammen. Sein Gesicht war noch immer mit dem Hemd verdeckt. Dann suchte Anna ringsherum auf dem Waldboden Zweige und legte sie über Gastoldi.

Nach einiger Zeit war er nicht mehr zu sehen. Als Anna meinte, dass das Grab fertig sei, band sie noch zwei Stöckchen mit einem Streifen Stoff zusammen. Das sah nun wie ein Kreuz aus; sie steckte es oberhalb von Gastoldis Kopf in die Erde. Es kostete sie einige Anstrengung, denn der

Boden war gefroren. Anschließend stellte sich Anna neben sein Grab und faltete ihre schmerzenden Hände zum Gebet. »Nimm ihn auf in dein Reich, guter Gott.« Dann schwieg sie. Mehr Worte wollten ihr nicht über die Lippen kommen, denn innerlich zürnte sie mit Gott. Hatte er ihr doch allzu viele Menschen genommen.

Einen Moment blieb sie noch bei dem Italiener stehen, dann ging sie zum Farn hinüber und ergriff ihren Rucksack. Behutsam öffnete sie ihn. Ein Lächeln huschte über ihr Gesicht, denn das Instrument schien unbeschädigt zu sein. Darauf spielen wollte sie jetzt nicht, sie zog es vor, sich lieber still zu verhalten. Vielleicht würde sie sonst einen fremden Menschen oder auch ein Tier anlocken. An der Gesellschaft eines hungrigen Marders oder Fuchses oder gar eines Bären hatte sie absolut kein Interesse.

Anna band den Rucksack mit der Violine sowie den Gastoldis auf dem Esel fest. Ihren eigenen mit dem wenigen Proviant nahm sie wieder auf den Rücken. Hatte er doch ihren Sturz abgefangen und würde sie gewiss auch ein weiteres Mal polstern, falls sie ins Rutschen geriete.

Der Esel war die ganze Zeit über brav an seinem Platz geblieben. Bestimmt hatte er mächtig Hunger und Durst. Aber das musste noch warten. Sie wollte erst aus dem dämmrigen Wald heraus und ein Stück vorankommen. Außerdem besaß sie nur das kleine Fresspaket, das ihr die Bergbäuerin gegeben hatte.

Anna löste den Liederriemen vom Baum, dann setzten sie sich langsam in Bewegung. Der Esel trottete leicht humpelnd hinter ihr her. Anna verließ das Fichtenwäldchen in die Richtung, aus der sie gekommen war. Es waren nur ein paar Meter, die sie über einige Zweige steigen mussten, dann gelangten sie zurück auf die Wiesenfläche. Hier war es hell und Anna konnte endlich wieder durchatmen. Einen Moment blieb sie stehen und schaute sich um. Zur einen Seite ließ sich das Bergmassiv erahnen, es war umhüllt von einem grauen Wolkenmantel. Nach unten ging es auf der Wiese steil bergab, sie war reichlich mit Schneematsch bedeckt. Zur anderen Seite sah sie ein paar mächtige Felsbrocken. Dieser Ort war im Frühling und im Sommer sicher wunderschön und mit vielen Moosen und Blumen bewachsen. Vielleicht diente er als Weide.

Sie ließ ihren Blick umherschweifen und schaute auf das kleine Wäldchen, das sie gerade verlassen hatte. Eigentlich war dies ein schöner Ort. Die Fichten standen nicht zu eng beieinander und sahen etwas ungewöhnlich aus. Sie waren sehr schmalkronig, was sicher daran lag, dass sie sich an das raue Klima mit dem vielen Schnee angepasst hatten.

Anna begann den Abstieg. Es war wirklich sehr steil, genauso, wie es die Bergbäuerin beschrieben hatte. Sie nahm den Weg, aber sie ging in Schlenkern hinab. Deswegen kam sie, trotz des Schneematsches, kaum ins Rutschen. Dem Esel fiel das Laufen schwer, doch blieb er nicht stur stehen, sondern ließ sich von Anna hinabführen.

Plötzlich fuhr sie erschreckt zusammen, denn sie sah im Augenwinkel einen großen Schatten. Unglücklich fiel sie auf ihren rechten Arm. Ein Schmerzensschrei durchschnitt die Stille des Berges.

Kapitel 38

Moritz starrte auf die Tür. Ein kleines Triumphgefühl verspürte er darüber, dass er ab jetzt in einer nahezu sauberen, warmen Kammer wohnte und geregelte Mahlzeiten und reichlich Wasser bekommen würde. Endlich würde er sich reinigen und seinen Bart stutzen können. Auch über die bevorstehende Arbeit war er froh, denn das Nichtstun und Grübeln hatten ihn mürrisch und trübsinnig gemacht. Nun galt es eine schwierige Aufgabe zu bewältigen.

»Aber wie zum Kuckuck kann aus dieser Kammer eine Werkstatt werden?«, dachte er.

Moritz schaute sich den Raum genauer an. Er hatte tatsächlich durch die Tische etwas Gestalt angenommen. Moritz ging zu den Stiegen hinüber, die mit Handwerkszeug vollgepackt waren. Da wurde die Tür ein weiteres Mal geöffnet. Herein kam ein Wärter, der ein Tablett mit Suppe vor sich her trug und ein Gefäß, in dem sich sicher etwas zu trinken befand.

Ohne ein Wort des Grußes und ohne Moritz eines Blickes zu würdigen, ging er an ihm vorbei, stellte das Tablett auf einen der Tische und verließ den Raum. Moritz war ebenfalls sprachlos. Doch hatte er den Duft der Suppe in der Nase, er ging sogleich hinüber. Er vermutete eine Wassersuppe mit Fleischknochen, die dem Ganzen etwas Geschmack geben sollten. Vorsichtig tunkte er den Löffel hinein und rührte auf dem Boden herum, da erblickte er verschiedene Gemüsestücke und Fleischbrocken. Ihn überkam ein mächtiger Hunger. Er stürzte über die Suppe her und löffelte sie hastig aus. Die Flüssigkeit tropfte ihm aus dem Mund und benetzte sein behaartes Kinn, das störte ihn nicht weiter. Er benahm sich wie ein gefräßiges Tier. Sein Hunger war so groß, dass er alles Benehmen darüber vergaß. Erst beim letzten Löffel wurde ihm wieder bewusst: Nur wenn er gute Arbeit leisten würde, hätte er gut zu essen und zu trinken. Er war ein Gefangener des Dogen und seinem Willen ausgeliefert. Diese Tatsache machte Moritz beklommen. Aber hatte er eine Wahl?

Sein Hunger war gestillt, dennoch spürte er ein unangenehmes Gefühl im Magen. Das war kein Wunder, denn er hatte zu schnell gegessen und sein halbverhungerter Körper war nicht mehr auf eine reichliche Mahlzeit vorbereitet.

»Beim nächsten Mal muss ich langsamer essen«, dachte Moritz und strich über seinen Bauch.

Er nahm einen Schluck Wasser, der wohlschmeckend und kühl seine Kehle hinunterlief. Er spürte, dass seine Lebensgeister wieder zurückkehrten, und er erkannte wieder Tatendrang in sich.

»Der Bote Vivaldis hat doch gesagt, ich kann mir alles wünschen, was ich benötige, um vernünftig zu arbeiten. Daran werde ich mich halten. Wenn ich schon unschuldig bin und hier einsitzen muss, soll es mir wenigstens gut gehen.«

Abermals wurde die Tür geöffnet. Dieses Mal waren es zwei Wärter. Sie brachten ein Bett herein.

»Wartet«, sprach Moritz, als sie gehen wollten, »ich will es erst ausprobieren. Die beiden Männer schauten sich etwas irritiert an, doch ließen sie ihn gewähren. Moritz legte sich auf das Bett. Freude stieg in ihm auf bei dem Gedanken, dass er von nun an nicht mehr auf dem Boden schlafen musste, doch spürte er, dass die Matratze reichlich durchgelegen war.

»Die Matratze taugt nichts, bringt mir bitte eine neue«, forderte er. »Noch in dieser Stunde, denn ich möchte mich zum Schlafen legen, um mich dann ausgeruht an die Arbeit machen zu können, die mir der Doge aufgetragen hat.«

Die beiden Wärter warfen sich einen erstaunten Blick zu, lehnten sein Ansinnen aber nicht ab. Sie packten die Matratze und schafften sie wieder nach draußen. »Danke!«, rief ihnen Moritz hinterher. Als sie fort waren, ging er zu den Stiegen hinüber und besah sich die Werkzeuge näher. In einer Stiege lagen verschiedene Hobel, Messer und Ausstecheisen.

»Eigentlich ganz schön leichtsinnig, einem Verbrecher solche Gerätschaften zu überlassen. Damit könnte ich den Wächter töten und versuchen, mir den Weg in die Freiheit zu verschaffen. Das traut man mir wohl nicht zu, weil man mich gar nicht für einen Verbrecher hält. Aber wenn man von meiner Unschuld überzeugt ist, könnte man mich doch auch freilassen. Es scheint, als behielten sie mich nur hier, um an eine weitere wundervolle Geige heranzukommen ...«

Moritz war verärgert, er strich über verschiedene Holzstücke. Währenddessen kam der Frieden langsam wieder zu ihm zurück. Das Holz fühlte sich warm und weich an und es verströmte einen einzigartigen Geruch, der ihm vertraut war und den er liebte. Moritz verdrängte seine Gedanken an den Dogen und schaute sich weiter um. Er entdeckte ein Zargenbrettchen, ein Formbrett und ein Biegeisen für den Korpus, auch an verschiedene Öle hatte der Bote des Dogen gedacht. Einem Geigenbauer Öl zu entwenden war wohl das Übelste, was diesem passieren konnte.

»Ich werde es nicht verwenden. Das kann ich nicht machen. Da muss ich mir etwas anderes einfallen lassen. Wenn ich sehe, was mir alles gebracht wird, ist dies für Geigenbaumeister Goffriller ein großer Verlust. Eines Tages werde ich mich ihm erklären und vielleicht kann ich den Diebstahl der Sachen wiedergutmachen«, hoffte Moritz.

Unter der einen Stiege lag ein großes Brett; auch Hammer und Nägel sowie Lederriemen konnte er finden. Er lehnte das Brett an die Wand und begann, daraus ein Werkzeugbrett zu gestalten. Moritz hämmerte die Lederbänder an das Holz und hängte in die entstandenen

Schlaufen einzelne Werkzeuge hinein. Er war in seine Arbeit vertieft und merkte gar nicht, dass jemand in den Raum gekommen war. Erst als sich die Person räusperte, drehte sich Moritz erschrocken um. Es war der Bote Vivaldis.

Hinter ihm kamen zwei Wächter herein, die eine neue Matratze brachten. Diesmal sagte Moritz nichts dazu, denn sein Augenmerk war auf zwei besonders schöne Ahornhölzer gerichtet,

»Diese würden sich gut für die Zargen eignen«, dachte er.

»Wie ich sehe, habt Ihr Euch gut eingerichtet. Vivaldi ist von Eurer Unschuld überzeugt, seiner Fürsprache habt Ihr es zu verdanken, dass Ihr Geigen bauen dürft. Der Doge glaubt ihm und schenkt Vivaldi und ebenso Euch Vertrauen, wenngleich Ihr hier einsitzt. Ihr solltet es nicht missbrauchen.

Der eigentliche Grund, warum ich noch einmal gekommen bin, ist die Violine, auf der Ihr täglich spielt. Ich möchte, dass Ihr mir das Instrument aushändigt. Bis zum Morgengrauen wird es wieder in Euren Händen sein. Ich werde mich mit der Rückgabe beeilen, da Ihr sie sicher als Vorbild für Eure Arbeit benötigt.«

Moritz blieb sprachlos stehen. Annas Geige diesem Mann zu übergeben, war ihm zuwider. Doch konnte er sich dem Befehl nicht entziehen.

»Die Violine«, sagte der Bote in strengem Ton und streckte die Hand aus.

Moritz ging in eine Ecke und holte das Instrument mit seinem Kasten hervor. Dann übergab er es schweigend dem Boten.

»Wenn der Morgen erwacht, habt Ihr sie wieder.«

Er verließ die Zelle. Moritz war sich nicht sicher, ob er das Instrument jemals wiedersehen würde.

Kapitel 39

Der Schatten war ein riesiger Bergadler gewesen, der über Anna hinweggeflogen war. Sie war unglücklich auf den Ellbogen gestürzt und rieb ihren schmerzenden Arm. Sie schlüpfte mit der anderen Hand in den Jackenärmel hinein und tastete ihn behutsam ab. Zum Glück schien er nicht gebrochen zu sein. Der zunächst starke Schmerz ließ allmählich nach. Gewiss hatte das derbe Leder der Jacke das Schlimmste verhindert.

Auch der Esel war für einen Moment unruhig geworden, doch Anna hatte seine Zügel kurz genommen und hatte ihn gut im Griff. Sie atmete tief aus und klopfte ihm beruhigend auf die Seite.

»Hab keine Angst, der Adler nistet sicher irgendwo in den Felsen.« Abermals klopfte sie ihm auf die Seite. »Wir müssen weiter. Komm!«

Vorsichtig erhob sie sich. Der Schneematsch hatte ihre Hose durchnässt. Sie hatte jetzt aber keine Zeit, sie gegen eine trockene zu wechseln. Anna wollte noch ein großes Stück des Abstieges schaffen. Sie schob den Esel etwas an, langsam setzte er sich wieder in Bewegung.

Die vielen Meter, die sie am Waldrand bergab gingen, konnten sie problemlos überwinden. Die Vegetation änderte sich allmählich. Zunächst säumten Fichten, Lärchen und Tannen ihren Weg. Dann erkannte Anna mehr und mehr Laubbäume wie Rotbuche und Bergahorn. Über den Anblick des Ahorns freute sie sich sehr, denn sein Holz wurde für den Geigenbau benötigt. Daraus konnte man prächtige Geigendecken herstellen.

Sie schaute sich während des Abstiegs die Stämme etwas genauer an. Zum Teil waren es stattliche Bäume mit enormem Durchmesser, die sehr gerade gewachsen waren. Sicher war der eine oder andere ideal für eine neue Violine geeignet.

Gastoldi hatte erzählt, dass er auf der Suche nach alten Bergfichten war. Ein solcher Baum könne zweihundertfünfzig Jahre alt werden, dann hätte er eine Höhe von dreißig Metern und eine Stärke von fünfzig Zentimetern. Ein Baum, der so gewachsen war, würde perfektes Klangholz bieten und wäre ideal für den Instrumentenbau geeignet. Gerne hätte sie einige Fragen an Gastoldi gerichtet. Er hatte bei den Mosers noch berichtet, dass das Tonholz nach dem Schlagen lange getrocknet werden müsse, damit alle Spannungen abgebaut würden. Der Zeitraum des Trocknens hätte sie sehr interessiert, aber diese und andere Fragen konnte sie ihm nun leider nicht mehr stellen.

Zu Beginn des Abstiegs hatte Anna gemerkt, wie sie in den Stiefeln hin und her rutschte. An den Fersen und den kleinen Zehen bildeten sich allmählich Blasen. Zunächst brannten sie, aber nach einer gewissen Zeit achtete sie nicht mehr darauf, sondern stieg stur und konzentriert den Berg hinab. Bestimmt waren sie inzwischen geplatzt und das Wundwasser herausgelaufen. Aber zum Verarzten blieb keine Zeit. Nur ein paar Minuten verweilte Anna, um etwas zu trinken und einen Happen Brot zu essen. Auch dem Esel gab sie davon etwas ab, er aß es freudig.

Das Wetter klarte sich auf. Je tiefer sie stieg, desto mehr nahm der Schneematsch ab und die Sicht wurde besser. Endlich gelangte sie auf einen Weg, der hinab ins Tal führte. Diesen nahm sie und kam nun mit dem Esel besser voran. Sie kreuzte einen weiteren Weg und nach wenigen Metern sah sie auf einer Bergwiese eine Hütte stehen. Sie zog sich die Kappe etwas tiefer ins Gesicht und ging mutig darauf zu. Vor der Hütte stand ein junger Mann, der an einem Leiterwagen herumhantierte.

»Gott zum Gruß«, sagte er, als er Anna erblickte. »Was führts denn Euch mit einem Esel in diese Gegend? Kommts Ihr von der Alm?«

Anna räusperte sich, damit ihre Stimme die richtige tiefe Klangfarbe hatte. »Ja, so ist's,«, meinte sie, »wir kommen von da oben. Nach Klangholz habe ich geschaut.«

»Da seids Ihr schon der zweite, der mit Instrumenten zu tun hat. Unten im Gasthof ist vor ein paar Tagen ein Mann aus Venedig abgestiegen, der hat auch nach solchem Holz gesucht.«

Anna wurde vor Aufregung ganz flau im Magen. Sie befürchtete, dass es Carrigi war, der dort verweilte. Aber andererseits musste er doch schon längst nach Venedig gezogen sein.

War der Mann allein?«, fragte sie vorsichtig.

»Ja, schon. Kennts Ihr den?«

»Schon möglich«, flunkerte Anna, sie wusste nicht, wie sie sich verhalten sollte. Aber sie entschied sich, dass es nicht der Offizier sein konnte.

»Man kennt sich eben so unter Fachleuten. Auch ich will nach Venedig.«

»Dann müssts Ihr Euch beeilen, weil der Mann noch in dieser Woche los will. Vielleicht nimmts der Euch mit. Nur der Esel da, der muss wohl im Dorf bleiben. Die Fahrt nach Venedig ist weit und Euer Esel siehts mir schlapp aus.«

»Wenn Ihr mir Euren Namen sagt und mich der Mann wirklich mitnimmt, und wenn Ihr mir und dem Esel jetzt etwas zu essen gebt, könnt Ihr das Tier haben. Ich werde es für Euch im Dorf zurücklassen.«

Auf dem Gesicht des jungen Mannes zeigte sich ein Lächeln. Er war sichtlich zufrieden über das Geschäft, das bevorstand.

»In Ordnung«, sagte er. «Ihr könnts Euch da am Brunnen waschen und etwas trinken. Ich bringe Euch Brot und Schmalz heraus.«

Anna war froh, als das kalte Wasser über ihre Hände und das Gesicht lief und sie ihre Kehle damit benetzte. Jetzt erst merkte sie, wie erschöpft sie war. Doch zu langem Verweilen blieb keine Zeit, denn die Dämmerung zog auf. Sie aß das Brot, das der junge Mann ihr reichte. Eine junge Frau schaute noch zur Tür heraus und grüßte sie. Anna nickte nur und hatte die Kappe ins Gesicht gezogen, so weit es ging. Sie war lieber vorsichtig, denn Frauen erkannten anscheinend einander, so war es schließlich bei der Bergbäuerin gewesen. Anna wollte kein Risiko eingehen, sie musste den Schein ihrer Gestalt wahren, um nach Venedig zu kommen. Wenn die Frau sie für einen Stoffel und unhöflich hielt, war ihr dies gleich.

Als sie fertig gegessen hatte, erklärte ihr der Mann den Weg. Er stellte sich ihr noch mit seinem Namen vor:

»Staiger heiß ich, man kennts mich im Dorf, lassts den Esel nur stehen. Den hol ich mir dann schon.«

Anna verabschiedete sich und machte sich auf den Weg.

Es ging ein paar Kurven hinab ins Tal und schließlich kam sie zu einem kleinen Dorf mit recht hübschen Häusern, die alle mit Holz verkleidet waren. Sie war erleichtert, dass sie es endlich geschafft hatte.

Ein paar Leute waren auf der Straße und nickten ihr zu. Anna nickte freundlich zurück. Sie ging die Dorfstraße entlang, genau wie es ihr Staiger erklärt hatte, und kam nach kurzer Zeit zu einem Gasthof. Über dessen Tür hing eine Holztafel, auf die eine Weinkaraffe und Trauben gemalt waren. Anna blieb stehen. In diesem Augenblick kam ein Mann in Stiefeln, Hut und Jacke heraus. Er hatte eine große Ledertasche über der Schulter hängen.

»Aus dem Weg«, sagte er mürrisch, »ich habe es eilig.«

Anna blickte ihm nach, er betrat einen Hinterhof. Sie folgte ihm und sah, dass dort ein vollgepacktes Gefährt stand, das abfahrbereit war. Anna war sich sicher, dass dies der Mann sein musste, der nach Venedig wollte. Schnell packte sie ihre Rucksäcke vom Esel und eilte zu dem Mann hin. Sie ergriff die Zügel des Pferdes und streichelte sein Gesicht.

»Geht aus dem Weg«, schimpfte der Mann, »was macht Ihr da, ich muss los.«

»Ihr fahrt nach Venedig, ist das richtig?«, fragte sie den Mann mit tiefer Stimme. Er blickte sie seltsam an.

»Warum sollte Euch das interessieren, ich habe Euch hier noch nie gesehen. Was haltet Ihr mich auf? Tretet zur Seite.«

»Wenn Ihr mich mitnehmt, soll es Euer Schaden nicht sein. Ich werde gut bezahlen.«

Der Mann musterte Anna kurz.

»Ich warne Euch, wenn Ihr ein Dieb seid, werdet Ihr die Fahrt nicht lebend überstehen.«

»Wo kann ich sitzen?«, fragte sie nur.

»Es wird Euch einiges kosten.«

»Das leuchtet mir wohl ein.«

»Klettert hinten hinauf, da ist noch Platz.«

Anna war sicher, dass der Mann im gleichen Moment losfahren würde, in dem sie nach hinten gehen würde. Wahrscheinlich würde sie ihn dann nicht mehr einholen können. Sie blickte sich um, ob sie irgendetwas erblickte, das ihn aufhalten könnte. Und tatsächlich kamen in diesem Moment ein paar Männer aufgebracht gestikulierend in den Hofeingang gestürmt. Der Mann mit dem Gefährt war abgelenkt und Anna hatte genug Zeit, hinten aufzuspringen. Sie fand tatsächlich Platz für ihre Taschen und die Beine konnte sie sogar etwas hochlegen. Bestimmt war das der Wirt, der da herbeigeeilt kam.

»Der will gewiss wegen des Esels schimpfen«, dachte Anna. Aber er kam nicht dazu, denn der Mann fuhr mit dem Wagen bereits an und rollte an den Männern vorbei.

»Aber der Esel ...«, schrie der eine von ihnen laut.

»Den Esel wird der Staiger abholen«, rief ihm Anna zu.

»*Arrivederci*«, verabschiedete sich der Mann auf dem Wagen und schon fuhren sie durch das Hoftor davon.

Die Männer schauten dem Wagen etwas irritiert hinterher, aber der Name schien sie zu beruhigen, denn sie blieben stehen und hörten auf zu schreien.

Hinaus ging es aus dem Dorf und hinein in ein kleines Tal. Anna spürte das sanfte Holpern unter sich und auf einmal überkam sie eine Müdigkeit, die sie augenblicklich in einen tiefen Schlaf zog. Zuvor hatte sie sich zwischen zwei Säcke gelegt, da würde sie nicht so leicht vom Wagen herabstürzen können. Auch würde sie dort etwas vorm Wetter geschützt sein. Die Rucksäcke hatte sie mit den Riemen aneinander befestigt und diese hatte sie wiederum an ihre Handgelenke gebunden. Würde man sie ihr entwenden wollen, während sie schlief, würde sie sicher sofort aufwachen. Um das Geld in ihrer Jacke machte sie sich keine Sorgen, das war ja gut verborgen im Futter eingenäht.

Kapitel 40

Moritz lag auf seinem Bett und hatte die Hände im Nacken verschränkt. Er lauschte den Geräuschen, die er um sich herum vernahm. In der einen Ecke der Zelle raschelte es, bestimmt war es eine Maus, die durch ein Loch in der Mauer hereingeschlüpft war. »Es wird schon keine Ratte sein«, dachte er und machte sich keine weiteren Gedanken darüber. Zum Glück musste er ja nicht mehr auf dem Boden schlafen. Eine Maus würde sich gewiss nicht in sein Bett verirren. Außerdem kam das Rascheln aus der gegenüberliegenden Ecke der Kammer und war nicht in seiner unmittelbaren Nähe. Draußen erklangen vier Glockenschläge, bald würde der Tag anbrechen.

Moritz dachte an seine Werkbank, die er nun schon fast fertig eingerichtet hatte. Er hatte die Lederriemen an dem Brett befestigt und in jedem steckte nun ein Werkzeug. So würde er sie jederzeit zur Hand nehmen können, wenn er sie brauchte. Das Brett hatte er auf den anderen Tisch gestellt und an die Wand gelehnt. Darauf lagen einige Hobel und größere Werkzeuge, die nicht in das Brett passten. Den anderen Tisch hatte er mit der Längsseite an ihn herangestellt und darauf das Fichtenholz platziert.

Moritz war sehr zufrieden mit seinem Arbeitsplatz und stolz darüber, dass er ihn selbst gestaltet hatte.

Trotz der Freude über die Werkbank spürte er ein schlechtes Gewissen der Person gegenüber, der man all die Dinge entwendet hatte. Hätte man ihm Holz, Werkzeug und Öl aus seiner Werkstatt gestohlen, wäre er sicher tief bestürzt darüber gewesen.

»Ich werde es wieder gutmachen, ganz bestimmt«, versprach Moritz der unbekannten Person.

Inständig hoffte er, dass der Bote Vivaldis Wort hielt und ihm Annas Violine zurückbrachte.

Moritz fand in dieser Nacht kaum Schlaf, fast die ganze Zeit über lag er mehr oder weniger wach da. Ihm fehlte das Spiel auf Annas Geige, das ihn stets beglückt hatte, bevor er sich schlafen legte. Mit dem Spiel auf ihrem Instrument war er ihr nah und der warme Klang beruhigte ihn.

Moritz wälzte sich auf seinem Bett hin und her. Er kam einfach nicht zur Ruhe. Immer wieder musste er an Anna denken und er betete oft vor sich hin, dass es ihr gut gehen möge.

»Wo ist sie nur? Wie ich sie einschätze, wird sie es nicht aufgeben, nach Venedig zu kommen. Sie hat einen starken Willen. Und in der Gestalt eines Knaben erkennt man sie nicht. Anna muss nur gesund sein, dann wird sie es schaffen. Und wenn sie erst einmal hier ist ...«

Bei diesen Gedanken wurde ihm ganz schwer ums Herz, er wollte sie lieber verdrängen. Welche Möglichkeiten hätte Anna denn, um seine Unschuld zu beweisen? Warum sollte man ihr, einem Mädchen in Männerkleidern, glauben? Außerdem war irgendwo noch der Söldner in Venedig unterwegs. Wenn er sie erst in seine Finger bekäme, würde er sie sicher zwingen, ihn zu heiraten, oder er ließ sie kaltblütig ermorden, damit sie ihn nicht verraten würde.

»Wenn wir nur einen Gegenstand hätten, der Carrigis Tat beweisen könnte. Aber den haben wir leider nicht.«

Moritz lief bei diesen Gedanken ein kalter Schauer über den Rücken. Er setzte sich auf, weil in ihm ein ungutes Gefühl aufstieg, das er schon ein paar Mal in der Zelle gehabt hatte. Er hatte sich dann immer mit dem Violinspiel ablenken und beruhigen können. Doch nun stand er ohne Instrument da.

Ihm wurde furchtbar heiß. Er schleppte sich zum Fenster, um Luft zu bekommen, denn er hatte das Gefühl, nicht mehr atmen zu können. Der Schweiß stand ihm auf der Stirn und lief ihm von den Schläfen. Sein Hemd klebte nass an seinem Rücken. Moritz begann schneller zu atmen, doch diese Beschleunigung nahm ihm jegliche Luft und sein Verstand setzte völlig aus. Er spürte sich nicht mehr. Das Gefühl der Beklemmung zog ihm den Brustkorb zusammen und er sackte in die Knie. Er kippte hart auf die Seite und griff sich an die Kehle, der nur noch ein Röcheln entweichen wollte.

»Ich sterbe.«

Bei diesem Gedanken blieb Moritz plötzlich ruhig liegen. Sein Herz pochte aber weiter. Und mit einem Mal wurde sein Herzschlag wieder langsamer und auch sein Atem beruhigte sich. Er merkte erleichtert, dass er die Panikattacke überwunden hatte. Doch fühlte er sich, als habe er einen Marathonlauf hinter sich gebracht. Entmutigt und erschöpft blieb er liegen und fiel in einen unruhigen Schlaf.

Als er erwachte, war es bereits hell, ein zarter Sonnenstrahl schien in seine Kammer hinein und brachte etwas Licht in die Trostlosigkeit. Moritz setzte sich langsam auf. Sein Hemd war wieder getrocknet. Auch der Schweiß war verschwunden, das spürte er, als er sich über das Gesicht und durch die strähnigen Haare strich. Doch fühlte er sich ganz und gar nicht wohl und sein Gemütszustand war erbärmlich.

Sein Blick fiel auf die Werkbank und da sah er Annas Violinkasten. Augenblicklich überkam ihn eine große Freude. Er stand auf, schwach und etwas wackelig. Doch zielstrebig ging er zum Tisch hinüber um das Instrument auszupacken. Er öffnete den Koffer und erkannte sofort ihre Violine, denn er hatte an der Schnecke eine kleine Markierung mit ihren Anfangsbuchstaben geritzt. Vor Erleichterung traten ihm die Tränen in die Augen. Er wollte sogleich auf ihr spielen, doch zögerte er noch ein wenig und sah sie sich erst einmal genau an. Er befürchtete, Spuren von jemandem entdecken zu können, der auf ihr gespielt hatte. Moritz schaute sich das aus Ebenholz gefertigte Griffbrett genau an und roch daran, es war nichts Ungewöhnliches zu bemerken. Er besah sich die Zargen, den Boden und die Wirbel, aber auch dies schien alles wie zuvor zu sein. Nur die Saiten waren weiß von Bogenharz. Moritz selbst war sparsam damit.

Es war ein seltsames Gefühl, dass ein Unbekannter auf der Violine gespielt hatte.

»Ob sie jetzt anders klingt?«

Vorsichtig setzte er die Geige an und strich ein paar Mal über die Saiten. Der Bogen haftete besser darauf, das bewirkte sicher das Harz. Moritz hatte das Gefühl, dass das Instrument noch schöner und voller klang als zuvor.

»Ich werde in Zukunft auch mehr Bogenharz verwenden. Später werde ich neues verlangen, denn ich habe nur noch einen kläglichen Rest.« Freudig über diesen Gedanken nahm er die Violine wieder von der Schulter und legte sie in den Kasten zurück. Er wollte sich gerade vor die Werkbank setzen, da wurde die Tür mit Schwung aufgerissen.

Mit großen Schritten und einem unfreundlichen Gesicht, kam ein Wachmann herein und packte Moritz am Arm.

»Du kommst jetzt mit mir, du elender Dieb.« Unsanft zerrte er Moritz aus der Zelle heraus. Der war so überrumpelt, dass er für einen Moment die Sprache verlor.

Kapitel 41

Anna erwachte aus tiefem Schlaf. Sie spürte einen großen Hunger; der hatte sie wohl auch geweckt. Ihre Kehle war ausgetrocknet und der Hals fühlte sich wund an und brannte. Mit einem Mal fielen ihr die Umstände wieder ein, unter denen sie auf das Gefährt gesprungen war. Langsam versuchte sie sich aufzusetzen. Ihr ganzer Körper schmerzte und jetzt bemerkte sie, dass sie zugedeckt war und ihr jemand die Stiefel ausgezogen hatte. Erschreckt griff sie auf ihren Kopf, die Kappe war nicht mehr da, jemand musste sie ihr vom Kopf genommen haben.

»Mein Gott, die Rucksäcke«, entfuhr es ihr, verzweifelt versuchte sie auf die Beine zu gelangen.

»Macht langsam und beruhigt Euch«, hörte sie jemanden sagen. Sie erkannte an der Stimme den Mann, der mit dem Fuhrwerk auf dem Weg nach Venedig war. Sie konnte ihn aber nirgends sehen. Da tauchte sein Gesicht an der einen Seite des Gefährts auf.

»Nun beruhigt Euch doch«, sprach der Mann und lächelte sie freundlich an. »Ich tu Euch nichts. Ich habe nur Eure Wunden versorgt. Anna war sprachlos. »Ich gebe zu«, sprach der Mann weiter, »ich habe Euch zunächst nicht getraut. Ihr seid in dem Bergdörfchen aufgetaucht und habt Euch nicht abwimmeln lassen. Ich hatte Euch nie zuvor gesehen, und da ich zurück in die Heimat will, brauchte ich niemanden, der mir ans Leder will.

Aber seltsamerweise seid Ihr nach kurzer Zeit in einen tiefen Schlaf gefallen. Bei meiner ersten Rast war ich sehr irritiert darüber. Ihr habt kein Lebenszeichen von Euch gegeben. Also bin ich auf das Gefährt geklettert und habe versucht, ein Atemgeräusch zu erkennen. Dabei ist Eure Kappe verrutscht und ich bin Eurer langen Haare ansichtig geworden. Ich muss sagen, ich war überrascht und erschreckt zugleich. Ein Mädchen hat ganz allein auf solch einer Reise nichts zu suchen. Ihr müsst mir später erzählen, was Euch widerfahren ist und warum Ihr dies tut. Doch zuvor müsst Ihr Euch wieder in einen jungen Mann verwandeln. Es können jederzeit Wegelagerer und gemeine Räuber auftauchen. Und was sie mit einem Mädchen machen würden, könnt Ihr Euch wohl vorstellen. Hier.« Der Mann reichte Anna die Kappe und die Stiefel.

»Da Ihr erschöpft wirktet, konnte ich mir vorstellen, wie Eure Füße aussehen mussten. Aus diesem Grund habe ich sie Euch ausgezogen und Eure verletzten Füße behandelt. Weiter ist nichts geschehen. Ich habe Euch sonst nicht angerührt. Ich hatte auch einst eine Tochter«, er stockte. »sie ist unglücklicherweise an einem Fieber gestorben.«

Erneut hielt er mit seiner Erzählung inne.

»Das tut mir sehr leid«, meinte Anna.

Sie zog die Decke beiseite, setzte sich die Kappe auf und zog sich die Socken und die Stiefel wieder an. Es waren noch reichliche Spuren von Blasen zu sehen. Aber sie waren nicht mehr offen. Es hatte sich eine dünne Hautschicht darüber gebildet.

»Ich habe Euch auch die Taschen abgebunden«, sprach der Mann nun weiter, »in der einen fand ich eine wunderschöne Violine. Ihr müsst wissen, ich bin Geigenbauer und meine Sympathie ist, seitdem ich das Instrument entdeckt habe, auf Eurer Seite. Ihr müsst mir erzählen, warum Ihr im Besitz einer Violine seid. Doch zuvor steigt ab und bewegt Euch ein bisschen.«

Anna schaute den Fremden sprachlos an, dann nahm sie seine Hand, die er ihr entgegenstreckte, und zog sich daran hoch. Noch immer war sie benommen. Dann kletterte sie vom Fuhrwerk und schaute sich um. Sie standen in einem schmalen Tal an einem Bachlauf.

Anna brannte eine Frage auf den Lippen. »Sagt mir, wie Ihr heißt, damit ich Euch richtig danken kann«, sagte sie leise mit weiterhin verstellter Stimme. Auch wenn der Mann einen freundlichen Eindruck machte, musste sie vorsichtig sein.

»Goffriller heiße ich, Geigenbaumeister Goffriller aus Venedig.« Er verbeugte sich etwas.

Anna meinte, diesen Namen in irgendeinem Zusammenhang schon einmal gehört zu haben, ließ sich aber nichts anmerken.

»Ich danke Euch, *Signore* Goffriller. Mein Name ist …« Nun schwieg sie für einen Augenblick und blickte dem Mann ins Gesicht und in die Augen. Er sah freundlich aus, längst hätte er sich an ihr vergehen oder sie umbringen können. Das hatte er aber nicht getan und deshalb beschloss sie, ihm zu vertrauen.

»Anna Muringer ist mein richtiger Name.«

Der Italiener lächelte. »Ich bin erfreut, Euch kennenzulernen«, sprach er. »Und wie ist der Name des jungen Mannes, in dessen Gestalt Ihr unterwegs seid?

»Fernando Emanuel Gastoldi«, antwortete Anna nun wieder in ihrer verstellten Stimme.

Goffriller lächelte.

»Ich nehme Euch gerne mit nach Venedig, junger Mann. Geht ein paar Schritte und dann sollten wir weiterfahren.«

Anna stapfte ein bisschen auf der Wiese umher und schaute sich die Gegend an. Sie waren mitten in den Bergen. Von allen Seiten zeigten sich mächtige Bergmassive.

»Da haben wir noch eine ganz schön lange Strecke vor uns«, dachte Anna im Stillen.

»Kommt, wir müssen weiter«, drängte Goffriller und hatte bereits vorne auf dem Gefährt wieder Platz genommen. »Diese Gegend ist ziemlich verlassen, und wenn uns jemand überfallen will, wäre dies ein geeigneter Ort. Hier kann uns keiner helfen. Also kommt.«

Anna ging schnellen Schrittes zum Wagen zurück. Ihr war kalt und sie hatte unglaublichen Hunger.

»Steigt hinten auf, bei Euren Taschen findet Ihr Brot und Wasser. Esst, aber nicht zu viel, sonst wird Euch schlecht.«

Anna stieg etwas unbeholfen wieder auf den Wagen, kaum hatte sie ihre Beine über die Seitenwand gezogen, ging die Fahrt weiter. Es dauerte eine Weile, bis sie das schmale Tal verlassen hatten.

Das Pferd, das den Wagen zog, legte ein gemächliches Tempo vor. Anna war erleichtert, dass sie etwas essen und trinken konnte, sie gab ihrem Heißhunger aber nicht nach, sondern aß mit Bedacht, nicht zu schnell und nicht zu viel. Goffriller spornte sein Pferd freundlich an und stellte ihr keine weiteren Fragen.

Anna ging es von Minute zu Minute besser. »Was für ein Glück, dass ich den Mann in den Bergen getroffen habe«, dachte sie unentwegt, »und dass er mir den Hinweis auf den Geigenbauer gegeben hat. Seltsame Zufälle sind es, die mein Leben streifen und bestimmen. Nun sitze ich wieder auf einem Karren und fahre ins Ungewisse.«

Anna wollte nicht weiter darüber nachdenken, was sie wohl in Venedig erwarten würde. Sie hatte nur den Wunsch, ihren Onkel und Moritz dort zu finden.

»Es wird sich alles zum Guten wenden«, hörte sie ihre Mutter sagen. Bei dem Gedanken an ihre geliebte Mutter traten ihr die Tränen in die Augen. Sie spürte einen Kloß im Hals. Konnte sie ihren Gefühlen nachgeben und das Unglück herausschreien? Oder sollte sie es verdrängen und mit Goffriller ein Gespräch beginnen?

Doch sie spürte, dass sie den herzzerreißenden Kummer nicht mehr unter Kontrolle hatte. Es schwappte in ihr über und plötzlich entfuhr ihrer Kehle ein markerschütternder Schrei, der das Pferd für einen Moment aus dem Tritt brachte. Es brauchte einiges Geschick und gutes Zureden Goffrillers, bis er das Pferd und den Wagen wieder unter Kontrolle hatte.

»Beruhigt Euch«, schimpfte der Italiener, »wenn wir im Graben landen, ist uns nicht geholfen. Ihr solltet mir Eure Geschichte erzählen. Befreit Eure Seele davon und es wird Euch besser gehen.«

Anna hatte die letzten Worte kaum gehört, denn sie wurde von einem heftigen Weinkrampf geschüttelt.

Kapitel 42

Der Wächter zog Moritz hinter sich her. Es ging einen finsteren Gang entlang und dann eine schmale Steintreppe hinauf. In Moritz' Kopf dröhnte es, er stolperte, fiel auf die Knie, und der Wachmann versuchte ihn wieder hochzuziehen. Die Gedanken jagten in ihm herum und er hörte immer nur ein Wort: Dieb, Dieb, Dieb. Er meinte, sein letztes Stündchen habe geschlagen, und jeden Moment würde ihm der Mann den Arm auskugeln, dermaßen heftig zerrte er an ihm.

»Warum soll ich ein Dieb sein? Ich habe die Dinge in der Kammer nicht gestohlen.« War es eine Falle gewesen, die man ihm gestellt hatte, weil man zuvor doch nichts gegen ihn in der Hand gehabt hatte?

Er stolpert erneut und schrie auf, denn er war mit dem Handgelenk auf eine der Stufen gestürzt.

»Lasst doch ab von mir. Ich bin kein Dieb«, rief er mit letzter Kraft.

Zum Glück kam ihnen ein weiterer Wärter nach und schrie den anderen an.

»Was tut Ihr da? Dies ist nicht der Übeltäter, um den Ihr Euch kümmern sollt. Dies sind auch nicht die Methoden, die wir bei den Gefangenen anwenden, egal ob sie nun schuldig oder unschuldig sind. Merkt Euch das. Was Ihr tut, ist menschenunwürdig. Dafür werdet Ihr Euch verantworten müssen. Jetzt geht beiseite und lasst mich dem Mann helfen.«

Der Wärter, der Moritz die Gänge entlanggezogen hatte, stammelte ein paar Worte und verschwand nach unten. Moritz konnte sie nicht verstehen, weil das Dröhnen in seinem Kopf und der Schmerz in seiner Hand übermächtig waren.

Der freundliche Wärter bückte sich zu ihm hinab. »Lasst mich Euch helfen, ich bringe Euch zurück.« Es kostete beide reichliche Anstrengung, bis Moritz wieder auf den Beinen war. Der Mann stützte ihn unter dem Arm ab und führte ihn die Treppe hinunter und in die Kammer zurück.

»Ihr hattet Glück, ich kam zufällig vorbei, sonst …« Er sprach nicht weiter, sondern setzte Moritz vorsichtig auf seinem Bett ab.

»Ihr seht fürchterlich aus. Ich werde Wasser und etwas zum Verbinden holen. Gleich bin ich zurück.«

Moritz blieb auf der Kante des Bettes sitzen, bis der Wärter zurückkam. Der Schock saß ihm in den Gliedern und er begann zu zittern.

»Hier, trinkt etwas«, sprach der Wärter und reichte ihm einen Becher Wasser. Dann säuberte er seine Wunden. Schließlich verband er seine Hand und rieb sie zuvor mit einer Salbe ein, die er in seiner Jackentasche bei sich trug.

Moritz schaute ihn erstaunt an.

»Die habe ich vor langer Zeit von einem sehr netten Apotheker bekommen. Es ist Beinwellwurz und hilft bei stumpfen Verletzungen. Ihr werdet sehen, morgen geht es Eurer Hand schon besser.«

Moritz wurde hellhörig. Ob er Annas Onkel meinte?

»Sagt mir den Namen des Apothekers«, bat er ihn.

»Friedrich Braunfeld hieß er.«

Moritz lief bei Friedrichs Namen und den Äußerungen des Wärters ein Schauer über den Rücken.

»Kanntet Ihr etwa seine Familie ?«, fragte ihn der Wärter, der merkte, wie betroffen Moritz war.

Dieser nickte.

»Es hat sich etwas Tragisches abgespielt«, meinte der Wärter. »Vielleicht habt Ihr davon gehört. Man hat seine Frau und seinen Sohn, während er nicht in Venedig weilte, kaltblütig abgestochen. Nach diesem Unglück habe ich ihn nie wiedergesehen. Man hat sich üble Geschichten über ihn erzählt, dass er ein gemeiner Dieb sei. Aber das habe ich nie geglaubt. Die Salbe, die er mir einst gab, hat mir schon oft geholfen. Ich bin ihm auf ewig dankbar dafür.«

Moritz seufzte. Es gab also auch noch gute Menschen. Er erzählte ihm nicht, dass Friedrich in diesen Gemäuern in seinen Armen gestorben war. Welchen Sinn hätte das, sollte dieser lieber gute Erinnerungen mit Friedrich verbinden.

»Warum seid Ihr so freundlich zu mir?«, fragte er den Wärter. Dieser schwieg für einen Moment.

»Ich weiß nicht, warum Ihr hier einsitzt. Wie ich sehe, seid Ihr die Person, die häufig Violine spielt. Ihr habt offensichtlich eine Sonderbehandlung. Das soll mir egal sein. Für mich ist es nicht von Wichtigkeit, wer hier eingesperrt ist und aus welchem Grund. Aber ich bin der Meinung, dass jeder es verdient hat, dass man gutherzig mit ihm umgeht. Nicht jeder, der zum Mörder wird, mordet aus purer Lust, und nicht jeder Dieb stiehlt, weil er nichts Besseres zu tun hat. Nicht jeder, der hier einsitzt, hat ein Verbrechen aus Vorsatz begangen. Ich möchte nicht über andere richten, deshalb versuche ich mich anständig zu verhalten.«

»Danke«, sagte Moritz und streckte dem Mann seine unverletzte Hand hin. Der nahm sie und drückte sie freundlich.

»Ich hoffe, es geht Euch bald besser. Ich muss nun gehen.« Er nickte Moritz zu und ging wieder nach draußen. Die Tür fiel leise ins Schloss.

Moritz legte sich erschöpft auf das Bett und schaute beklommen gegen die Zellendecke. Seine Beine, Hände und sein Kopf schmerzten nach wie vor. Aber vor allem spürte er einen inneren Schmerz, der ihn deprimierte. In seinem Kopf irrten Gedankenfetzen hin und her. Er fiel in einen schwachen Schlaf, doch schreckte er bei dem kleinsten Geräusch hoch. Als es finster war, raffte er sich auf und zündete eine Kerze an, die der Wärter vorausschauend neben sein Bett gestellt hatte.

Das Licht der flackernden Kerze tanzte auf der Zellenwand unruhig hin und her. Moritz sah den Geigenkasten und dachte sehnsuchtsvoll an Anna. Jetzt würde er sie gerne im Arm halten. Langsam stand er auf und schlurfte zur Werkbank hinüber. Er strich sanft über das Instrument. Darauf spielen konnte er nicht, weil seine Hand verbunden war.

»Aber morgen, morgen werde ich dir wieder Melodien entlocken.«

Moritz strich über die Utensilien, die Werkzeuge und das Holz. Er öffnete die Ölfläschchen, der Geruch brachte ihm die Freude auf den Bau der Violine zurück. Auch wenn es Nacht war, verspürte er Lust, noch das Holz zu bearbeiten.

Er setzte sich auf den Hocker vor der Werkbank und begann damit, die Decke abzuhobeln. Da es mit der verbundenen Hand schwer ging, kam er nur langsam voran. Moritz hantierte die ganze Nacht mit seinen Werkzeugen herum. Als er im Morgengrauen die fertige Decke von allen Seiten betrachtete, war er sehr zufrieden.

Erschöpft ließ er den Kopf auf die Hände sinken und fiel in einen tiefen Schlaf.

Kapitel 43

Anna brauchte einige Zeit, bis sie sich wieder beruhigt hatte. Ihr Gesicht war nass von Tränen und auch die Jacke und ihre Hose waren reichlich benetzt. Sie schniefte und wühlte in der Jackentasche herum. Zum Glück fand sie ein Taschentuch und schnäuzte sich die Nase. Sie atmete tief durch und fühlte sich zwar erschöpft, doch befreit von dem Gefühl der übermächtigen Verzweiflung.

»Verzeiht mir«, sprach sie leise.

»Schon gut«, meinte Goffriller. »Ich hoffe, es geht Euch besser. Putzt Euer Gesicht ab und setzt Euch die Kappe wieder richtig auf. Ein Gehöft ist in Sicht. Gewiss gibt es dort einen Brunnen mit Gebirgsquellwasser, da wollen wir das Pferd etwas trinken lassen.«

Anna tat, was Goffriller gesagt hatte. Sie zog sich die Kappe wieder richtig auf und trocknete ihr Gesicht ab. Als sie am Gehöft ankamen, stieg Goffriller ab und führte das Pferd zu einer Tränke hin. Es nahm nicht viel. Ein paar Schlucke waren es nur, danach schüttelte es zufrieden den Kopf und schnaubte. Es schien erfrischt zu sein. In diesem Moment öffnete sich die Tür und ein Mann mit einer Narbe quer über der rechten Wange kam aus dem Haus.

»*Buon giorno*«, grüßte er Goffriller und nickte auch Anna zu. »Was führt euch in diese Gegend?«

»Wir sind nur auf der Durchreise«, meinte Goffriller knapp.

»Wohin soll es gehen?«, fragte der Mann nicht gerade freundlich.

»Zur *Serenissima.*«

»Soso. Da liegen aber noch ein paar Tage Fahrt vor euch, bevor ihr dort ankommen werdet.«

»Schon möglich«, erwiderte Goffriller.

»Das Wetter wird umschlagen. Wenn ihr wieder höher hinauffahren müsst, kann es schneien«, meinte der Mann. »Wollt ihr nicht bei uns verweilen? Ich habe gutes Bier da und Schnaps. Auch ein Zimmer könnt ihr euch teilen. Es ist nicht sehr komfortabel, aber besser ein Dach über dem Kopf als bei Schnee und Hagel durch die Berge zu fahren.«

Anna gefiel der Mann nicht und sie hoffte inständig, dass Goffriller das Angebot ablehnen würde.

»Wer ist der da auf dem Karren?«, fragte indes der Mann neugierig und misstrauisch zugleich.

»Das ist mein Geselle.«

»Schöner Geselle. Warum führt nicht er das Pferd zur Tränke, sondern Ihr?«

Der Mann wollte offensichtlich Goffriller provozieren und in einen Streit verwickeln. Aber der war menschenerfahren und blieb freundlich.

»Er ist mir ein treuer Geselle, fleißig und sehr begabt.« Mit diesen Worten wendete er sich von dem Mann ab, stieg wieder auf den Karren auf und fuhr an. »Danke für das Wasser«, rief er ihm zu.

»Das gibt der Berg her, damit habe ich nichts zu tun. Macht, dass ihr fortkommt, ihr werdet schon sehen, was der Wetterumbruch mit euch vorhat.«

»*Arrivederci*«, rief Goffriller noch und fuhr zurück auf den Weg, von dem sie abgebogen waren. Es folgte ein langgezogenes Waldstück. Anna fröstelte, gerne hätte sie sich lieber bewegt, als still auf dem Gefährt zu verharren. Aber das war natürlich nicht möglich. Sie mussten jetzt erst einmal ein Stück vorankommen.

Goffriller spürte wohl auch, dass es recht kalt geworden war.

»Nehmt eine der Decken, wenn Ihr friert, und setzt Euch zwischen die Säcke, dort seid Ihr etwas geschützter. Es wird nicht mehr lange dauern, dann kommen wir zu einem kleinen Dorf.«

Anna ergriff eine der Decken und kuschelte sich zwischen zwei Säcke. Während sie vor sich hinfuhren, starrte sie ins Leere und dachte an Moritz.

»Wie es ihm wohl geht? Ob er Carrigi entkommen ist? Bald werde ich in Venedig sein, mein Onkel wird uns bestimmt helfen. Wenn Goffriller in dieser Stadt lebt, müsste er ihn doch eigentlich kennen.«

»Sagt, Goffriller«, begann sie etwas vorsichtig, denn sie hatte Angst, seine Antwort könnte ihr vielleicht nicht gefallen. »... kennt Ihr einen Apotheker namens Friedrich Braunfeld?«

Goffriller schien nachzudenken, denn er gab erst nach ein paar Sekunden eine Antwort.

»Der Name sagt mir nichts, nie gehört.«

»Mein Onkel lebt in Venedig.«

»Ihr müsst wissen, es gibt verschiedene Stadtviertel, und nicht in jedem kenne ich mich gut aus. Es gibt das *Dorsoduro* mit der *Accademia, Santa Croce, San Marco* mit dem Gefängnis und das *Cannaregio,* dort befindet sich auch das Judenviertel. Wo hat er denn seine Apotheke? In welchem Stadtteil, meine ich?«

Das war Anna auch nicht bekannt. Sie hatte gar nicht gewusst, dass es verschiedene Stadtviertel gab. Sie hatte geglaubt, Venedig sei klein und überschaubar. Dass dies anscheinend nicht so war, überraschte sie.

»Seid nicht traurig, wir werden es schon herausbekommen«, meinte Goffriller freundlich, der Annas Enttäuschung spürte. »Wollt Ihr mir vielleicht von Eurer Violine erzählen? Wie ist sie in Euren Besitz gekommen?«

Da sie nicht gleich antwortete und Goffriller das Schweigen unangenehm war, begann er, ihr von sich zu erzählen.

»Ich baue seit einigen Jahren Violinen in Venedig. Eigentlich komme ich aus Südtirol, genauer gesagt aus Brixen. Deshalb kenne ich mich hier in den Bergen auch gut aus.«

Nun schwieg er für einen Moment. Anna wollte gerade fragen, warum er Tirol verlassen habe, da fuhr Goffriller mit seiner Erzählung fort.

»Ich hatte einst eine große Familie, aber wie ich Euch bereits sagte, ist meine Tochter an einem Fieber gestorben. Meine geliebte Frau ist im Kindbett eingeschlafen und nicht mehr aufgewacht, nachdem sie mir unser viertes Kind schenkte. Der kleine Matteo wurde im Winter geboren, ohne Muttermilch hatte er keine Überlebenschance. Ich habe alles versucht und nach einer Amme geschaut, aber Matteo wollte die fremde Milch nicht annehmen und ist nach wenigen Tagen gestorben. Meine beiden anderen Söhne Alessandro und Domenico sind ums Leben gekommen, als sie geholfen haben, Klangholz aus den Bergen über einen Fluss ins Tal zu befördern. Sie sind zwischen herabrasende Stämme geraten und wurden beide zerquetscht. Ich war bei dem Unglück nicht dabei. Aber es war schrecklich, als man sie mir brachte und von dem Vorfall berichtete. Meine beiden Söhne begrub ich an der Seite ihrer Mutter, ihrer Schwester und ihres kleinen Bruders.

Nach all den schrecklichen Ereignissen wollte ich nicht länger in Brixen bleiben, ich konnte dort nicht weiterleben. So lud ich die Dinge, die mir geblieben waren, auf einen Karren und fuhr los. Ich wollte nur weg, weit weg aus der Gegend, die mir meine geliebte Familie genommen hatte. Ich schloss mich schließlich einer Truppe von Handwerksleuten an, die auf dem Weg zur *Serenissima* waren. Da sie mir viel über die Lagunenstadt und ihre Kunst erzählten, fuhr ich einfach mit. Es waren freundliche Handwerker, unter denen ein Stuckateur namens Alfredo war. Er ließ mich eine Zeit bei sich wohnen. Da es in Venedig eine Menge Musiker gibt, sprach es sich schnell herum, dass ich Violinen baue, und so verkaufte ich Instrumente und baute neue. Nach einiger Zeit konnte ich in meine eigene Werkstatt ziehen, die genügend Platz bietet und in der ich auch wohnen kann. Sie liegt nahe dem *Canal Grande.*«

Goffriller schwieg für einen Augenblick und wischte sich über die Augen.

»Die furchtbaren Unglücke sind nun schon ein paar Jahre her, aber wenn ich darüber nachdenke oder jemandem davon erzähle, kommt es mir vor, als hätte es sich erst gestern zugetragen. Wenn ich in Brixen geblieben wäre und meinen Violinbau nicht hätte, wäre ich sicher von eigener Hand aus diesem Leben geschieden.«

Anna graute es bei diesen Worten. Sie hatte seiner Erzählung mit Schrecken zugehört.

»Warum nur passieren derart furchtbare Dinge? Warum verliert ein netter Mensch wie Goffriller unter so tragischen Umständen seine ganze Familie? Da kann man doch den Glauben an das Leben, an das Gute, an ... an Gott verlieren.«

Bei den letzten Gedanken schämte sich Anna. Aber es war doch Gott, der diese schlimmen Dinge zuließ. Auch sie fuhr nun erneut ins Ungewisse, weil ihr Vater und Mutter genommen worden waren. Fast hätte man sie weggesperrt, weil sie Zeugin eines falschen Urteils geworden war. Wie gerne hätte wohl der Inquisitor auch sie als Hexentochter bezeichnet und gleich mitertränkt.

»Davon darf Goffriller auf keinen Fall erfahren«, dachte Anna im Stillen. Sonst würde er sie womöglich wegschicken, weil sie ihm unheimlich wäre und er Angst hätte, sie könne Unheil über ihn bringen.

Goffriller riss Anna aus ihren Gedanken.

»Wollt Ihr mir vielleicht Eure Geschichte erzählen?«

Anna schwieg einen Moment, aber dann begann sie ihm von ihren schrecklichen Erlebnissen zu berichten.

Kapitel 44

Moritz erwachte mit unangenehmen Kopfschmerzen. Langsam richtete er sich auf. Sein Nacken war verkrampft und die verletzte Hand schmerzte. Der Tag war bereits angebrochen und etwas Licht schien in die graue Kammer. Moritz stand auf und streckte sich, da wurde die Tür geöffnet. Es war Giuseppe Marino, der hereintrat.

»*Buon giorno,* ich habe eine Nachricht für Euch. Bitte lest sie.«

Moritz bekam es mit der Angst zu tun, weil doch sein Urteil noch ausstand.

»Doch warum sollte man mir dies schriftlich mitteilen?«, dachte er.

Er nahm den Brief in die Hand und drehte ihn um. Er war nicht mit einem Siegel, sondern nur mit einem Wachsklecks verschlossen.

»Dann wird der Brief nicht vom Dogen sein«, stellte Moritz erleichtert fest.

»Nun macht schon«, forderte Marino. »Ich will nicht ewig meine Zeit in diesem Loch verschwenden.«

Moritz öffnete den Brief mit einem Werkzeug, das er aus dem Brett nahm, und begann den Brief zu lesen.

Hochverehrter Geigenbauer,

Ich hatte die große Freude, auf der Violine zu spielen, die Ihr mit Meisterhand gebaut habt. Diese Geige ist so einzigartig in ihrem Ton, dass sie den, der sie spielt, und den, der sie hört, tief berührt, wie es eigentlich nur die menschliche Stimme vermag. Ich danke Euch, dass ich auf diesem Instrument spielen durfte. Zu Ehren des Dogen und speziell für die Violine habe ich ein Konzert geschrieben, das den Wandel der Jahreszeiten darstellt. Eure Geige ist vortrefflich dazu geeignet, kleinste und ausdrucksstarke Farbnuancen zum Klingen zu bringen, sei es ein heftiges Gewitter mit voluminösem Klang oder das zarte Flirren des Sommerwindes.

Da die Violine die Eure ist, möchte ich Euch bitten, für mich ein ebenso schönes Instrument anzufertigen. Ich habe den Dogen darum gebeten, dass er Euch dieses Instrument bauen lässt, deshalb hat er für Euch die Werkstatt einrichten lassen. Ich hoffe, es ist alles recht und fehlt Euch an nichts. Sonst lasst es den Dogen und auch mich bitte wissen. Ihr habt vielleicht schon zuvor meinen Namen gehört. Ich heiße Antonio Vivaldi. Man nennt mich wegen meiner roten Haare auch »Il prete rosso«. Ihr seid mir schon einmal begegnet, als ich als Priester in Eurer Zelle war und den alten Mann und Euch gesegnet habe. Erinnert Ihr Euch? Ich sagte Euch schon damals, dass Ihr auf einer wunderbar klingenden Violine spielt. Eigentlich übe ich das Priesteramt nicht mehr aus. Aber Euch wollte ich kennenlernen. Viele Stunden habe ich zuvor von der Brücke aus Eurem Spiel gelauscht, deshalb musste ich eine Ausnahme machen und zu Euch in die Zelle kommen.

Bitte teilt mir mit, welche Fortschritte es bei dem Bau der Geige gibt. Und bitte spielt weiter auf der Euren, ihr Klang wird dadurch noch schöner.

Gerne würde ich Euch für Eure Arbeit entlohnen. Ich glaube an Eure Unschuld. Die Freiheit kann ich Euch nicht schenken. Aber vielleicht habt Ihr einen anderen Wunsch. Bitte denkt darüber nach und lasst es mich wissen.

Ich verneige mich mit tiefer Bewunderung.

A. Vivaldi

Moritz war gerührt. Der einzige Wehmutstropfen an der Sache war, dass Vivaldis Lob Anna galt und nicht ihm. Auch wenn er viel gelernt hatte und wusste, welche Handwerksgriffe er ausüben musste, um eine Violine mit einem schönen Klang zu bauen, war er unerfahren in der Zubereitung eines Öls, um damit einen einzigartigen Klang zu zaubern. Anna hingegen wusste genau, wie es ging, sie hatte bestimmt die Zusammensetzung des Öls, das sie verwendet hatte, im Kopf.

»Wenn ich sie doch nur fragen könnte.«

Als Moritz den Brief wieder zusammenfaltete, trat Marino ungeduldig zu ihm. Er war einstweilen unruhig hin- und hergelaufen.

»Habt Ihr eine Nachricht an den Adressaten oder den Dogen?«

»Ich verneige mich vor Antonio Vivaldi. Es ist eine große Ehre für mich, für ihn eine Violine zu bauen. Ich werde mein Bestes geben. Das Vertrauen der beiden Männer ehrt mich. Sprecht ihnen meinen Dank aus.«

Der Bote nickte.

»Bitte schickt mir den Wärter, der meine Hand verbunden hat«, bat er dann freundlich.

»Ich lasse nach ihm fragen.«

Kurze Zeit, nachdem Marino die Kammer verlassen hatte, öffnete sich erneut die Tür. Es war aber nicht der Wärter, der hereintrat, sondern Carrigi. Mit einem frechen Gesichtsausdruck betrat er die Zelle. Moritz hatte schon seit einiger Zeit diesen Moment gefürchtet. Er war in diesem Augenblick nicht darauf vorbereitet.

Vor ihm stand nun der Mörder, der ihm seine Tat in die Schuhe schob und dessentwegen er in diesem schrecklichen Loch einsitzen musste. Gerne wäre er ihm augenblicklich an den Hals gesprungen, doch er beherrschte sich.

»Er wird sterben«, dachte Moritz bei sich, »vielleicht nicht heute und nicht durch meine Hand. Aber er wird sterben.«

»Sieh an, sieh an«, tönte die Stimme des Söldners. »Ich wollte sehen, wie tief der Mann gesunken ist, der mir die Frau gestohlen hat.« Moritz konnte bei diesen Worten kaum an sich halten.

»So sieht also ein gemeiner Mörder aus, wenn er einige Wochen im Gefängnis sitzt und auf sein Urteil wartet. Dreckig seid Ihr, abgemagert und kaum wiederzuerkennen.« Er lachte böse.

»Ich bin nicht gekommen, Euren schauerlichen Anblick zu genießen, vielmehr geht es um die Violine, die Ihr für mich bauen sollt. Wie ich sehe, habt Ihr bereits mit der Arbeit begonnen.« Carrigi strich über die Violindecke, die Moritz in der vorherigen Nacht angefertigt hatte. Er wäre am liebsten vor Wut aufgesprungen.

»Ihr wisst, wenn Ihr das Instrument für mich nicht fertigstellt, werdet Ihr sterben. Obwohl, auch wenn Ihr sie baut, werdet Ihr dem Schafott nicht entkommen. Dafür werde ich höchstpersönlich sorgen. Der Doge ist abhängig von mir und meinen Mannen. Er braucht mich nur allzu sehr für das Ansehen seiner Person. Der einfältige Pinsel frisst mir aus der Hand.« Er lachte erneut.

»Ich habe den Mann in Mittenwald nicht umgebracht«, entfuhr es Moritz' Kehle mit kratziger Stimme.

»Sieh an, Ihr habt also Eure Stimme doch noch nicht verloren. Es wird aber keiner jemals erfahren, dass nicht Ihr es wart, sondern dass ich es war, der Euer Messer in Dürnholz' Körper gerammt hat. Ich sollte Euch hier und jetzt die Zunge heraustrennen, damit Ihr keine Unwahrheiten über mich ausplaudern könnt.«

Der Söldner ergriff ein Messer von der Werkzeugbank und ging auf Moritz zu, der entsetzt zurückwich.

»Tja«, sprach er weiter, »es tut mir leid, dass ich keine besseren Nachrichten für Euch habe. Und falls Ihr vorhabt, für mich keine Violine zu bauen, nehme ich einfach die da.«

Er ging zu Annas Violine und nahm sie in die Hand. Moritz wollte gerade zu Carrigi hinübereilen, da erklang die freundliche Stimme des Wärters, der Moritz geholfen hatte.

»Ihr habt nach mir geschickt.«

Moritz drehte sich erschrocken um, denn er hatte nicht bemerkt, dass der Mann die Zelle betreten hatte. Auch Carrigi drehte sich überrascht um. Sein Gesichtsausdruck zeigte Unsicherheit und Ärger.

»Wie lange steht Ihr da schon herum? Und wer hat nach Euch gerufen?«

»Der Geigenbauer wollte mich sprechen und ich stehe schon eine ganze Weile da.«

»Hoffentlich nicht lang genug, dass ich Euch an den Kragen gehen muss. Wenn Ihr nur ein Wort ausplaudert, das in diesen schmutzigen Wänden gesprochen wurde, seid Ihr ein toter Mann.«

Während er sprach, war er mit langsamen Schritten auf den Wärter zugegangen. Er stand nun einen Schritt von ihm entfernt, in der einen Hand die Violine, in der anderen das Messer. Er schaute ihn drohend an.

»Verstanden!?«, sprach der Söldner mit üblem Unterton in der Stimme und blickte den Wärter böse an.

Der ließ sich nicht einschüchtern.

»Was sucht Ihr hier? Man hat Euer Kommen nicht angekündigt.«

»Das ist auch nicht nötig, ich bin die rechte Hand des Dogen. Außerdem bin ich ohnehin gerade fertig und wollte gehen.«

Er drückte dem Wärter die Violine in die Hand. Und lachte wieder.

Als er an der Zellentür ankam, drehte er sich noch einmal zu Moritz um.

»Bevor Ihr weiterarbeitet, solltet Ihr Euch anständig waschen. Ich werde Euch einen Eimer Wasser und einen Spiegel bringen lassen. Ihr stinkt wie der *Canal Grande* und nicht mal der räudigste Straßenköter würde in Eure Nähe kommen wollen. Aber gewiss würde er es genießen, Euch ans Bein zu pinkeln.«

Mit lautstarkem Lachen verließ er die Zelle.

Moritz sank verzweifelt und gedemütigt auf das Bett nieder und legte sein Gesicht in die Hände. Gerne hätte er vor Wut geschrien. Er schämte sich, dass er sich nicht gewehrt hatte. Aber was hätte er tun können?

»Lasst Euch nicht provozieren. Ich kenne den Mann. Er ist gefährlich und heimtückisch. Ich weiß nicht, was Ihr mit ihm zu schaffen habt, aber legt Euch mit ihm nicht an«, sprach der Wärter und wickelte dabei Moritz' Hand aus.

Die Verletzung spürte Moritz schon gar nicht mehr so sehr. Die Worte, die Carrigi ihm an den Kopf geworfen hatte, schmerzten weitaus mehr.

Kapitel 45

Sie waren inzwischen viele Tage gereist. Das Wetter hatte sich in den Bergen verschlechtert, wie es ihnen der Mann prophezeit hatte. Aber sie hatten Glück gehabt, bei heftigem Schneefall waren sie in einem Dorf auf eine Gauklertruppe gestoßen, die ebenfalls auf dem Weg nach Venedig war. Dieser Truppe hatten sich Anna und Goffriller angeschlossen.

Der vorderste der vier Gauklerwagen war mit einem breiten Gestänge ausgestattet, das an seiner hinteren Achse angebracht war. Es diente ihnen als Schneepflug. Gemeinsam kamen sie ohne große Schwierigkeiten die steilen Wege hinauf. Nach einem Tag, den sie bei dichtem Schneetreiben nur langsam vorangekommen waren, stiegen die Temperaturen wieder an und der Schnee wandelte sich in Regen. Das nasskalte Wetter war zwar unangenehm, weil es sich anfühlte, als wolle die Feuchtigkeit durch alle Nähte kriechen, doch kamen sie deutlich schneller voran. Dennoch fuhren sie vorsichtig und vorausschauend, weil bei einem Wetterumbruch große Gefahren in den Bergen lauern konnten. Steinschläge, Muren und Lawinen waren keine Seltenheit. Was dies bedeuten konnte, hatte Anna noch deutlich vor Augen. Den Anblick der Hand, die sich ihr aus der Mure heraus entgegengestreckt hatte, die den Inquisitor und seine Mannen unter sich begraben hatte, würde sie niemals vergessen.

Anna spürte aufgrund der warmen Jacke und der dicken Stiefel kaum die Kälte und Nässe. Nur ihre Wangen glühten von dem Schnee. Anna hatte sich vorne zu Goffriller auf den Kutschbock gesetzt, denn sie mochte ihre Stimme nicht laut erheben, während sie ihm von ihren schrecklichen Erlebnissen berichtete. Außerdem wollte sie nicht, dass ihren Schilderungen ein Fremder zuhörte, denn es sollte auf keinen Fall jemand von den Gauklern erfahren, dass sie eine Frau und kein Mann war.

Auch wenn sie die Leute der Truppe mochte, vertraute sie nur ihrem neuen väterlichen Freund Goffriller. Sie spürte, dass er es gut mit ihr meinte. Da er selbst seine Familie durch schreckliche Umstände verloren hatte, fühlte sie sich ihm schicksalhaft verbunden.

»Unter keinen Umständen darf ich auch ihn verlieren«, flehte sie Gott häufig im Stillen an.

Goffriller war von Annas Geschichte berührt. Auch wenn sie es nicht ausgesprochen hatte, war er sich sicher, dass man in ihr ebenfalls eine Hexe gesehen hatte. Er glaubte nicht an Hexerei und schimpfte insgeheim auf die üblen Kirchenmänner der Inquisition und die schwachen Bürger, die eine fanatische Hetzerei gegen angebliche Hexen ausübten. Er war froh, dass es Menschen gab, die sich mit Kräuterheilkunde auskannten.

Goffriller sah in Anna die Tochter, die man ihm genommen hatte. Es brauchte nicht lange, da hatte er sie in sein Herz geschlossen. Er nahm sich vor, ihr bei der Suche nach Moritz und ihrem Onkel zu helfen, sobald sie in Venedig angekommen waren. Er würde ihr einstweilen bei sich ein Zuhause geben und sie in seiner Werkstatt arbeiten lassen.

Nachdem sie die Berge hinter sich gelassen hatten und es wieder warm geworden war, hatten die Gaukler bei jeder Rast geübt. Sie waren schon ganz aufgeregt, endlich die *Serenissima* kennenzulernen, von der man sich so viel erzählte. Sie wollten überall auf den kleinen *Campi* ihre Künste vorführen. Da hatten sie einiges zu bieten: einen Stelzenläufer, einen Feuerspucker, einen Jongleur, der auch auf den Händen gehen konnte, einen Bänkelsänger, der durch das Programm führte, und einen Possenreißer, der zudem noch ein herrlicher Clown war.

Anna genoss es, den Gauklern zuzuschauen, besonders amüsierten sie die Späße des Clowns *Pompelmo*. Sein leicht verzogenes Gesicht, das aussah, als habe er in eine Pampelmuse gebissen, fand sie hinreißend.

»Hoffentlich werde ich die Truppe in Venedig wiedertreffen«, dachte Anna häufig.

Am vergangenen Abend hatten sie eine letzte gemeinsame Rast gemacht. Auf einer Wiesenfläche, im Schutz kleiner Büsche, hatten sie die Nacht verbracht. Beim ersten Morgenlicht verabschiedeten sich die Gaukler und begaben sich auf den Weg zur Anlegestelle. Von dort aus würden sie mit einer Barke zur *Serenissima* hinüberfahren.

Die Schauleute planten reichliche Wartezeit ein, denn sie vermuteten, dass eine ganze Menge Leute hinüber zur Lagunenstadt fahren würden, und sie selbst wollten noch bei Tageslicht in Venedig ankommen. Anna und Goffriller waren etwas später aufgebrochen.

Sie fuhren nun an einem Fluss entlang. Auf der einen Seite standen prächtige Villen mit großen Gärten, auf der anderen weiteten sich Wiesenflächen mit blühenden Apfelbäumen. Der Fluss war so breit, dass zwei Barken ungehindert aneinander vorbeifahren konnten, um die wohlhabenden Italiener und handeltreibenden Bürger nach Venedig hinein und wieder in ihre Villen zurückbringen zu können.

Je näher sie der Lagunenstadt kamen, desto deutlicher wurde der Anblick der Stadt. Aus den verschwommenen Erdtönen, die zunächst einem Vexierbild glichen, wurden allmählich Häuser, Paläste und Kirchen. Es galt noch ein Stück Meer zu überwinden, denn es gab ausschließlich den Seeweg, um nach Venedig zu gelangen. Wenn sie das geschafft hatten, würden sie endlich an ihrem Ziel angelangt sein.

Den Wagen und das Pferd würden sie, wie alle anderen Reisenden auch, am Festland verkaufen und ihr Hab und Gut auf eine Barke umladen. Außerdem hatte Goffriller einen ansehnlichen Stamm Tonholz erworben, der ebenfalls auf die Barke kommen musste.

Anna führte drei Rucksäcke bei sich. Der eine war mittlerweile reichlich ausgestopft, denn sie hatte die dicke Jacke hineingesteckt. Die Stiefel trug sie trotz der Wärme noch immer an den Füßen.

Sie hatte sich angewöhnt, mit tiefer Stimme kurz und knapp zu sprechen. Die Schauleute hatten nicht einen Moment daran gezweifelt, dass sie ein Mann war. Darüber war sie sehr erleichtert. Trotzdem überkam sie Angst, wenn sie daran dachte, dass sie eventuell auf den üblen Söldner treffen würde. Er durfte sie unter gar keinen Umständen erkennen. Es sei denn, sie wollte es und es wäre zu ihrem Vorteil. Das bezweifelte Anna aber sehr.

Als Goffriller und Anna an der Anlegestelle eintrafen, hatte sich das Wetter wieder eingetrübt, das schien am Meer schnell zu gehen. Die Schauleute hatten bereits ihre Barke beladen und glitten gerade damit aufs Meer hinaus. Sie wendeten sich noch einmal dem Festland zu. Als sie Anna entdeckten, winkten sie ihr überschwänglich zu und riefen:

»*Ciao,* Fernando, wir sehen uns in Venedig.«

»Wir sehen uns«, rief Anna der Truppe hinterher, so gut sie es mit verstellter Stimme konnte. Sie winkte ihnen lange nach, bis sie in den Dunstschleier des Meeres eintauchten.

Nachdem Goffriller seinen Karren und das Pferd verkauft hatte, begann er damit, seine Barke zu beladen.

Anna stand minutenlang unbewegt an der Anlegestelle und starrte hinaus auf das Meer. Goffriller, der glaubte, sie würde zweiflerischen Gedanken nachhängen, ermahnte sie schließlich, ihm zu helfen.

Anna zuckte zusammen, als Goffriller sie etwas lauter anfuhr.

Sie ging zu ihm hinüber und half ihm, eine Kiste auf die Barke zu packen. »Verzeiht, ich war in Gedanken.«

»Schon gut«, sagte er freundlich, der dies geahnt hatte.

Als für Anna nun die *Serenissima* greifbar nah war, musste sie an ihre Mutter denken. Wie gerne hätte diese ihren Bruder in Venedig besucht. Sie hatte Anna häufig von ihm berichtet. Ihr Wunsch hatte sich leider nie erfüllt.

Anna glaubte aufgrund der Berichte, die Onkel Friedrich Annas Mutter in großen Abständen per Bote hatte zukommen lassen, bereits ein bisschen von dieser geheimnisvollen Stadt zu kennen. Sie hatte Bilder vor Augen und war sehr gespannt, ob sie sich in der Realität genauso darstellen würden. Sie wusste, dass sich die Apotheke ihres Onkels nahe dem Judenviertel befinden musste. Gleich am nächsten Tag wollte sie ihn aufsuchen. Goffriller hatte versprochen, sie zu begleiten, darüber war sie sehr erleichtert. Denn er kannte sich in Venedig bestens aus, sie hingegen würde sich durchfragen müssen.

Anna schaute noch einmal hinüber. Der Dunstschleier hatte sich wieder verzogen und gab den Blick auf Venedig frei. Die ausgedehnte Wasserfläche wurde von zahlreichen Barken, Gondeln und Schiffen bevölkert. Dahinter schien die Stadt aus dem Meer heraufsteigen zu wollen, zahlreiche Türme machten sich groß, reckten sich und schauten weit über das Meer hinaus.

»Fernando«, hörte sie die Stimme Goffrillers, »du träumst ja schon wieder. Hilf mir, wir können gleich los.«

Wieder zuckte Anna zusammen. Der Anblick der Lagunenstadt hatte sie in ihren Bann gezogen. Noch immer erschrak sie, wenn man sie mit dem Namen *Fernando* ansprach. In Goffrillers Gegenwart hatte sie sich nicht verstellen müssen. Doch jetzt war die Zeit gekommen, dass sie Anna am Ufer zurücklassen und wieder Fernando Emanuel Gastoldi werden musste.

Goffriller verabschiedete sich von dem Barkenverkäufer, der Anna unsympathisch war, denn er hatte einen wilden, forschenden Blick, ungepflegte lange Haare und einen stoppeligen Bart. Er hielt Anna zum Abschied die Hand hin, doch sie nickte nur kurz und vermied den Augenkontakt. Der Mann war ihr nicht geheuer, sie fand, dass er sie zu neugierig musterte. Vielleicht war dem auch nicht so, aber sie war Fremden gegenüber misstrauisch. Es konnte durchaus sein, dass Carrigi dem Barkenverkäufer von Anna erzählt hatte. Und diesen beauftragt hatte, Fremde, die über das Meer zur *Serenissima* wollten, eindringlich in Augenschein zu nehmen. Sie wollte, dass er in ihr einen schroffen Mann sah.

Anna packte einen ihrer Rucksäcke und schwang sich geschickt über die kleine Brüstung in die Barke.

»In ein paar Wochen bin ich wieder da«, meinte Goffriller zu dem Barkenverkäufer und gab ihm die Hand. »Dann brauche ich wieder ein Pferd und einen Karren.«

»Das geht klar, es stehen immer genug Pferde bereit. Und bringt Eurem Mitreisenden derweil Manieren bei, er scheint ziemlich ungehobelt zu sein.«

Goffriller winkte ab, als ob er sagen wollte: »Der lernt es nimmermehr!«, und schwang sich ebenfalls auf die Barke. Der Mann gab ihr einen kräftigen Schubs und schon glitten sie hinaus aufs Meer.

Kapitel 46

Einige Minuten schwiegen Goffriller und Anna und ließen die Barke in Richtung Venedig gleiten. Dann aber packte Goffriller ein Paddel und stieß es in das grauschwarze Wasser hinein.

»Los, schnapp dir das andere, sonst kommen wir nicht vor Mitternacht in Venedig an.«

Anna ergriff das Paddel, das zu ihren Füßen lag, und versuchte es Goffriller gleichzutun. Es fiel ihr schwer, den richtigen Rhythmus zu finden, denn sie hatte nicht die Kraft eines Mannes und paddelte viel langsamer. Goffriller musste immer wieder warten, bis Anna ein paar ausgiebige Paddelstöße vollzogen hatte.

Als er glaubte, dass sie sich weit genug von der Anlegestelle entfernt hatten und außer Hörweite waren, sprach er zu Anna:

»Ich soll dir Manieren beibringen, mein Kind.« Er lachte bei diesen Worten, denn er wusste, dass sich Anna bewusst schroff benommen hatte. »Auch wenn Ihr Fremden gegenüber misstrauisch seid, müsst Ihr dennoch höflich sein. Ein kräftiger Händedruck wirkt unauffälliger, als wenn Ihr Euch abweisend verhaltet. Sonst könnte man meinen, dass Ihr etwas zu verbergen habt, was ja auch den Tatsachen entspricht. Aber Ihr möchtet ja nicht, dass jemand hinter Euer Geheimnis kommt. Also passt auf, was Ihr tut.«

Anna wusste, dass Goffriller recht hatte, aber es steckte allzu große Furcht in ihr. In Situationen, in denen ihr jemand nahe kam, war es ihr nicht möglich, sich freundlich und entspannt zu benehmen. Jedesmal zog sie sich in eine Hülle des Schweigens zurück.

Anna antwortete nicht, sie blickte sich unbehaglich um. Es war ziemlich viel los auf dem Wasser, überall schipperten Gondeln und Barken umher. Auch Segelschiffe mit gerefften Segeln fuhren in Richtung Venedig. Sie waren zum Teil so groß, dass sie jegliche Sicht auf Venedig versperrten. Anna ging in die Hocke und starrte auf die kleinen Wellen, die sich auf dem Wasser fröhlich kräuselten. Eigentlich hätten das sanfte Schaukeln der Barke und die feinen Lichtspiele eine beruhigende Wirkung auf sie haben müssen, doch spürte sie Unruhe in sich. Es war die stetige Angst, erkannt zu werden. Auch fürchtete sie das bevorstehende Treffen mit ihrem Onkel und mit Moritz.

Annas Hände waren feucht, das Hemd klebte an ihrem Rücken und ihr Herz pochte mit einem Mal so heftig, dass sie glaubte, ihr müsse der Atem versagen. Gleichzeitig pulsierte das Blut in ihren Ohren. Das war dermaßen unangenehm, dass sie beide Hände gegen die Ohren drückte. Sie schloss die Augen und atmete tief ein und aus. Sie wollte sich beruhigen, denn sie spürte, dass Panik in ihr aufstieg. Schneller und schneller atmete sie, doch dann glaubte sie die warme Hand ihrer Mutter auf der Schulter zu fühlen, die beruhigend sagte:

»Hab keine Sorge, mein Kind, es wird alles gut.«

Für einen Moment lockerte sie ihre Hände etwas, die inzwischen schweißnass waren. Ihr Atem ging noch immer hektisch.

»Beruhige dich.« Anna rang nach Luft. Jedoch mit einem Mal überkam sie eine wohltuende Ruhe und die unangenehme Beklemmung löste sich. Allmählich verlangsamte sich auch ihr Herzschlag und sie konnte wieder normal atmen. Sie hob den Kopf an und öffnete die Augen.

Die bedrückende Schwärze verlor sich auf dem glitzernden Wasser. Da bemerkte sie Goffriller neben sich. Seine Hand ruhte auf ihrer Schulter.

»Geht es wieder?«, fragte er sanft wie ein besorgter Vater. Anna nickte und blickte zur *Serenissima* hinüber. Sie hatten sich der Lagunenstadt genähert, allerdings waren sie von ihrer ursprünglichen Fahrlinie abgekommen.

»Ich habe furchtbare Angst«, sagte Anna mit leiser Stimme. Er schaute sie freundlich an.

»Bisher habt Ihr alle Situationen gemeistert. Seid ohne Furcht und zeigt Euer Unbehagen nicht.«

»Ich will es versuchen«, sagte Anna mehr zu sich als zu Goffriller. Sie zog sich die Kappe vom Kopf und fuhr sich durch die Haare. Sie fühlte sich kraftlos und schwach und ihr Unbehagen schien sich nicht verdrängen zu lassen. Aber die Worte ihrer Mutter klangen ihr immer wieder in den Ohren. Und so sprach sie diese in Gedanken, wie eine Beschwörungsformel, vor sich hin:

»Alles wird gut, alles wird gut ...«

Goffriller war inzwischen an den Bug der Barke gegangen. Er forderte Anna auf, ihre Kappe wieder aufzusetzen und ihm beim Paddeln zu helfen. Er korrigierte die Fahrlinie und mit vereinten Kräften erreichten sie am späten Nachmittag Venedig. Aus der Vision einer Stadt, die zwischen Himmel und Erde zu schwimmen schien und nun im Schatten des Tages lag, wurde Wirklichkeit.

Goffriller hatte die Einfahrt nach Venedig über die nördliche Seite genommen. Auf der südlichen fuhren alle großen Schiffe zunächst im Bezirk *Dorsoduro* zum *Dogana di Mare,* hier wurden die eingeführten Waren verzollt und auf kleinere Frachtgondeln umgeladen, die diese dann an ihren endgültigen Bestimmungsort weitertransportieren würden. Manches Mal wurde das Gut auch zwischengelagert. Das Zollamt war mit dem goldenen Globus auf seinem Turm schon von Weitem gut zu erkennen. Da Goffriller nur ein Stück Holz mitbrachte und als Geigenbaumeister in Venedig bekannt war, brauchte er nichts zu verzollen. Für den Fall, dass man ihn anhalten würde, hatte er einen Freifahrschein, dieser war vom Dogen persönlich unterschrieben.

Venedig hatte auf Anhieb eine magische Wirkung auf Anna. Sie war ganz andächtig, als Goffriller die Barke an den ersten Palästen vorbeidirigierte und den Weg in den *Canal Grande* einschlug. Wegen des regen Schiffsverkehrs klatschte das Wasser aufgebracht gegen den Eindringling. Goffriller störte das nicht. Gekonnt fuhr er nach wenigen Metern in einen Seitenkanal hinein. Es war ein schwarzes Kanallabyrinth, das sie nun durchfuhren. Die *Serenissima* schien wie ein Meerestier gierige Tentakel ausgelegt zu haben, die schmatzend aus der Tiefe an dem Schiffskörper zerrten. Anna traute sich kaum zu atmen. Sie saß auf ihrem Platz, paddelte nach wie vor und folgte den Anweisungen Goffrillers. Ihre Augen suchten währenddessen die steinernen Wände der Paläste ab, die aus dem Wasser herauswuchsen. Sie schwitzte angesichts der körperlichen Anstrengung, dennoch spürte sie die Kälte, die die hohen Palastmauern abstrahlten und ihr entgegenhauchten.

»Wir sind gleich da«, durchschnitt Goffriller die Stille.

Anna war gespannt, wo er sie hinführte.

»Was hat er für eine Werkstatt? Wie werde ich bei ihm wohnen können?« Diese Fragen beunruhigten Anna sehr.

Kapitel 47

Goffriller fuhr unter einer kleinen Brücke durch und hielt kurz danach an einer düsteren Anlegestelle bei einem schmalen Weg an. Er ging in einen finsteren Gang über, der unter ein Gebäude führte.

»Dies ist ein *sotoportego*, er führt unter meinem Haus und meiner Werkstatt durch. Der Eingang ist auf der anderen Seite. Wenn man mit einer Barke zu meinem Heim kommen möchte, ist dies der einzige Weg«, meinte er beruhigend zu Anna, als er ihren ängstlichen Blick sah. »Nimm deine Rucksäcke und folge mir, das Holz holen wir später.«

Anna zögerte einen Moment, weil sie nicht sehen konnte, wohin der Gang führte. Sie blickte nur in einen schwarzen, ungewissen Schlund.

Goffriller war inzwischen ausgestiegen und hatte sich sein eigenes Gepäck geschnappt. Nun hantierte er mit einer Lampe und brachte sie zu Annas Erleichterung zum Brennen.

»Komm schon, ich gehe voran und leuchte uns den Weg.«

Anna entfuhr ein tiefer Seufzer. Sie nahm ihren Mut zusammen und verließ schwerbeladen die Barke. Gerne hätte Goffriller ihr geholfen, als sie ungeschickt über deren Rand kletterte. Doch vielleicht wurden sie beobachtet. Es würde seltsam wirken, wenn er einem jungen Mann die Hand reichte, um ihm von Bord zu helfen.

Goffriller hatte vor, Anna als seinen neuen Lehrling auszugeben, den er aus der Heimat kannte und mitgebracht hatte.

Es stellte sich heraus, dass der dunkle Weg gar nicht so lang war, wie Anna vermutet hatte. Goffriller leuchtete vor ihre Füße und nach wenigen Metern hatten sie den unheimlichen Ort durchschritten. Dahinter öffnete sich ein kleiner Platz. Staunend blieb Anna stehen.

Der *campo* war menschenleer. Schwaches Licht schien von einer Laterne herab und beschien einen kleinen Brunnen. Sandsteinfarbene Gebäude gruppierten sich um den Platz und strahlten mit ihren kleinen Balkonen, an deren

Geländern Efeu entlangkroch, Wohlbehagen aus. Anna mochte diesen Ort auf Anhieb.

»Hier entlang«, forderte Goffriller sie auf, »*la porta di casa* ist auf der linken Seite.« Er schritt zu einem Haus, über dem ein aus Messing verziertes Schild hing. Auf ihm war eine Violine gemalt und darin stand *bottega*. Man konnte gut erkennen, dass es sich um eine Geigenbauwerkstatt handelte. Allerdings war sich Anna nicht sicher, ob in diesem verlassenen Winkel Venedigs Menschen vorbeikamen, die die Arbeit eines Geigenbauers benötigten.

Sie folgte Goffriller durch die Tür und strahlte, als sie die Werkstatt betraten.

Er zündete ein paar weitere Lampen an, nun konnte sich Anna in Ruhe umblicken.

Es gab zwei Bänke, auf denen eine Unmenge von Werkzeugen verstreut war. Holz lag auf dem Boden und auf dem Tisch und einige Geigen hingen an einer Schnur vor dem Fenster. Anna empfand es als sehr unordentlich, das hatte sie nicht erwartet. Sie war es von Dürnholz gewohnt, dass jedes Ding seinen Platz hatte. So konnte man es, wann immer man es brauchte, ohne lange zu suchen zur Hand nehmen.

Auch Goffriller war über die Unordnung erstaunt. Offensichtlich hatte er seine Werkstatt in einem anderen Zustand zurückgelassen.

»Seltsam«, meinte er. »Es war jemand hier drinnen, Ihr müsst mir glauben, so sieht es sonst nicht bei mir aus. Es scheint, als habe jemand etwas gesucht und dabei alles in Unordnung gebracht. Aber wer war das? Die Tür war nicht aufgebrochen, sondern wie immer verriegelt. Und auch meine Geigen hängen noch an ihrem Platz. An was sollte ein Eindringling Interesse gehabt haben? Geld bewahre ich hier keines auf.«

»Das kann ich dir erklären«, hörten sie unerwartet eine tiefe Stimme sagen. Anna taumelte vor Schreck rückwärts und wäre fast gegen die Tür gestürzt, wenn Goffriller sie nicht festgehalten hätte.

»Die Stimme kenne ich«, flüsterte er, »sei ohne Furcht.«

»Sieh an, mein lieber Cousin«, sagte er dann mit ernstem Tonfall und wendete sich in die Richtung, aus der die Stimme gesprochen hatte. »Was schleichst du dich in mein Haus hinein?«

Eine Gestalt trat aus dem Dunklen in die Werkstatt. Es war ein gedrungener Mann, der ordentlich gekleidet war und ein vornehmes Aussehen hatte. Er trug hohe Stiefel, die bis über die Knie mit Feuchtigkeit benetzt waren.

»Das spielt jetzt keine Rolle«, meinte dieser. »Ich musste in deine Werkstatt und wenn ich gewusst hätte, dass du wieder da bist, hätte ich mich natürlich bemerkbar gemacht.«

»Warst du schon zuvor hier?«, fragte Goffriller mit ernster Miene.

»So ist es, und zwar im Auftrag Vivaldis und des Dogen. Leider konnte ich dich zuvor nicht davon in Kenntnis setzen, denn du warst nicht da.«

»Was gibt es Wichtiges, dass es nicht hätte warten können? Du wusstest doch, dass ich in diesem Monat zurückkommen würde. Was gibt es in meiner Werkstatt von Bedeutung, dass es den Dogen interessieren könnte? Ein Stück Holz vielleicht oder etwas Leim?«

»Ganz so einfach verhält es sich nicht.« Nun erzählte er, was sich in Goffrillers Abwesenheit zugetragen hatte.

»Im Auftrag Vivaldis und des Dogen habe ich für einen üblen Verbrecher aus Mittenwald eine Werkstatt in einer Zelle des Gefängnisses einrichten lassen.«

Anna entfuhr ein leiser Schrei. Jedoch versuchte sie ihn sofort ungeschehen zu machen, indem sie einen schweren Hustenanfall vortäuschte.

Goffrillers Cousin stutzte dennoch und ging auf sie zu.

»Wen hast du dir denn da mitgebracht? Ein hübscher Jüngling ist das.« Sie senkte ihren Blick.

»War das nicht ein Schrei gewesen, den ich da vernommen habe? Kennt Ihr etwa einen Verbrecher aus Mittenwald?«

Anna ging etwas zurück, um dem Mann auszuweichen, der sich ihr nun noch mehr näherte. Goffriller stellte sich dazwischen.

»Das ist mein neuer Lehrling, er heißt Fernando. Er baut hervorragende Geigen. Und spielen kann er auch. Zu deiner Beruhigung: Er stammt aus Augsburg und sicher kennt er keine Verbrecher. Er ist nur etwas menschenscheu.«

Goffriller versetzte Anna einen kumpelhaften Hieb auf die Schulter. Es tat weh, trotzdem ließ sie sich nichts anmerken. Sie nickte nur.

»Hat er denn auch eine Stimme?«, fragte der Mann süffisant.

Anna riss sich zusammen, obwohl ihr das Herz bis zum Halse klopfte, und sprach mit gefasster Stimme:

»Gewiss kann ich reden. Tut mir leid, wenn ich mich Euch noch nicht selbst vorgestellt habe. Fernando Emanuel Gastoldi ist mein Name.«

Goffriller erkannte in ihrem Blick, welche Angst sie hatte, und versuchte von ihr abzulenken.

»Nun lass doch meinen Lehrling in Ruhe. Deine Neuigkeiten sind weitaus wichtiger. Was hältst du davon, wenn Fernando dem Gefangenen auf die Finger schauen würde, damit der auch wirklich gut arbeitet? Ich erwähnte ja bereits, dass er erfahren ist und hervorragende Violinen baut. Vielleicht geht es dann auch schneller voran und ich bekomme alsbald meine Werkzeuge zurück.«

Der Mann stutzte.

»So einfach geht das nicht. Ich kann ihn nicht zu einem Mörder ins Verlies lassen. Dennoch finde ich die Idee überzeugend, weil es dann mit dem Bau der Violinen gewiss viel zügiger gehen könnte. Der Mann, der dort einsitzt, soll nämlich nicht nur eine, sondern gleich zwei Violinen bauen. Ich werde eine Genehmigung einholen, dann komme ich wieder.«

»Glaubt Ihr denn wirklich, dass der Mann ein Mörder ist?«, fragte Anna und versuchte, keine Emotionen zu zeigen.

»Nun ja, meine Meinung ist da wohl nicht gefragt. Ich finde, Moritz Eibinger macht einen freundlichen Eindruck. Er scheint auch Interesse am Geigenbau zu haben. Dennoch sitzt er gewiss nicht ohne Grund ein. Ein angesehener Söldner namens Carrigi hat ihn aus Mittenwald mitgebracht und beschuldigt ihn, einen Mord begangen zu haben, übrigens an einem Geigenbaumeister. Vor einem Gericht stand Moritz Eibinger bisher noch nicht. Und was aus ihm wird, wenn er die Violinen gebaut hat, das weiß wohl nur der Doge.«

Anna weinte innerlich. Um ihre Gefühle nicht zu zeigen, begann sie die Werkbank aufzuräumen. Goffriller spürte, wie verzweifelt sie war, und führte seinen Cousin nach draußen. Dort wechselten sie noch ein paar Worte miteinander, die Anna nicht hören konnte.

Kapitel 48

Es dauerte eine ganze Weile, bis Goffriller zurückkam. Zu Annas Erstaunen trug er das große Stück Holz auf der Schulter und ließ es nun geräuschvoll durch die geöffnete Tür in die Werkstatt rutschen.

»Mein Cousin hat mir geholfen, den Brocken hierherzuschaffen. Er ist inzwischen auf dem Weg nach Hause. Pack du nun mal mit an, Fernando«, er zwinkerte Anna freundlich zu. »Wir schieben den Klotz auf die andere Seite. Da kann er eine Weile liegen bleiben und stört uns nicht.«

Gemeinsam mit Goffriller schob und zerrte Anna an dem Holzklotz. Als dieser schließlich an seinem Bestimmungsort lag, richteten sich beide stöhnend auf.

»Geschafft«, fuhr es ihnen gleichzeitig aus dem Munde. Anna lächelte und fühlte sich in diesem Augenblick befreit von jeder Sorge und Angst. Goffriller schaute sich zufrieden in der Werkstatt um. Alle Werkzeuge lagen wieder säuberlich auf ihren Brettern und das Holz war akkurat in der Ecke aufeinandergestapelt.

»Nun sieht es wieder so aus wie vor drei Monaten, als ich meine Werkstatt verlassen habe. Danke, Fernando.« Goffriller schaute Anna forschend an, deren Lächeln wieder verschwunden war. »Seid ohne Furcht, Ihr werdet Euren Onkel bald treffen, Moritz lebt, und wenn alles gutgeht, werdet Ihr ihn in den nächsten Tagen sehen.«

Goffriller merkte, dass Anna etwas bedrückte. »Sprecht, mein Kind, was befürchtet Ihr?«

»Einerseits verspüre ich große Freude, beide wiederzusehen. Andererseits ist mir nicht wohl dabei, weil ich nicht weiß, wie es Onkel Friedrich und Moritz geht und in welchem Zustand ich sie vorfinden werde. Vielleicht möchte mein Onkel gar nichts von mir wissen. Möglicherweise möchte auch Moritz mich gar nicht sehen und hasst mich, weil er meinetwegen in diese abstruse Situation geraten ist.«

Die letzten Worte hatte Anna nur stockend über die Lippen gebracht und nun hielt sie sich verzweifelt die Hände vor das Gesicht und schluchzte.

Goffriller nahm sie in die Arme. Ihr Körper bebte vor Verzweiflung. Doch nach und nach ebbte ihr Schluchzen ab und sie beruhigte sich. Unglücklich über ihren Gefühlsausbruch wendete sie sich von Goffriller ab.

»Alles wird gut, Ihr werdet sehen«, meinte er liebevoll zu ihr.

Die nächsten Stunden verbrachten sie damit, ihre Sachen auszupacken und die Zimmer einzuheizen, denn es war ziemlich kalt in den großen, hohen Räumen. Jedes der drei Zimmer einschließlich der Küche war ordentlich und sauber. Sie wirkten freundlich, gleichwohl sie einfach eingerichtet waren. Man merkte, dass dort ein Musikliebhaber sein Zuhause hatte, überall lagen Noten herum und auch ein kleines Spinett entdeckte Anna in dem Zimmer, in dem sie schlafen sollte.

Sie hob den Deckel etwas hoch und spielte eine kleine Melodie darauf.

»Es gehörte meiner Frau«, hörte sie unerwartet die Stimme Goffrillers hinter sich. »Sie war eine hervorragende Spinettspielerin.« Er seufzte. »Gott hab sie selig, nur er weiß, wie sehr ich sie vermisse. Vielleicht möchtet Ihr ab und an auf dem Instrument spielen? Es würde mir Freude bereiten.«

Anna schämte sich dafür, dass sie unerlaubt auf dem Spinett seiner Frau gespielt hatte. Um alles in der Welt wollte sie diesen Mann nicht traurig stimmen. Er war verständnisvoll und gütig zu ihr.

»Es tut mir leid, ich wollte nicht ..., ich kann gar nicht ...«, fing sie an zu stammeln.

»Ihr braucht Euch nicht zu entschuldigen. Wenn Ihr möchtet, spielt auf dem Spinett.«

Anna fehlten die Worte, sie brachte nur ein zartes »Danke« über die Lippen.

»Ich werde mich nun zur Ruhe begeben«, meinte Goffriller. »Alles, was Ihr zum Waschen braucht, findet Ihr im Nebenzimmer. Da ich keine Vorräte im Haus habe, müsst Ihr von dem Proviant essen, den Ihr in Eurem Rucksack mitgebracht habt. Wasser findet Ihr in der Küche. Morgen kaufen wir auf dem Markt ein. Gute Nacht.«

Nachdem Goffriller das Zimmer verlassen hatte, setzte sich Anna auf einen Stuhl neben dem Spinett und blieb eine ganze Weile unbewegt sitzen. Sie schlief mit offenen Augen, dennoch nahm sie alle Geräusche wahr, die um sie herum waren. Das Ticken der Wanduhr, Stimmen auf dem *campo* vor dem Haus und Goffriller, der in seiner Wohnung herummarschierte, bis er sich schließlich zur Ruhe bettete.

Als Anna das Viertelstundenläuten einer der zahlreichen Kirchturmuhren Venedigs hörte, erwachte sie aus ihrer Starre und erhob sich. Auf Zehenspitzen schlich sie in die Badestube, die geräumig und freundlich war. Zu ihrer großen Überraschung stand dort eine große hölzerne Badewanne. Anna gelüstete es nach einem warmen Bad, doch war sie viel zu müde dazu, Wasser aufzuheizen. Sie entledigte sich ihrer Kleider, schüttete kaltes Wasser in eine Schale und wusch sich. Es tat gut, die Nässe auf der Haut zu spüren, es war erfrischend und weckte ihre Lebensgeister. Jedoch mit einem Mal wurde Anna kalt und sie fing an, zu zittern. Geschwind schlich sie zu ihrem Bett, legte ihre Kleider auf den Stuhl, der neben ihrem Bett stand, und schlüpfte unter die dicke

Decke. Es dauerte nicht lange und sie sank in einen tiefen Schlaf.

Mitten in der Nacht wurde sie von einem lauten Schrei geweckt, der sie zusammenfahren ließ. Das Geräusch war von draußen gekommen. Im Nu verkrampfte sich alles in ihr.

»Was war das? Was war das für ein markerschütternder Lärm?«

Nach wenigen Minuten ertönte erneut ein Schrei, doch nun entspannte sie sich, denn ihr wurde bewusst, dass es sich um Katzen handelte, die wohl ihre Machtkämpfe dort draußen auf dem *campo* austrugen. Anna atmete erleichtert auf und drehte sich auf die andere Seite. Sie hörte auch erneut eine Katze fauchen und schreien, aber nach wenigen Minuten schlief sie wieder ein.

Im Morgengrauen erwachte sie, als sie Geräusche in der Wohnung vernahm. Es war Goffriller, der herumpolterte, zwischendurch pfiff er vor sich hin. Dieses Pfeifen war ihr von der Fahrt wohlbekannt, er pfiff immer, wenn er arbeitete oder etwas suchte.

Anna blieb noch unter der warmen Decke liegen. Sie spürte die Kälte der vergangenen Nacht im Gesicht und hatte keine Lust, die Bettstelle zu verlassen. Sie wollte schlafen, doch hatte sie allzu reale Bilder vor Augen: Ihre Mutter, die einen Brief ihres Bruders in der Hand hielt und die Hoffnung hegte, ihn in Venedig zu besuchen. Ihren Onkel, dessen Gesicht sie nicht sehen konnte, weil er ihr den Rücken zudrehte. Und Moritz, der ihr die Hand hinhielt und plötzlich aus ihrer Sicht verschwand.

Anna schloss die Augen. Sie wollte diese Bilder nicht sehen und sie wollte ihre ängstlichen Gedanken vertreiben. Deshalb entschied sie sich aufzustehen. Sie angelte sich Hemd, Wams, Hose und Stümpfe, sie waren eiskalt.

Sie wärmte sie für eine Weile unter der Bettdecke an und schlüpfte dann hinein.

Einige Minuten später kroch sie aus dem Bett, stülpte sich die Schuhe über und eilte in die Küche.

»*Buon giorno*«, begrüßte Goffriller sie mit einem freundlichen Lächeln.

»*Buon giorno,* Meister Goffriller«, meinte Anna und rieb ihre kalten Hände über dem warmen Ofen, dort knisterten einige Holzscheite übermütig.

Es dauerte nicht lange und Anna erfüllte wieder eine angenehme Wärme.

Kapitel 49

Anna und Goffriller nahmen zum Frühstück einen wässrigen Getreidebrei und einen Becher Kamillentee zu sich.

Goffriller hatte den köchelnden Getreidebrei auf den Tisch gestellt und sie löffelten ihn direkt aus dem warmen Topf. Über den Tee war Anna sehr erfreut, er erinnerte sie an gute Zeiten zu Hause in Augsburg, wenn sie mit ihren Eltern am Tisch gesessen, gegessen und gelacht hatte. Ihre Mutter hatte häufig Kamille mit heißem Wasser übergossen und als Tee gereicht. Er wärmte und beruhigte den Körper und seinen Blättersud konnte man hervorragend für Wickel bei Wunden und Ausschlägen verwenden.

Goffriller merkte, dass ein Lächeln über ihr Gesicht huschte und sie mit ihren Gedanken wohl an einem schönen Ort war. Aus diesem Grund richtete er kein Wort an sie und sie nahmen die Mahlzeit schweigend zu sich. Doch als sie das Frühstück beendet hatten, unterbrach Goffriller die Stille und ergriff das Wort.

»Ihr könnt Euch noch frischmachen, wenn Ihr möchtet, und Eure Haare bändigen, dann gehen wir zum Markt, der ist in der Nähe der *Rialtobrücke*.«

Anna fuhr zusammen. Erst jetzt merkte sie, dass sie die ganze Zeit über kein Wort gesagt hatte.

»Verzeiht mir, ich ...«, stammelte sie. Goffriller erhob sich und legte Anna die Hand verständnisvoll auf die Schulter. »Ich hatte das Gefühl, dass es Euch mit Euren Gedanken gut erging, deshalb habe ich Euch nicht stören wollen.«

Anna lächelte. »Ich musste an zu Hause denken.« Sie machte eine Pause. Goffriller nahm den Topf vom Tisch und schabte kraftvoll mit einem Holzkeil über dessen Boden, um ihn von dem anhaftenden Getreidebrei zu befreien.

Anna bot ihm ihre Hilfe an, doch Goffriller erinnerte sie an ihr Vorhaben.

»Macht Euch bereit, wenn ich hier fertig bin, wollen wir losgehen.«

Kurz darauf brachen sie zum Markt ins Viertel *San Polo* auf.

Der Blick aus dem Zimmer, in dem Anna geschlafen hatte, gestattete nur die Sicht über den Kanal zum Nachbarhaus. Auch wenn das Haus vornehm schien, wirkte der rückwärtige Bereich, den nur wenig Licht erreichte, düster und mystisch. Als sie nun auf den *campo* hinaustraten, schlug Annas Herz etwas schneller. Der Anblick, der sich ihr bot, war bezaubernd.

Die Sonne strahlte vom Himmel hernieder und tauchte ihn in ein warmes, beruhigendes Licht. In seiner Mitte stand eine hölzerne Bank, umringt von zartrosa blühenden Büschen, die einen süßen Duft verströmten. Ringsherum standen feudale Häuser, die in feinen Erdtönen schimmerten. Anna empfand sogleich wieder die Magie, die über der Stadt lag, und gab einen kaum hörbaren Laut der Freude von sich.

Goffriller spürte, dass sie vom Zauber der *Serenissima* ergriffen war, und freute sich. Sie hatte sogar ihre Kappe, unter der sie sich sonst versteckte, etwas nach hinten geschoben, um einen besseren Blick zu haben. Goffriller hoffte, dass sich für sie in Venedig alles zum Guten wenden würde.

»*Andiamo*«, forderte er sie freundlich auf.

Langsam überquerten sie den *campo*, dessen Steine vom Regen und den unzähligen Fußtritten venezianischer Bürger und Fremder abgetreten waren. Sie bogen in eine breite Gasse ein, in der sie an prächtigen Häusern vorbeischritten, und überquerten die *Calle del Paradiso*. Sie folgten der Gasse weiter, bis sie sich nach rechts wendete und sie eine der zahlreichen Brücken vor sich hatten.

Anna war beeindruckt. Jede Ecke, um die sie gingen, jeder Winkel, den sie mit ihrem Blick zu erhaschen versuchte, schien etwas Unvergleichliches verborgen zu haben. Sie hätte unentwegt anhalten mögen, um die bizarre Atmosphäre der Licht- und Schattenspiele zu bestaunen. Als sie auf der Mitte der Brücke angelangt waren, konnte sie nicht anders, sie musste stehen bleiben.

Der modrige Geruch des Kanalwassers war unangenehm, jedoch verlor er seine Strenge angesichts des bezaubernden Glitzerns der Sonnenstrahlen, die mit langen Fingern zu versuchen schienen, das Wasser zu bezirzen. Sie schaute dem Wasser in dem engen Kanal in beide Richtungen nach. Zwischen den Häusern waren Leinen gespannt, auf denen Wäsche hing. Sie bewegte sich zart im Wind, der durch die Meeresbucht in die Lagunenstadt hineingeblasen wurde.

Anna staunte, denn Wäsche auf diese Art zu trocknen, das kannte sie nicht aus Augsburg. Da gab es Keller oder einen Platz hinter den Häusern, auf dem man die Kleidungsstücke aufhängen konnte. Ihr war schon bewusst, dass es in Venedig wegen der vielen Kanäle solche Plätze nicht geben konnte. Vor den hochherrschaftlichen Häusern würde man die Gewänder den Vorbeigehenden sicher nicht präsentieren wollen. Das war nicht schicklich, und eine Dame von Adel, die mit weit ausgeschnittenen Kleidern ihre alabasterfarbene Haut zur Schau trug, wollte sicher nicht preisgeben, was sie unter dem Kleid trug, mutmaßte Anna. Sie wusste, dass es der vornehme Adel mit der Reinlichkeit nicht so genau nahm und aus diesem Grund gar nicht viel Wäsche anfiel. Sie hatten Puder und Düfte, um das Waschen recht lange hinauszuzögern.

Anna stellte sich vor, wie ein edles, mit Brokat und Perlen besticktes Kleid zwischen den Häusern im Wind flatterte. Ein Lächeln huschte über ihr Gesicht, das war ausgeschlossen.

»Sicher geben die aristokratischen Leute ihre Kleider zur Reinigung aufs Land«, dachte sie.

Plötzlich hörte Anna Schritte zwischen den Häusern hallen. Sie schaute sich erschrocken um, aber sie konnte niemanden sehen, auch Goffriller nicht, der war wohl schon vorausgegangen. Schnell hastete sie die Treppenstufen hinunter und eilte die schmale Gasse weiter, die nun nach links führte. Zum Glück erspähte sie ihn, der in einiger Entfernung stehen geblieben war. Er schien auf sie zu warten.

Als er Anna um die Ecke rennen sah, bemerkte er sofort die Furcht in ihrem Blick und die Erleichterung, als sie ihn erblickte. Sie winkte ihm, doch er deutete ihr mit einer Geste an, dies zu unterlassen und langsamer zu machen, denn ihre Bewegungen sahen sehr weiblich aus. Falls sie jemand sähe, würde derjenige vielleicht stutzig werden und sie für Goffrillers Günstling halten oder tatsächlich für ein Mädchen in Männerkleidern.

Eigentlich war es in diesen Tagen in der *Serenissima* nichts Ungewöhnliches, wenn man sich verkleidete, denn es war Karneval. Leider hatte Goffriller bisher verpasst, Anna etwas darüber zu berichten. Es war ihm abwegig erschienen, ihr die Vorlieben venezianischer Männer zu schildern, die maskierte Damen aufsuchten, um sich mit ihnen zu vergnügen.

Es spielte bei der Wahl der Frau keine Rolle, ob sie verheiratet war oder eigentlich im Kloster lebte. Der Reiz des Verbotenen machte die Sache amüsant und pikant zugleich, und auch die Damen boten sich im Schutz ihrer Maskeraden überaus freizügig an.

»Ich hätte Anna vorbereiten müssen«, dachte Goffriller. Bisher war ihnen zum Glück noch keine maskierte Person über den Weg gelaufen, aber vielleicht hatte so jemand Anna einen Schreck eingejagt.

Die Masken waren zum Teil recht derb und furchteinflößend, sie erinnerten an die große Pest und waren den langschnäbligen Pestmasken nachempfunden.

»Warum beeilst du dich nicht, Lehrling?«, schimpfte er mit ihr, als sie näher kam. Etwas strenger, als er es eigentlich vorgehabt hatte. »Hast du unseren Einkauf denn völlig vergessen?«

Er wollte möglichen Beobachtern zeigen, dass er diesen jungen Mann hart rannahm, um auszuschließen, dass jemand auf unsinnige Gedanken käme und etwas genauer hinsähe.

Anna schämte sich. Natürlich war auch ihr daran gelegen, den Einkauf umgehend zu erledigen und wieder in die Werkstatt zurückzukehren. Falls Goffrillers Cousin dort erschien, wollte sie ihn auf keinen Fall verpassen. Anna hoffte, dass er noch heute käme. Wenn er das nicht tat, würde sie am Nachmittag ihren Onkel im *Cannaregio-Viertel* aufsuchen.

»Benehmt Euch wie ein Mann«, sagte er leise zu ihr, als sie bei ihm angekommen war. Ihre Wangen glühten von zartem Rot und ein paar Locken waren unter der Mütze hervorgerutscht.

»Richtet Eure Mütze und beruhigt Euch«, flüsterte er weiter.

»Bestrafen sollte ich dich«, sagte er hingegen laut, damit es jeder Lauscher hören konnte.

»*Scusi,* Meister«, sagte Anna mit lauter, tief verstellter Stimme.

»*Andiamo.*« Goffriller gab ihr einen unfreundlichen Schubs.

Sie stolperte nach vorne, geschickt fing sie sich schnell wieder und drehte sich verwundert über seine Schroffheit zu Goffriller um. Da erblickte sie über seine Schulter hinweg einen Mann mit Umhang und Maske. Das war gewiss die Person, deren Schritte sie gehört hatte. Goffriller sah Furcht in Annas Blick und wendete sich ebenfalls um. Als er den Mann erblickte, musste er zugeben, dass dieser wirklich sehr furchteinflößend aussah.

Um ihr sofort die Angst zu nehmen, meinte er laut:

»Oh, ein Maskierter. *Ma si,* wir haben ja *Carneval de Venezia,* da verkleiden sich alle Venezianer oder zumindest sehr viele. Gewiss sehen wir noch weitere unheimlich ausstaffierte Leute.«

»*Staccato,* los, Fernando, geh weiter.«

Anna wendete sich nur unwillig um, sie hatte weiche Knie, und ein Gefühl von Schwindel überkam sie.

Vom Karneval hatte sie bisher noch nichts gehört, dergleichen gab es in ihrer Heimatstadt nicht. Dass man sich dabei furchteinflößend maskierte, empfand sie als abschreckend.

»Hoffentlich werden uns nicht noch weitere Verkleidete dieser Art begegnen«, dachte sie. »Dann kann ich gar nicht erkennen, ob es der üble Söldner ist.«

Bei diesem Gedanken wurde ihr fast schlecht. Er konnte sich überall verstecken und sie beobachten. Warum nur hatte sie nicht etwas anderes angezogen? Sollte sie sich vielleicht wieder als Frau kleiden? In Kleid und Umhang hatte er sie noch nie gesehen. Aber Carrigi kannte sie ohne Kappe, als er sie und Moritz im Wald beobachtet hatte, und gewiss würde er sie wiedererkennen. Annas Knie wurden weich, je mehr sie darüber nachdachte.

Da kam ihr ein rettender Gedanke: »Ich werde mir eben auch eine Maske aufsetzen, dann kann mich der Söldner nicht erkennen.« Bei diesem Gedanken fühlte sie sich ein wenig erleichtert.

Langsam gingen sie die Gasse weiter und nach wenigen Metern gelangten sie zur *Pescheria,* deren Geruch schon auf die Entfernung ein unangenehmer Vorbote für Anna war. Der tranige Fischgeruch und der Schreck, der ihr in die Glieder gefahren war, erzeugten bei ihr Übelkeit. Sie musste husten und hatte das Gefühl, sich jeden Moment übergeben zu müssen.

Anna drehte sich noch einmal um. Wäre es Carrigi gewesen, hätte er sie längst überwältigt, da war sie sich sicher. Seltsamerweise war der Mann nicht mehr zu sehen, er war wie vom Erdboden verschwunden. Für einen Moment entspannte sie sich, dennoch waren ihr der Fremde und sein plötzliches Auftauchen und Verschwinden unheimlich. Wo war er nur?

»Ob er in ein Haus hineingegangen ist?«, dachte Anna. »*Strano,* sehr seltsam.«

Kapitel 50

Auf dem Fischmarkt waren Stände in einer Art Halbkreis aufgebaut. Es ging dort weniger beschaulich zu. Die Fische wurden marktschreierisch angepriesen und es wurde lautstark um jede Dukate beim Kauf und Verkauf gefeilscht.

Anna war kein großer Freund von Fischen, der Anblick der rohen, glitschigen Meeresbewohner ekelte sie. Dennoch schmeckte ihr ein zubereiteter Fisch durchaus.

Goffriller blieb an einem Stand stehen und verhandelte mit dem Fischverkäufer um einen Aal und zwei Forellen, die er schließlich zum halben Preis ergatterte und die jener mit seinen knöchrigen Fingern in Papier einschlug und Goffriller überreichte.

Anna war ein paar Schritte neben ihm hergegangen und versuchte die Fische keines Blickes zu würdigen. Um sich abzulenken, schaute sie unter den Tisch. Da stand zu ihrem Unglück ein Eimer, in dem sich die Innereien einiger Fische zu befinden schienen. Ein höllischer Fischgeruch biss ihr in die Nase und ihr wurde erneut übel.

Anna hielt sich die Hand vor die Nase und wendete angewidert ihren Blick ab. Sie beobachtete stattdessen nun die Leute, die auf dem Markt einkauften. Es waren meist schlicht gekleidete Personen, die der Dienerschaft zuzuordnen waren. Dazwischen stand der eine oder andere vornehme Herr.

Manchem Verkäufer sah man an seiner sonnengegerbten Haut an, dass er viel Zeit im Freien und wahrscheinlich auch auf dem Meer mit dem Fischfang verbrachte. Die Kleidung wirkte zweckmäßig und einfach.

An der rechten Seite des Marktes stand eine Gruppe gut gekleideter Herren. Sie steckten die Köpfe zusammen und schienen heftig miteinander zu diskutieren, denn sie gestikulierten dabei mit dem ganzen Körper. Etwas abseits, hinter der Gruppe, drückten sich zwei Jungen in Kniebundhosen herum. Sie hatten die Herren genau im Blick und schauten immer wieder zu ihnen hinüber. Nach einigen Minuten wurde ihnen das Herumstehen wohl langweilig, es machte den Anschein, als wollten sie an den Herren vorbeigehen. Als sie diese erreicht hatten, rempelte einer der Jungen ohne jeden Grund den anderen an, und dieser rempelte wiederum einen der Herren an.

Nun wusste Anna, was die beiden Jungs im Schilde führten, denn in der kleinen Hand des einen erblickte sie plötzlich eine Brieftasche, die dieser schnell unter seine Jacke steckte. Genau in diesem Moment schaute er zu Anna hinüber und für ein paar Sekunden trafen sich ihre Blicke.

Die Herren schimpften über die Gassenjungen, doch bevor sie verstehen konnten, was passierte und dass jemand von ihnen bestohlen worden war, waren die Diebe schon um die Ecke geflitzt und aus ihrem Blickfeld verschwunden. Sicher rannten sie, so schnell es mit ihren kurzen Beinen ging. Aber das konnte Anna von ihrem Platz aus nicht sehen.

Einer der *Signori* griff nun unter seinen Umhang, auf einmal kehrte große Unruhe in die Herrengruppe ein. Der Mann schrie:

»*Ladri*, Diebe, meine Brieftasche ist weg, sie muss mir gestohlen worden sein.«

Bevor Anna die Sache weiter verfolgen konnte, hörte sie jemanden sagen:

»Was ist mit Eurem Lehrling?«

»Fernando, jetzt komm schon«, schnauzte Goffriller Anna an und weckte sie aus ihrer Starre. »Er ist noch nie in Venedig gewesen, deshalb muss er alles bestaunen«, erklärte Goffriller dem Fischverkäufer und zog Anna mit sich, indem er sie grob am Arm packte.

»Scheint im Stehen zu schlafen, Euer schöner Lehrling.« Der Fischverkäufer lachte und zeigte eine Lücke zwischen den Schneidezähnen. Jedoch wendete er sich wieder von ihnen ab, weil sich ein neuer Kunde anschickte, gleich vier Forellen zu kaufen.

»Ihr dürft nicht derart auffällig die *Signori* anstarren, sonst verdächtigen sie Euch noch«, flüsterte Goffriller Anna zu und zeigte nebenbei auf verschiedene Fische, damit man vermutete, er würde ihr etwas erklären.

»Es tut mir leid, da waren zwei Taschendiebe.«

»*Sta zitto,* sei still.« Goffriller schaute sich weiter auf dem Markt um. »Wollt Ihr, dass Euch die *Carabinieri* verhören?«

Natürlich wollte Anna das nicht. Erschreckt zuckte sie zusammen, denn plötzlich fuchtelte ein Mann mit einem Besen um ihre Füße herum. Er versuchte ein paar Katzen zu verscheuchen, die sich Fischreste holten, die auf den Boden geworfen wurden oder ungewollt vom Tisch gerutscht waren.

»M*aledetto bestiaccia,* verdammte Viecher«, schimpfte er dabei vor sich hin. »Weg mit euch! *Andatevene*!«

Kaum dass die Katzen verscheucht waren, kam ein streunender Hund, allerdings schien er keinen Fisch zu mögen. Denn er schüttelte sich angewidert, nachdem er ein rohes Stück Dorade verschluckt hatte. Er eilte unter den Tischen hindurch und war mit einem Mal auf und davon.

Dort, wo der Markt an den Kanal anschloss, hatte sich eine Unmenge von Möwen eingefunden, die kreischend um jedes Fischhäppchen zankten.

»Wir wollen noch einen Laib *pane* kaufen, vorne an der Ecke gibt es das beste Brot des Viertels«, meinte Goffriller und zeigte auf einen kleinen Laden. »Und dort nebenan möchte ich ein paar Tomaten mitnehmen. Warte hier, ich bin gleich wieder da.«

Anna blieb etwas verloren zwischen den Leuten auf dem Platz stehen und schaute Goffriller hinterher.

»Sieh an, wen haben wir denn da?«, hörte sie kurz darauf eine Stimme hinter sich flüstern. Erschrocken drehte sich Anna um und blickte einem fremden Mann ins Gesicht. Instinktiv wollte sie Reißaus nehmen, doch der Mann packte sie fest am Arm. Sie hätte sich nur unter Schmerzen befreien können. Außerdem standen zu viele Leute an den Ständen an, die ihr jeden Platz nahmen, sich loszureißen.

»*Un momento*, du hübsches Bürschchen. Du stehst hier so verloren herum, hältst du vielleicht Ausschau nach jemandem, mit dem du dir die Zeit vertreiben möchtest? Du könntest mit mir kommen, es scheint sich keiner für dich zu interessieren. Der Mann, mit dem du gekommen bist, ist ja wohl nicht der Richtige für einen ausgesprochen schönen Jüngling wie dich. Außerdem hat er dich einfach stehen gelassen.«

Der Unbekannte, dessen Atem sie jetzt an ihrem Hals spürte, hatte seinen Griff etwas gelockert. Anna spähte mit einem Blick zu der kleinen *panetteria* hinüber. Zu ihrer großen Erleichterung verließ Goffriller in diesem Moment den Bäckerladen. Sie machte eine für den Mann unvorhersehbare Bewegung nach vorne, trat mit dem Absatz gegen sein Schienbein, er ließ sie fluchend los. Augenblicklich drückte sich Anna an den Leuten vorbei und hastete in Goffrillers Richtung. Der Unbekannte schien ihr zu folgen, denn sie hörte ihn schimpfen. Nicht sehen konnte sie, dass er über einen Eimer gestürzt war. Gemurmel und Geschimpfe ging bei den Umherstehenden um.

Lautstark rief Anna nach Goffriller, der schien sie jedoch nicht zu hören.

»Meister, ich komme. Wartet, ich helfe Euch.«

»*Scusi, scusi*«, entschuldigte sie sich bei den Leuten, die an den Fischständen anstanden und die sie anrempelte.

Einige ließen Anna gewähren, manche schimpften über den unverschämten Burschen:

»*Impertinenza*!«

»*Scusi, scusi*«, entschuldigte sich Anna unentwegt.

Als sie fast durch die Stände hindurch war, wendete sie sich noch einmal um und schaute in manch empörtes Gesicht. Aber den Fremden konnte sie nicht sehen. Sie blieb stehen und atmete tief ein.

Sie hatte nur den einen Gedanken: »Ich muss zu Goffriller.«

Gewiss würde er gleich wieder da sein, er wollte ja nur Tomaten holen. Sie entspannte sich etwas, doch da spürte sie eine Hand, die ihre Schulter packte. Augenblicklich riss sich Anna los. Sie war panisch vor Angst. Mit einem Ruck sprang sie zur Seite, aus dem Augenwinkel konnte sie gerade noch erkennen, dass es Goffriller war. Sofort blieb sie stehen, wendete sich um und rannte erleichtert auf ihn zu. Fast wäre sie ihm um den Hals gefallen, aber er hielt sie mit einem langen Arm gerade noch davon ab.

»Sag, Lehrling, was legst du heute für ein sonderbares Verhalten an den Tag. Ich muss wohl andere Saiten bei dir aufziehen. Hier, nimm den Einkauf und trage ihn nach Hause. Ich werde dir folgen. Und zerquetsche mir nicht die köstlichen *pomodori*.«

Ohne ein weiteres Wort zu sagen, verließen sie den Markt und gingen ein schmales Sträßchen entlang, das wieder zurück zu Goffrillers Werkstatt führte. Bevor sie den Markt verließen, wendete sich Anna noch einmal um und schaute, ob der Fremde irgendwo zu sehen war. Aber sie konnte ihn nirgendwo entdecken. Sie war sehr erleichtert darüber, aber sie ärgerte sich im Stillen über sich selbst, weil sie überhaupt nicht besonnen reagiert hatte. Sie hätte einfach Nein sagen können und hätte sich somit viel unauffälliger verhalten. Der Mann hätte sie sicher nicht gegen ihren Willen mit sich gezerrt. Oder doch? Eine Gänsehaut der Furcht kroch über ihren Rücken. Sie blieb stehen und schaute Goffriller unglücklich an.

»Los mit dir, *andiamo*«, sagte er mit gedämpfter Stimme, etwas freundlicher als zuvor. »Lasst uns nach Hause gehen. Es ist ja nichts passiert.«

Erst als sie die *Calle del Paradiso* überquert hatten und Goffriller bemerkte, dass Annas Schritte immer langsamer und ihre Arme immer länger wurden, weil sie aufgrund der Last des Einkaufes immer weiter nach vorne gebeugt ging, nahm er ihr die vollgepackte Stiege ab.

Sie erreichten den *campo* vor Goffrillers Werkstatt und wurden von einem unbändigen Zwitschern empfangen. Es klang, als würde der ganze Platz den Spatzen, Meisen und Finken gehören. Sie blieben stehen und lauschten den Vogelrufen, die fröhliche Atmosphäre beglückte Anna. Da gab Goffriller ihr einen leichten Schubs in die Seite und deutete ihr an, zu seiner Werkstatt zu schauen. Sie erblickte Goffrillers Cousin, der mit ungeduldiger Miene auf und ab ging.

Kapitel 51

»Da seid ihr ja endlich«, schimpfte Giuseppe Marino, als er Anna und Goffriller entdeckte. Er zog ein Stück Papier aus der Jackentasche und gab es seinem Cousin.

»Hier, dies ist eine vom Dogen persönlich unterzeichnete Erlaubniserklärung, dass das Bürschchen da zu dem Geigenbauer ins Gefängnis darf. Der Doge erwartet den Bau einer perfekten Geige. Wenn Vivaldi auf ihr spielen wird, soll sie klingen wie der betörende Gesang einer Nachtigall, fein und lieblich. Vivaldi spielt und komponiert sehr facettenreich, er kann den zartesten Klang aus einer Violine herauslocken. Schon häufig hat er dem Dogen vorgespielt und dieser weiß um seine Fähigkeiten. Er war stets tief berührt von seinem Vortrag.

Es wird also ausschließlich an dem Instrument liegen, ob Vivaldis Spiel auf ihr das Herz des Dogen erweichen wird. Ein schlechtes Instrument wird der Doge ablehnen. Was dies für den jungen Geigenbauer zu bedeuten hätte, wäre wohl eindeutig. Und sein Gehilfe, nämlich unser Bürschchen da, müsste auch mit einer Strafe rechnen. Sicher würde man ihn nicht zum Tode verurteilen, dafür ist er auch viel zu hübsch und es wird ihm ja auch nichts Böses angelastet, aber es gibt auch Strafen, die ihm alles andere als gefallen würden.«

Er wendete sich jetzt direkt Anna zu und schaute sie eindringlich an. Sie senkte wie immer den Blick, aber Marino ließ sich nicht darauf ein. »Schau mich an, wenn ich mit dir rede«, befahl er. Anna erhob den Blick und schaute ihm so schroff ins Gesicht, wie sie nur konnte. Er sah sie einen Moment an, bevor er sprach, er verhaspelte sich dabei etwas.

»Na, also...., geht doch. Halt dich ran und mach deine Sache gut. Du kannst täglich zu dem Geigenbauer, wenn du das Schreiben vorzeigst. Viel Glück, *buona fortuna*.«

Dann wendete er sich Goffriller zu:

»Du solltest das Bürschchen nicht alleine gehen lassen, sonst kommt vielleicht noch einer der Wächter auf falsche Gedanken. Er hat ungewöhnlich zarte Gesichtszüge ...« Giuseppes Stimme klang milde, fast ein wenig schwärmerisch. Als er Goffrillers überraschten Gesichtsausdruck bemerkte, fiel er in seinen strengen Ton zurück.

»Es kann mir ja egal sein. Du wirst schon das Richtige tun.«

Die beiden Cousins gaben sich die Hand und nickten sich förmlich zu. Dann eilte Giuseppe mit großen Schritten davon, ohne Anna noch eines Blickes zu würdigen.

»*Cristo Santo*, du meine Güte«, flüsterte ihr Goffriller zu und öffnete seine Werkstatt.

Anna verspürte eine große Unruhe, zum einen, weil ihr der eindringliche Blick Marinos sehr unangenehm gewesen war, und zum anderen, weil sie es kaum glauben konnte, dass sie Moritz so schnell wiedersehen würde. Sie warf ein Stoßgebet zum Himmel.

»*Santa Mamma in cielo, mille grazie,* heilige Mutter Gottes, vielen Dank.«

Anna entschloss sich, Moritz am Nachmittag aufzusuchen. Den Besuch bei ihrem Onkel wollte sie verschieben.

Goffriller war verunsichert über die Bemerkung seines Cousins. Zum Glück hatte dieser nicht bemerkt, dass hinter den weichen Gesichtszügen eine Frau steckte. Dies durfte auch auf keinen Fall geschehen. Er würde Anna in Zukunft nicht mehr aus den Augen lassen, er musste an ihrer Seite sein und sie beschützen.

Anna war froh, dass Goffriller mit ihr ging, als sie sich auf den Weg ins Viertel *San Marco* machten. Gemeinsam hatten sie überlegt, ob sie an ihrem Äußeren noch etwas verändern sollte. Sie waren sich einig, dass eine Zurückverwandlung in ihre richtige Gestalt nicht möglich war. Das Auftreten einer Frau in einer Gefängniszelle war völlig ausgeschlossen. Außerdem galt das Schreiben des Dogen einem Lehrling, und man erwartete einen männlichen Besucher.

Bevor sie aufbrachen, tupfte Goffriller Anna etwas Ruß um die Augen, dies verlieh ihrem Gesicht einen herberen Ausdruck. Sorgsam versteckten sie ihre Locken, die eigentlich schon wieder hätten geschnitten werden müssen, unter ihrer Kappe. Als Goffriller Anna schließlich kritisch beäugte und sie ihm einen strengen Blick zuwarf, war er sehr zufrieden, denn sie hatte jeden Liebreiz verloren. Sie sah aus wie ein einfacher venezianischer Lehrling.

»Gut, Fernando, so können wir gehen, nun schaust du aus wie ein Mannsbild«, sagte er.

Anna spürte Goffrillers Erleichterung und war froh über seine Worte.

»*Grazie maestro*«, sagte sie mit verstellter Stimme.

Auch wenn Anna äußerlich einen schroffen Mann abgab, war sie innerlich sehr unruhig und aufgewühlt. Sie hatte Angst, sowohl vor dem Wiedersehen mit Moritz als auch vor dem Weg dorthin. An das Gefängnis mochte sie gar nicht erst denken. Da musste sie jedwede Vernunft vor den Toren stehen lassen.

Goffriller und Anna gingen durch ein Wirrwarr von Gässchen und schritten nun die *Calle del Paradiso* entlang. Als sie nunmehr um die Ecke bogen, um am *Canal Grande* entlangzugehen, blickten sie direkt auf die *Ponte di Rialto*. Anna blieb andächtig am Wasser stehen, nicht nur das Farb- und Lichtspiel der vielen Gondeln begeisterten sie auf Anhieb. Es waren ebenso die stolzen Paläste, die majestätisch hervortraten.

Auch wenn die Farben der Paläste etwas verblichen waren, der Putz an einigen Stellen bröckelte und das Kanalwasser an den Fundamenten nagte, konnte sich Anna sehr gut vorstellen, zu welch unvorstellbarem Reichtum Venedig vor vielen Jahren aufgrund der Herrschaft über die Handelswege in den Orient gelangt war. Sie sah die aufgetakelten Schiffe vor ihrem geistigen Auge, wie sie Venedig wieder verließen, um die Reichtümer Asiens von dort aus in das übrige Europa zu schippern.

»Solcherlei Ware ist auch nach Augsburg gelangt«, sann Anna wehmütig und dachte an den dortigen Markt, auf dem man orientalische Stoffe und Gewürze hatte kaufen können. Ihre Mutter hatte stets auf fremde Gewürze verzichtet, weil sie gemeint hatte, es gebe genügend einheimische Kräuter. Außerdem waren sie unbezahlbar gewesen.

Goffriller erzählte Anna auf dem Weg, dass die Venezianer im 16. Jahrhundert im Luxus gebadet hätten.

»Sie aßen zum Beispiel in Blattgold eingeschlagenes Süßgebäck. Und sie lebten dermaßen ausschweifend, dass sie nach dem Essen ihre goldenen Teller aus dem Fenster warfen.« Er spürte Annas zweifelnden Blick und fügte noch hinzu:

»Zumindest erzählt man sich dies.«

Anna hörte seinen Erzählungen gebannt zu, sie konnte sich aber eine solche Verschwendung kaum vorstellen. Allerdings haftete den Villen und Palästen noch immer ein erstaunlicher Prunk an.

»Auch wenn der übertriebene Luxus nicht mehr anhält, so sind die Venezianer doch bis heute gute Kaufleute«, meinte Goffriller und deutete auf einen gut gekleideten *signore,* der offensichtlich mit einem Händler herumfeilschte, dessen Ware auf einem Kahn angeordnet war. Leider konnte Anna nicht sehen, um welche Ware es sich handelte, denn sie war von einer Plane verdeckt. Nach einigem Hin und Her waren sich die beiden einig und der *signore* warf dem Mann auf dem Kahn einen Beutel zu, in dem sich sicher Münzen befanden. Der Mann wog den Beutel in der Hand und öffnete ihn. Schließlich nickte er zustimmend.

»*Andiamo*, wir müssen weiter«, forderte Goffriller Anna zum Weitergehen auf.

Sie schritten die *Ponte di Rialto* hinauf, die den *Canal Grande* in einem großen Bogen überspannte, und drückten sich an den vielen Menschen vorbei, die ebenfalls über die Brücke gingen. Da sah Anna die beiden Jungen wieder, die sie zuvor auf dem Fischmarkt beobachtet hatte. Sie sah, wie der eine kleine Langfinger eine Geldbörse von einem wohlhabend aussehenden Herrn ergatterte. In dem Moment, als der Junge die Geldbörse in seiner Jackentasche verschwinden ließ, drehte er sich für einen Augenblick um, und sein Blick traf erneut den Annas. Sie glaubte zu sehen, dass er ihr für den Bruchteil einer Sekunde zunickte. Doch plötzlich war er aus ihrer Sicht verschwunden. Sie machte noch einen langen Hals und schaute sich so unauffällig wie möglich nach allen Seiten um, aber sie konnte die Jungen nirgendwo sehen.

Goffriller und Anna gingen weiter, liefen die Stufen der *ponte* hinab und gelangten auf die andere Seite des Kanals. Nun bogen sie in die *Calle dei Stagneri* ein, die zum *Campo Fava* führte. Diese Nebensträßchen waren weniger gut besucht, denn sie führten nicht direkt zur *Piazza San Marco*. Sie waren ein kleiner Umweg dorthin. Goffriller hatte dies mit Absicht gemacht, um nicht allzu vielen Menschen zu begegnen.

Einerseits war Anna darüber froh, andererseits befürchtete sie nun, es könne sich ihnen ein Dieb, Verbrecher oder gar der üble Söldner in den Weg stellen. Sie schaute sich immer wieder beunruhigt nach allen Seiten um. Außer ein paar Hunden und einem Wäschestück, das sich von einer Leine löste und auf die schmale Gasse hinabsegelte, begegnete ihnen niemand.

Goffriller und Anna gingen ein paar weitere Gässchen entlang zur *Calle degli Specchieri*, von dort aus hörten sie bereits den Trubel, der auf der *Piazza San Marco* herrschte. Die Gasse führte sie über die *Calle Largo San Marco* hinweg zur *Piazzetta dei Leoni*. Mit klopfendem Herzen und reichlich außer Puste, weil sie ziemlich schnell gegangen waren, kamen sie am Hintereingang der *Basilica di San Marco* an. Anna war völlig befangen, als sie einen Blick hinauf zu den Kuppeln und über die *Piazzetta* warf.

Auf einem Teil des Platzes hatte sich eine Menschenmenge zusammengefunden. Anna konnte aus der Entfernung erkennen, dass es die Gauklertruppe war, die dort ihre Künste zum Besten gab. Sie entdeckte den Clown, der es ihr so angetan hatte. Er umrundete auf hohen Stelzen eine Zuschauergruppe und machte seine Späße.

Anna wäre zu gerne hinübergelaufen, um sich das Treiben anzuschauen, doch Goffriller zog sie mit sich. Vorbei am Hintereingang von *San Marco*, über eine kleine Brücke hinweg und einen schmalen Weg entlang. Dann blieb er stehen.

Anna war völlig außer Atem geraten und schaute sich verwundert um, wo sie sich wohl befanden und warum sie nicht weitergingen. Da bemerkte sie, dass sie vor einem großen Gebäude standen. Ein Blick zu Goffriller hin genügte, um zu wissen, dass dies das Gefängnis sein musste.

»Da sind wir«, sagte er. »Wir können von Glück reden, dass Moritz verlegt wurde. Mein Cousin hat mir erzählt, dass er sich in einer Kammer im mittleren Geschoss befindet. Eigentlich stand diese Kammer bisher den Wachposten zu, denn es ist der einzige Raum, in dem es einen Ofen gibt. Deshalb kann Moritz nun dort ohne Probleme Violinen bauen. Die Zellen wären dafür viel zu klamm gewesen. Dass deine Geige wohl bisher keinen Schaden genommen hat, grenzt an ein Wunder, meine ich.«

Anna wusste, dass eine angemessene Feuchtigkeit für das Holz wichtig war. Dürnholz hatte ihr des Öfteren berichtet, dass die Decke einer Violine bei zu viel Wärme reißen könne. Sie hoffte sehr, dass es ihrer Violine gut ging.

Goffriller schaute zum Dogenpalast hinüber. »Dort drüben, im *Prigione Vecchio,* sind die Haftbedingungen unmenschlich. Unter dem Dach des Palastes befinden sich die Bleikammern. Die Kerker sind sehr klein und werden über kleinste Luftschlitze belüftet. Ihr könnt Euch vorstellen, wie unerträglich heiß es dort im Sommer ist und wie eiskalt im Winter. Viele Gefangene sterben dort.«

Anna folgte den Schilderungen Goffrillers, mit einem Mal wurde ihr ganz heiß. Schweiß trat ihr auf die Stirn und ihr Puls ging schneller. Sie hoffte, dass die Luft im *Prigione Nuove* nicht ganz so schlimm sein würde.

»Wenn ich Moritz wiedersehen möchte, muss ich dort hinein. Er braucht mich, ohne meine Hilfe kann er keine Violine bauen, die den Ansprüchen des Dogen genügen würde.«

»Ich werde das schaffen!«, sprach sie laut, um sich Mut zu machen. Anna machte ein paar Schritte auf die Gefängnistür zu und nahm voller Tatendrang die eiserne Klinke in die Hand.

Kapitel 52

Goffriller war erstaunt über Annas Mut und Entschiedenheit. Er eilte an ihre Seite und half ihr, die schwere Tür zu öffnen.

Es zeigte sich ihnen dahinter ein kleiner Vorraum, in dessen Mitte ein Schreibtisch stand. Dort saß ein Mann, der sie ernst anfunkelte und sogleich aufstand. Jeweils zu seiner Rechten und zu seiner Linken standen zwei finster dreinblickende Wachtposten.

»Was wollt ihr hier?«, knurrte der Mann hinter dem Tisch. »Ohne Erlaubnis habt ihr hier nichts zu suchen. Es sei denn, ihr wollt euch einlochen lassen, weil ihr was verbrochen habt.« Nun ertönte aus seiner übelriechenden Kehle lautstarkes Gelächter, es brach allerdings ganz plötzlich ab. »Sprecht, was sucht ihr hier?«

Goffriller ließ sich von dem Mann nicht einschüchtern und gab Anna einen Schubs, nach vorne zu gehen.

»Ich bin ein sehr angesehener Violinenbauer in Venedig und dies ist mein Lehrling. Ein Geigenbauer namens Moritz Eibinger arbeitet in diesem Gemäuer an einer Violine für Antonio Vivaldi und an einer im Namen des Dogen. Der Doge hat seine Ansprüche an das Instrument und mein Lehrling soll dem Violinbauer bei der Anfertigung helfen.«

Er zog nun die Erlaubniserklärung aus der Tasche und überreichte sie dem Mann. Der las den Brief und schaute Anna indes eindringlich an. Anna riss sich zusammen und blickte den Mann mit finsterer Miene an.

»Sieht ziemlich mürrisch aus, Euer Lehrling, hat wohl keine Lust, in diesem Gemäuer zu arbeiten. Freiwillig tut er das bestimmt nicht. Hat sich gewiss was zuschulden kommen lassen. Ist sowieso sehr sonderbar, dass man für einen Verbrecher eine Werkstatt einrichtet. Na, mir kann es egal sein. Geht diese Treppe hinauf«, er zeigte auf eine schmale Steintreppe, die ins Dunkle führte. »Wenn ihr in den nächsten Stock kommt, zeigt die Erklärung dem dortigen Wachposten. Er wird euch zu der Kammer führen, in welcher der Geigenbauer arbeitet.«

Goffriller und Anna gaben noch ein *»Scusi«* von sich und stiegen dann die Steintreppe hinauf. Das Gemäuer war feucht und es roch nach Fäulnis. Als sie den Treppenabsatz erreichten, hörte man aus einer der Zellen wehmütiges Klagen. Anna wich erschrocken zurück.

Im gleichen Moment stellte sich ihnen ein großer Mann in den Weg.

»*Cosa vuoi*, was wollt ihr?«

Goffriller hielt ihm die Erklärung des Dogen vors Gesicht. Der Wachmann brummte nur: »*Da questa*, da lang«, und deutete mit einer Handbewegung an, dass sie den Gang entlang nach rechts gehen sollten. Das taten Anna und Goffriller. Der Mann folgte ihnen und meinte schließlich, als sie zur letzten Tür kamen: »*Alt*, stopp!«

Anna war sehr aufgeregt. Wie würde Moritz reagieren, wenn er sie gleich zu Gesicht bekäme?

Der Wärter öffnete mit einem Schlüssel die Kammer und rief mit lauter Stimme:

»*Vedo che ha compagnia.*«

»Was bekomme ich schon für Besuch?«, hörte Anna Moritz' Stimme. Ihr Herz schien sich bei deren Klang verkrampfen zu wollen. Anna konnte Moritz' Gesicht nicht sehen, nur seine schlanke Silhouette. Er arbeitete an einer Werkbank und hatte geantwortet, ohne dabei aufzusehen.

Der Wächter forderte Anna und Goffriller auf, die Kammer zu betreten, er schloss die Tür dann wieder hinter ihnen. Bevor er die Geigenbauwerkstatt abschloss, öffnete Goffriller die Tür erneut und schlüpfte wieder nach draußen. Sicher war der Wärter sehr erstaunt darüber, da Goffriller aber nicht zurückkehrte und die Tür von außen verschlossen wurde, atmete Anna ein wenig auf. Sie wollte Moritz alleine begegnen, das hatte sie mit Goffriller zuvor besprochen. Sie war froh, dass es geglückt war.

Er stand an einer Werkbank und hobelte an einem kleinen Stück Holz. Anna sah, dass es der Steg werden würde. Moritz' Gestalt wirkte sehr schmal, er hatte abgenommen.

Seine Kleidung sah verschlissen aus, seine Schuhe waren mit einer weißen Schicht überzogen, die wie Flugschimmel aussah. Moritz tat Anna unglaublich leid. Wie würde sein Gesicht aussehen, hatte die Haft auch hier ihre Spuren hinterlassen?

Da er das Wort nicht an sie richtete, näherte sie sich ihm und schaute sich dabei den Raum an. Er war nicht sehr groß, aber genau richtig für eine Werkstatt. Das Werkzeugbrett stach ihr ins Auge und der Duft von gehobeltem Holz und frischem Leim kroch in ihre Nase. Sie entspannte sich und fühlte sich ein wenig wohler.

»Wer seid Ihr?«, meinte Moritz nicht gerade freundlich. Anna zuckte bei seinen Worten zusammen. Die Stimme klang zwar nach ihm, doch hatte sie ihre Kraft und ihren Glanz verloren.

»Ich bin bei der Arbeit. Dieses kleine Etwas, das ich hier schnitze, ist sehr wichtig für eine Violine, es muss perfekt werden, also stört mich nicht.«

Nun schaute er auf und blickte dabei unerwartet in Annas Gesicht. Sein Blick war ziemlich barsch, weil er dem Eindringling mit einer Kopfbewegung hatte andeuten wollen, die Kammer wieder zu verlassen. Mitten in der Bewegung hielt er inne und schaute Anna an. Nun richtete er sich sprachlos auf, sein Gesichtsausdruck erhellte sich, doch glitzerten Tränen in seinen Augen. Er öffnete die Arme und Anna eilte zu ihm. Minutenlang standen sie, ohne ein Wort zu sagen, eng umschlungen vor der Werkbank. Sie spürten den Atem des anderen und ihre pochenden Herzen.

Moritz löste sich nach ein paar Minuten von Anna, fasste ihre Hände und blickte ihr ins Gesicht.

»Wie oft habe ich diesen Moment herbeigesehnt und mir tausend Worte zurechtgelegt. Nun bist du hier und ich weiß nicht, was ich sagen soll.«

Statt eines weiteren Wortes drückte er seine Lippen auf ihren Mund und küsste sie. Sie erwiderte seinen Kuss. Dann schob er sie etwas von sich und studierte ihren Blick. Bisher hatte sie keinen Laut von sich gegeben. Er sah, dass Tränen ihr Gesicht benetzten und ein Lächeln um ihren Mund huschte.

»Anna, meine Liebste, sag mir, wie kommst du hierher? Geht es dir gut?« Nun sprudelten die Worte aus ihm heraus. Er hatte unglaublich viele Fragen und wollte sie alle gleichzeitig stellen.

Anna strich über sein Gesicht und die tiefen Furchen um seinen Mund. Sie war bestürzt, wie Moritz gealtert war und wie hager und zerbrechlich er wirkte. Doch wollte sie ihm das nicht zeigen. Sie nahm seine Hand und führte ihn zu einem Hocker, der vor der Werkbank stand.

»Setz dich bitte«, sagte sie mit leiser Stimme.

Dann erzählte sie ihm von ihren Erlebnissen in den Bergen, ihrer abenteuerlichen Flucht über die Alpen und ihrer Fahrt auf Goffrillers Karren nach Venedig. Während sie sprach, ging sie unentwegt im Raum herum.

Zunächst hörte Moritz Anna gar nicht zu, er blickte sie voller Glück an, wie sie da als Knabe verkleidet umherschritt. Er vernahm ihre Worte zunächst nur als Klang und verstand nicht, was sie erzählte. Immer wieder bat er sie, bereits Gesagtes noch einmal zu wiederholen, bis er sich endlich konzentrierte und nachvollziehen konnte, was sie ihm erzählte.

Als sie geendet hatte, entstand eine kleine Pause. Moritz bedauerte sehr, was sie erlebt hatte und welchen Gefahren sie ausgesetzt gewesen war. Umso stolzer war er auf sie, wie sie ihren Weg bis nach Venedig gemeistert hatte.

Nun schaute sie ihn erwartungsvoll an. Moritz sah seine eigenen Erlebnisse vor Augen. Er suchte nach Worten, um sie so milde wie möglich zu berichten.

»Wie soll ich ihr nur den Tod ihres Onkels erklären?«, dachte er unglücklich.

Anna spürte, dass Moritz Schlimmes durchgemacht haben musste.

»Bitte erzähl mir, was du erlebt hast, ich muss alles genau wissen. Ich möchte deinen Kummer mit dir teilen.«

Moritz erhob sich und durchschritt nun ebenfalls den Raum, wie Anna es getan hatte. In Bewegung fiel es ihm leichter, seine Gedanken zu formulieren. Als er ihr schließlich erzählte, was sich Schreckliches zugetragen hatte, nahm er ihre Hand und legte den geheimen Schlüssel hinein, den ihm Friedrich kurz vor seinem Tod gegeben hatte.

»Diesen Schlüssel hat mir dein Onkel vor seinem Tod anvertraut. Ich soll ihn dir geben.« Er sprach mit gedämpfter Stimme weiter. »Es ist der Schlüssel zu einem Geheimversteck, in dem sich das Diebesgut befindet. Es wird dir ...«, er machte ein Pause, »... uns zu einem unbeschwerten Leben verhelfen.«

Anna schaute den Schlüssel mit starrem Blick an. Was hatte sie von Reichtum? In ihrem Inneren verspürte sie tiefe Leere. Sie fühlte sich allein und verlassen.

»Nun habe ich niemanden mehr«, sagte sie wie im Nebel. Tränen flossen aus ihren Augen, aber sie konnte nicht schluchzen. Es war eine so tiefe Traurigkeit in ihr, die sie nahezu ohnmächtig machte.

»Du hast doch mich«, hörte sie aus weiter Ferne Moritz flüstern. »Anna, Liebste, ...« Moritz durchschritt erneut die Kammer. Leise schimpfte er vor sich hin und fuhr sich verzweifelt durch die Haare.

»Was kann ich nur tun? Anna ..., hörst du mich ...?«

»Anna, Liebste ...«

Allmählich löste sie sich aus ihrer Erstarrung. Sie schaute Moritz an und dann stürmte sie auf ihn zu und umarmte ihn. Wie zwei Ertrinkende hielten sie minutenlang einander fest. Beide weinten.

Kapitel 53

Es dauerte eine ganze Weile, bis sich beide wieder beruhigt hatten. Lächelnd wischten sie sich die Gesichter ab.

»Ich liebe dich«, flüsterte Anna.

»Und ich liebe dich«, sagte Moritz und küsste sie überschwänglich.

»Hilfst du mir noch einen Moment?«, fragte er dann und schaute Anna forschend ins Gesicht. Sie lächelte. Natürlich wollte sie ihm helfen.

»Zeig mir, was du schon gearbeitet hast«, forderte sie ihn freundlich auf und ging neugierig zur Werkbank hinüber.

Moritz zeigte ihr die fein ausgearbeitete Decke und den Boden. Anna nickte zufrieden und besah sich die Teile von allen Seiten.

»Gut gemacht, das hätte ich auch nicht besser gekonnt. Ich habe gesehen, dass du vorhin am Steg geschnitzt hast, darf ich ihn sehen?«

»Ich bin noch nicht ganz fertig damit und auch noch nicht richtig zufrieden. Die feine Arbeit fällt mir mit meinen Fingern schwer. Allzu lange habe ich nichts getan. Es sind nur ganz kleine Fortschritte, die ich daran mache, beim Schnitzen habe ich stets die Sorge, ich könnte etwas verderben.«

Anna setzte sich an die Werkbank und beäugte den Steg. »Es sind nur Kleinigkeiten, die verbessert werden müssen«, sagte sie nach einer Weile, »darf ich?« Moritz nickte. Er war erleichtert, dass sie ihm mit ihrer Erfahrung zur Hand ging.

Anna nahm das kleine Schnitzmesser und ging beherzt zu Werke. Auch für sie war es lange her, dass sie etwas so Feines ausgearbeitet hatte. Aber sie merkte nach wenigen Handgriffen, dass ihr die Arbeit leicht fiel. Sie war glücklich, hier bei Moritz zu sein und an einer Violine zu arbeiten. Den unerfreulichen Umstand und den Ort vergaß sie für ein Weile.

Moritz schaute Anna zunächst über die Schulter zu. Mit einem Mal musste er tief seufzen, in ihrer Nähe fühlte er sich glücklich und voller Liebe. Auch er verdrängte, dass sie sich im Gefängnis befanden. Moritz reichte Anna verschiedene Werkzeuge und sie lachten miteinander und schauten sich immer wieder glücklich an.

Erst als die Tür unerwartet geöffnet wurde und Goffriller zurückkehrte, gelangten sie auf den Boden der Tatsachen zurück.

»Ich komme, um Anna abzuholen. Darf ich zuvor eure Arbeit ansehen?«, meinte Goffriller.

»Gewiss«, erwiderte Anna stolz. »Schaut, wie schön Moritz die Decke und den Boden ausgearbeitet hat. Ich habe noch ein bisschen an einem Steg gefeilt.«

Goffriller besah sich die einzelnen Teile und nickte hocherfreut.

»Sehr gute Arbeit.«

Anna schaute zu Moritz hinüber, der sie besorgt ansah, und mit einem Mal verlor sie den freudigen Schimmer in ihrer Stimme, das begeisterte Leuchten erlosch in ihrem Gesicht. Er sah müde aus.

Sie ging zu ihm hinüber und nahm seine Hand.

»Ich muss nun wieder los«, sagte sie mit gedämpfter Stimme. »Aber ich komme morgen wieder, darauf kannst du dich verlassen.«

»Versprichst du mir das?«

»Ich verspreche es dir.«

Moritz drückte Anna an sich und gab ihr einen flüchtigen Kuss auf die Stirn. Dann verließ sie mit Goffriller an ihrer Seite das Gefängnis.

Sie atmete erleichtert auf, als sie wieder an der frischen Luft waren. Es war warm und ihr wurde bewusst, wie kalt und feucht es in dem Gefängnisgemäuer war.

»Wie gut, dass Moritz in seiner Kammer den Ofen anfeuern kann«, dachte sie.

Sie war verwundert, dass Goffriller auf dem Rückweg kaum mit ihr sprach. Sie nahmen den gleichen Weg, den sie gekommen waren. Als sie die Rialtobrücke überquerten, versuchte sie Goffriller zaghaft in ein Gespräch zu verwickeln.

»Schaut nur, wie sich die Paläste im Wasser spiegeln.« Bis auf ein bejahendes Brummen gab Goffriller aber keinen Laut von sich. Anna fragte sich, ob er vielleicht eine unangenehme Nachricht erhalten habe, doch sie getraute sich nicht, ihn zu fragen. Sie bemerkte, dass Goffriller sein Tempo beim Gehen verlangsamte. Anna passte sich ihm an, auf einmal blieb er stehen und lehnte sich gegen die Hauswand.

»Meister, was ist mit Euch?« Goffriller schaute sie mit blassem Gesicht an.

»Mir ist nicht wohl, schon seit einigen Stunden ist das so. Bring mich fort von hier, schaff mich nach Hause, hier lungern überall Diebe und finstere Gestalten herum. Hilf mir.« Er streckte ihr die Hand entgegen.

Anna eilte an seine Seite. Goffriller legte seinen Arm um ihre Schultern. Mit langsamen Schritten gingen sie die Gasse entlang und näherten sich seiner Werkstatt. Anna spürte, wie schwach er war und wie sehr er sich bemühte, nach Hause zu kommen. Mit vereinten Kräften schafften sie es bis zu seiner Werkstatt. Jedoch auf der untersten Stufe vor seiner Haustür sackte er in sich zusammen. In Anna stieg Verzweiflung auf.

»Goffriller«, sprach sie mit leiser Stimme, »hört Ihr mich?« Er gab ein leises, kaum hörbares Brummen von sich. Anna war erleichtert, dass er zumindest bei Bewusstsein war. Sie schaute sich hilfesuchend nach allen Seiten um, bis auf eine herumstreunende Katze war niemand zu sehen.

Vorsichtig griff sie in seine rechte Manteltasche, sie hatte gesehen, dass er dort den Werkstattschlüssel hineingetan hatte. Sie zog ihn heraus und öffnete die Tür. Goffriller lehnte noch immer regungslos im Türrahmen. Einen Moment überlegte Anna, was sie tun konnte, aber ihr war bewusst, dass sie ihn erst einmal ins Haus schaffen musste. Sie griff mit ihren Händen unter seine Achseln und zog ihn mit aller Kraft über die Schwelle. Dann schloss sie die Tür.

Goffriller lag nun auf dem Boden mitten in der Werkstatt. Sie stand schnaufend vor ihm. Sie schaute ihn besorgt an und befühlte seine Stirn. Sie war heiß, Anna spürte, dass er hohes Fieber hatte. Sie ergriff sein Handgelenk und fühlte seinen Puls. Dieser war kaum merkbar, aber er lebte.

Anna erhob sich und ging in der Wohnung umher. Wie sollte sie ihn ins Bett schaffen? Das schien ihr absolut aussichtslos. Sie legte stattdessen zahlreiche Decken auf den Küchenboden. Dann zog und zerrte sie ihn erneut an seinen Armen zur Küche. Schließlich setzte sie sich auf den Boden und drückte mit ihren Füßen gegen die seinen und schaffte es, ihn in die Küche hineinzuschieben. Goffriller war völlig abwesend, er bekam von all dem nichts mit.

In der Küche packte Anna die Decken, soweit es ihr möglich war, unter Goffrillers Körper und umhüllte ihn dann mit den restlichen. Der Meister zitterte mittlerweile am ganzen Körper.

Anna ging zum Ofen und heizte ein. Sie nahm eine Schüssel mit Wasser und benetzte damit seinen erhitzten Körper. Stundenlang saß sie neben ihm, sie hatte sein Hemd geöffnet, um seine Brust benetzen zu können. Sie spürte, dass das Fieber nicht sinken wollte. Verzweifelt saß sie vor ihm. Sie hatte große Angst, ihn zu verlieren, dennoch versuchte sie mit klarem Verstand zu denken. Da fiel ihr ein, das Moritz ihr von einer fiebersenkenden Pflanze berichtet hatte, die ihrem Onkel Friedrich hätte helfen können.

»Sie befindet sich auf der Friedhofsinsel *San Michele*«, hörte sie ihn sagen.

Nun wusste sie, was es zu tun galt.

Kapitel 54

Schnellen Schrittes und so lautlos wie möglich rannte Anna die düsteren Gassen der *Serenissima* entlang. Sie hatte sich den Weg bis zum Fischmarkt genau gemerkt. Auf dem Weg dorthin wollte sie sich ein Boot organisieren, um über den *Canal Grande* schippern zu können. Auf der anderen Seite würde sie den Einschlupf in den *Rio dei Santi Apostoli* nehmen, der sie durch den *Rio dei Gesuiti* hinüber zur Friedhofsinsel leiten würde.

Als sie an einem der zahlreichen Kanäle entlangeilte, schaute sie sich aufmerksam nach einem Boot um. Zwei Gondeln ankerten dort, aber damit konnte sie auf keinen Fall unbemerkt davonfahren. Sie waren viel zu groß und man musste ein sehr erfahrener Gondolieri sein, um mit ihnen die engen Kanäle entlangzufahren. Erschreckt bemerkte sie, dass sich in der einen Gondel, die mit rotem Stoff ausgekleidet war, ein Liebespärchen befand. Es saß eng umschlungen nebeneinander und küsste sich. Hastig ging sie weiter, da entdeckte sie aus dem Augenwinkel ein kleines Holzboot.

Fast wäre sie an ihm vorbeigelaufen, denn es ankerte unscheinbar im Schatten einer Brücke. Anna ging in die Hocke und versuchte sich zu beruhigen. Sie schaute sich nach allen Seiten um und horchte auf nahe Geräusche.

Aus einer der angrenzenden Villen erklang aus einem geöffneten Fenster festliche Musik, die wohl zur Tafel aufgespielt wurde. Auch dröhnte Stimmengewirr nach draußen und hallte von der gegenüberliegenden Häuserwand wider. Jedoch steckte niemand den Kopf zum Fenster heraus. Irgendwo bellte in der Entfernung ein Hund. Anna zuckte zusammen, denn in diesem Moment kam ein maskiertes Pärchen leise kichernd um die Ecke. Der Mann drückte die Frau eher unsanft gegen die Hauswand, die im Dunkeln lag, und hob ihren Rock. Die Frau ließ ihn gewähren. Anna wendete sich ab und presste sich noch mehr gegen die Brückenmauer. Alles Weitere wollte sie nicht sehen, sie hörte nur das lustvolle Stöhnen des Mannes und die Stimme der Frau, die immer wieder sagte: »*Zitto*, sei still, *zitto* ...«

Nach einer Weile wurde es wirklich still und dann hörte Anna, wie sich die Schritte des Paares wieder entfernten. Anna wartete noch einen Moment in ihrem Versteck, dann schaute sie den Weg entlang, aber es schien niemand mehr zu Fuß unterwegs zu sein. Sie fasste schließlich ihren ganzen Mut zusammen und löste im Schutz der Brücke das Seil von dem hölzernen Pfahl. Dann stieg sie in das Boot hinein. Es schaukelte etwas, doch als sie sich setzte, kam es wieder ins Gleichgewicht. Anna blieb einen Augenblick mit angehaltenem Atem sitzen, dann stieß sie sich mit dem Ruder von der Brücke ab und ließ sich das erste kleine Stück gleiten. Als ringsherum alles ruhig blieb, tauchte sie die Ruder vorsichtig ins Wasser und schipperte den Kanal entlang. Nach wenigen Metern erreichte sie den *Canal Grande*. Sie sah und hörte, dass noch immer Leute auf den Beinen waren und auch noch vereinzelt Boote auf dem Kanal fuhren. Zum Glück nahm keiner Notiz von ihr, als sie schräg hinüber zum *Rio dei Santi Apostoli* steuerte.

Aus einigen Fenstern drang noch Licht und spiegelte sich kaum merklich auf dem Wasser. Am Kanal entlang spazierte niemand mehr. Venedig schien langsam schlafen zu wollen. Infolge jeden Ruderschlags kräuselten sich sachte Wellen. Behutsam fuhr Anna bis zum Kloster *dei Gesuiti*. Dahinter öffnete sich das Meer und sie konnte in der Ferne *San Michele* erahnen.

Anna hörte für einen Moment auf zu rudern, denn die schwarze Front, die ihr entgegenblickte, ängstigte sie. Aber sie machte sich bewusst, für wen sie diese abenteuerliche Fahrt unternahm. Sie durfte keine Zeit verlieren, jede Minute war kostbar, weil Goffriller sonst vielleicht sterben würde.

»Wenn ich ihn verliere, was wird dann aus mir?«

Die Insel schien weit, unendlich weit entfernt zu sein. Nur ein paar Lichter ließen erahnen, wo sie hin musste. Anna richtete den Bug des Bootes in diese Richtung aus. Sie begann erneut mit aller Kraft zu rudern. Allmählich entfernte sie sich von Venedig.

Bis auf wenige Wolken war es eine sternklare Nacht. Eines der Wolkengebilde hatte sich hartnäckig vor den Mond geschoben. Doch der Wind schien auf ihrer Seite zu sein. Anna hatte das Gefühl, als wenn er sie von hinten anschieben würde.

Sie ruderte minutenlang durch die Dunkelheit. Außer schwarzer Nacht und Wasser schien sie nichts zu umgeben. Voll Unbehagen blickte sie zu den winzigen Lichtern der Insel hinüber, die kaum erkennbar mit dem Himmel verschmolz.

Für einen Moment klappte sie die Ruder nach oben, ihre Arme schmerzten. Nun war nichts als Stille um sie herum.

»Wenn ich jetzt in die unendliche Tiefe des Meeres abtauchen, mich in seine Arme legen würde und davontreiben ließe.« Anna starrte in die Düsternis und auf das Meereswasser, das sie rings umgab. Es schwappte aufdringlich gegen die Bootswand.

»Komm mit mir«, schien es zu säuseln.

Eine unbekannte Ruhe stieg in ihr auf und das Gefühl, sich einfach davongleiten zu lassen. Fort von all den Ängsten und Sorgen, die in der Lagunenstadt auf sie lauerten.

»Es wird keiner merken, wenn ich mich dem Meer anvertraue.«

Anna spürte, dass ihre Hände die Ruderblätter freigeben wollten, da glaubte sie von Ferne die beruhigende Stimme ihrer Mutter zu hören:

»Gib nicht auf, mein Kind, alles wird gut. Vertrau auf dich.«

Im gleichen Moment ertönte das klagende Miauen einer Katze. Vor Schreck packten Annas Hände die Ruder und stießen sie ins Wasser, als wolle sie ein Ungeheuer damit auslöschen. Das Boot geriet gefährlich in Schieflage. Zum Glück beruhigte sich Anna nach und nach wieder, weil sie sich klarmachte, dass es wohl nur das Miauen eines klagenden Kätzchens gewesen war und nicht das eines bedrohlichen Meeresungeheuers.

Aber wo konnte eine Katze sitzen? Unter ihrer Ruderbank? Anna blickte hinunter, außer Schwärze konnte sie nichts erkennen. Im gleichen Moment gaben die Wolken den Mond frei und nun sah Anna eine kleine Katze, die sich direkt an die Bootswand unter ihrer Bank drückte.

»Mein Gott, Kätzchen, was hast du mir für einen Schrecken eingejagt. Ich bin auf dem Weg zur Insel *San Michele*. Du musst mich begleiten, ob du willst oder nicht. Du bist nun notgedrungen mein Wegbegleiter.«

Die Katze funkelte sie mit großen Augen an. Anna ruderte kraftvoll ihrem schimmernden Ziel entgegen.

Kapitel 55

Anna vertäute das Boot an der Stelle, an der sie es entwendet hatte. Dann kletterte sie vorsichtig hinaus und blieb im Schatten der Brücke hocken. Sie war müde und es fröstelte sie etwas. Die Pflanze hatte sie in der einen Jackentasche und die Katze in der anderen.

Auch wenn es noch dunkel war, spürte sie, dass der Tag bald beginnen würde. Die Nacht war gewichen und das Treiben in Venedigs Gassen würde bald entfachen. Es blieb ihr nicht mehr viel Zeit, um im Schutz der Finsternis zu Goffriller zurückzueilen. Sie blickte sich aufmerksam um, als sie niemanden entdeckte, rannte sie los.

Es war gar nicht einfach gewesen, die Pflanze zu finden. Außer ihr waren noch weitere Menschen auf der Friedhofsinsel gewesen. Die wollten allerdings bloß lustvollen Ausschweifungen nachgehen.

Anna hatte zum Glück gleich die zwei Boote bemerkt, die an einer der Mauern festgebunden waren. Sie wollte das Kätzchen auf den Arm nehmen, doch hatte sich dieses abwehrend unter die Bank gedrückt. Anna war froh, dass die Katze keine Anstalten machte, mit auf die Insel kommen zu wollen. Sie war sich bewusst, dass sie nicht den geringsten Laut von sich geben durfte, denn sie wollte niemandem in die Arme laufen und Fragen beantworten müssen. Womöglich war der böse Söldner dort und führte etwas im Schilde. Bei diesem Gedanken zitterte sie augenblicklich, dennoch versuchte sie ihre Bedenken gleich wieder zu verdrängen, denn sie musste auf die Insel. Nichts würde sie daran hindern, auch nicht ihre Angst.

Vorsichtig kletterte Anna durch das Schilf. Sie war erleichtert, wieder festen Boden unter den Füßen zu haben, zugleich aber auch in Sorge, wie sie unbemerkt hinter die Mauer gelangen sollte. Dort wuchs nämlich, den Erzählungen Moritz nach, die Pflanze.

Der Mond war auf Annas Seite und beschien ihr den Weg. Plötzlich vernahm sie heitere Stimmen. Sie drückte sich hinter einen Busch und spähte neugierig hindurch, denn sie wollte wissen, wie viele Menschen es waren, die sich dort herumtrieben.

Sie erblickte zwei Damen mit reich verzierten Masken, die mit geöffnetem Oberteil über die Wiese sprangen. Zwei ebenfalls maskierte Männer lagen mit nackten Oberkörpern im Gras, feuerten die beiden an, klatschten Beifall und tranken Wein. Anna schaute dem Treiben einen Moment zu. Die Damen huschten elfengleich im Gras herum, drehten sich mit wippenden Brüsten und tanzten kichernd umeinander herum. Als sie sich nach ein paar Minuten zu den beiden Männern legten und Anna leise lustvolle Geräusche vernahm, schlich sie weiter.

Zu ihrer großen Erleichterung fand sie die Pflanze nach wenigen Schritten. Diese hatte sich am Rande der Mauer ausgebreitet und leuchtete Anna mit ihren Blüten entgegen. Moritz' Schilderungen zufolge war sie groß und hatte rote Blüten. Diese Beschreibung traf voll und ganz zu.

Sie brach einige Stängel ab und steckte sie sich in die Jackentasche. Anna wusste, dass es galt, davon später einen Sud zuzubereiten. Was die Dauer der Erwärmung anbelangte, würde sie aufpassen müssen, denn sie durfte Goffriller nicht mit einer Überdosierung vergiften.

Anschließend schlich sie sich davon und zum Boot zurück. Das Kätzchen lag noch immer zusammengerollt unter der Ruderbank, als habe es auf Anna gewartet.

Der Mond war inzwischen gewandert und hatte sich erneut von einer Wolkenfront verdecken lassen. Anna war auf der Rückfahrt darüber sehr froh, denn sie konnte im Schutz der Dunkelheit unbemerkt hinüber zur *Serenissima* fahren, die ihr mit vielen Lichtern entgegen funkelte.

Nervös betrat sie Goffrillers Werkstatt.

»Ich bin's, Meister, ich bin zurück«, rief sie, obwohl sie wusste, dass er sie nicht hörte. Sie hatte große Angst, er könnte in der Zwischenzeit schon gestorben sein.

Sie setzte die Katze auf den Boden und betrat die Küche. Der Meister lag noch immer auf dem Boden. Anna eilte zu ihm hinüber und befühlte seine Stirn. Er glühte am ganzen Körper, doch war er noch am Leben.

»Danke, lieber Gott, dass du ihn mir nicht genommen hast. Verleih mir die Fähigkeit, das hohe Fieber zu vertreiben und ihm zu helfen.«

Tränen der Furcht zu versagen liefen ihr über die Wangen, als sie Wasser in den Kessel laufen ließ, um es zu erhitzen. Sie nahm eine Handvoll von der Pflanze und tauchte sie in das sprudelnde Wasser. Sie roch einige Male an dem Sud. Als sich sein bitterer Geruch nach wenigen Minuten unangenehm verstärkte, nahm sie ihn von der Feuerstelle. Sie ließ ihn ein paar Minuten abkühlen. Als sie glaubte, dass er eine genießbare Temperatur habe, kniete sie sich neben Goffriller, um ihm die Flüssigkeit löffelweise einzuflößen. Auch für die Katze hatte sie ein Schälchen damit gefüllt.

Da Goffriller nicht bei Sinnen war, benetzte sie zunächst seine Lippen. Dann träufelte sie ihm das Gebräu vorsichtig in den leicht geöffneten Mund.

Kapitel 56

Ein Sonnenstrahl strich über Annas Gesicht und weckte sie. Erschöpft und müde saß sie auf dem Fußboden, ihr Kopf lag auf einem Kissen. Sie hob ihn sachte an und setzte sich auf. Ihr ganzer Körper schien verspannt zu sein, zudem war ihr unangenehm kalt. Anna brauchte einen Moment, um zu realisieren, wo sie sich befand und was geschehen war.

Sie gähnte, im gleichen Moment erblickte sie Goffriller, der direkt vor ihr lag. Nun fielen ihr die Geschehnisse der letzten Nacht wieder ein, sein plötzliches Fieber und ihre abenteuerliche Bootstour zur Friedhofsinsel. Aufgeregt fing Annas Puls an zu rasen. Sie rührte sich nicht von der Stelle, nur ihr besorgter Blick fiel auf Goffrillers Brust. Die Angst, er könnte in der Nacht gestorben sein, war mächtig.

»Lieber Himmel, steh mir bei. Lass ihn am Leben sein.«

Sie suchte mit dem Blick eine Bewegung auf Goffrillers Oberkörper, die darauf hinwies, dass er atmete. Und endlich sah sie, dass sich sein Bauch leicht hob und wieder senkte. Anna stieß einen Seufzer der Erleichterung aus.

Jetzt hörte sie ein leises Maunzen, es war die Katze, die sich in ihre Kniebeuge gekuschelt hatte. Sie erhob sich und schleckte Anna über die Hand.

»Na, geht es dir auch besser?«, meinte Anna und strich dem Kätzchen über den Kopf. Dann beugte sie sich zu Goffriller hinüber und fühlte seine Stirn und seinen Puls. Er war noch immer erhitzt, aber nicht mehr ganz so heftig wie am Abend zuvor. Sein Puls war nach wie vor sehr schwach. Anna spürte mit Sorge, dass er das Fieber noch nicht überwunden hatte.

»Goffriller«, sprach sie ihn leise an. »Goffriller, hört Ihr mich?« Er antwortete nicht. Anna spürte erneute Furcht in sich aufsteigen. Sie machte sich Mut, indem sie laut vor sich hinsprach:

»Es wäre ja wohl gelacht, wenn ich es nicht schaffen würde, das Fieber zu vertreiben. Ihr werdet leben, ich schaffe das. Aber Ihr müsst mithelfen. Wenn Ihr mich hört, Goffriller, Ihr müsst kämpfen. Kämpft, um wieder gesund zu werden.«

Anna erhob sich und eilte durch die Küche. Sie schüttete sich zunächst Wasser ins Gesicht, um sich zu erfrischen, dann warf sie Holz in den Ofen und fertigte einen neuen Sud an. Nach und nach träufelte sie Goffriller davon etwas ein. Sie tauschte die Decken, die um ihn herum lagen, gegen trockene aus und wusch seinen warmen Körper immer wieder mit feuchten Lappen ab. Anna fühlte seinen Puls und bewachte ihn, bis es dunkel wurde.

Sie hatte kaum Zeit, an etwas anderes zu denken. Dennoch schweiften ihre Gedanken immer wieder zu Moritz.

»Er muss denken, dass ich mein Versprechen nicht halte. Vielleicht glaubt er, ich komme nicht wieder.«

Moritz war tatsächlich in Panik geraten, er hatte große Furcht, seiner Anna könne etwas zugestoßen sein. Keinen Moment hatte er daran gezweifelt, dass sie sich zu ihm auf den Weg machen würde.

Zunächst hatte er angefangen zu arbeiten, doch als Anna bis zum Mittag und dann bis zum Nachmittag nicht erschienen war, machte er sich große Sorgen um sie. Er durchstrich seine Kammer wie ein eingesperrter Tiger seinen viel zu kleinen Käfig. Immer wieder klopfte er an seine Tür und rief die Wache. Aber die hatte keine Nachricht für ihn.

Moritz malte sich Schreckliches aus, das Anna widerfahren sein könnte, doch verdrängte er diese Gedanken schnell wieder und schämte sich ihrer.

»Anna ist als Mann verkleidet, ihr kann nichts passieren. Ihr wird nichts zustoßen. Keiner kommt dahinter, dass sie eigentlich eine wunderschöne Frau ist«, versuchte er sich immer wieder zu beruhigen.

Anna lehnte sich an einen Stuhl, sie musste für einen Moment ausruhen. Ihre Augenlider fühlten sich schwer an und der Wunsch war übermächtig, ein wenig zu schlummern. Sie zwang sich, die Augen offenzuhalten, dennoch fiel sie in einen tiefen Schlaf. Er war nur von kurzer Dauer, denn sie hörte von Ferne jemanden nach Wasser rufen.

»Wasser, bitte, Wasser.«

Es dauerte, bis Anna realisierte, dass es Goffriller war, der da rief. Als ihr dies bewusst wurde, riss sie die Augen auf und war augenblicklich wach. Sie beugte sich zu ihm hinunter, um zu schauen, wie es ihm ging. Er hatte die Augen geöffnet und sah sie an. Sein Blick war glasig und die Augen leicht gerötet, aber er war bei Bewusstsein. Er bat erneut um Wasser. Sie hob seinen Kopf etwas an und Goffriller trank einen großen Schluck Wasser.

»Wie fühlt Ihr Euch?«, fragte Anna besorgt.

»Müde, ich bin so müde«, antwortete er mit brüchiger Stimme.

»Darf ich Eure Stirn fühlen? Ihr hattet hohes Fieber.« Anna wartete keine Antwort ab, sondern legte ihre Hand darauf. Sie war noch immer warm.

»Ich glaube, es ist gesunken, aber Ihr müsst noch weiter von dem Tee trinken, den ich für Euch gekocht habe, er ist aus einer Heilpflanze zubereitet.«

Ohne Murren trank Goffriller etwas von dem bitteren Sud, den sie ihm an den Mund setzte. Dann schloss er ermattet die Augen und schlief wieder ein.

Anna legte noch eine von den inzwischen getrockneten Decken über seine Schultern. Dann nahm sie sich ebenfalls eine und setzte sich wieder neben Goffriller auf den Küchenboden. Die Katze kuschelte sich wie selbstverständlich zu ihr. Anna kraulte sie im Nacken und schaute Goffriller im Schein des Kerzenlichts einen Moment an.

»Dem Himmel sei Dank«, flüsterte sie leise, dann schlief sie ebenfalls ein.

Auch Moritz war schließlich in einen tiefen Schlaf gefallen, nachdem er bis zu Erschöpfung Geige gespielt hatte. Seine Angst um Anna hatte er nur mit dem Spielen auf ihrer Violine vertreiben können. Zunächst waren es kraftvolle Klänge gewesen, Doppelgriffe auf zwei Saiten zugleich, die er strich. Mit der Zeit beruhigte er sich wieder und sein Spiel wurde zärtlich und hingebungsvoll.

In dieser Nacht war auch Vivaldi unterwegs. Er war glücklich, dass Moritz auf der Violine spielte, und tief berührt. Er bemerkte, dass sich dessen Ausdruck in den Melodien verändert hatte. Die sehnsuchtsvollen Klänge, die er früher so häufig spielte, hatten sich gewandelt. Vivaldi horchte eine ganze Weile, bis er begriff, dass es Liebe war, die Moritz in Töne umsetzte und die sein Spiel prägte.

»Aber was hat den Wandel in seinem Ausdruck bewirkt?« Nachdem der letzte Ton verklungen war, begab sich Vivaldi mit diesen Gedanken nach Hause

Mit Annas Violine im Arm schlief Moritz auf seiner Pritsche ein.

Kapitel 57

Die nächsten Tage verbrachte Anna damit, Goffriller aufzupäppeln. Das Fieber war langsam gesunken, bis es schließlich verschwunden war. Er hatte noch einen Tag am Boden liegend verbracht. Anna hatte ihm Schlaf verordnet und eine Hühnerbrühe gereicht.

Das Hühnchen besorgte sie auf dem Markt. Dieses Mal machte sie sich in Gestalt einer Frau auf den Weg. Goffriller hatte ihr angeboten, sich ein Kleid aus dem Schrank seiner verstorbenen Frau zu nehmen. Auch wenn ihr dies seltsam erschien und unangenehm war, nahm sie sein Angebot an.

Es war für sie sehr überraschend, als sie in den Spiegel schaute. »Anna«, flüsterte sie, »dort im Spiegel, das bist du, das bin ich.« Sie war fast erschrocken über ihr Bildnis, denn sie hatte sich lange nicht betrachtet. In den letzten Wochen war sie eine wunderschöne Frau geworden, dies hatte sie unter ihrer Maskerade als Mann gar nicht bemerkt. Auch Goffriller staunte, als er sie in ihrer richtigen Gestalt erblickte.

»Du siehst sehr schön aus«, sagte er, seine Stimme klang noch immer schwach. »Pass auf dich auf.«

Damit man sie dennoch nicht an ihren Gesichtszügen erkennen konnte, hatte sich Anna eine Maske aufgesetzt.

Als sie das Haus für den Einkauf verlassen wollte, bekam sie trotzdem einen großen Schreck, denn Goffrillers Cousin stand unerwartet davor. Erstaunen zeichnete sein Gesicht, dass eine maskierte Dame herauskam. Eine Frau, die nicht erkannt werden wollte. Daraus schloss er ein Techtelmechtel zwischen der Dame und Goffriller. Giuseppe Marino tat, als wäre er zufällig an dem Haus vorbeigekommen. Er zog seinen Hut zum Gruß und ging mit großen Schritten über den Platz.

Anna wäre am liebsten ins Haus zurückgekehrt, doch brauchte sie unbedingt das Huhn für die Suppe. Sie nahm ihren ganzen Mut zusammen und machte sich auf den Weg. Glücklicherweise lief ihr Einkauf ohne unvorhersehbare Geschehnisse ab. Niemand beachtete sie besonders. Der eine oder andere Herr warf ihr einen neugierigen, bewundernden Blick zu, aber sie blieben auf Distanz und sprachen sie nicht an.

Auf dem Rückweg zermarterte sich Anna den Kopf, ob es wohl eine Möglichkeit gäbe, möglichst unbemerkt wieder in Goffrillers Werkstatt zu gelangen.

»Ich könnte erst bei Dunkelheit zurückkehren«, dachte sie. Wenn nur Goffriller die Suppe nicht allzu schnell brauchen würde. »Ich weiß, dass sie ihn stärken wird, und dass es ihm nach ihrem Genuss in den nächsten Tagen gewiss schon viel besser gehen wird.«

Anna entschied sich trotz ihrer Befürchtungen, direkt nach dem Einkauf zu Goffriller zurückzugehen.

Es war schön, sich als Frau zu bewegen, dennoch fand sie, dass Männerhosen und Stiefel weitaus bequemer und unkomplizierter waren als der bauschige Rock und die feinen Schühchen, die sie trug. Mit den kleinen Absätzen war es alles andere als einfach, sich auf dem holprigen Pflaster zu bewegen. Trotz der Maskierung befürchtete sie, man könnte sie erkennen.

Es ging aber alles glatt. Etwas außer Atem öffnete sie Goffrillers Werkstatttür und lehnte sich von innen dagegen.

»Ich bin wieder da«, rief sie erleichtert, zog sich die Maske vom Gesicht und eilte zu Goffriller in die Küche.

Sie war überrascht, als sie ihn mit einem Padre am Tisch sitzen sah.

»Kommt herein, mein Kind, darf ich Euch den großartigen Musiker und Komponisten Antonio Vivaldi vorstellen«, sprach Goffriller. Er war ziemlich blass und seine Stimme klang zittrig. Es schien ihm schwerzufallen, am Tisch zu sitzen.

Anna war erstaunt über Vivaldis Besuch, sie hatte schon viel von dem Komponisten gehört, auch dass er eine Musikschule für verwaiste Mädchen führte. War er vielleicht beauftragt worden, sie zu holen und dort einzusperren?

Misstrauisch schaute sie ihn an, sie blieb auf der Schwelle stehen und kam nicht näher.

»Nun sagt schon guten Tag«, meinte Goffriller, er klang etwas ärgerlich.

Anna brachte ein leises *Buon giorno* über die Lippen. Goffriller schaute sie seltsam an. Gewiss konnte er ihr zögerliches, gar unfreundliches Verhalten nicht verstehen.

»Vivaldi ist hier, weil er für eine seiner Violinen Saiten braucht.«

Bei dieser Aussage entspannte sich Anna.

»Ich grüße Euch«, sagte sie und bemühte sich, freundlich zu klingen. »Derweil Ihr Euch unterhaltet, koche ich die Suppe. Ihr müsst wissen, Goffriller war in den letzten Tag an einem hohen Fieber erkrankt, das *partout* nicht sinken wollte. Er ist erst auf dem Wege der Besserung und ich mache mir noch immer große Sorgen um ihn.«

Goffriller schaute Anna lächelnd an. »Es geht mir schon wieder ganz gut.«

»In der Stadt sind einige Menschen an Fleckfieber erkrankt«, meinte Vivaldi. »Leider gibt es auch Tote zu beklagen. Ein paar Todesmeldungen gibt es auch von den armen Teufeln, die im Gefängnis eingesperrt sind.«

Anna ließ vor Schreck einen Teller fallen.

»Verzeiht«, sagte Vivaldi, »ich hoffe, ich habe Euch mit meinen Erzählungen keine Angst eingejagt.«

»Nein, nein, es ist nur, weil ...«

»Weil?«, fragte Vivaldi nach einem Moment der Stille.

»Vertraut Euch Vivaldi an«, meinte Goffriller. »Gewiss fällt es Euch leichter zu sprechen, wenn ich nicht dabei bin. Ich werde mich auf meinem Bett ausruhen. Bitte setzt Euch zu ihm.«

Erschöpft erhob sich Goffriller und verließ mit wackeligen Beinen die Küche. Anna ließ ihn gehen, sie spürte, dass sie mit Vivaldi reden sollte.

»Es ist dort jemand eingesperrt, der mir sehr nahe steht.« begann sie zögerlich.

»Sprich ruhig weiter«, meinte Vivaldi, als eine erneute Pause eintrat.

Anna war sich nicht sicher, ob sie ihm wirklich vertrauen konnte.

»Es ist aber doch ein Padre, der da vor mir sitzt, der zum Schweigen verpflichtet ist. Ein Musiker mit tiefen Gefühlen zugleich«, versuchte sie sich zu beruhigen. Schließlich nahm sie sich ein Herz und erzählte Vivaldi, was in den letzten Wochen geschehen war.

Er war tief bestürzt über Annas Verluste der Familie und Freunde und konnte ihre Ängste und ihr Misstrauen sehr gut verstehen. Er war sehr erstaunt, dass sich ihre Kreise nun miteinander verbanden, denn sie schätzten und liebten jeder auf seine Weise den gleichen Mann.

Nun konnte er auch verstehen, warum sich Moritz' Spiel auf der Violine verändert hatte.

Anna machte große Augen, als er ihr erzählte, dass er von dessen Violinspiel und dem Klang seiner Violine verzückt war. Und dass er es gewesen war, der den Dogen dazu überredet hatte, sich von ihm eine Violine bauen zu lassen. Anna konnte kaum glauben, was sie da hörte. Sie wollte Moritz nicht verraten, eher zu seinem Schutz erzählte sie Vivaldi die Wahrheit über die Violine.

»Das Instrument, auf dem Moritz spielt, ist nicht von ihm gebaut worden.«

Vivaldi sprang entrüstet auf. »Wie kann das sein? Gewiss, ich habe ihn nicht direkt danach gefragt. Aber er hat es auch nicht bestritten. Herrje, und nun bringe ich ihn auch noch in Gefahr, weil der Doge ein ebenso vorzügliches Instrument erwartet.« Vivaldi ging mit ernster Miene im Raum umher.

»Beruhigt Euch«, meinte Anna. »Die Violine habe ich gebaut.«

Nun war es Vivaldi, der staunte und sich schweigend wieder auf den Stuhl setzte.

»Ihr habt dieses wundervolle Instrument gebaut, was seid Ihr für eine Schöpferin. Die Violine hat eine einzigartige Seele, sie klingt wunderschön. Was kann ich tun, damit Ihr mir auch ein solches Instrument anfertigt? Hier in Goffrillers Werkstatt findet Ihr alles, was Ihr braucht. Auch im Gefängnis sind alle Werkzeuge. Ihr könntet gemeinsam mit Moritz an meiner Violine bauen. Bitte. Ihr habt einen Wunsch frei, wenn Ihr das für mich tun würdet.«

»Nun gut«, meinte Anna. »Mein Wunsch ist es, dass Moritz aus dem Gefängnis entlassen wird.«

»Das ..., das kann ich nicht bewirken«, stotterte Vivaldi. »So großen Einfluss habe ich nicht auf den Dogen. Es muss etwas anderes sein.« Er durchschritt den Raum einige Male und meinte dann: »Ich könnte Euch vermählen. Ihr würdet auf ewig miteinander verbunden sein, egal was kommen wird.«

Anna schaute ihn erstaunt an dann lächelte sie.

»So soll es sein«, sagte sie spontan.

Nun blickte Vivaldi sie erstaunt an, er hatte nicht damit gerechnet, dass sie sich so schnell entscheiden würde.

»Dennoch muss Moritz begnadigt werden, denn er ist unschuldig. Er hat kein Verbrechen begangen, sondern Carrigi«, fügte Anna noch an.

Vivaldi verstand nicht so recht, was sie mit dieser Bemerkung meinte.

Kapitel 58

Moritz hatte die vergangenen Tage auf seiner Pritsche verbracht. Er hatte keinerlei Antrieb verspürt, an der Violine weiterzubauen. Auch wollte er nichts essen. Außer ein paar Bechern Wasser hatte er nichts zu sich genommen. Er fühlte sich kraftlos und furchtbar müde.

»Anna«, flüsterte er immer wieder vor sich hin. »Liebste Anna.«

Moritz glaubte sie verloren zu haben. Immer wieder sah er ein Messer vor sich, dass ihr ein Verbrecher in den Bauch jagte. Gedanklich stieß er den elenden Kerl beiseite, trotzdem tauchte dieser immer wieder auf. Einmal hatte er eine Säge in der Hand, ein anderes Mal sogar eine Axt. Moritz glaubte, wahnsinnig zu werden, weil er nichts tun konnte. Er hielt sich den Kopf, versuchte laut vor sich hin zu reden, aber die Bilder wollten nicht verschwinden.

Er lag schweißgebadet und halb im Dämmerschlaf auf seiner Pritsche, als sich seine Kammertür öffnete. Da er glaubte, dass es die Wache sei, die für ihn einen frischen Krug Wasser auf den Tisch stellte, reagierte er nicht. Erst als er spürte, dass sich jemand auf den Rand seiner Pritsche setzte und über sein Gesicht strich, öffnete er die Augen. Es war Anna, die ihn anblickte, Annas liebevolles Gesicht.

»Was ist mit dir?«, flüsterte sie, »Bist du krank? Du scheinst Fieber zu haben.«

Moritz fuhr hoch, erst jetzt realisierte er, dass sie es wirklich war. »Anna, du lebst«, sagte er und schloss sie verzweifelt in seine Arme. Sie spürte, dass er weinte, denn sein ganzer Körper bebte, jedoch gab er keinen Laut von sich. »Ich dachte, du bist tot«, flüsterte er. »Ich dachte, ich sehe dich nie wieder.«

Sie löste sich aus seiner Umarmung und schaute ihm in die Augen. Ihr Hals war nass von seinen Tränen. Da erzählte sie ihm, warum sie ihr Versprechen nicht gehalten hatte und wie krank Goffriller gewesen war.

»Aber wie kannst du nur annehmen, ich sei tot?«

Er vertraute ihr seine schrecklichen Angstvorstellungen an. Anna strich ihm bestürzt über den Arm.

»Glaube mir, es wird sich alles zum Guten wenden. Wir werden immer zusammen sein und ich werde gemeinsam mit dir wundervolle Violinen bauen.«

»Ach, Anna, wie soll das denn gehen? Ich sitze hier drinnen und kann gar nichts für dich tun. Vor allem kann ich dich nicht beschützen, wenn du diesen Raum verlässt.«

»Es gibt da jemanden, der uns helfen möchte.«

Moritz schaute Anna zweifelnd an, aber er wollte ihr nicht die Hoffnung nehmen, dafür liebte er sie viel zu sehr.

»Wer kann uns denn schon helfen?«

Anna ging zur Zellentür und klopfte vier Mal dagegen, es klang wie ein rhythmisches Erkennungszeichen. Tatsächlich wurde die Tür sofort geöffnet, herein trat Vivaldi.

»Gott zum Gruß«, meinte dieser und verneigte sich vor Moritz.

»Ihr wollt uns helfen?«, fragte Moritz erstaunt. »Wie kann das sein? Habt Ihr mit dem Dogen gesprochen?« Moritz sprang erregt vom Bett auf und eilte zu Vivaldi.

»Beruhigt Euch, so ist es leider nicht. Ich habe den Dogen schon länger nicht gesehen.«

»Was wollt Ihr dann tun?«

»Er will uns vermählen«, sagte Anna mit strahlendem Gesicht. Moritz blickte sie überrascht an und schüttelte dann den Kopf.

»Wie kann ich dir und Gott ein Versprechen geben, das ich im Gefängnis nicht erfüllen kann? Du darfst dich nicht an mich binden, ich bin hier entweder auf ewig eingeschlossen, oder man wird mich hinrichten. Wer weiß denn schon, ob sie mich jemals begnadigen werden? Ich zweifle daran.«

»Das darfst du nicht sagen«, rief Anna und schüttelte ihn an den Schultern.

»Warum sollten sie mich denn freilassen? Schließlich haben sie mich in der Hand, weil sie etwas Außergewöhnliches von mir bekommen wollen. Solange sie Violinen von mir brauchen, werde ich im Gefängnis schmoren. Auch Carrigi war hier und forderte ebenfalls den Bau einer Violine von mir. Was kann ich dagegen ausrichten? Der Mörder verlangt etwas von dem Mann, der für ihn einsitzt und den man statt seiner für einen Mörder hält.«

»Ich werde beim Dogen vorsprechen«, meinte Anna.

»Warum sollte man dich zu ihm vorlassen?«, meinte Moritz aufgebracht.

»Ich werde mich für Euch bei ihm einsetzen und sie begleiten«, sprach Vivaldi. »Doch zuvor werde ich euch trauen, wenn ihr das beide möchtet.«

Moritz war noch immer am Zweifeln, ob er Anna wirklich an sich binden durfte. Es wunderte ihn, dass dieses Ansinnen so überstürzt kam. Aber er wollte sie nicht vor den Kopf stoßen. Offensichtlich waren sich der Padre und Anna in dieser Sache einig. Er schob sie auf die Seite und blickte ihr in die Augen.

»Möchtest du mich heiraten?«, fragte er leise.

»Ja, das möchte ich «, meinte Anna und strahlte ihn an.

»Dann will ich das auch«, meinte Moritz. »Mein Zögern hat nichts mit meiner Liebe zu dir zu tun, das habe ich dir ja erklärt. Ich würde dich eher aus Liebe freigeben, oder für dich ...«

»Sei still, *zitto*«, fiel sie ihm ins Wort und legte einen Finger auf seinen Mund, damit er nicht weitersprach.

»Wollt ihr, dass ich euch traue?«, fragte Vivaldi erneut. Anna und Moritz schauten einander an und nickten.

Vivaldi klopfte nun gegen die Tür und die Wache erschien. Moritz war sehr erstaunt, dass der Wachmann, der hereintrat, als Trauzeuge dienen sollte. Offensichtlich hatte Vivaldi ihn dafür reichlich entlohnt.

So traten Moritz und Anna vor Padre Vivaldi. Vivaldi stellte die Traufrage und beide versprachen einander zu lieben und zu achten, bis dass der Tod sie scheiden würde. Kaum dass das letzte Wort gesprochen war, verließ der Wachmann die Kammer wieder.

»Auch ich werde mich nun auf den Weg machen. Ich muss noch einen Satz fertig komponieren. Wenn es schummrig wird, kommt Goffriller, um Anna abzuholen. Bis dahin habt ihr Zeit für euch.«

Kapitel 59

Inzwischen fing es an zu dämmern.

»Ich muss los«, flüsterte Anna, »sonst wird es zu dunkel. Welche Gefahren in Venedigs Gassen lauern, kannst du dir gewiss vorstellen. Auch wenn man mich für einen Mann hält, wäre es zu gefährlich, noch länger zu warten.«

»Du hast recht, aber willst du nicht noch einen Augenblick auf Goffriller warten?«

»Ich gehe ihm einfach ein paar Schritte entgegen. Hab keine Angst, Liebster. Du weißt doch: Gott hält die Hand schützend über dich und mich, da bin ich mir ganz sicher.«

Sie gab Moritz noch einen Kuss auf den Mund, dann klopfte sie an die Tür, damit man ihr öffnete. Nach einem Moment kam die Wache und sie verließ die Kammer. Anna schaute sich nicht noch einmal um, es tat ihr in der Seele weh, Moritz eingesperrt zurücklassen zu müssen.

Dennoch war sie erleichtert, als sie wieder an der frischen Luft war. Als sie sich nun umblickte und Goffriller nirgends entdecken konnte, war ihr sehr mulmig zumute. Aber welch andere Möglichkeit hätte sie gehabt? Keine, denn spätestens, wenn die Finsternis ihre Arme um Venedig legte, hätte sie gehen müssen. So war es ausgemacht.

Ein paar Jungen rannten an ihr vorbei. Ein Herr und eine Dame, die sich bei ihm unterhakte, gingen über die Brücke und drückten sich, als die Jungen vorbeifegten, an die steinerne Brüstung. Der Mann rief ihnen böse Worte nach: »*Andate al diavolo,* packt euch zum Teufel.«

Dann strich er über seine Kleidung, als hätten ihn die Jungen beschmutzt. Er schimpfte weiter vor sich hin, ging dann aber mit der Dame würdevollen Schrittes weiter.

Als die beiden an Anna vorbeikamen, schaute sie vorsichtshalber in die andere Richtung.

Dann ging sie langsamen Schrittes über die *Ponte Nuova* in der Hoffnung, Goffriller würde um die Ecke kommen. Aber er kam nicht. Ein Hund, der von hinten angerannt kam, ließ sie zusammenzucken, er sprang flink über die Brücke davon. Anna ärgerte sich über sich, dass sie so schreckhaft war. Die Brücke führte auf eine schmale Gasse, die nach rechts zur *Ponte di Rialto* abzweigte. Sie schaute in die Tiefe der Gasse hinein, deren Ende bereits völlig im Dunkeln lag. Dies war der Weg, den sie gehen musste. Weit und breit konnte sie niemanden sehen. Hinter ihr wurde bereits ein Fensterladen geschlossen.

»Ob es Goffriller wieder schlecht geht?«, dachte sie unglücklich. »Er hat mich doch abholen wollen.«

Als sie Schritte und Stimmen von der Piazza näherkommen hörte, ging sie, ohne weiter darüber nachzudenken, in die Gasse hinein. Deren Finsternis umfing sie bereits nach wenigen Metern. Anna hörte ihre eigenen Absätze darin hallen. Sie drehte sich nach hinten um, weil sie sehen wollte, ob ihr jemand folgte, da griffen plötzlich zwei Arme nach ihr und zerrten sie in ein Haus hinein. Anna versuchte um Hilfe zu schreien, aber die Person presste ihr seine flache Hand auf den Mund und befahl ihr, ruhig zu sein.

Auch wenn Anna das Gesicht des Mannes nicht sehen konnte, war ihr dessen Stimme sehr bekannt. Es war Carrigi, der sie überfallen hatte und nun in seine Bleibe hineinschubste. Er war stark und geschickt, sie hatte keine Möglichkeit, sich aus seinen Griffen zu befreien. Auch ihr Versuch, ihm in die Hand zu beißen, richtete nichts aus, denn er trug dicke Lederhandschuhe.

»Sieh an, sieh an«, meinte er süffisant und funkelte sie eindringlich an, als er die Tür hinter sich geschlossen hatte. »Wen haben wir denn da? Das ist ja tatsächlich mein Vögelchen aus Mittenwald. Bist einfach davongeflattert, ohne Lebewohl zu sagen. Dabei wolltest du doch mit mir nach Venedig gehen. Bist du mir vielleicht hinterhergereist? Na, was sagen deine Augen, was mir deine Lippen nicht sagen möchten? Ich wollte es kaum glauben, als ich dich bereits vor ein paar Tagen mit Geigenbaumeister Goffriller über den Markt spazieren sah. Ich hätte dich nicht sofort erkannt, aber du hattest die gleiche Kappe wie in Mittenwald auf dem Kopf.«

Anna schimpfte sich innerlich einen Dummkopf, dass sie nicht daran gedacht hatte, die Kopfbedeckung zu wechseln.

Carrigi umkreiste sie. Sie versuchte, ihre Angst zu verbergen, obwohl ihr die Knie zitterten. Sie spürte, dass sie ihm nicht zeigen durfte, dass sie große Furcht vor ihm hatte.

»Guter Gott, hilf mir «, flehte sie. »Was kann ich denn nur tun, damit er mich wieder gehen lässt?« Carrigi zog Anna die Kappe vom Kopf, ihre goldenen Locken fielen ihr bis auf die Schultern hinab. Der böse Söldner schnaufte erfreut und sein Gesichtsausdruck milderte sich. »Mein schönes Vögelchen, lieblich wie eh und je, ohne einen Kratzer.«

Anna schaute in sein Gesicht und wagte einen Blick in seine Augen. Es war kein Hass, den sie da sah, sondern Verzücktheit. Er schien sie immer noch zu begehren, vielleicht zu lieben.

»Er wird mich bestimmt nicht umbringen, aber was will er mit mir?«

Bevor sie dazu kam, sich schreckliche Dinge auszumalen, klopfte es mehrfach an Carrigis Tür.

»Geh dort hinein und verhalte dich still«, befahl er Anna und schob sie in einen Raum. Das Zimmer hatte ein

Fenster, das auf einen der Kanäle hinausführte. Sie öffnete es sofort, doch sah sie keine Möglichkeit, von dort aus zu entkommen, es sei denn, sie sprang in das kalte Wasser hinab. Sie ließ es offenstehen und ging neugierig im Raum herum.

Da fiel ihr Blick auf eine wunderschöne Spieluhr, die etwas abseits auf einer kleinen Konsole stand. Anna war begeistert von ihrem Anblick, denn sie hatten zu Hause auch eine solche Spieluhr gehabt. Sie ging zu ihr hinüber, um sie genauer zu betrachten. Die Uhr war mit winzigen Rosen verziert und hatte ein kleines Schubfach, genau wie jene, die sie zu Hause stehen gehabt hatten. Ihre Mutter hatte in dem Fach eine Uhr ihres Vaters aufbewahrt. Da Carrigi sich noch eifrig unterhielt, öffnete Anna neugierig das Versteck. Ihr stockte der Atem, als sie darin einen Violinanhänger erblickte. Sie kannte ihn genau, es war Dürnholz' Anhänger, jener, den er immer um den Hals getragen hatte. Die Form war einzigartig, weil ein Goldschmied aus Mittenwald den Violinschlüssel in ein D hineingegossen hatte. Dürnholz hatte ihr erklärt, dass der Goldschmied extra für ihn eine Form angefertigt habe. Er hatte sie einmal zu dem Goldschmied geschickt, um Silber zu holen, das er zur Verzierung einer Violinschnecke benötigte. Da hatte ihr der Schmied seine vielen Formen gezeigt, unter anderem auch die von Dürnholz' Anhänger. Auf der Rückseite waren seine Initialen eingraviert.

»Ich hebe alle meine Formen auf«, hatte er zu Anna gesagt, »ich weiß ja nie, ob ich sie nicht noch einmal benötige. Doppelte Arbeit kann ich mir nicht leisten.«

Anna hörte es vor der Tür rumpeln. Sofort schob sie das Fächlein wieder zu und eilte zum Fenster hinüber. Gerade als sie sich auf die Fensterbank setzte und so tat, als blicke sie hinaus, um frische Luft zu schnappen, kam

Carrigi zur Tür hinein. Er ging mit mildem Blick auf sie zu und umfasste ihre Hand.

»Anna, ich habe erfahren, dass ich noch heute mit einem Schiff auslaufen muss, um eine Meute Piraten zu jagen, die mit ihrem Schiff vor Malta liegen und dort venezianische Kaufleute ausgeraubt haben. Auch wenn ich mich sehr über dich geärgert habe«, er machte eine kleine Pause, »liebe ich dich noch immer. Ich habe dich gebeten, meine Frau zu werden. Nun bist du hier. Nicht meinetwegen, auch wenn ich das vorhin gesagt habe. Es ist sicher wegen Moritz.« Er sah sie mit ernster Miene an, blieb aber freundlich. »Der Doge findet Gefallen an ihm und lässt sich aus seiner Hand eine Violine bauen. Auch für mich baut er eine. Aber er wird im Gefängnis bleiben. Heirate mich.« Er blickte Anna unsicher an.

»Du hast einen schlechten Eindruck von mir, ich will es aber wiedergutmachen. Glaub mir.«

Er näherte sich Anna, doch sie rutschte zurück. Er achtete nicht darauf, sondern beugte seinen Kopf zu ihr hinunter, um sie zu küssen. Da kam ihr eine rettende Idee.

»Gut«, sagte sie, »ich werde Euch heiraten.« Carrigi zuckte zurück und sah ihr in die Augen. Dann meinte er argwöhnisch: »Ich sehe an deinem Gesichtsausdruck, dass ich dafür etwas tun soll.«

»So ist es«, sagte Anna kühl, »bitte sorgt dafür, dass Moritz freikommt.« Sie versuchte, sachlich und freundlich zu sprechen, obwohl sie glaubte, innerlich vor Kummer vergehen zu müssen.«

»Er kann nicht freikommen und du weißt auch warum. Ich kann aber versuchen, für ihn eine Begnadigung zu erwirken.«

»Das reicht nicht«, meinte Anna mutig. »Schließlich ist er wegen Euch in diese schreckliche Lage geraten. Er hat nichts getan. Ihr wart es, der …«

»Sei still«, zischte sie Carrigi mit funkelndem Blick an. »Ich weiß sehr wohl, was sich zugetragen hat. Aber es ist aus Liebe geschehen. Aus Liebe zu dir.« Er schaute sie mit Sehnsucht in den Augen an. Anna befürchtete, ihr würde Arges bevorstehen. Noch einmal versuchte sie sich tapfer herauszureden.

»Ihr habt doch einen guten Draht zum Dogen. Versucht erst einmal, bei ihm mit diesem Ansinnen vorzusprechen. Wenn er Moritz freilässt, werde ich Eure Frau.«

»Oh, schöne Anna.« Er näherte sich ihr und sein Blick sah zärtlich aus, im gleichen Moment verfinsterte sich jedoch seine Miene und er sprach mit sarkastischem Ton.

»Woher weiß ich denn, dass mein Vögelchen nicht wieder lügt, hm? Vielleicht planst du ja, hinter meinem Rücken mit deinem Moritz davonzufliegen.« Er hob nun Annas Kinn und sah ihr in die Augen. Sie versuchte zu lächeln.

»Ich hätte da eine Idee«, meinte er. »Du wirst dein Versprechen auf die Bibel schwören, dann glaube ich dir.«

Carrigi wendete sich zu seinem Schreibtisch und nahm die Heilige Schrift aus der Schublade.

»Schwöre bei allem, was dir heilig ist, dass du mich heiraten wirst.«

»Ich schwöre«, sagte Anna.

»Du musst schon einen ganzen Satz sagen.«

»Ich schwöre bei allem, was mir heilig ist, dass ich Euch heiraten werde.« Sie schaute ihn an und formulierte ihre Worte dann noch einmal um: »Dass ich Euch dann heiraten werde, wenn Ihr Euer Versprechen erfüllt habt.«

Carrigi legte zwar seine Stirn in Falten, dennoch genügte ihm dies als Zeichen ihrer Verbundenheit. Er beugte sich vor, um sie zu küssen, da klopfte es erneut an die Tür.

»Bleib hier, geliebte Anna, ich bin gleich zurück. Dann haben wir noch einen ungestörten Augenblick für uns.« Er bleckte seine Zähne zu einem Grinsen, bevor er aus dem Zimmer hinausging.

Anna hatte den Moment, da er sich ihr nähern wollte, befürchtet. Nun musste sie ihm entkommen. Sie eilte zum Fenster hinüber, kletterte auf die Fensterbank und schaute hinaus. Sie blickte in ein schwarzes Nichts. Ohne weiter darüber nachzudenken, sprang sie in die Tiefe.

Kapitel 60

Als Anna wieder auftauchte, schnappte sie nach Luft und hustete fürchterlich. Das Kanalwasser war eiskalt. Aufgrund der Dunkelheit hatte sie nicht sehen können, wann sie ins Wasser eintauchte, deswegen hatte sie die schmutzige Brühe in den Mund bekommen. Diese kam nun durch Mund und Nase wieder heraus und Anna wurde von einem krampfhaften Husten geschüttelt. Der Sprung war tiefer gewesen, als sie vermutet hatte. Anna meinte, den Grund unter ihren Füßen gespürt zu haben.

Sie wusste, dass ihr nicht viel Zeit blieb. Wenn Carrigi gleich ins Zimmer zurückkehren würde und das geöffnete Fenster sah, würde er sich gewiss sofort auf die Suche nach ihr machen. Anna glaubte nicht, dass er ihr hinterherspringen würde. Er würde gewiss zu der nächstmöglichen Stelle eilen, einem kleinen Anlegeplatz oder etwas Ähnlichem, die an den Kanal angrenzte.

Vielleicht suchte er sie auch zunächst im Bad oder glaubte, sie würde sich im Schrank verstecken. Das würde ihr etwas Zeit verschaffen. So schnell, wie es Anna in ihren vollgesogenen Kleidungsstücken möglich war, schwamm sie in die Düsternis hinein, die zwischen den Häusern haftete. Sie hoffte, dass es dort irgendwo einen kleinen Einschlupf gäbe, in dem sie sich verstecken konnte. Als sie ein paar Meter geschwommen war, hörte sie Carrigi ihren Namen aus dem Fenster rufen.

»Anna, Anna, mein Vögelchen, wo bist du?«

In diesem Moment hielt sie sich verzweifelt an einer Hauswand fest, um bloß kein Geräusch zu machen. Das Gemäuer war mit einer glitschigen Algenschicht überzogen. Sie griff hinein und spürte sofort, dass sie keinen wirklichen Halt hatte und langsam abrutschte. Das Wasser war so eiskalt, dass ihr zudem die Kräfte schwanden. Glücklicherweise wurde auf der gegenüberliegenden Häuserseite ein Fenster geöffnet.

»*Al diavolo*, zum Teufel noch mal. Was soll das Gerufe. Seid still, sonst lasse ich nach der *polizia* schicken«, rief eine Frauenstimme.

Carrigi beschimpfte die Frau. Er rief noch einmal Annas Namen, doch verschwand dann sein Kopf und er schloss das Fenster. Nun musste sie schnellstmöglich ein Versteck finden. Sie schwamm und hangelte sich an den Hauswänden entlang. Als sie unter einer Brücke hindurchglitt, entdeckte sie einen Platz, an dem sie sich würde ausruhen können.

Unter der Brücke war eine Nische, die gerade groß genug für einen Menschen war. Dort kletterte Anna hinein. Sie machte sich ganz klein, vor Kälte zitterte sie am ganzen Körper. Sie war sich im Klaren darüber, dass sie eine ganze Weile in diesem Versteck würde bleiben müssen. Gewiss war in der Nische Ungeziefer, vielleicht Spinnen und kleine Käfer, aber bei der Dunkelheit konnte sie nichts sehen. Ratten hatte sie keine bemerkt. Ihre Augen suchten noch eine Weile die Mauer ab, aber dann fiel sie nach wenigen Minuten erschöpft in einen Dämmerschlaf. Anna schreckte immer wieder auf, weil sie unterbewusst jedes kleinste Geräusch wahrnahm.

Mehrmals eilte jemand über die Brücke. Einmal glaubte sie Carrigis Stimme in der Nähe zu hören. In diesem Moment hielt sie die Luft an, um auch nicht den winzigsten Laut von sich zu geben, der auf sie aufmerksam machen könnte. Schließlich war sie eingeschlafen.

Als es bereits Tag war, weckte sie eine helle Kinderstimme.

»Dich hab ich vor ein paar Tagen auf dem Markt gesehen.« Bei diesen Worten öffnete Anna die Augen und blickte einem Jungen ins Gesicht. Es war der kleine Taschendieb, den sie zweimal beim Klauen beobachtet hatte. Anna wollte hochfahren, jedoch stieß sie mit ihrem Kopf an den Brückenstein an, der direkt über ihr hervorstand. Sie fluchte und rieb sich die Stelle.

»Was machst du hier?«, fragte der Junge. »Und warum hast du lange Locken wie ein Mädchen?«

Anna fuhr sich erschreckt durch die Haare und setzte sich in ihrer unbequemen Haltung die Kappe wieder auf den Kopf. Dann versuchte sie die Locken darunter zu verstecken. Noch immer war ihr schrecklich kalt und jeder Muskel schmerzte.

»Bist du vielleicht auch ein Dieb und hast jemanden bestohlen?«, versuchte es der Junge noch einmal. »Gestern Nacht ist ein Söldner durch dieses Viertel geeilt. Er hat irgendetwas oder irgendjemanden gesucht und war schrecklich aufgebracht. Wir haben ihn beobachtet, wie er nach vergeblicher Suche fluchend an Bord eines Schiffes gegangen ist. Wenig später ist er damit in See gestochen. Seltsamerweise hat er zuvor noch einen Geigenbauer aufgesucht. Der Geigenbauer heißt Goffriller und ist eigentlich ein ganz harmloser Mann, aber der Söldner hat ihn am Kragen gepackt, als er die Tür seiner Werkstatt öffnete, und hat ihn auf den Boden geschubst. Dann ist er in sein Haus hineingelaufen und kam nach wenigen Minuten wütend wieder heraus.«

Anna rammte sich vor Schreck über die Erzählungen des kleinen Jungen noch einmal den Kopf an.

»Was passierte dann?«, flüsterte sie und rieb sich die schmerzende Stelle, die bereits angeschwollen war.

»Dann ist der Söldner auf den Geigenbauer losgegangen und hat ihn auf den Boden gedrückt. Er hat auf ihn eingeredet, aber ich konnte nicht verstehen, was er zu ihm gesagt hat.«

»Und dann?«

»Er ist davongeeilt und hat Meister Goffriller liegen gelassen. Ich musste hinter dem Söldner her, weil ich wissen wollte, was er vorhat. Beim Davonrennen habe ich gesehen, dass Meister Goffriller wieder auf die Beine gekommen ist.«

»Mein Gott«, dachte Anna, »was müssen die Menschen meinetwegen erleiden.«

»Du bist Anna, stimmt's?«

»Woher weißt du das?«, antwortete sie spontan, ohne weiter darüber nachzudenken. Sie hatte keine Lust mehr auf das ewige Versteckspiel. Vor ihr saß ein kleiner Junge. Was sollte er ihr Böses tun?

»Ich habe den Söldner nach dir rufen hören. Auch Goffriller hat deinen Namen gerufen, als der Söldner vor der Tür stand. Er dachte wohl, du seiest es.«

Anna lächelte den Jungen an.

»Du musst diesen Ort verlassen«, meinte er, »du verkühlst dich noch und holst dir vielleicht eine Lungenentzündung. Ich werde dich zu Meister Goffriller bringen.«

Anna zögerte.

»Du brauchst keine Angst zu haben. Ich habe dir die Wahrheit erzählt. Der Söldner ist mit einem Schiff davongesegelt.«

Sie sah in das Gesicht des Jungen. Auch wenn es schmutzig war und seine Kleider einfach, strahlte er Ehrlichkeit aus. Sie glaubte ihm.

»Du musst nicht in das kalte Wasser springen, schau, ich habe ein Boot dabei.«

Anna staunte sehr, als sie das kleine Holzboot erblickte, es hätte fast dasjenige sein können, das sie sich vor ein paar Tagen ausgeborgt hatte. Sie kletterte aus ihrem Versteck heraus in das Boot. Sie zitterte am ganzen Körper, ihr war schrecklich kalt.

»Ich heiße Pablo«, stellte sich der kleine Junge vor und reichte ihr die Hand. Sie umschloss sie mit ihrer. Sein Händedruck war kraftvoll.

»Da liegt eine Plane, du kannst darunterschlüpfen, vielleicht wärmt sie ein wenig«, meinte er. »Erschrick nicht, darunter sitzt auch mein Kater.«

»Wie bist du auf die Idee gekommen, mich ausgerechnet unter der Brücke zu suchen?«, fragte sie. »Kanntest du das Versteck?«

»*Si*«, sagte Pablo und ruderte in einen Seitenkanal hinein. »Ich treibe mich viel in diesem Viertel herum und kenne fast jeden Winkel und jedes Versteck. Als ich sah, wo dich Carrigi suchte, und hörte, wie er Goffriller erzählte, dass du aus dem Fenster gesprungen bist, da gab es nicht viele Möglichkeiten für einen Unterschlupf. Mir war ziemlich klar, wo ich dich finden würde.«

Anna lugte unter die Plane, da lag ein zusammengerollter Kater. Er sah harmlos aus. Vor Katzen hatte Anna keine Angst.

»Na du«, meinte sie nur und schlüpfte zu ihm unter die Plane. Sie gab ihr tatsächlich etwas Schutz. Aber dennoch war ihr furchtbar kalt. Die Häuserfronten strahlten zusätzlich Feuchtigkeit und Kühle ab. Sie kamen ihr unglaublich hoch vor und der Himmel schien weit weg zu sein. Am Ende des Kanals öffnete sich vor ihnen der breite *Canal Grande* und Anna war froh, gleich ein Stück laufen zu können, wenn sie anlegen würden. Sie streckte schon einmal ihre Beine aus und versuchte auch die Arme und den Oberkörper etwas zu lockern. An einem kleinen Pfahl landete Pablo an und sprang auf den Weg hinauf, sein Kater folgte ihm mit einem großen Satz. Dann reichte er Anna die Hand und sie kletterte schwerfällig hinterher. Als sie wieder festen Boden unter den Füßen hatte, fühlte sie sich wohler.

»Nimm meine Jacke«, meinte Pablo, »und lass uns hier verschwinden, die Leute schauen schon.«

Anna nahm dankbar die Jacke an und hängte sie sich um die Schultern. Zum Hineinschlüpfen war sie zu klein.

Der Himmel war bedeckt, aber die Luft zum Glück mild. Sie eilte Pablo und dem Kater nach, die nun in eine Gasse hineinliefen, die zu Goffrillers Werkstatt führte. Die Kleider klebten an ihrem Körper, doch merkte sie, dass sie angesichts der Bewegung zu trocknen begannen. Sie spürte, dass ihre Kräfte nicht sehr gelitten hatten und sie sich zwar mitgenommen, aber nicht schwach oder gar krank fühlte. Nach einigen Minuten konnte sie sich schon flinker bewegen und die letzte Gasse bereits rennend zurücklegen. Voraus eilte Pablo und feuerte sie an.

»Komm schon, es ist nicht mehr weit.«

Schließlich erreichten sie den Platz vor Goffrillers Haus. Vor der Werkstatt blieb Anna japsend stehen. Es verging keine Minute und Goffriller kam zur Tür heraus.

»Anna, Ihr lebt! Gott sei's gedankt! Schnell, kommt herein an den warmen Ofen. Ich halte schon seit Stunden nach Euch Ausschau, aber ich wollte mich hier nicht wegbegeben, weil ich die Hoffnung hatte, Pablo würde Euch finden.«

Er wendete sich nun dem Jungen zu.

»In der Küche liegen ein paar Stullen für dich. Du hast sie dir redlich verdient.«

»Woher ... kennt Ihr ... den Jungen?«, fragte Anna stockend; sie war noch immer außer Puste.

»Kommt erst einmal herein, mein Kind«, sagte er mit gedämpfter Stimme und blickte sich nach allen Seiten um, »und erzählt mir genau, was passiert ist und wo Pablo Euch gefunden hat.«

Anna war froh, als sie sich zunächst einmal ihrer nassen Sachen entledigen konnte. Dann setzte sie sich in eine Decke gehüllt vor den Ofen, der sie mit seiner Wärme wohlig umfing. Sie aß ein Brot und trank einen Becher Wasser, dann erzählte sie Goffriller und Pablo, der schmatzend am Tisch seine Stullen verspeiste, was ihr widerfahren war. Goffriller konnte vor Ärger und Angst kaum auf seinem Stuhl sitzen bleiben.

Anna erzählte ihm von Carrigis Bleibe und von Dürnholz' Anhänger, den sie in der Spieluhr gefunden hatte. Dann machte sie eine kleine Pause. Goffriller schaute sie auffordernd an und sie fuhr fort:

»Ich musste auf die Bibel schwören, dass ich ihn heiraten werde. Ich habe mich versündigt, doch habe ich es aus Liebe zu Moritz getan.« Sie schwieg und schaute Goffriller verzweifelt an. »Er hätte mir sonst vielleicht etwas angetan.«

»Gräm dich nicht, Gott wird dir vergeben«, meinte er zu Anna. »Pablo«, sprach er dann zu dem Jungen. »Du weißt, wo Antonio Vivaldi wohnt. Bitte ihn zu kommen. Sag ihm nicht warum, aber dass es sehr wichtig ist. Los, lauf!«

Pablo schnappte sich die letzte Stulle und machte sich mit seinem Kater sogleich auf den Weg.

»Der Junge ist mir mehr oder weniger zugelaufen wie ein kleiner Hund, der sein Herrchen verloren hat. Seitdem seine Mutter an Syphilis gestorben ist, sie war eine Kurtisane, kommt und geht er. Eines Morgens saß er mit kurzer Hose schlotternd vor meiner Werkstatt, da habe ich ihn wieder aufgepäppelt. Pablo ist aber nicht sesshaft, er muss immer umherstreifen. Aus Dankbarkeit hat er mir schon manchen Gefallen getan. Er kommt viel herum und hört Dinge, die unsereiner nie erfahren würde und vielleicht auch gar nicht möchte. Was er anstellt, weiß ich nicht. Gewiss ist es nicht immer recht, was er tut. Aber viele Menschen schätzen ihn sehr, denn er hat es sich zu eigen gemacht, Katzen so abzurichten, dass sie zu großartigen Rattenfängern werden. Die elenden Viecher verbreiten viele Krankheiten und wir brauchen gewiss nicht noch einmal die Pest in Venedig. Seinen Kater Picasso trägt er immer mit sich herum.« Er hielt inne. Anna war neugierig, was er noch zu berichten hatte. Bevor er weitererzählen konnte, trat Pablo in Begleitung von *Signore* Vivaldi in die Küche. Sowohl Goffriller als auch Anna schauten die beiden erstaunt an, es war sehr schnell gegangen. Beide waren ziemlich außer Puste.

»Was gibt es Wichtiges zu besprechen, dass Ihr nach mir habt rufen lassen? Ich war gerade auf dem Weg zur Piazza, da rempelte mich der Bursche von hinten an und zog an meinem Rock. Ich dachte schon, er wolle meine Börse klauen, und hielt ihn am Handgelenk fest, doch er bat mich eindringlich, mit zu Euch zu kommen, deswegen bin ich unverzüglich hinter ihm hergeeilt. Ist etwas Schlimmes passiert? Der Knabe wollte mir nichts erzählen.«

Goffriller bat Vivaldi, sich zu setzen, und erzählte ihm dann, was sich zugetragen hatte. Anna war derweil aus dem Zimmer gegangen, um in trockene Sachen zu schlüpfen. Sie wählte Ferdinands Ersatzhose, Hemd und Wams aus dem Rucksack, und trat wieder als Mann gekleidet in die Küche.

Vivaldi war erschrocken über die Geschehnisse. Als Anna nun zurückkehrte, lächelte er sie voller Verständnis an und bat sie, sich auf den Stuhl zu setzen. Dann legte er seine Hand auf ihren Kopf und sagte:

»Ich spreche dich frei von der Sünde, die du aus Not begangen hast. Sei gewiss, Gott hat keinen Zorn auf dich. Lebe weiterhin nach seinen Gesetzen und es wird dir stets wohlergehen. Amen.« Dann strich er Anna ein Kreuz auf die Stirn.

Kaum dass er geendet hatte, lief er unruhig im Raum umher. »Wie kann Carrigi nur so hinterhältig sein«, schimpfte er vor sich hin. »Ich muss endlich zum Dogen, ich muss ihm alles erklären.«

»Aber was ist«, meinte nun Anna, »wenn er den Anhänger mit auf seine Reise genommen hat?«

»Das wäre ihm zuzutrauen«, meinte Goffriller, »dennoch war seine Abreise überstürzt und er hatte gewiss nicht viel Zeit, an das Beweisstück zu denken. Du hast ihm schließlich den Kopf verdreht.«

Anna schaute beschämt zu Boden.

»Ihr braucht Euch nicht zu grämen, mein Kind«, meinte Vivaldi, »es wäre ein großes Glück, denn dann hätte er sich kopflos verhalten. Der Doge könnte einen Boten nach Mittenwald schicken. Wenn der Goldschmied ihm die Geigenform aushändigt, wäre dieser Beweis genug, dass es Dürnholz' Anhänger ist, den er stets um den Hals getragen hat. Dies würde Moritz' Unschuld bedeuten.«

»Wie kommen wir aber nur an den Anhänger heran?«, fragte Anna unsicher. »Ich möchte nicht noch einmal dorthin zurückgehen.«

»Ich werde es tun«, bot sich Pablo an. »Ich werde es unauffällig machen und es wird keiner merken, das verspreche ich dir. Mein Kater bleibt derweil bei euch.«

Goffriller zweifelte einen Moment, weil er Sorge um Pablo hatte. Der Junge schien Anna sehr zu mögen, denn eigentlich ging er keinen Schritt ohne Picasso, der sein treuester Begleiter war. Aber schließlich erklärte er sich einverstanden. Der Junge eilte davon, als es finster geworden war. Anna hatte ihm den Ort, an dem Carrigi wohnte, genau beschrieben. Auch hatte sie ihm berichtet, wo er die Spieluhr finden würde. Bevor er ging, hatte sie ihm noch ein kleines Werkzeug zugesteckt, mit dem man feinste Schnitzarbeiten hervorragend ausführen konnte. Es war ein Hobel mit einer messerscharfen Spitze. Sicher würde sich Pablo mit diesem Werkzeug gut verteidigen können, falls ihm jemand an den Kragen gehen wollte.

Kapitel 61

Lautlos wie ein Schatten eilte Pablo die einsamen Straßen der *Serenissima* entlang. Es war nicht schwierig für ihn, in Carrigis Bleibe einzudringen. Mit einem kleinen Draht manipulierte er das Schloss und schon konnte er die Tür öffnen. Nur das Licht der gegenüberliegenden Wohnung auf der anderen Seite des Kanals fiel herein. Pablo fand die Spieluhr und schob sachte die kleine Schublade auf. Erleichtert erblickte er den Anhänger, den Anna ihm ausführlich beschrieben hatte. Er nahm ihn heraus und wickelte ihn in sein Taschentuch ein. Genau in dem Moment, als er ihn in die Jackentasche steckte, hörte er, dass jemand die Wohnung betrat, denn es rumpelte an der Tür. Pablo hatte vor die angelehnte Tür eine Dose mit Steinen gestellt, damit er hören konnte, falls jemand zur Tür hereinkäme.

»Wer kann das sein?«, fragte er sich und schlüpfte hinter den Vorhang beim Fenster. Dort verharrte er unruhig, griff in die andere Jackentasche und umfasste das kleine Schnitzwerkzeug. Vorsichtig lugte er durch einen Spalt in die Raumesmitte. Auch wenn das Zimmer nur schlecht beleuchtet war, konnte er erkennen, dass jemand in das Zimmer sprang. Pablo hielt die Luft an. Aber im gleichen Moment atmete er erleichtert aus, denn es war nur eine Katze, die in das Zimmer hineinspazierte.

Erleichtert versuchte sich Pablo zu beruhigen. Er wartete noch einen Moment, als er aber sonst niemanden hörte, schlich er aus seinem Versteck und verließ so lautlos die Wohnung, wie er gekommen war. Die Katze hatte er sich zuvor noch geschnappt und setzte sie auf der Gasse ab. Dann eilte er zu Goffriller zurück.

»Was für ein wunderschöner Anhänger«, meinte Vivaldi, als Pablo sein schmutziges Taschentuch entfaltete und diesen auf den Tisch legte. »Der würde mir auch gefallen.« Goffriller begeisterte sich. Anna war zutiefst erleichtert. Nun würde Moritz' Unschuld bewiesen werden können.

Ihr war etwas mulmig zumute, als sie das einzige Beweisstück in Vivaldis Hände legte, doch waren es die Hände eines Padre und somit die Verbindung zu Gottes Händen. Auch wenn sie immer wieder zweifelte, versuchte sie in diesem Moment dennoch Gottvertrauen zu haben. Vivaldi machte sich im Morgengrauen schnurstracks auf den Weg zum Dogen, um bei ihm vorzusprechen und ihm die ganze Sache zu erklären. Er wollte ihm das Beweisstück zeigen und ihn bitten, einen Boten nach Mittenwald zu dem Goldschmied zu schicken.

Erst am Nachmittag kehrte er zu Anna und Goffriller zurück. Beide hatten den Tag in großer Unruhe verbracht. Anna hätte sich gerne zu Moritz aufgemacht, aber sie wollte zuerst abwarten, was Vivaldi zu berichten hatte.

»Sprecht, was hat der Doge gesagt«, überfiel sie den Komponisten sogleich, als er das Haus betrat.

»Anna, beruhigt Euch etwas, lasst Vivaldi erst einmal eintreten.«

Aber kaum hatte sich dieser auf einen Stuhl in der Küche gesetzt, wollte auch er wissen, wie der Doge reagiert hatte.

»Der Doge war nicht gerade erfreut, als ich ihm das Beweisstück zeigte. Er brauchte einen Moment, bis er verstand, dass Carrigi ihn belogen und für seine Missetat missbraucht hat. Er war so wütend, dass er mich bat zu gehen.«

»Wird er denn einen Boten nach Mittenwald schicken?«, fragte Anna verzweifelt.

»Er hat es mir in Aussicht gestellt, aber sich nicht dazu verpflichtet.«

Anna schaute ihn enttäuscht an. »Aber …«

»Das war alles, was ich tun konnte. Nun liegt es in Gottes Hand.«

»Und der Anhänger?«

»Er hat mich gebeten, ihn bei ihm zu lassen.«

Anna wollte gerade einen abfälligen Laut von sich geben, doch schaute sie in Goffrillers nachdenkliches Gesicht und unterließ es.

»Wir müssen abwarten, mein Kind. Regt Euch nicht auf. Nun müssen wir geduldig sein. Ich denke nicht, dass der Doge die Sache auf sich beruhen lässt.«

»Ich kann nicht länger warten. Moritz ist kein Mörder, er ist unschuldig. Die Haft bekommt ihm nicht. Er wirkt schwach und es dauert nicht mehr lange, da wird er noch seines Verstandes beraubt.«

»Dann müsst Ihr ihm helfen«, meinte Vivaldi. »Gebt ihm Kraft und Lebensmut durch Eure Stärke. Gebt ihm Halt und vertraut auf Gott. Baut mit ihm Violinen, so leidenschaftlich und vollkommen, wie Ihr es schon einmal geschafft habt.«

Anna bedrückten diese Worte, denn ihr war bewusst, dass es eine anspruchsvolle Aufgabe war. Jedoch wusste sie auch, dass sie schon bedeutend Heikleres gemeistert hatte.

»Gut«, seufzte sie, »dann werde ich warten und mir derweil die Zeit vertreiben.« Ein Lächeln huschte über ihr Gesicht.

Kapitel 62

Die Zeit des Wartens wollte und wollte kein Ende nehmen. Anna verbrachte jeden Tag bei Moritz und sie bauten jeder an einer Violine. Anna versuchte ihn mit Geschichten aus ihrer Kindheit zu unterhalten. Anfangs fiel es ihr schwer, über ihre Familie und über Augsburg zu sprechen. Aber sie merkte, dass die Verletzungen, die der Inquisitor ihr zugefügt hatte, langsam zu heilen begannen. Der Schmerz wandelte sich in Wehmut, wenn sie an ihre Kindheit und Eltern dachte und von ihnen erzählte.

Auch Moritz berichtete von seiner Familie. Jedoch schämte er sich so sehr über das, was sich zugetragen hatte und dass er im Gefängnis saß, dass er hoffte, sie nie wiederzusehen.

Anna versuchte ihn eines Besseren zu belehren, doch vermied sie es, mit ihm darüber zu diskutieren, denn beim letzten Mal war er richtig grantig geworden. Diesen Ausbruch hatte er hinterher zutiefst bedauert und war erneut in Selbstzweifel gesunken.

Beide hatten Angst, Carrigi könnte bald zurückkehren, denn er war nun schon einige Wochen unterwegs. Ob der Doge einen Gesandten nach Mittenwald geschickt hatte, war noch immer nicht klar, denn er ließ Vivaldi trotz seiner Bemühungen nicht mehr vorsprechen. Wenn er um einen Termin bat, hieß es, der Doge sei unpässlich.

Auch Pablo hatte nichts in Erfahrung bringen können, weil er nicht wusste, wie ein Gesandter oder ein Bote aussah. Natürlich verließ manch Uniformierter den Palast, ob er sich aber nach Mittenwald aufmachte, konnte Pablo nicht nachvollziehen. Er trieb sich jedoch jeden Tag am Hafen herum, um Ausschau nach Carrigis Schiff zu halten.

Auch an diesem Morgen saß er dort, kraulte seinen Kater und beobachtete die Möwen, die ihre weiten Kreise zogen und ihre kreischenden Rufe ausstießen. Pablo stockte der Atem, als er gar nicht weit entfernt ein venezianisches Schiff erblickte, das direkt Kurs auf die *Serenissima* hielt. Er zweifelte keinen Moment daran, dass Carrigi an Bord war. Er schimpfte sich einen Idioten, weil er nicht richtig aufgepasst hatte, denn vielleicht hätte er das Schiff früher bemerkt.

»Mein Gott, was mache ich nun? Es bleibt nicht mehr viel Zeit. Ich muss Anna und Moritz warnen.«

Er sprang auf. Für seinen Kater geschah dies so unerwartet, dass er mit einem mächtigen Satz floh. Pablo eilte so schnell er konnte einige schmale Gässchen entlang, die zum Gefängnis führten. Picasso stürmte ihm hinterher. Dort hockten sich beide hinter eine Tonne. Der Junge hoffte, dass Anna, Goffriller oder Vivaldi vorbeikommen würden.

Zunächst zu Goffriller zu eilen, um ihn zu warnen, dafür blieb keine Zeit mehr, denn womöglich würde Carrigi sofort zu Moritz ins Gefängnis wollen, weil er dort Anna vermutete. Da Pablo ein Kind war, durfte er das *Prigione* nicht ohne Begleitung betreten. Er konnte also nur die Gegend beobachten, abwarten und auf Hilfe hoffen. Er saß eine ganze Weile hinter der Tonne und blickte von dort aus dem Treiben der vorbeieilenden Leute zu, meist waren es Lakaien und Botenjungen.

Leider bestätigte sich seine Befürchtung, denn plötzlich tauchte Carrigi auf. Mit ausladenden Schritten eilte er auf das Gefängnis zu. Er war sauber gekleidet, jedoch sah man seinem ermüdeten Gesichtsausdruck die Anstrengungen der letzten Wochen an. Sicher hegte er nach wie vor großen Zorn auf Anna. Oder war er in Sorge um sie gewesen?

Carrigi öffnete die Gefängnistür und stolperte in das Gebäude hinein. Die Tür fiel krachend hinter ihm zu. Pablo blieb verzweifelt sitzen. Was sollte er tun?

Zu seinem Erstaunen kamen wenig später aus der anderen Richtung einige uniformierte Männer schnellen Schrittes den Weg entlang und gingen ebenfalls ins *Prigione* hinein.

Moritz mischte sich gerade ein Öl zusammen und Anna setzte den Stimmstock an die richtige Stelle, als sie vor der Tür einen Tumult vernahmen. Laute Flüche drangen durch die Tür, dann wurde sie unvermutet aufgerissen. Anna und Moritz waren fassungslos, als sie Carrigi mit blutverschmiertem Degen in der Hand hereinplatzen sahen. Hinter ihm lag die Wache am Boden.

»Sieh an, sieh an, da ist ja mein Vögelchen, mein zukünftiges Weib. Ich hatte schon Angst, du hättest dich beim Sprung aus dem Fenster verletzt. Aber zum Glück ist dem ja nicht so.«

Er ging einen Schritt auf sie zu und reichte ihr die Hand.

»Komm, wir wollen gehen.«

»Ich kann Euer Weib nicht werden«, meinte Anna mutig.

»Natürlich kannst du das, noch heute werde ich beim Dogen vorsprechen und ihn bitten, Moritz zu begnadigen. Dann kann er Fronarbeit auf einer meiner Galeeren leisten. Das ist doch eine sehr freundliche Idee von mir. Besser als der Tod, oder? Aber zuvor brauche ich noch meine Geige und wie ich sehe, seid ihr beiden gut vorangekommen.«

Carrigi ging auf Anna zu und packte sie unsanft am Arm.

»Na, mein Vögelchen, hast du mich vermisst?« Er schaute nun Moritz an. »Schade eigentlich für euch, ihr würdet ein hübsches Paar abgeben.«

»Ich kann Eure Frau nicht werden«, protestierte Anna erneut und versuchte, sich aus dem Griff zu befreien. »Längst bin ich mit Moritz verheiratet.«

Carrigis Gesicht verzog sich zu einer wutverzerrten Grimasse. Er schubste Anna von sich und ging mit dem Degen auf Moritz zu.

»Daran kann man ja etwas ändern. Dann muss eben dein geliebter Moritz sterben.«

Auf dem Gang waren Stimmen und Schritte zu hören, und nun pressten sich verschiedene Männer in Uniform durch die Tür. Bevor sie sich jedoch auf Carrigi stürzen konnten, bohrte er Moritz seine Waffe in die Brust. Dieser sackte zu Boden und fiel auf die Seite.

»Nein!«, schrie Anna hysterisch, »um Gottes willen, nein!«

Nun kam Pablo in die Kammer gerannt und schlüpfte unter den Uniformierten hindurch, um an Annas Seite zu gelangen. Bevor er sie jedoch erreichen konnte, schnappte sich Carrigi den Jungen.

»Wenn ihr möchtet, dass das Bürschchen am Leben bleibt, dann solltet ihr mich gehen lassen.«

Alle Männer hielten ihr Waffen auf den Söldner gerichtet, doch nun senkten sie diese ganz langsam.

»Geht auf die Seite, damit ich nach draußen kann«, befahl er. Die Männer machten ihm den Weg frei und er verließ mit Pablo unter dem Arm die Kammer. Obwohl der Junge um sich trat, konnte er nicht freikommen, denn Carrigi hatte ihn fest im Griff.

»Anna, Anna hilf mir«, rief Pablo unglücklich.

Der Söldner eilte mit dem Jungen die Gänge entlang und hinab zum Ausgang. Dort versuchte sich ihm eine Wache in den Weg zu stellen, doch da hielt er ihnen Pablo als lebendiges Schutzschild hin.

Anna hörte die lauten Rufe des Jungen und ließ Moritz schweren Herzens in der Kammer zurück, sie musste Pablo helfen. Sie hoffte inniglich, dass Moritz noch lebte und eilte verzweifelt hinter Carrigi her. Die Männer in Uniform und die Wache folgten ihr.

Zur Gefängnistür herein kam nun Vivaldi, der nach Anna und Moritz sehen wollte.

»Was ist denn hier los, was tut Ihr?« fragte er fassungslos, als er Carrigi mit dem blutverschmierten Degen und dem Jungen unter dem Arm erblickte.

»Schnell, Padre«, rief Anna, die die Treppe hinabgeeilt kam, »Ihr müsst zu Moritz in die Kammer, Carrigi hat ihm seine Waffe in die Brust gerammt.

Der Söldner drückte sich mit dem Jungen durch die Tür und stolperte hinaus auf den Platz. Ihm folgten die Uniformierten und einige Wachmänner und umstellten ihn geschwind.

»Verschwindet, ich bringe den Jungen sonst um.«

»Wartet«, rief Anna, »lasst mich vorbei.«

Die Wache machte Platz, Anna ging langsam auf Carrigi zu.

»Seid doch vernünftig«, sagte sie zu ihm. »Der Junge hat Euch nichts getan. Nun, wo Moritz tot ist, bin ich wieder frei. Stürzt Euch nicht um meinetwillen weiter ins Unglück.«

Carrigis wütender Gesichtsausdruck milderte sich. Er sah Anna in die Augen. Sie ging einen weiteren Schritt auf ihn zu und reichte ihm die Hand. Um sie ergreifen zu können, musste er entweder den Degen zurückstecken oder den Jungen freigeben. Er entschied sich, die Waffe in der Hand zu behalten. Er lockerte seinen Griff um Pablo. Dieser bekam nun seine Arme frei. Bevor Carrigi auch nur ahnen konnte, was der Junge tun würde, hatte dieser das kleine Schnitzmesser in seiner Jackentasche ergriffen und stach es Carrigi in den Oberschenkel. Augenblicklich ließ er Pablo laut fluchend los. Er taumelte, fuchtelte mit dem Degen in der Luft herum, um sich zu schützen. Dann fasste er sich an die Stelle, in der das Messer steckte, und zog es heraus. Im selben Augenblick stürzte eine der Wachen auf Carrigi los und rammte ihm seine Waffe in die Seite. Carrigi riss die Augen vor Entsetzen und Schmerz auf, dennoch setzte er an, sich mit seinem Degen zu wehren. Er wollte ihn gerade zielgerichtet auf die Brust eines Wachmannes richten, da traf ihn der Degen eines Uniformierten von der anderen Seite.

Pablo hatte sich währenddessen wieder aufgerappelt. Er musste aufpassen, dass er keine Tritte abbekam, und krabbelte zu Anna hinüber, die ein paar Schritte zurückgewichen war.

Carrigi sah ihr nun in die Augen und hielt ihr die Hand entgegen.

»Komm zu mir ..., Anna, ... mein Vögelchen, sei in der letzten Minute meines Lebens an meiner Seite.« Das Sprechen fiel Carrigi sichtlich schwer, trotzdem hielt er ihr noch immer die Hand entgegen. Nun glitt ihm der Degen aus der Hand und er ging in die Knie.

»Tu es nicht«, flüsterte Pablo.

Doch Anna hatte ein gutes Herz. Warum sollte sie Carrigis letzten Wunsch nicht erfüllen? Er war dem Tode geweiht und würde jeden Moment hinübergehen.

Sie ging auf ihn zu und kniete sich zu ihm hinunter. Da verzerrte sich sein Gesicht zu einer üblen Grimasse und er packte sie am Handgelenk. Unerwartet zog er ein kleines Messer aus dem Stiefelschaft und hielt es ihr an die Kehle.

»Wenn ich gehe, dann kommst du mit mir, oder hast du gedacht, ich verzichte auf mein Vögelchen?«

»Wartet«, rief Pablo und stellte sich vor Carrigi hin. Dieser drehte ihm irritiert den Kopf zu. In diesem Moment öffnete Pablo seine Jacke und warf ihm Picasso mitten ins Gesicht. Carrigi fiel erschreckt zu Boden und gab Anna frei. Sein Messer rutschte ihm klirrend aus der Hand.

Nun nahm einer der Wachmänner seinen Degen und stach ihn dem bösen Söldner mitten ins Herz. Carrigi blieb mit verzerrtem Gesicht und weit aufgerissenen Augen auf dem Pflaster liegen. Anna kauerte zitternd neben ihm am Boden.

Pablo eilte zu ihr und half ihr, wieder auf die Beine zu kommen. Da hörten sie jemanden rufen.

»Anna!« Suchend schaute sie sich um. Die Stimme kam vom Gebäude her. Da erblickte sie Moritz. Er war auf Vivaldis Arm gestützt und stand vor dem Gefängnis.

»Moritz, mein Gott, du lebst!« Sie lief zu ihm hinüber und fiel ihm schluchzend in die Arme. Auch Moritz traten die Tränen in die Augen. Er brauchte einen Moment, bis er etwas sagen konnte. »Die Spitze von Carrigis Degen ist abgebrochen. Schau! Deine Haarspange, die du mir am Tag unserer Vermählung als Geschenk gemacht hast und die ich seitdem in meiner Brusttasche am Herzen trage, hat mir das Leben gerettet.« Anna schluchzte erneut auf, jedoch lächelte sie ihn durch einen Vorhang aus Tränen an.

»Was ist das nur für ein glücklicher Zufall gewesen«, dachte sie. Anna richtete ihren Blick an den bedrückenden Gefängnismauern empor bis zum Himmel.

»Oder, guter Gott, bist du es gewesen, der seine Hand über uns gehalten und uns beschützt hat?«

Nun kam Pablo mit seinem Kater im Arm zu Anna hinüber geschritten und grinste sie an.

»Jetzt ist auch die übelste Ratte Venedigs beseitigt.«

Epilog

Es dauerte einige Wochen, bis sich Moritz von seinen Blessuren erholt hatte. Der Doge sprach ihn von der Beschuldigung frei, ein Mörder zu sein. Tatsächlich hatte er einen Boten nach Mittenwald geschickt und dieser konnte aufgrund der Form des Goldschmiedes Moritz' Unschuld beweisen. Mit ihm kamen seine Freunde Alois und Sebastian, die ihn freudig in die Arme schlossen.

Anna und Moritz waren zunächst bei Goffriller untergekommen. Er war sehr geduldig mit ihnen und stellte ihnen seine ganze Wohnung zur Verfügung. Er wollte Anna aus Dankbarkeit seine Werkstatt vermachen, da sie sein Leben gerettet hatte, doch das konnte sie nicht annehmen. Auch merkte sie nach kurzer Zeit, dass es kein Dauerzustand war, mit Moritz bei Goffriller zu wohnen.

Da erinnerte sie sich an die Papiere Gastoldis und besah sie sich eines Abends zum ersten Mal genau. Er war ein sehr gutbetuchter Geigenbauer im Viertel *San Bartolomeo* in der *Calle degli Stagneri* gewesen. Goffriller hatte ihn unter dem Namen Mastoldini gekannt. Anna suchte mit Moritz dessen Haus auf. Als sie feststellte, dass Gastoldi keine Familie hatte, zog sie mit Moritz dort ein. Es plagten sie zunächst Gewissensbisse, aber sowohl Goffriller, Moritz als auch Vivaldi waren der Meinung, dass sie das Richtige tat und es im Sinne Gastoldis sei, dass sie dessen Werkstatt weiterführte.

Anna schlüpfte wieder in die Rolle einer Frau und erklärte den Nachbarn, dass sie eine Nichte Gastoldis und er bei der Überfahrt nach Venedig gestorben sei. Die Nachbarn glaubten ihr und schätzen sie und Moritz von diesem Tag an als freundliche Nachbarn.

Die Venezianer, die Kunst- und Musikliebhaber und sogar die Zugereisten bewunderten Anna. Sie erlangte angesichts ihrer wunderbaren Violinen einen großen Namen.

Signora Anna E. M. Gastoldi stand mit geschwungenen Buchstaben auf dem Schild über ihrer Werkstatt und auf den kleinen Expertisezetteln, die sie sorgsam in jede Violine klebte. Das E. stand für Eibinger, und nur ihre engsten Vertrauten wussten, dass das M. ihrem Mädchennamen Muringer galt.

Anna wurde die erste Geigenbauerin, von deren Instrumenten man weit über Venedig hinaus schwärmte.

Auch Moritz ging weiter seinem erlernten Beruf nach. Er baute gute Violinen. Aber er wurde nicht mehr derselbe fröhliche Moritz, der er einst gewesen war, zu sehr nagten das Erlebte und die Gewissensbisse an ihm. Oft saß er nur da und gab sich einer inneren Wehmut hin, über die er nie sprach.

Anna war sehr traurig über seinen Zustand. Aber sie erfreute sich an den Violinen, ihrem Ruhm und an Pablo.

Sie hatte dem Jungen einen großen Teil des Schatzes ihres Onkels zugedacht; von diesem Teil bezahlte sie einen Hauslehrer. Nun lernte Pablo Schreiben, Lesen und Rechnen. Sie hatte ihm versprochen, dass er eines Tages die Apotheke ihres Onkels übernehmen dürfe, wenn er sich für Pflanzen und deren Wirkungskräfte interessiere. Der Junge hatte nun ein Ziel vor Augen und das spornte ihn an, fleißig zu lernen. Wenn er auch weiter manchmal über Nacht unterwegs war, so war er doch bei Anna und Moritz sesshaft geworden.

Goffriller ging ebenfalls seinem Geigenbauhandwerk nach und bekam den einen oder anderen Auftrag von Vivaldi, für die *Pietà* Violinen anzufertigen.

Vivaldi war von Annas Violinen mehr als verzückt. Es verging kaum ein Tag, an dem er nicht in ihrer Werkstatt vorbeischaute und auf einer ihrer Violinen spielte.

Anna war sehr dankbar über ihren Erfolg und überglücklich, als sie bemerkte, dass sie unter ihrem Herzen Moritz' Kind trug.